瀛奎律髓

上

【元】方回 选评

李庆甲 整理

上海古籍出版社

图书在版编目(CIP)数据

瀛奎律髓／（元）方回选评；李庆甲整理.—上海：
上海古籍出版社，2024.5
（国学典藏）
ISBN 978-7-5732-1156-9

Ⅰ.①瀛…　Ⅱ.①方…　②李…　Ⅲ.①律诗－诗集－中国－唐宋时期　Ⅳ.①I222.74

中国国家版本馆 CIP 数据核字(2024)第 090809 号

国学典藏

瀛奎律髓
（全二册）

〔元〕方　回　选评
李庆甲　整理

上海古籍出版社出版发行

（上海市闵行区号景路159弄1-5号A座5F　邮政编码201101）
（1）网址：www.guji.com.cn
（2）E-mail：guji1@guji.com.cn
（3）易文网网址：www.ewen.co

江阴市机关印刷服务有限公司印刷

开本890×1240　1/32　印张34　插页10　字数653,000
2024年5月第1版　2024年5月第1次印刷
印数：1—2,100
ISBN 978-7-5732-1156-9
Ⅰ·3832　定价：148.00元
如有质量问题，请与承印公司联系

前　言
李庆甲

　　元初方回选评的《瀛奎律髓》，是一部比较全面地体现宋代"江西派"诗学观点，并在历史上曾经产生过一定影响的大型唐、宋律诗选集。

　　方回生于南宋宝庆三年（1227），卒于元大德十一年（1307），字万里，号虚谷，歙县（今属安徽）人。宋景定间别省登第，曾知严州。入元，授建德路总管，不久罢官。工诗文。其所为文，《四库全书总目提要》谓为"学问议论，一尊朱子，崇正辟邪，不遗馀力，居然醇儒之言"。论诗宗奉"江西诗派"。有《虚谷集》，已佚。现存著述除本书以外，有《桐江集》《桐江续集》《续古今考》《文选颜鲍谢诗评》。

　　我国古代诗歌艺术发展到唐代而形成最高的峰峦，名家辈出，流派纷繁，作品广泛、深刻地反映了当时的社会现实生活，艺术技巧臻于成熟的境地。宋诗在继承唐诗优秀传统的基础上，许多方面有所创造和发展，从内容到形式都呈现出自己的特色，成为继唐诗之后的又一座新的艺术高峰。历来的研究者往往把唐诗、宋诗相提并论，视为中国诗歌史上两个重要的发展阶段。格律谨严精密的律诗孕育于南北朝，成熟于唐初。唐、宋诗歌创作高度发展的标志之一是各种诗歌体裁都取得了丰硕的成果，而其中以律体诗的成绩尤为突出。

　　方回的《瀛奎律髓》专选唐、宋五、七言律诗，取材宏富，共选三千零一十四首（其中重出二十二首，实为二千九百九十二首），三百八十五家。全书按作品题材分为四十九类,每类按时代先后为次编为一卷,共四十九卷。方回选诗侧重于宋代,入选一千七百六十五首,二百二十一家,比重超过唐代;"江西派"重要作家入选的作品也较多。这反映了方回崇尚"江西诗派"的立场。然而从全书的情况来看,方回未完全为宗派观念所囿,选诗尚能根据作品的客观艺术价值决定,所选作品以大家为主,同时也注意到各种不同流派的作家和各种不同题材的作品,编排的体例又比较别致。因此,这部诗选还是能比较全面地展示出唐、五代、两宋将近七百年间诗歌创作繁荣的盛况和律诗发展、流变的轮廓。

"江西诗派"是一个作家人数众多、文学见解大体一致、作品风格基本相同的诗歌艺术流派,为北宋黄庭坚所开创。黄庭坚的诗作,具有特殊的个性与风格;他还提出了一套作诗的主张,所论多言法度,强调规摹古人。其创作和理论在当时很有吸引力,为一些士大夫文人所普遍喜爱,受到影响的作家无形中就演成一种流派。最先提出"江西诗派"这一名称的是两宋之际的吕本中,他的《江西诗社宗派图》把黄庭坚作为诗派的创始人,又把陈师道等二十四人作为这一诗派的成员。"江西诗派"形成之后,经由师友的传授,绵延发展,声势很大,影响深远,在北宋末以及整个南宋时期,包括陆游、杨万里、范成大等大诗人在内,几乎没有一个作家不与之在创作上有过程度不同的联系。但是,到了南宋后期,宗尚晚唐的"四灵派"兴起,"江湖派"风行,早已显露出自身流弊的"江西诗派"相形之下日趋衰微。重振"江西"旗鼓,纠正其阙失,维护、发扬其创作主张和美学准则,以改革"四灵派""江湖派"所造成的颓俗卑弱的诗风,是方回编选《瀛奎律髓》的根本宗旨。

方回在该书自序中说:"文之精者为诗,诗之精者为律。所选诗格也,所注诗话也。"依诗说话,论对诗发,将选诗和评诗结合起来,使诗选和诗话融为一体,是《瀛奎律髓》的一个显著特色。这部诗选对所选之诗多详加圈点、标明句眼、指出写作特点,还对唐、宋诗歌中各个流派和重要作家、作品的艺术风格、特征作了十分细致的分析。方回评论入选作品,基本上以"江西诗派"之法为法,吸取了"江西派"作家所总结的一套格律句法之学。"江西派"诗人对诗歌创作的命意、结构、格律、句法、对偶、用字等问题的意见往往发表于短札和谈片,散见于有关文集、诗话、笔记等著作里。《瀛奎律髓》把这些零碎的意见集中在一起,加以系统化,并且通过评点作品的方式把它们具体而明白地显示出来。整个宋代,研究格律句法的诗学特别兴盛。对"江西诗派"以外各家的意见,方回也广为吸取。在某种意义上讲,《瀛奎律髓》这部律诗选集同时又是一部宋代的诗律学全书。

《瀛奎律髓》在吸取、运用"江西派"诗学理论的同时,对它进行了较为全面的整理与总结,并作了必要的修正、补充,使之得到进一步的发展。值得注意的有下列几点:

一

在"江西诗派"所提出的一系列作诗法则中,许多人奉"夺胎换骨""点铁成金"之说为纲领,方回却特别注重"拗字""变体"等法则,在《瀛奎律髓》里列出专类予以探讨:卷二十五专论"拗字",卷二十六专论"变体",分析具体而微。"拗字"是作律诗时改变某些字的平仄格律,使作品骨格峻峭,语句浑成,气势顿挫。"变体"是作律诗时妥善处理情句和景句,实字和虚字,以及色彩的浓和淡,辞意的重和轻等对立而又统一的各对矛盾,使作品的体制富于变化。应该指出,"拗字""变体"之法对于创作具有苍劲瘦硬风格的律诗确实是重要的艺术手段,它们是"江西派"诗法体系中较有价值的精华。而所谓"夺胎换骨""点铁成金",主要是要人在创作时规摹古人诗意、点窜古人诗句、搬弄典故、使用古语,实际上是以借鉴代创造,容易造成摹拟剽窃的恶习,南宋魏泰《临汉隐居诗话》、金王若虚《滹南诗话》都曾对此提出过尖锐的批评。方回虽不否定"夺胎换骨""点铁成金"之说,有时在评诗时还加以运用,但突出"拗字""变体"之法,将之作为"江西派"诗法的重点进行深入的研究与总结,改变了该派原先以"夺胎换骨""点铁成金"的主张为核心的做法,这对于"江西派"诗律学体系是一个改造与提高。

二

方回评诗,明确标举"江西诗派"作家所一致注重的"格"作为主要标准。他说:"诗以格高为第一。"(《桐江续集·唐长孺艺圃小集序》)又说:"诗先看格高而意又到、语又工为上,意到、语工而格不高次之,无格、无意又无语下矣。"(《瀛奎律髓》卷二十一,以下引文仅注明卷数。)基于这样的原则,方回高度赞扬了"江西诗派"的代表作家,评黄庭坚、陈师道云:"黄、陈特以诗格高为宋第一。"(卷二十二)评陈与义云:"简斋诗独是格高,可及子美。"(卷十三)也是从"格高"的要求出发,方回批评了诗格卑弱的"四灵派""江湖派"以及他们所宗尚的晚唐的许浑、姚合等作家的诗风。

方回所说的"格高"是指诗歌苍劲瘦硬的风格。"江西诗派"以具有这样独特的艺术风格而使自己成为一个独特的艺术流派。作为"江西派"后起的中坚,方回所尽力维护和发扬的正是这一种风格。他对于"拗字""变体"等手法的总结,都是属于经由锻字炼句以达到这种风格的实践途径。但是,由于"江西派"诗人一味强调"格高",流弊所及,反映到作品艺术风格上来,产生了明显的缺陷,方回对此并不讳言,他说:"'江西'苦于粗而冗。"(卷十)"'江西'之弊,又或有太粗疏而失邯郸之步,亦是以发文章与时高下之叹也。"(卷十)为了消除弊病,方回对"江西诗派"的美学准则进行了修正与补充。具体地讲,就是主张在以"格高"为基础的前提之下,一要以"细润"济粗犷,他说:"大历十才子以前,诗格壮丽悲感。元和以后,渐尚细润。愈出愈新,而至晚唐。以老杜为祖而又参此细润者,时出用之,则诗之法尽矣。"(卷一)二要以"圆熟"济生硬,他说:"熟也者,非腐烂陈故之谓,取之左右逢其源是也。"(卷二十)"平熟圆妥,视之似易,能作诗到此亦难也。"(卷十六)三要以"丰腴"济枯涩,他说:"若五言律诗,则唐人之工者无数,宋人当以梅圣俞为第一,平淡而丰腴;舍是则又有陈后山耳。此余选诗之条例,所谓正法眼藏也。"(卷一)

三

注意诗歌与现实的关系,强调诗歌的社会作用,是方回文学思想的一个重要方面。表现在对杜甫作品的评价上,除了讲求其格律句法外,方回还一再提示要注意其中所表现的忧世悯生的怀抱:"明皇、妃子之酖淫,林甫、国忠之狡贼,养成渔阳之变。史思明继之,回纥掎之,吐蕃踵之,四方藩镇不臣,盗贼蠭起。老杜卒于大历五年庚戌,自天宝十四年乙未始乱,流离十六年。唐中叶衰矣,却只成就得老杜一部诗也。"(卷二十九)"老杜平生虽流离,多在郊野,而目击兵戈盗贼之变,与朝廷郡国不平之事,心常不忘君父,故哀愤之辞不一,不独为一身发也。"(卷二十三)"他人对雪,必豪饮低唱,极其乐。唯老杜不然,每极天下之忧。"(卷二十一)《瀛奎律髓·忠愤类》选录了不少反映唐、宋各动乱时期历史现实的优秀诗篇,以杜甫《春望》冠于卷首,批语云:"此第一等好诗。想天宝、至德以至大历之乱,不忍读也。"(卷三十二)该卷中其他一些作品后的批语也常常流露出这样的感慨。《升平类》中对那些粉饰现实的作品,颇多微辞。《朝省类》批评贾至等四人在"京师喋血之后,疮痍未复"的情势下写"夸美朝仪"的《大明宫早朝诗》是"不已泰乎"。(卷二)《怀古类·小序》更正面指出:"有仁心者,必为世道计。"认为即使写怀吊古迹之作,也不应一味流连光景,而要从"兴亡贤愚"中探求历史的经验教训以"为法""为戒",使创作有益于社会。(卷三)"江西诗派"创始者黄庭坚本人就是偏重形式技巧而轻视作品社会内容、回避政治斗争的,造成了极大的不良影响。方回的上述主张,在一定程度上弥补了"江西派"在诗歌创作的这个至关重要的理论问题上的严重阙失。

四

方回不但系统地总结了"江西诗派"的诗学理论,而且通彻源流地重新整理这一个诗歌流派的组织体系,提出了著名的"一祖三宗"的论点。他指出黄庭坚、陈师道"号'江西派',非自为一家也,老杜实初祖也"(卷一),并宣称说:"古今诗人,当以老杜、山谷、后山、简斋四家为一祖三宗,馀可配飨者有数焉。"(卷二十六)黄庭坚诗学原是推尊杜甫的;其他的"江西派"诗人也都以杜甫为标榜,视黄庭坚为杜甫的直接继承者。但是,黄庭坚学杜,只注意从形式技巧中寻求经验和规律,存在很大的片面性;而"江西派"的末流,心目里只有黄庭坚,连杜甫的作品都弃而不读。在这种情况下,方回明确揭示本源,推尊杜甫为"初祖",对于号召后学直接学习杜甫,在与杜甫作品的实际接触中真正体会杜甫的精神和成就,克服片面性,具有重要的意义。陈与义是宋朝南渡之际的杰出诗人。他目睹北宋之亡,亲身经历时代的动乱,后期作品多感愤沉郁之音,表现出忧国伤时的思想。和黄庭坚、陈师道一样,陈与义也尊杜学杜,对苏轼、黄庭坚亦很推重,然而他又说:"要必识苏、黄之所不为,然后可以涉老杜之涯涘。"(《简斋诗集》引)尽管陈与义对苏、黄有一定的保留,而严羽《沧浪诗话》也认为"简斋体"是"亦江西之派而小异",但方回把他列为"三宗"之一,其目的显然是为了壮大"江西诗派"的阵营,从而借以扩大后学者的眼界。清吴宝芝说:"一祖三宗之说,论诗家每用相诟病,谓其不应独宗江西也。夫訾其为偏,诚所难辞;然观其《论诗小序》云:'立志必高,读书必多,用力必勤,师傅必真。四者不备,不可言诗。'可知其于此事,煞费工夫来。盖从三折九变之馀而始奉此为归宿,其中甘苦得失之数,必有独喻其微者,非漫然奉一先生之号,傍人门户以自标榜也。"(《重刻律髓记言》)指出方回重新整理"江西诗派"的组织体系与其文学思想之间的密切关联,真可谓是深得其用心了。

上面所讲的四个问题,是方回对"江西派"诗学的重要发展。如果说,"江西派"的诗学理论是瑕瑜互见;那么,方回对它的整理与总结,则是使之朝着克服消极面、发扬积极面的方向前进了一大步。在宋代诗坛流行了二百年之久的"江西诗派"虽然存在较大的局限性,但是它在创作、理论上的建树及其在文学史、文学理论批评史上的地位是不容抹煞的。因此,方回对"江西派"诗学理论的改造与提高,对古代诗歌理论的发展,也是一个积极的贡献。

"江西诗派"的主要弊病是以"流"为"源",靠前人的书本去做诗,脱离广阔的现实生活。尽管在诗歌的现实性和社会作用问题上,方回的见解是值得重视的,然而这并不意味着他对"江西诗派"脱离社会生活和脱离作品内容而孤立地讲求艺术技巧的错误倾向,有正确的认识。从根本上说,《瀛奎律髓》所指示的一条创作道路,仍是"江西诗派"的老路,方回自己的创作就打着这样的烙印。此外,由于方回宗奉"江西诗派"的立场,特别是由于其时代和阶级的局限,在选诗和论艺方面存在的问题很多,应予分析、批判,这里不一一细说。

《瀛奎律髓》成书于元至元二十年(1282),当时即已刊刻流行。明成化三年(1467)皆春居士重刻该书,为之作序说:"先生自序谓:'诗之精者为律。'今观其所选之精严,所评之当切,涵泳而隽永之,古人作诗之法,讵复有馀蕴哉!诚所谓'律髓'也。"评价甚高,反映了在诗歌创作崇尚盛唐的明代,这部为宋代"江西诗派"张目的诗选仍然有人在推重。

一九八三年春节于复旦大学

出版者按:

本书整理以明成化三年紫阳书院刻本《瀛奎律髓》为底本。参校元至元二十年巾箱本、清康熙五十二年石门吴之振黄叶村庄刻本,及清嘉庆五年侯官李光垣校刻本《瀛奎律髓刊误》。

校勘记酌情过录前人校语,各标姓字,以作参考;新加校记则以"按"字区分。显误者改正,异文则多予保留。

末附《瀛奎律髓后序》、《元书·方回传》、《元诗选》方回小传,以备参考。

瀛奎律髓序

紫阳虚谷居士方回撰

"瀛"者何？十八学士登瀛洲也。"奎"者何？五星聚奎也。"律"者何？五、七言之近体也。"髓"者何？非得皮得骨之谓也。斯登也，斯聚也，而后八代、五季之文弊革也。文之精者为诗，诗之精者为律。所选，诗格也。所注，诗话也。学者求之，髓由是可得也。方回者谁？家于歙，尝守睦，其字万里也。　至元癸未良月旦日。

目 录

前言 / 李庆甲 / 1
原序 / 方　回 / 1

卷之一　登览类

　　五　言　二十首
　　　度荆门望楚 / 陈子昂 / 1
　　　登襄阳城 / 杜审言 / 1
　　　临洞庭湖 / 孟浩然 / 2
　　　登岳阳楼 / 杜工部 / 3
　　　登兖州城楼 / 杜工部 / 3
　　　登牛头山亭子
　　　　/ 杜工部 / 3
　　　秋登宣城谢朓北楼
　　　　/ 李太白 / 4
　　　汉江临眺 / 王右丞 / 4
　　　登蒲涧寺后二岩
　　　　/ 李群玉 / 4
　　　胜果寺 / 僧处默 / 5
　　　金山寺 / 张　祜 / 5
　　　金山寺 / 梅圣俞 / 6
　　　登鹊山 / 陈后山 / 6
　　　登快哉亭 / 陈后山 / 6

　　　甘露寺 / 晁君成 / 7
　　　登定王台 / 朱文公 / 7
　　　渡江 / 陈简斋 / 8
　　　登越王台 / 宋之问 / 8
　　　陪章留后侍御宴南楼得
　　　　风字 / 杜工部 / 9
　　　登多景楼 / 晁君成 / 9

　　七　言　二十首
　　　登黄鹤楼 / 崔　颢 / 10
　　　登金陵凤凰台
　　　　/ 李太白 / 10
　　　鹦鹉洲 / 李太白 / 11
　　　登楼 / 杜工部 / 11
　　　阁夜 / 杜工部 / 11
　　　登大茅山顶 / 王介甫 / 12
　　　登中茅山 / 王介甫 / 12
　　　登小茅山 / 王介甫 / 13
　　　平山堂 / 王介甫 / 13
　　　次韵平甫金山会宿寄亲友
　　　　/ 王介甫 / 14
　　　金山同正之吉甫会宿作寄城
　　　　中二三子 / 王平甫 / 14

1

陪润州裴如晦学士游金山
回作 / 杨公济 / 15
甘露上方 / 杨公济 / 15
游庐山宿栖贤寺
　　 / 王平甫 / 15
登快阁 / 黄山谷 / 16
和寇十一晚登白门
　　 / 陈后山 / 16
登岳阳楼 / 陈简斋 / 17
与大光同登封州小阁
　　 / 陈简斋 / 17
鄂州南楼 / 范石湖 / 18
过扬子江 / 杨诚斋 / 18

卷之二　朝省类

五　言　十四首

酬苏味道夏晚寓直省中
　　 / 沈佺期 / 19
在广州闻崔马二御史并拜
台郎 / 苏味道 / 19
春夜寓直凤阁怀群公
　　 / 魏知古 / 20
同崔员外秋宵寓直
　　 / 王右丞 / 20
寄左省杜拾遗
　　 / 岑　参 / 21
奉答岑参补阙见赠
　　 / 杜工部 / 21

春宿左省 / 杜工部 / 21
晚出左掖 / 杜工部 / 22
早朝 / 耿　沨 / 22
大飨明堂庆成
　　 / 王岐公 / 22
依韵恭和圣制龙图天章阁
观三圣御书
　　 / 王岐公 / 23
依韵和吴相公从驾至开宝
寺庆寿崇因阁
　　 / 王岐公 / 23
依韵和王原叔内翰有怀
　　 / 王岐公 / 24
岁暮直舍感怀
　　 / 姜梅山 / 24

七　言　二十四首

早朝大明宫呈两省僚友
　　 / 贾　至 / 24
和贾至舍人早朝大明宫
　　 / 杜子美 / 25
同前 / 王右丞 / 25
同前 / 岑　参 / 26
西掖省即事 / 岑　参 / 26
宣政殿退朝晚出左掖
　　 / 杜工部 / 26
紫宸殿退朝口号
　　 / 杜工部 / 27

闻杨十二新拜省郎遥以诗
贺 /白乐天/ 27
喜张十八博士除水部员外
郎 /白乐天/ 27
新除水曹郎答白舍人
/张司业/ 28
早朝 /杨巨源/ 28
雨后月中玉堂闲坐
/韩致尧/ 28
中秋禁直 /韩致尧/ 29
六月十七日召对自辰及申
方归本院 /韩致尧/ 29
卧病逾月请郡不许复直玉
堂十一月一日锁院是日
苦寒诏赐官烛法酒书呈
同院 /苏东坡/ 29
夜直玉堂携李之仪端叔诗百
馀首读至夜半书其后
/苏东坡/ 30
次韵子由五月一日同转
对 /苏东坡/ 30
次韵蒋颖叔钱穆父从驾景
灵宫 /苏东坡/ 30
殿后书事和范纯仁
/梅圣俞/ 31
较艺和王禹玉内翰
/梅圣俞/ 31
谢永叔答述旧之作和禹玉
/梅圣俞/ 32
较艺赠永叔和禹玉
/梅圣俞/ 32
呈永叔书事 /王禹玉/ 32
次韵景彝赴省直宿马上
/梅圣俞/ 33

卷之三　怀古类

五　言　三十二首

白帝怀古 /陈子昂/ 34
岘山怀古 /陈子昂/ 35
金陵怀古 /刘宾客/ 35
项亭怀古 /窦　常/ 35
经故人旧居 /储嗣宗/ 36
送康绍归建邺
/周　贺/ 36
经费拾遗所居呈封员外
/李群玉/ 36
武侯庙古柏 /李商隐/ 36
陈后主宫 /李商隐/ 37
过陶征君旧居
/崔　涂/ 37
题倪居士旧居
/崔　涂/ 37
过昭君故宅 /崔　涂/ 38
题豪家故池 /吴　融/ 38
经废宅 /杜荀鹤/ 38
南游有感 /杜荀鹤/ 38

3

过侯王故第／杜荀鹤／39
怀古眺望／宋景文／39
长安道中怅然作三首
　／宋景文／39
过惠崇旧居／宋景文／40
过故关／韩魏公／40
金陵／梅圣俞／41
丫头岩／梅圣俞／41
夏日晚霁与崔子登周襄王
　故城／梅圣俞／41
夏日陪提刑彭学士登周襄
　王故城／梅圣俞／42
淮阴／梅圣俞／42
涂山／梅圣俞／42
与夏侯绎张唐民游蜀冈大
　明寺／梅圣俞／42
永宁遣兴／张宛丘／43
徐孺子宅／赵师秀／43
题钓台／徐道晖／43

七　言　七十八首

荆州怀古／刘禹锡／44
松滋渡望峡中
　／刘禹锡／44
汉寿城春望／刘禹锡／44
西塞山怀古／刘禹锡／45
馆陶李丞旧居
　／皇甫冉／45

隋宫守岁／李商隐／45
井络／李商隐／46
隋宫／李商隐／46
筹笔驿／李商隐／46
马嵬／李商隐／47
凌歊台／许　浑／47
骊山／许　浑／47
咸阳城东楼／许　浑／48
登尉佗楼／许　浑／48
姑苏怀古／许　浑／48
金陵怀古／许　浑／49
经故丁补阙郊居
　／许　浑／49
故都／韩致尧／49
经炀帝行宫／刘　沧／50
咸阳怀古／刘　沧／50
长洲怀古／刘　沧／50
听人话丛台／李　远／51
过九成宫／吴　融／51
过丹阳／吴　融／51
富春／吴　融／52
武关／吴　融／52
题延寿坊东南角古池
　／吴　融／52
废宅／吴　融／53
赤壁怀古／崔　涂／53
题润州妙善寺前石羊
　／罗　隐／53

经故友所居 / 罗　隐 / 54
曲江有感 / 罗　隐 / 54
黄河 / 罗　隐 / 54
筹笔驿 / 罗　隐 / 55
广陵开元寺阁上作
　　 / 罗　隐 / 55
台城 / 罗　隐 / 55
水边偶题 / 罗　隐 / 56
南朝四首　一 / 杨文公 / 56
　　二 / 钱思公 / 56
　　三 / 刘子仪 / 57
　　四 / 李宗谔 / 57
汉武四首　一 / 杨文公 / 57
　　二 / 刘子仪 / 58
　　三 / 钱思公 / 58
　　四 / 刁　衎 / 58
明皇三首　一 / 杨文公 / 59
　　二 / 钱思公 / 59
　　三 / 刘子仪 / 59
成都三首　一 / 杨文公 / 60
　　二 / 刘子仪 / 60
　　三 / 钱思公 / 60
始皇三首　一 / 杨文公 / 61
　　二 / 刘子仪 / 61
　　三 / 钱思公 / 61
过鸿沟 / 王元之 / 62
官下 / 宋景文 / 62
题杜子美书堂

　　 / 赵清献 / 62
和张民朝谒建隆寺二次用写
　　望试笔韵 / 梅圣俞 / 63
题朝元阁 / 韩魏公 / 63
和吴御史临淮感事
　　 / 王半山 / 63
和微之重感南唐事
　　 / 王半山 / 64
次韵微之高斋有感
　　 / 王半山 / 64
金陵怀古四首
　　 / 王半山 / 64
金陵怀古次韵
　　 / 刘贡父 / 65
依韵和金陵怀古
　　 / 王岐公 / 66
金陵怀古 / 王岐公 / 66
登悬瓠城感吴季子
　　 / 王岐公 / 67
三乡怀古 / 王岐公 / 67
登海州楼 / 王岐公 / 67
过邺中 / 刘屏山 / 68
题钓台 / 潘德久 / 68
雨花台 / 刘后村 / 68

卷之四　风土类

　五　言　四十二首

早发始兴江口至虚氏村作

/宋之问/ 69
旅寓安南 /杜审言/ 70
送杨长史济赴果州
　　　　/王右丞/ 70
送梓州李使君
　　　　/王右丞/ 70
秦州 /杜工部/ 71
题忠州龙兴寺壁
　　　　/杜工部/ 71
送桂州严大夫
　　　　/韩退之/ 71
送郑尚书赴南海
　　　　/韩退之/ 72
百花亭 /白乐天/ 72
送海客归旧岛
　　　　/张　籍/ 73
送从弟戴玄往苏州
　　　　/张　籍/ 73
送人入蜀 /李　远/ 73
送僧游南海 /李　洞/ 74
睦州四韵 /杜牧之/ 74
旅次钱塘 /方玄英/ 74
南中 /王　建/ 75
蛮家 /马　戴/ 75
巫山峡 /皇甫冉/ 75
寄永嘉崔道融
　　　　/司空图/ 76
送史泽之长沙

　　　　/司空曙/ 76
送龙州樊使君
　　　　/许　棠/ 76
送人尉黔中 /周　繇/ 76
送董卿知台州
　　　　/张　蠙/ 77
送人尉蜀中 /张　蠙/ 77
宣州二首 /梅圣俞/ 77
送任适尉乌程
　　　　/梅圣俞/ 78
馀姚陈寺丞 /梅圣俞/ 78
送晁质夫太丞知深州
　　　　/梅圣俞/ 78
送刘攽秘校赴婺源
　　　　/梅圣俞/ 79
送洪秘丞知大宁监
　　　　/梅圣俞/ 79
送鲜于秘丞通判黔州
　　　　/梅圣俞/ 79
鲁山山行 /梅圣俞/ 79
送番禺杜杆主簿
　　　　/梅圣俞/ 80
送李阁使知冀州
　　　　/梅圣俞/ 80
公安县 /陶商翁/ 80
送舅氏野夫萃之宣州二
首 /黄山谷/ 80
寄潭州张芸叟

／陈后山／81
送周都官通判湖州
　／王半山／81
海陵杂兴／吕居仁／82
顷岁从戎南郑屡往来兴凤
　间暇日追忆旧游有赋
　／陆放翁／82

七　言　三十首
盖少府新除江南尉问风
　俗／郎士元／83
岭南道中／李卫公／83
自江陵沿流道中
　／刘梦得／84
赴苏州酬别乐天
　／刘梦得／84
登柳州城楼寄漳汀封连四
　州／柳子厚／84
柳州寄丈人周韶州
　／柳子厚／85
得卢衡州书因以诗寄
　／柳子厚／85
岭南江行／柳子厚／85
柳州峒氓／柳子厚／86
杭州／白乐天／86
守苏答客问杭州
　／白乐天／86
杭州春望／白乐天／87

以州宅夸于乐天
　／元微之／87
重夸州宅旦暮景色
　／元微之／87
郡中有怀寄上睦州员外十
　三兄／邢　群／88
正初奉酬／杜牧之／88
长安杂题／杜牧之／89
洛阳长句／杜牧之／89
题宣州开元寺小阁
　／杜牧之／90
杭州呈胜之／王平甫／90
送张仲容赴杭州孙公辟
　／王半山／90
夷陵岁暮书事呈元珍表
　臣／欧阳永叔／91
寄梅圣俞／欧阳永叔／91
戏答元珍／欧阳永叔／92
戏咏江南风土／黄山谷／92
入秭归界／范石湖／92
人鲊瓮／范石湖／93
杭州喜江南梅度支至二
　诗／陈文惠／93
守严述怀／陆放翁／94

卷之五　升平类
五　言　六首
宫中行乐词／李太白／95

7

驾幸河东 / 王昌龄 / 96

七　言　四十五首

寄太原李相公
　　/ 白乐天 / 97
送裴相公赴镇太原
　　/ 张司业 / 97
送君贶宣徽太尉归洛
　　/ 元章简 / 97
冲之相公拜相
　　/ 元章简 / 98
禁林春直 / 李文正 / 98
上吕相公 / 刘禹谟 / 98
上李相公 / 王　操 / 99
洛阳春 / 王　操 / 99
兄长莒公赴镇道出西苑作诗
　　有长杨猎近寒熊吼太液歌
　　馀瑞鹄飞语警迈予辄拟作
　　一篇 / 宋景文 / 99
寄题相台太尉韩公昼锦
　　堂 / 宋景文 / 100
寒食假中作 / 宋景文 / 100
送致政太师文潞公
　　/ 罗正之 / 100
驾幸西太一宫道傍耕桑者
　　皆以茶绢赐之
　　/ 韩魏公 / 101
驾幸金明池 / 韩魏公 / 101

初会昼锦堂 / 韩魏公 / 101
再题 / 韩魏公 / 102
初登休逸台 / 韩魏公 / 102
癸丑灯夕 / 韩魏公 / 102
赏花钓鱼御制
　　/ 昭　陵仁宗 / 103
和御制赏花钓鱼
　　/ 韩　琦 / 103
和前韵 / 郑毅夫 / 103
和前韵 / 郑毅夫 / 103
奉诏赴琼林苑燕饯太尉潞
　　国文公出镇西都
　　/ 郑毅夫 / 104
送公辟给事自青州致政归
　　吴中 / 郑毅夫 / 104
送程公辟给事出守会稽兼集
　　贤殿修撰 / 郑毅夫 / 104
寄程公辟 / 郑毅夫 / 105
恭和御制上元观灯
　　/ 王和甫 / 105
琼林苑赐宴饯留守太尉辄继
　　高韵呈 / 王和甫 / 105
上巳游金明池
　　/ 王立之 / 106
金明池 / 王平甫 / 106
上元从驾至集禧观次冲卿
　　韵 / 王介甫 / 106
次韵陪驾观灯

／王介甫／107
谒曾鲁公／王介甫／107
上元喜呈贡父
　　　／王介甫／107
和赏花钓鱼／王介甫／107
车驾幸玉津园晚归进诗
　　　／洪景卢／108
秋日临幸秘书省因成近体
　诗一首赐丞相史浩以
　下　阜　陵孝宗／108
寓意／晏元献／109
恭和御制秋月幸秘书省近
　体诗／吕东莱／109
贺车驾幸秘书省二首
　　　／吕东莱／109
入城至郡圃及诸家园亭游
　人甚盛／陆放翁／110
乍晴出游／陆放翁／110
武林／陆放翁／111
西村暮归／陆放翁／111

卷之六　宦情类
五　言　四十三首
南还湘水言怀
　　　／张九龄／112
郡内闲斋／张九龄／112
使至广州／张九龄／113
初至犍为作／岑　参／113

郡斋平望江山
　　　／岑　参／113
宿岐州北郭严给事别业
　　　／岑　参／114
题永乐韦少府厅
　　　／岑　参／114
题元录事开元所居
　　　／刘长卿／114
罢郡姑苏北归渡扬子津
　　　／刘宾客／114
和裴仆射移官言志
　　　／张司业／115
晚岁／白乐天／115
自咏／白乐天／115
六十拜河南尹
　　　／白乐天／116
七年春题府厅
　　　／白乐天／116
罢府归旧居／白乐天／116
寄武功县姚主簿
　　　／贾浪仙／117
题皇甫荀蓝田厅
　　　／贾浪仙／117
题长江／贾浪仙／117
武功县中／姚　合／118
县中秋宿／姚　合／120
县丞厅即事／王　建／120
赠李主簿／周　贺／120

9

侨居二首 / 宋景文 / 121
入壬辰新岁 / 宋景文 / 121
郡斋宴坐 / 张公庠 / 121
除棣学 / 陈后山 / 122
除官 / 陈后山 / 122
书直舍壁 / 陆放翁 / 122
致仕述怀 / 陆放翁 / 123
秋日偶书 / 赵师秀 / 123

七　言　三十八首

寄李儋元锡 / 韦苏州 / 123
书怀 / 韦苏州 / 124
酬秘书王丞见寄
　/ 韦苏州 / 124
微之就辞尚书居易续除刑
　部因书贺意兼述离怀
　/ 白乐天 / 125
解苏州自喜 / 白乐天 / 125
喜罢郡 / 白乐天 / 125
从同州刺史改授太子分
　司 / 白乐天 / 126
赠皇甫六张十五李廿三宾
　客 / 白乐天 / 126
和高仆射罢节使让尚书授
　太保分司喜遂游山水之
　作 / 白乐天 / 126
赠秋浦张明府
　/ 杜荀鹤 / 127

书怀简孙何丁谓
　/ 王元之 / 127
书怀寄刘五 / 杨文公 / 127
寄子京 / 宋元宪 / 128
把酒 / 宋景文 / 128
予既到郡有诏仍修唐书寄局
　中诸僚 / 宋景文 / 128
真定述事 / 宋景文 / 129
拟杜子美峡中意
　/ 宋景文 / 129
罢学士出守还拜承旨
　/ 宋景文 / 130
和公齐临替有感见寄
　/ 王彦霖 / 130
海陵春雨日 / 曾子开 / 130
送推官王永年致仕还乡
　/ 张宛丘 / 131
和即事 / 张宛丘 / 131
和范三登淮亭
　/ 张宛丘 / 131
入都 / 陆放翁 / 132
史院晚出 / 陆放翁 / 132
上章纳禄恩畀外祠遂以五
　月东归 / 陆放翁 / 132
明发南屏 / 杨诚斋 / 133
次韵傅惟肖 / 萧千岩 / 134
呈方叔 / 姜梅山 / 134
夏日奉天台祠禄

/姜梅山/ 135
肃客借重金紫绶
　　/袁说友/ 135
寒夜 /巩仲至/ 135
中旬休日呈岩老
　　/巩仲至/ 136

卷之七　风怀类

五　言　十二首

失婢 /白乐天/ 137
和乐天诮失婢榜者
　　/刘宾客/ 137
夜过盘石隔河望永乐寄闺中
效齐梁体 /岑　参/ 138
幽窗 /韩致尧/ 138
马上见 /韩致尧/ 138
春词 /吴　融/ 139
观翟玉妓 /李　愿/ 139
新春 /刘方平/ 139
春日有赠 /杨巨源/ 140
美人春怨 /杨巨源/ 140
名姝咏 /杨巨源/ 140
艳女词 /杨巨源/ 140

七　言　二十四首

次韵张公远二首
　　/张宛丘/ 141
夔州窦侍郎使君见示悼妓

诗顾余尝识之因命同
作 /刘宾客/ 141
窦夔州见寄寒食日忆故姬
小红吹笙因和之
　　/刘宾客/ 142
和杨师皋给事伤小姬英
英 /刘宾客/ 142
怀妾 /刘宾客/ 142
偶见 /韩　偓/ 143
春尽 /韩　偓/ 143
五更 /韩　偓/ 143
咏浴 /韩　偓/ 144
席上有赠 /韩　偓/ 144
倚醉 /韩　偓/ 144
天平公座中呈令狐公时蔡
京在坐 /李商隐/ 145
无题 /李商隐/ 145
楚宫 /李商隐/ 146
次韵和王员外杂游四韵
　　/吴　融/ 146
无题 /杨文公亿/ 146
无题 /钱思公/ 147

卷之八　宴集类

五　言　十首

宴散 /白乐天/ 148
万年县中雨夜会宿寄皇甫
佃 /姚　合/ 148

淮上喜会梁川故人
　　/韦苏州/ 148
扬州偶会前洛阳卢耿主
簿 /韦苏州/ 149
月夜会徐十一草堂
　　/韦苏州/ 149
馀干夜宴奉饯韦苏州使君
除婺州 /刘长卿/ 149
宴安乐公主宅
　　/宋之问/ 149
送高判官和唐店夜饮
　　/梅圣俞/ 150
春晏宴北园 /宋景文/ 150
十日宴江渎亭
　　/宋景文/ 150

七　言　十三首
宴周皓大夫光福宅
　　/白乐天/ 151
岁日家宴戏示弟侄兼呈张侍
御殿判官 /白乐天/ 151
燕李录事 /韦苏州/ 151
次韵盛居中夜饮
　　/张宛丘/ 152
同周楚望饮花园
　　/张宛丘/ 152
春宴行乐家园
　　/宋景文/ 152

九日水阁 /韩魏公/ 153
辛亥二月十五
　　/韩魏公/ 153
辛亥重九会安正堂
　　/韩魏公/ 153
即席 /韩魏公/ 154
王龟龄王嘉叟木蕴之同过
　小园用郡圃植花韵
　　/洪景卢/ 154
上巳访杨廷秀赏牡丹于御
　书扁榜之斋其东圃仅一
　亩为街者九名曰三三
　径 /周益公/ 154
示同会 /朱灊山翌/ 155

卷之九　老寿类

七　言　八首
胡吉郑刘卢张六贤皆多年
　寿予亦次焉偶于敝舍合
　成尚齿之会七老相顾既
　醉且欢静而思之此会世
　所稀有因成七言六韵诗
　以记之传好事者
　　/白乐天/ 156
睢阳五老图 /杜祁公/ 157
借观五老图次韵
　　/欧阳永叔/ 157
耆英会 /文潞公彦博/ 157

七十 / 陆放翁 / 158
枕上作 / 陆放翁 / 158
八十三吟 / 陆放翁 / 158
戏遣老怀 / 陆放翁 / 159

卷之十　春日类

五　言　六十首

奉和圣制春日剪彩花胜应
　制 / 宋之问 / 160
春日宴宋主簿山亭
　 / 宋之问 / 160
和晋陵陆丞早春游望
　 / 杜审言 / 161
次北固山下 / 王　湾 / 161
晚春严少尹诸公见过
　 / 王右丞 / 162
春日江村 / 杜工部 / 162
春远 / 杜工部 / 163
奉酬李都督表丈早春作
　 / 杜工部 / 163
春山夜月 / 于良史 / 164
江南春 / 张司业 / 164
晚春从人归觐
　 / 周　贺 / 164
春日 / 李咸用 / 165
春日即事 / 耿　沣 / 165
春日客舍晴原野望
　 / 陈　羽 / 165

蜀城春望 / 崔　涂 / 166
春日题山家 / 李　郢 / 166
酬刘员外见寄
　 / 严　维 / 166
早春松江野望
　 / 窦　巩 / 167
春日野望 / 李　中 / 167
早春寄华下同志
　 / 裴　说 / 167
早春 / 司空图 / 168
履道春居 / 白乐天 / 168
和春深 / 白乐天 / 168
原上新春 / 王　建 / 169
春日题韦曲野老邨舍
　 / 许　浑 / 170
游春 / 姚　合 / 170
春日述怀 / 魏仲先 / 171
春日登楼怀归
　 / 寇莱公 / 172
暮春 / 余襄公 / 172
春寒 / 梅圣俞 / 172
寒食前一日陪希深远游大
　字院 / 梅圣俞 / 173
小圃春日 / 林和靖 / 173
东皋 / 王半山 / 173
半山春晚即事
　 / 王半山 / 173
即事 / 王半山 / 174

13

欲归／王半山／174
宿雨／王半山／174
将次洺州憩漳上
　／王半山／175
春日／王半山／175
暮春／王半山／175
暮春游柯市人家
　／张宛丘／176
早春／陈后山／176
和仲良春晚即事
　／杨诚斋／176
小园早步／赵昌父／176
春晚杂兴／陆放翁／177
暮春二首／陆放翁／177
小舟游西泾渡西江而归
　／陆放翁／177
初春杂兴／陆放翁／178
中春偶书／陆放翁／178

七　言　五十二首

立春／杜工部／178
曲江二首／杜工部／179
曲江对饮／杜工部／180
曲江陪郑八丈南史饮
　／杜工部／180
暮春／杜工部／180
正月三日闲行
　／白乐天／181

和程员外春日东郊
　／包　何／181
和牛相公春日闲望
　／刘梦得／181
春日长安即事
　／崔　鲁／182
春晚岳阳城言怀
　／崔　鲁／182
赏春／姚　合／182
残春旅舍／韩致尧／183
春尽／韩致尧／183
暮春山行田家歇马
　／李　郢／183
公舍春日／丁　谓／184
闰十二月望日立春禁中
　作／宋元宪／184
春阴／晏元献／184
假寐／王平甫／185
池上春日／王平甫／185
春阴／王平甫／185
西湖春日／王平甫／186
春睡／苏子美舜钦／186
郊行即事／程明道／186
正月二十日往岐亭潘古郭
　三人送余于女王城东禅
　庄院／苏东坡／187
正月二十日与潘郭二生出
　郊寻春忽记去年是日同

到女王城作诗乃和前
　韵／苏东坡／187
次韵张恕春暮
　　／苏子由／188
春日耕者／苏子由／188
暮春／张宛丘／188
春日遣兴／张宛丘／189
立春／陈后山／189
寄晁无斁春怀
　　／陈后山／189
次韵晁无斁／陈后山／189
春怀示邻曲／陈后山／190
春日郊外／唐子西／190
春近／陆放翁／190
睡起至园中／陆放翁／191
立春日／陆放翁／191
春行／陆放翁／191
东篱／陆放翁／192
春夏之交风日清美欣然有
　感／陆放翁／192
病足累日不出庵门折花自
　娱／陆放翁／192
春日小园杂赋
　　／陆放翁／193
晚春感事／陆放翁／193
枕上作／陆放翁／193
甲子立春前二日
　　／陆放翁／194

暖甚去绵衣／陆放翁／194
早立寺门作／赵章泉／194
出郭／赵章泉／195
晚春／韩仲止／195
十三日／韩仲止／195
寒食／韩仲止／196

卷之十一　夏日类
五　言　二十九首
陪诸贵公子丈八沟携妓纳
　凉晚际遇雨二首
　　／杜　甫／197
热／杜　甫／198
陪郑广文游何将军山林
　　／杜　甫／198
夏日即事／裴　说／199
林馆避暑／羊士谔／199
夏日登信州北楼
　　／李　郢／199
夏晚／刘得仁／200
奉酬侍中夏中雨游城南庄见
　示八韵／白乐天／200
仲夏斋居偶题八咏寄微之及
　崔湖州／白乐天／200
苦热／白乐天／201
夏夜／贾浪仙／201
闲居晚夏／姚　合／201
夏日即事／陈后山／202

次韵夏日江村
　　／陈后山／202
和应之盛夏／张宛丘／202
夏日／张宛丘／203
夏日／张宛丘／203
北斋书志示儿辈
　　／陆放翁／203
五月初作／陆放翁／203
五月十日／韩仲止／204
郊原避暑／葛无怀／204
夏日／葛无怀／204
夏日怀友／徐致中／205
夏夜同灵晖有作奉寄翁赵
　二丈／徐致中／205
初夏游谢公岩
　　／徐致中／205
夏日湖上访隐士
　　／徐致中／206
又寄／徐致中／206

七　言　二十首
多病执热怀李尚书
　　／杜工部／206
途中盛夏
　　／丁　谓晋公／207
苦热／钱文僖／207
夏日即事／林和靖／207
苦热／王平甫／208

中夏／王平甫／208
次韵夏日／陈后山／208
夏日杂兴／张宛丘／209
夏日三首／张宛丘／209
和晁应之大暑书事
　　／张宛丘／209
夏日杂兴／张宛丘／210
幽居初夏雨霁
　　／陆放翁／210
初夏幽居／陆放翁／210
麦熟市米价减邻里病者亦
　皆愈欣然有赋
　　／陆放翁／211
幽居初夏／陆放翁／211
五月初夏病体轻偶书
　　／陆放翁／211
夏日二首／陆放翁／212

卷之十二　秋日类
五　言　六十首
秋日二首／唐太宗／213
秋日翠微宫
　　／唐太宗／214
秋清／杜工部／214
悲秋／杜工部／214
秋野／杜工部／215
秋日过徐氏园林
　　／包　佶／216

秋日送客至潜水驿
　　/ 刘梦得 / 216
秋日暑退赠白乐天
　　/ 刘梦得 / 216
早秋 / 杜牧之 / 216
秋思 / 杜牧之 / 217
池上 / 白乐天 / 217
和左司郎中秋居五首
　　/ 张司业 / 217
和刘补阙秋园五首
　　/ 朱庆馀 / 218
和刘补阙秋园寓兴六首
　　/ 雍　陶 / 219
郊居秋日酬奚赞府见寄
　　/ 杨巨源 / 220
长安秋夜 / 章孝标 / 220
立秋日 / 司空曙 / 221
秋寄贾岛 / 僧无可 / 221
秋寄李频使君
　　/ 僧贯休 / 221
新秋雨后 / 僧齐己 / 222
秋径 / 僧保暹 / 222
原上秋草 / 僧怀古 / 222
山中 / 僧秘演 / 223
落叶 / 潘逍遥 / 223
秋日题琅琊山寺
　　/ 潘逍遥 / 223
渭上秋夕闲望
　　/ 潘逍遥 / 224
暮秋闲望 / 魏仲先 / 224
秋风 / 王半山 / 224
秋露 / 王半山 / 224
秋怀 / 欧阳永叔 / 225
秋日家居 / 梅圣俞 / 225
秋怀示黄预 / 陈后山 / 225
秋怀 / 陈后山 / 226
杂诗 / 唐子西 / 226
梅市道中 / 陆放翁 / 226
秋夜纪怀 / 陆放翁 / 227
秋晚 / 滕元秀 / 227
七月四首 / 韩仲止 / 227

七　言 三十首

秋尽 / 杜工部 / 228
秋夜 / 杜工部 / 229
黄草 / 杜工部 / 229
吹笛 / 杜工部 / 229
七月一日题终明府水楼
　　/ 杜工部 / 230
宿府幕 / 杜工部 / 230
长安晚秋 / 赵　嘏 / 231
始闻秋风 / 赵　嘏 / 231
江亭晚望 / 赵　嘏 / 231
秋日小园 / 钱文僖 / 232
秋日湖西晚归舟中书事
　　/ 林和靖 / 232

秋霁草堂闲望
　　/ 魏仲先 / 232
秋日登楼客次怀张覃进
　士 / 魏仲先 / 233
秋日闲居 / 杨契玄 / 233
乙巳重九 / 韩魏公 / 233
九日水阁 / 韩魏公 / 234
秋日与诸公马头山登高
　　/ 欧阳永叔 / 234
中秋口号 / 秦少游 / 235
九月八日夜大风雨寄王定
　国 / 秦少游 / 235
秋日客思 / 陈简斋 / 236
次韵周教授秋怀
　　/ 陈简斋 / 236
次韵家叔 / 陈简斋 / 236
秋雨初晴有感
　　/ 陆放翁 / 237
村居秋日 / 陆放翁 / 237
秋晚书怀 / 陆放翁 / 237
舍北行饭书触目
　　/ 陆放翁 / 238
九日破晓携儿侄上前山伫
　立佳甚 / 韩仲止 / 238
风雨中诵潘邠老诗
　　/ 韩仲止 / 238
毅斋即事 / 徐崇父 / 239

卷之十三　冬日类

五　言　三十四首

初冬 / 杜工部 / 240
孟冬 / 杜工部 / 240
刈稻了咏怀 / 杜工部 / 241
过刘员外别墅
　　/ 皇甫曾 / 241
碧涧别墅喜皇甫侍郎相
　访 / 刘长卿 / 241
冬日后作 / 裴　说 / 242
冬日 / 裴　说 / 242
初冬早起寄梦得
　　/ 白乐天 / 242
冬夕寄清龙寺源公
　　/ 僧无可 / 243
雪晴晚望 / 贾浪仙 / 243
冬日书事 / 魏仲先 / 243
山村冬暮 / 林和靖 / 244
岁晚 / 王半山 / 244
次韵朱昌叔岁暮
　　/ 王半山 / 244
岁暮书事 / 张宛丘 / 244
寒意 / 郑亨仲 / 245
舍北摇落景物殊佳偶作五
　首 / 陆放翁 / 245
残腊 / 陆放翁 / 246
冬日感兴十韵
　　/ 陆放翁 / 246

初寒独居戏作
　　/ 陆放翁 / 247
湖堤晚步 / 葛无怀 / 247
和翁灵舒冬日书事三首
　　/ 徐道晖 / 247
冬日登富览亭
　　/ 翁续古 / 248
一室 / 宋谦父 / 248
岁暮呈真翰林
　　/ 戴式之 / 248
夜访侃直翁 / 刘养原 / 249
次韵方万里雨夜雪意
　　/ 赵宾旸 / 249
次韵方万里寒甚送酒
　　/ 赵宾旸 / 249

七　言　二十首
十二月一日三首
　　/ 杜工部 / 250
野望 / 杜工部 / 251
戊申岁暮咏怀二首
　　/ 白乐天 / 251
缭垣 / 王平甫 / 252
次韵乐文卿故园
　　/ 陈简斋 / 252
十月 / 陈简斋 / 252
和李上舍冬日书事
　　/ 韩子苍 / 253

十月一日 / 曾茶山 / 253
海云回接骑城北时吐蕃出
没大渡河水上
　　/ 范石湖 / 253
用韵咏雪简湘中诸友
　　/ 陈止斋 / 254
再用喜雪韵 / 陈止斋 / 254
冬晴日得闲游偶作
　　/ 陆放翁 / 254
冬晴闲步东邨由故塘还
舍 / 陆放翁 / 255
十二月八日步至西村
　　/ 陆放翁 / 255
十一月五日晨起书呈叶德
璋司法 / 赵昌父 / 255
次韵叶德璋见示
　　/ 赵昌父 / 256

卷之十四　晨朝类
五　言　三十二首
早渡蒲关 / 唐明皇 / 257
晓望 / 杜工部 / 258
将晓二首 / 杜工部 / 258
客亭 / 杜工部 / 258
早起 / 杜工部 / 259
趋府堂候晓呈两县僚友
　　/ 韦苏州 / 259
旦携谢山人至愚池

／柳子厚／259
商山早行／温飞卿庭筠／260
晓寝／白乐天／260
途中早发／刘宾客／260
晨起／刘宾客／260
晓发／唐 求／261
早行／郭 良／261
早春寄朱放／郭 良／261
晓发鄞江北渡寄崔韩二先
　辈／许 浑／262
早发洛中／许 棠／262
晓发／姚 鹄／263
晨起／韩致尧／263
晓发山居／僧宇昭／263
早行／晁君成／264
晓／梅圣俞／264
梦后寄欧阳永叔
　／梅圣俞／264
和外舅夙兴／黄山谷／264
晨起／张宛丘／265
快哉亭朝寓目
　／贺方回／265
蒙城早行／王之道／266
早行／僧惠洪／266
晨起／陆放翁／266
晓起甘蔗洲／巩仲至／267
早行／刘后村／267

七 言 十三首
晓上天津桥闲望偶逢卢郎
中张员外携酒同倾
　／白乐天／267
早发／罗 邺／268
早发天台中岩寺度关岭次
　天姥岑／许 浑／268
早发蓝关／韩 偓／269
早起／魏仲先／269
朝／梅圣俞／269
新城道中／苏东坡／270
早起／陈后山／270
西归舟中怀通泰诸君
　／吕居仁／270
东流道中／王景文／271
六月归途／徐致中／271
夜雨晓起方觉
　／巩仲至／271
晨征／巩仲至／272

卷之十五　暮夜类
五 言 五十首
晚次乐乡县／陈子昂／273
向夕／杜工部／273
日暮／杜工部／273
晚行口号／杜工部／274
客夜／杜工部／274
倦夜／杜工部／274

中夜 / 杜工部 / 274
村夜 / 杜工部 / 275
旅夜书怀 / 杜工部 / 275
出郭 / 杜工部 / 275
野望 / 杜工部 / 276
晚泊牛渚 / 刘宾客 / 276
夕次洛阳道中
　　/ 崔　涂 / 276
酬梦得穷秋夜坐即事见
　寄 / 白乐天 / 277
齐云楼晚望偶题十韵兼呈
　冯侍御田殷二协律
　　/ 白乐天 / 277
彭蠡湖晚归 / 白乐天 / 277
山中寒夜呈许棠
　　/ 曹　松 / 278
南塘暝兴 / 曹　松 / 278
与清江上人及诸公宿李八
　昆弟宅 / 耿　沣 / 278
月夜登王屋仙台
　　/ 顾非熊 / 278
同刘秀才宿见赠
　　/ 僧无可 / 279
寒夜过叡川师院
　　/ 僧无可 / 279
西陵夜居 / 吴　融 / 279
夕阳 / 僧宇昭 / 280
冬夜旅思 / 寇莱公 / 280

暝 / 梅圣俞 / 280
夜 / 梅圣俞 / 280
吴正仲见访回日暮必未晚膳
　因以解嘲 / 梅圣俞 / 281
秋夜集李式西斋
　　/ 赵叔灵 / 281
江楼晴望 / 鲁三江 / 281
腊后晚望 / 宋景文 / 281
城隅晚意 / 宋景文 / 282
西楼夕望 / 宋景文 / 282
晚游九曲院 / 陈后山 / 282
湖上晚归寄诗友
　　/ 陈后山 / 283
后湖晚出 / 陈后山 / 283
晚泊 / 陈后山 / 283
晚坐 / 陈后山 / 284
寒夜 / 陈后山 / 284
宿齐河 / 陈后山 / 284
宿合清口 / 陈后山 / 284
和西斋 / 张宛丘 / 285
冬夜 / 张宛丘 / 285
小舟过吉泽效王右丞
　　/ 陆放翁 / 285
五鼓不得眠起酌一杯复就
　枕 / 陆放翁 / 285
冷泉夜坐 / 赵师秀 / 286
访端叔提干 / 葛无怀 / 286
雪夜 / 葛无怀 / 286

21

月夜书怀 / 陈止斋 / 286

暝色 / 刘后村 / 287

七　言　十一首

阁夜 / 杜工部 / 287

暮归 / 杜工部 / 287

返照 / 杜工部 / 288

和周廉彦 / 张宛丘 / 288

夜泊 / 张宛丘 / 288

夜泊宁陵 / 韩子苍 / 289

夜坐 / 吕居仁 / 289

夜雨 / 陆放翁 / 289

冬夜不寐 / 姜梅山 / 290

秋夜偶书 / 赵师秀 / 290

呈蒋薛二友 / 赵师秀 / 290

卷之十六　节序类

五　言　五十四首

冬至 / 王半山 / 291

和王子安至日
　/ 陈后山师道 / 291

冬至后 / 张宛丘 / 292

辛酉冬至 / 陆放翁 / 292

腊日晚步 / 张宛丘 / 292

腊日二首 / 张宛丘 / 293

守岁 / 唐太宗 / 293

杜位宅守岁 / 杜工部 / 293

除夜宿石头驿
　/ 戴叔伦幼公 / 294

除夕 / 唐子西 / 294

除夜 / 陈后山 / 294

除夜对酒赠少章
　/ 陈后山 / 295

除夜 / 陈简斋 / 295

岁除即事 / 赵仲白 / 295

新年作 / 宋之问 / 296

次韵仲卿除日立春
　/ 王半山 / 296

元日 / 陈后山 / 296

嘉祐己亥岁旦呈永叔内
　翰 / 梅圣俞 / 296

宜章元日 / 吕居仁 / 297

己酉元日 / 陆放翁 / 297

甲子元日 / 陆放翁 / 297

元日立春 / 范石湖 / 298

人日 / 杜工部 / 298

人日 / 唐子西 / 298

正月十五日 / 苏味道 / 299

夜游 / 苏味道 / 299

观灯 / 王　谭 / 299

正月十五夜月
　/ 白乐天 / 300

和元夜 / 陈后山 / 300

择之诵所赋拟进吕子晋元
　宵诗因用元韵二首
　/ 朱文公 / 300

月晦 / 唐太宗 / 301
奉和晦日幸昆明池应制
　　/ 宋之问 / 301
春社 / 梅圣俞 / 302
社日 / 谢无逸 / 302
寒食 / 杜工部 / 303
壬辰寒食 / 王半山 / 303
丙寅舟次宋城作
　　/ 贺方回 / 303
道中寒食二首
　　/ 陈简斋 / 304
清明 / 陆放翁 / 304
三月三日梨园亭侍宴
　　/ 沈佺期 / 304
上巳日洛中寄王山人迥
　　/ 孟浩然 / 305
上巳 / 陆放翁 / 305
端午日赐衣 / 杜工部 / 305
七夕 / 杜审言 / 306
七夕 / 梅圣俞 / 306
九日登梓州城
　　/ 杜工部 / 307
云安九日郑十八携酒陪诸
　　公宴 / 杜工部 / 307
九日 / 杜工部 / 307
奉和圣制重阳节上寿应
　　制 / 王右丞 / 308
九日怀舍弟 / 唐子西 / 308

七　言 六十九首

小至 / 杜工部 / 309
冬至 / 杜工部 / 309
至日遣兴奉寄北省旧阁老
　　两院故人二首
　　/ 杜工部 / 309
至后 / 杜工部 / 310
冬至夜 / 白乐天 / 310
冬至夜作 / 韩致尧 / 311
长至日述怀兼寄十七兄
　　/ 曾茶山 / 311
腊日 / 杜工部 / 312
和腊前 / 梅圣俞 / 312
腊日二首 / 张宛丘 / 312
除夜寄微之 / 白乐天 / 313
除夜 / 陈简斋 / 313
壬戌岁除作明朝六十岁
　　矣 / 曾茶山 / 314
岁尽 / 曾茶山 / 314
元日过丹阳明日立春寄鲁
　　元翰 / 苏东坡 / 314
元日 / 陈简斋 / 315
乙未元日 / 范石湖 / 315
丙午新正书怀
　　/ 范石湖 / 315
己亥元日 / 尤遂初 / 317
新年书感 / 陆放翁 / 317
丙辰元日 / 刘后村 / 317

戊午元日 / 刘后村 / 318
庚辰岁人日作
　　/ 苏东坡 / 318
人日雪 / 陆放翁 / 319
奉和御制上元观灯
　　/ 夏子乔 / 319
依韵恭和圣制上元观灯
　　/ 王禹玉 / 320
上元从主人登尚书省东
　楼 / 梅圣俞 / 320
自和 / 梅圣俞 / 320
又和 / 梅圣俞 / 321
钱塘上元夜祥符寺陪咨臣郎
　中丈燕席 / 曾南丰 / 321
上元 / 曾南丰 / 321
上元夜过赴儋守召独坐有
　感 / 苏东坡 / 322
上元思京辇旧游三首
　　/ 张宛丘 / 323
京师上元 / 洪觉范 / 323
上元宿岳麓寺
　　/ 洪觉范 / 324
春社礼成借用寺簿释奠诗
　韵 / 罗端良 / 324
小寒食舟中作
　　/ 杜工部 / 325
寒食成判官垂访
　　/ 徐鼎臣 / 325

依韵和李舍人旅中寒食感
　事 / 梅圣俞 / 326
寒食赠游客 / 张宛丘 / 326
寒食只旬日间风雨不已
　　/ 曾茶山 / 326
寒食清明 / 刘后村 / 327
海南人不作寒食而以上巳上
　冢余携一瓢酒寻诸生皆出
　矣独老符秀才在因与饮至
　醉符盖儋人之安贫守静者
　也 / 苏东坡 / 327
上巳晚泊龟山作
　　/ 贺方回 / 328
次韵王仲至西池会饮
　　/ 张宛丘 / 328
上巳 / 赵昌父 / 328
上巳 / 刘后村 / 329
重午 / 范石湖 / 329
和黄预七夕 / 陈后山 / 329
乞巧 / 李先之 / 330
登高 / 杜工部 / 330
九日蓝田崔氏庄
　　/ 杜工部 / 330
九日和韩魏公
　　/ 苏老泉 / 331
次韵李节推九日登山
　　/ 陈后山 / 331
九日寄秦觏 / 陈后山 / 332

九日登戏马台
　　/ 贺方回 / 332
重九赏心亭登高
　　/ 范石湖 / 332
九日登天湖以菊花须插满
　头归分韵赋诗得归字
　　/ 朱文公 / 333
归报德再用前韵
　　/ 朱文公 / 333
壬子九日 / 刘后村 / 334

卷之十七　晴雨类
　五　言　九十五首
发营逢雨应诏
　　/ 虞世南 / 335
奉和春日途中喜雨
　　/ 魏知古 / 335
途中遇晴 / 孟浩然 / 336
雨四首 / 杜工部 / 336
晨雨 / 杜工部 / 337
喜雨 / 杜工部 / 337
对雨 / 杜工部 / 337
村雨 / 杜工部 / 337
梅雨 / 杜工部 / 337
朝雨 / 杜工部 / 338
夜雨 / 杜工部 / 338
更题 / 杜工部 / 338
春夜喜雨 / 杜工部 / 338

对雨书怀走邀许主簿
　　/ 杜工部 / 339
乘雨入行军六弟宅
　　/ 杜工部 / 339
雨晴 / 杜工部 / 339
晴二首 / 杜工部 / 339
晚晴 / 杜工部 / 340
晚晴 / 杜工部 / 340
夏日对雨 / 裴晋公 / 340
春雨 / 刘　复 / 341
赋暮雨送李胄
　　/ 韦苏州 / 341
寺居秋日对雨有怀
　　/ 喻　凫 / 341
裴端公使院赋得隔帘见春
　雨 / 包　何 / 342
梅雨 / 柳子厚 / 342
郴州祈雨 / 韩昌黎 / 342
雨中寄张博士籍侯主簿
　喜 / 韩昌黎 / 342
同裴少府安居寺对雨
　　/ 皇甫冉 / 343
微雨 / 吴　融 / 343
雨 / 张　蠙 / 343
依韵和子聪夜雨
　　/ 梅圣俞 / 344
新秋雨夜西斋文会
　　/ 梅圣俞 / 344

依韵和签判都官昭亭谢雨回
　广教见怀 / 梅圣俞 / 344
春夜闻雨 / 梅圣俞 / 344
夏雨 / 梅圣俞 / 345
新霁望岐笠山
　/ 梅圣俞 / 345
观水 / 梅圣俞 / 345
和小雨 / 梅圣俞 / 346
舟中值雨裴刁二君见过
　/ 梅圣俞 / 346
次韵和景彝元夕雨晴
　/ 梅圣俞 / 346
感春之际以病止酒水丘有
　简云时雨乍晴物景鲜丽
　疑未是止酒时因成短章
　奉答 / 梅圣俞 / 347
韩子华约游园上马后雨作
　遂归 / 梅圣俞 / 347
集英殿赐百官宴以雨放
　/ 梅圣俞 / 347
雨中二首 / 张宛丘 / 347
和应之细雨 / 张宛丘 / 348
寄无斁 / 陈后山 / 348
暑雨 / 陈后山 / 348
夜雨 / 陈后山 / 349
和寇十一同游城南阻雨还
　登寺山 / 陈后山 / 349
和寇十一雨后登楼
　/ 陈后山 / 349
次韵夜雨 / 陈后山 / 349
和黄预久雨 / 陈后山 / 350
骤雨 / 唐子西 / 350
江涨 / 唐子西 / 350
雨 / 陈简斋 / 351
连雨书事 / 陈简斋 / 351
试院书怀 / 陈简斋 / 352
雨 / 陈简斋 / 352
春雨 / 陈简斋 / 352
雨 / 陈简斋 / 352
岸帻 / 陈简斋 / 353
雨 / 陈简斋 / 353
雨 / 陈简斋 / 353
细雨 / 陈简斋 / 353
晚晴野望 / 陈简斋 / 353
道中 / 陈简斋 / 354
晚步 / 陈简斋 / 354
雨 / 陈简斋 / 354
雨思 / 陈简斋 / 354
雨中 / 陈简斋 / 355
雨后至江上有怀诸子
　/ 吕居仁 / 355
仲夏细雨 / 曾茶山 / 355
悯雨 / 曾茶山 / 355
郡中吟怀玉山应真请雨未
　沾足 / 曾茶山 / 356
苦雨 / 曾茶山 / 356

晚雨 / 曾茶山 / 356

夕雨 / 曾茶山 / 356

秋雨排闷十韵
　　/ 曾茶山 / 357

雨二首 / 曾茶山 / 357

雨夜 / 曾茶山 / 357

雨多极凉冷 / 韩仲止 / 358

晚雨可爱 / 韩仲止 / 358

闻雨凉意可掬
　　/ 韩仲止 / 358

连雨 / 赵昌父 / 358

雨望偶题 / 赵昌父 / 359

雨中不出呈斯远兼示成
　甫 / 赵昌父 / 359

七　言　四十首

江雨有怀郑典设
　　/ 杜工部 / 359

雨不绝 / 杜工部 / 360

崔评事弟许相迎不到应虑老
　夫见泥雨怯出必愆佳期走
　笔戏简 / 杜工部 / 360

即事 / 杜工部 / 360

苦雨闷闷对酒偶吟
　　/ 白乐天 / 361

秋夕闲居对雨赠别卢七侍
　　御 / 窦　年 / 361

赋得秋雨 / 晏元献 / 361

有美堂暴雨 / 苏东坡 / 362

和魏道辅雨中见示
　　/ 王平甫 / 362

雨意 / 王平甫 / 362

雨馀 / 王平甫 / 363

得雨 / 王平甫 / 363

次韵张昌言给事喜雨
　　/ 黄山谷 / 363

自巴陵略平江临湘入通城无
　日不雨至黄龙谒清禅师继
　而晚晴 / 黄山谷 / 364

次韵何子温祈晴
　　/ 陈后山 / 364

悯雨 / 唐子西 / 365

夜雨 / 陈简斋 / 365

雨晴 / 陈简斋 / 365

雨中对酒庭下海棠经雨不
　谢 / 陈简斋 / 366

立春雨 / 陈简斋 / 366

观雨 / 陈简斋 / 366

观江涨 / 陈简斋 / 366

雨后至城外 / 吕居仁 / 367

苦雨 / 吕居仁 / 367

柳州开元寺夏雨
　　/ 吕居仁 / 367

乙卯岁江南大旱七月六日
　临川得雨奉呈仲高侍
　御 / 曾茶山 / 368

自七月二十五日大雨三日
秋苗以苏喜雨有作
／曾茶山／368
次韵德翁苦雨
／尤延之／368
临安春雨初霁
／陆放翁／369
秋雨／陆放翁／369
秋雨北榭作／陆放翁／369
春雨／陆放翁／370
雨／陆放翁／370
久雨／陆放翁／370
小雨初霁／陆放翁／371
雨中闻伯恭至湖上
／韩南涧／371
记建安大水／韩南涧／371
晚晴／赵章泉／372
二月十日喜雨呈李纯教授去
非尉曹／赵章泉／372
雨后呈斯远／赵章泉／372

卷之十八　茶类

五　言　十三首
送陆羽／皇甫曾／373
故人寄茶／曹　邺／374
煎茶／丁晋公／374
阁门水／梅圣俞／374
吴正仲遗新茶
／梅圣俞／375
颖公遗碧霄峰茗
／梅圣俞／375
建溪新茗／梅圣俞／375
茶磨／梅圣俞／375
建茶呈使君学士
／李虚己／376
谢人送壑源绝品云九重所
赐也／曾茶山／376
迪侄屡饷新茶
／曾茶山／376
述侄饷日铸茶
／曾茶山／377

七　言　八首
夜闻贾常州崔湖州茶山境
会想羡欢宴因寄此诗
／白乐天／377
和伯恭自造新茶
／余襄公／378
依韵和杜相公谢蔡君谟寄
茶／梅圣俞／378
次韵曹辅寄壑源试焙新
芽／苏东坡／378
汲江煎茶／苏东坡／379
吴傅朋送惠山泉两瓶并所
书石刻／曾茶山／379
逮子得龙团胜雪茶两胯以

归予其直万钱云
　　/曾茶山/379
李相公饷建溪新茗奉寄
　　/曾茶山/380

卷之十九　酒类
五　言　十九首
独酌/杜工部/381
独酌成诗/杜工部/381
军中醉饮寄沈刘叟
　　/杜工部/382
何处难忘酒/白乐天/382
不如来饮酒/白乐天/383
把酒思闲事/白乐天/383
晚春酒醒寻梦得
　　/白乐天/384
腊酒/梅圣俞/384
答高判官和唐店夜饮
　　/梅圣俞/384
村醪/梅圣俞/385
答田生/陈后山/385
醉中作/陆放翁/385

七　言　十六首
尝酒听歌招客
　　/白乐天/386
长斋月满携酒先与梦得对
酌醉中同赴令公之宴戏

赠梦得/白乐天/386
桥亭卯饮/白乐天/386
太守徐君猷通守孟亨之皆
不饮酒诗以戏之云/苏
东坡/387
章质夫送酒六壶书至而酒
不达戏作小诗问之
　　/苏东坡/387
醉中/陈简斋/387
对酒/陈简斋/388
郡中禁私酿严甚戏作
　　/曾茶山/388
避寇迁居郭内风雨凄然郑顾
道饷酒/曾茶山/388
家酿红酒美甚戏作
　　/曾茶山/389
秋夜独酌/黄师宪/389
小饮梅花下作
　　/陆放翁/390
六日云重有雪意独酌
　　/陆放翁/390
小圃独酌/陆放翁/390
对酒/陆放翁/390
醉中自赠/陆放翁/391

卷之二十　梅花类
五　言　六十一首
和王司马折梅寄京邑兄

弟 / 张子寿 / 394
庭梅咏 / 张子寿 / 394
江梅 / 杜工部 / 395
春雪间早梅 / 韩昌黎 / 395
江梅 / 郑　谷 / 396
赋得春雪映早梅
　　／ 元微之 / 396
梅 / 杜牧之 / 397
山路见梅感而作
　　／ 钱　起 / 397
十一月中旬至扶风见梅
　　花 / 李义山 / 397
早梅 / 朱庆馀 / 397
早玩雪梅有怀亲属
　　／ 韩致尧 / 398
早梅 / 僧齐己 / 398
马上见梅花初发
　　／ 宋莒公 / 399
梅花 / 王禹玉 / 399
马处厚席上探得早梅
　　／ 晁君成 / 400
红梅 / 梅圣俞 / 400
梅花 / 梅圣俞 / 400
依韵答僧圆觉早梅
　　／ 梅圣俞 / 401
九月见梅花 / 梅圣俞 / 401
偶折梅数枝置案上盘中芬
　　然遂开 / 张宛丘 / 401

感梅忆王立之
　　／ 晁叔用 / 401
梅 / 晁叔用 / 402
梅 / 晁叔用 / 402
岭梅 / 曾茶山 / 403
高邮无梅求之于扬帅邓直
　　阁 / 曾茶山 / 403
邓帅寄梅并山堂酒
　　／ 曾茶山 / 403
次韵张守梅诗
　　／ 刘屏山 / 404
观梅花开尽不及吟赏感叹
　　成诗聊贻同好二首
　　／ 朱文公 / 404
宋丈示及红梅蜡梅借韵两
　　诗复和呈以发一笑
　　／ 朱文公 / 404
清江道中见梅
　　／ 朱文公 / 405
与弟侄饮梅花下分得香
　　字 / 张南轩 / 405
王长沙约饮县圃梅花下分韵
　　得梅字 / 张南轩 / 405
蜡梅 / 杨诚斋 / 406
梅 / 尤延之 / 406
和渭叟梅花 / 尤延之 / 407
梅花 / 尤延之 / 407
蜡梅 / 尤延之 / 407

道上人房老梅
　　／翁续古／407
严先辈诗送红梅次韵
　　／赵昌父／408
分界铺爱直驿张安道因杉制名而驿之前有老梅一株不知安道何为舍彼而取此也／赵昌父／408
忆梅／赵昌父／409
梅花／刘后村／409
梅花／张泽民／409
早梅／李和父／412

七　言　一百四十八首

和裴迪发蜀州东亭送客逢早梅相忆见寄
　　／杜工部／412
岸梅／崔　鲁／413
梅花／韩致尧／413
酬崔八早梅有赠兼示之作
　　／李义山／414
梅花寄所亲／李建勋／414
忆杭州梅花因叙旧游寄萧协律／白乐天／414
胡中丞早梅／方玄英／415
梅花／林和靖／415
山园小梅／林和靖／416
山园小梅／林和靖／416

梅花／林和靖／416
梅花／林和靖／417
梅花／晁君成／417
依韵和叔治晚见梅花
　　／梅圣俞／418
梅花／梅圣俞／418
梅花／梅圣俞／418
和梅花／梅圣俞／419
次韵道隐忆太平州宅早梅／王半山／419
次韵徐仲元咏梅
　　／王半山／419
与微之同赋梅花得香字三首／王半山／420
黄梅花／王半山／421
忆梅花／王半山／422
梅花／王半山／422
雪中梅／郑毅夫／422
岐亭道上见梅花戏赠季常／苏东坡／423
红梅／苏东坡／424
梅花寄汝阴苏太守
　　／参寥子／424
次韵赏梅／黄山谷／425
和和叟梅花／陈后山／425
梅花／张宛丘／425
次韵李秬梅花
　　／晁无咎／426

31

和补之梅花 / 廖明略 / 426
普明寺见梅 / 杨诚斋 / 427
梅花下小饮 / 杨诚斋 / 427
怀古堂前小梅渐开
　/ 杨诚斋 / 427
克信弟坐上赋梅花二首
　/ 杨诚斋 / 428
立春后一日和张功父园梅
　未开韵 / 杨诚斋 / 429
至日后十日雪中观梅
　/ 杨诚斋 / 429
梅花 / 陆放翁 / 429
十一月八夜灯下对梅独酌
　累日劳甚颇自慰也
　/ 陆放翁 / 430
十二月初一日得梅一枝绝奇
　戏作长句今年于是四赋此
　花矣 / 陆放翁 / 430
荀秀才送蜡梅十枝奇甚为
　赋此诗 / 陆放翁 / 430
樊江观梅 / 陆放翁 / 430
梅花四首 / 陆放翁 / 431
涟漪亭赏梅 / 陆放翁 / 431
射的山观梅 / 陆放翁 / 432
园中赏梅 / 陆放翁 / 432
梅 / 陆放翁 / 433
红梅 / 毛泽民 / 433
和草堂吕君玉梅花
　/ 崔德符 / 433
江梅 / 田元邈 / 434
窗外梅花 / 卢赞元 / 434
和田南仲梅 / 卢赞元 / 435
同曾户部吴县尉张秀才北
　山僧房寻梅令客对棋
　/ 徐师川 / 435
庭中梅花正开用旧韵贻端
　伯 / 徐师川 / 435
和和靖八梅 / 胡澹庵 / 436
返魂梅 / 曾茶山 / 437
诸人见和再次韵
　/ 曾茶山 / 438
瓶中梅 / 曾茶山 / 438
雪后梅花盛开折置灯下
　/ 曾茶山 / 438
喻子才提举招昌源观梅倦
　不克往苏仁仲有诗次
　韵 / 曾茶山 / 439
奉和姚仲美腊梅
　/ 赵义若 / 439
正月七日初见梅花
　/ 方元修 / 439
梅花 / 潘子贱 / 440
探梅呈汪信民
　/ 吕居仁 / 440
谢滕尉送梅 / 吕居仁 / 441
江梅 / 吕居仁 / 441

和周楚望红梅用韵
　　/ 方子通 / 441
次韵张守梅诗
　　/ 刘屏山 / 442
次韵刘秀野前村梅
　　/ 朱文公 / 442
次韵刘秀野早梅
　　/ 朱文公 / 442
次韵秀野雪后书事
　　/ 朱文公 / 443
不见梅再用来字韵
　　/ 朱文公 / 443
叔通老友探梅得句垂示且
　有领客携壶之约
　　/ 朱文公 / 444
和宇文正甫探梅
　　/ 张南轩 / 444
红梅 / 韩无咎 / 444
去年多雪苦寒梅花遂晚元夕
　犹未盛开 / 范石湖 / 445
再题瓶中梅 / 范石湖 / 445
次韵尹朋梅花
　　/ 尤延之 / 445
梅花 / 尤延之 / 446
落梅 / 尤延之 / 446
入春半月未有梅花
　　/ 尤延之 / 446
德翁有诗再用前韵三首
　　/ 尤延之 / 447
次韵渭叟蜡梅
　　/ 尤延之 / 447
梅花 / 赵昌父 / 448
探梅 / 韩仲止 / 448
梅花 / 韩仲止 / 449
春山看红梅
　　/ 韩仲止 / 449
涧上蜡梅香甚
　　/ 韩仲止 / 450
梅下 / 韩仲止 / 450
涧东临风饮梅花尚未全放一
　树独佳 / 韩仲止 / 450
探梅 / 韩仲止 / 451
寄寻梅 / 戴石屏 / 451
梅 / 戴石屏 / 452
客有致横驿苔梅者绝奇古
　刘良叔以诗借观次韵奉
　纳 / 方巨山 / 452
五用韵 / 方巨山 / 453
落梅 / 刘潜夫 / 453
赵礼部和予梅诗十绝送林
　录参韵杂之万如诗中殆
　不可辨别课一诗以谢
　　/ 刘后村 / 454
梅花二十首 / 张泽民 / 455
见梅杂兴 / 陆太初 / 459

33

卷之二十一　雪类

五　言　四十首

赴京途中遇雪 / 孟浩然 / 461
和张丞相春朝对雪 / 孟浩然 / 461
对雪 / 杜工部 / 462
对雪 / 杜工部 / 462
雪 / 杜工部 / 462
舟中夜雪有怀卢十四侍御弟 / 杜工部 / 463
泊岳阳城下 / 杜工部 / 463
春雪 / 韩昌黎 / 463
和欲雪二首 / 梅圣俞 / 464
雪咏 / 梅圣俞 / 464
猎日雪 / 梅圣俞 / 465
十五日雪三首 / 梅圣俞 / 465
次韵范景仁舍人对雪 / 梅圣俞 / 465
雪中寄魏衍 / 陈后山 / 466
雪 / 陈后山 / 466
次韵无斁雪后二首 / 陈后山 / 467
雪后黄楼寄眉山居士 / 陈后山 / 467
元日雪 / 陈后山 / 467
雪意 / 陈后山 / 468
雪尽 / 吕居仁 / 468
年华 / 陈简斋 / 468
金潭道中 / 陈简斋 / 469
雪中偶成 / 潘子贱 / 469
雪中登王正中书阁 / 曾茶山 / 469
次韵雪中 / 曾茶山 / 470
雪中二首 / 陆放翁 / 470
小雪 / 陆放翁 / 470
大雪月下至旦欲午始晴 / 陆放翁 / 471
雪 / 尤延之 / 471
雪意浓复作雨 / 范石湖 / 471
雪 / 杨诚斋 / 472

七　言　四十七首

暮登四安寺钟楼寄裴十迪 / 杜工部 / 472
春雪 / 秦韬玉 / 473
次韵和刁景纯春雪戏意 / 梅圣俞 / 473
雪后书北台壁 / 苏东坡 / 473
再用韵 / 苏东坡 / 474
读眉山集次韵雪诗五首 / 王半山 / 475
读眉山集爱其雪诗能用韵复次韵一首 / 王半山 / 476

次韵王胜之咏雪
　　/王半山/ 476
次韵酬府推仲通学士雪中
　见寄 /王半山/ 477
雪中过城东仰怀平甫学
　士 /刘景文/ 477
次韵景文雪中见寄
　　/王平甫/ 477
雪意 /王平甫/ 478
咏雪奉呈广平公
　　/黄山谷/ 478
春雪呈张仲谋
　　/黄山谷/ 479
连日大雪以疾作不出闻苏
　公与德麟同登女郎台
　　/陈后山/ 479
雪后 /陈后山/ 479
戊午山间对雪
　　/徐师川/ 480
招张仲宗 /陈简斋/ 480
雪 /崔德符/ 481
对雪 /毛泽民/ 481
追和东坡雪诗
　　/胡澹庵/ 481
雪作 /曾茶山/ 482
十二月六日大雪
　　/曾茶山/ 482
上元日大雪 /曾茶山/ 483

次秀野咏雪韵三首
　　/朱文公/ 483
次韵雪后书事
　　/朱文公/ 484
甲午春前得雪
　　/尤延之/ 484
正月二十八日夜大雪
　　/尤延之/ 485
雪 /陆放翁/ 485
作雪寒甚有赋
　　/陆放翁/ 486
雪 /陆放翁/ 486
雪 /陆放翁/ 486
大雪 /陆放翁/ 486
雪中作 /陆放翁/ 487
和马公弼雪 /杨诚斋/ 487
霰 /杨诚斋/ 488
环林踏雪 /楼攻媿/ 488
顷与公择读东坡雪后北台
　二诗叹其韵险而无窘步
　尝约追和以见诗之难穷
　去冬适无雪正月二十日
　大雪因用前韵呈公择
　　/赵昌父/ 488

卷之二十二　月类

　五　言　三十首

和康五望月有怀

／杜审言／490
咏月／康令之／490
秋夜望月／姚元崇／491
月夜／杜工部／491
初月／杜工部／491
月／杜工部／492
月／杜工部／492
月圆／杜工部／493
月／杜工部／493
月夜忆舍弟／杜工部／493
舟月对驿近寺
　　／杜工部／493
江月／杜工部／494
玩月呈汉中王
　　／杜工部／494
八月十五夜月
　　／杜工部／494
十六夜玩月／杜工部／494
十七夜对月／杜工部／494
裴迪书斋望月
　　／钱　起／495
西楼月／白居易／495
西楼望月／张司业／495
八月十五夜玩月
　　／刘宾客／496
中秋月／王元之禹偁／496
中秋月／曹汝弼／496
中秋与希深别后月下寄

　　／梅圣俞／497
陇月／梅圣俞／497
陪友人中秋赏月
　　／王半山／497
十五夜月／陈后山／498
中秋前一夕玩月
　　／杨诚斋／498
夜中步月／陆放翁／498

七　言　十首

中秋月／白乐天／499
八月十五夜禁中寓直寄元
　　四稹／白乐天／499
中秋松江新桥对月和柳
　　令／苏子美／499
依韵和欧阳永叔邀许发
　　运／梅圣俞／500
和永叔中秋月夜会不见月酬
　　王舍人／梅圣俞／500
酬王君玉中秋席上待月值
　　雨／欧阳永叔／501
八月十五夜月二首
　　／曾茶山／501
癸未八月十四日至十六夜
　　月色皆佳
　　／曾茶山／502
中秋呈潘德父
　　／韩仲止／502

卷之二十三　闲适类

五　言　一百八首

终南别业 / 王右丞 / 503
归嵩山作 / 王右丞 / 504
韦给事山居 / 王右丞 / 504
辋川闲居 / 王右丞 / 504
淇上即事 / 王右丞 / 505
归终南山 / 孟浩然 / 505
过故人庄 / 孟浩然 / 505
遇雨贻谢南池
　　/ 孟浩然 / 506
正月三日归溪上有作简院
　内诸公 / 杜工部 / 506
草堂即事 / 杜工部 / 506
暮春题瀼西新赁草屋
　　/ 杜工部 / 507
江亭 / 杜工部 / 507
过鹦鹉洲王处士别业
　　/ 刘长卿 / 508
闲游二首 / 韩昌黎 / 508
题李凝幽居 / 贾浪仙 / 509
访李甘原居 / 贾浪仙 / 509
僻居无可上人相访
　　/ 贾浪仙 / 509
送唐环归敷水庄
　　/ 贾浪仙 / 510
原东居喜唐温淇频至
　　/ 贾浪仙 / 510
原上秋居 / 贾浪仙 / 510
寄钱庶子 / 贾浪仙 / 511
偶作 / 贾浪仙 / 511
马戴居华山因寄
　　/ 贾浪仙 / 511
南斋 / 贾浪仙 / 511
孟融逸人 / 贾浪仙 / 512
题朱庆馀所居
　　/ 贾浪仙 / 512
寄胡遇 / 贾浪仙 / 512
闲卧 / 白乐天 / 513
闲坐 / 白乐天 / 513
题令狐处士溪居
　　/ 项　斯 / 513
早春题湖上顾氏新居
　　/ 项　斯 / 513
东郊别业 / 耿　沣 / 514
题马儒乂石门山居
　　/ 顾非熊 / 514
晚秋闲居 / 张司业 / 514
过贾岛野居 / 张司业 / 515
题卢处士山居
　　/ 温庭筠 / 515
晚秋拾遗朱放访山居
　　/ 秦隐君系 / 515
山中赠张正则评事
　　/ 秦隐君 / 516
江村题壁 / 李商隐 / 516

37

南涧耕叟／崔　涂／516
钟陵野步／曹　松／517
山中言事／曹　松／517
镜中别业／方玄英／517
题李频新居／姚　合／518
过杨处士幽居
　　／姚　合／518
闲居／姚　合／518
山中寄友生／姚　合／519
闲居遣怀／姚　合／519
春日闲居／姚　合／519
山中述怀／姚　合／520
和元八郎中秋居
　　／姚　合／520
原上新居／王　建／520
赠溪翁／王　建／521
山居／王　建／521
闲居即事／王　建／522
溪居叟／杜荀鹤／522
赠魏野／僧宇昭／522
水村即事／寇莱公／522
闲居／梅圣俞／523
岸贫／梅圣俞／523
村豪／梅圣俞／523
田人夜归／梅圣俞／523
林处士水亭／陈文惠／524
书友人屋壁／魏仲先／524
湖楼写望／林和靖／524

湖山小隐／林和靖／525
小隐自题／林和靖／525
赠清逸魏闲处士
　　／宋景文／525
喜友人过隐居
　　／曹汝弼／526
村家／王正美／526
东山招复古／俞退翁／526
夏日闲居／俞退翁／527
放怀／陈后山／527
放慵／陈简斋／527
题斋壁／陆放翁／527
自述／陆放翁／528
书适／陆放翁／528
幽事／陆放翁／529
茸圃／陆放翁／529
幽事／陆放翁／529
北槛／陆放翁／529
止斋即事／陈止斋／530
次韵山居／陈伯和／530
西山／叶正则／530
题翁卷山居／徐道晖／531
山中／徐道晖／531
贫居／徐道晖／531
山居／徐致中／531
幽居／翁灵舒／532
梦回／翁灵舒／532
隐者所居／翁灵舒／532

春日和刘明远
　　／翁灵舒／532
偶题／徐斯远／533
雨后到南山村家
　　／徐斯远／533
北山作／刘后村／533

七　言　五十一首

江村／杜工部／534
南邻／杜工部／534
狂夫／杜工部／534
题刑部李郎中山亭
　　／秦韬玉／535
僻居酬友人／伍乔／535
秋深闲兴／韩致尧／535
题张逸人园林
　　／韩翃／536
书怀寄王秘书
　　／张司业／536
送杨判官／张司业／536
书怀／吴融／536
闲望／吴融／537
题林逸士泐上新屋壁
　　／刘子仪／537
郊外／王平甫／537
退居／詹中正／538
赠张处士／赵叔灵／538
野墅夏晚／钱昭度／538

湖山小隐／林和靖／539
易从上人山亭
　　／林和靖／539
怀旧隐／陈亚／539
郊行即事／程明道／540
小村／梅圣俞／540
山中／陈简斋／540
题东家壁／陈简斋／541
雨后至城外
　　／吕居仁本中／541
孟明田舍／吕居仁／541
习闲／范石湖／542
亲戚小集／范石湖／542
登东山／陆放翁／542
题庵壁／陆放翁／543
山行过僧庵不入
　　／陆放翁／543
闲中书事／陆放翁／544
小筑／陆放翁／544
穷居／陆放翁／545
西窗／陆放翁／545
耕罢偶书／陆放翁／545
小筑／陆放翁／545
过邻家戏作／陆放翁／546
简邻里／陆放翁／546
戏咏闲适／陆放翁／546
闲中颇自适戏书示客
　　／陆放翁／547

39

幽居述事 / 陆放翁 / 547
村居 / 陈止斋 / 548
闲咏 / 姜梅山 / 548
负暄 / 姜梅山 / 548
书怀 / 赵彦先 / 549
移居谢友人见过
　　 / 赵师秀 / 549

卷之二十四　送别类

五　言　八十七首

送崔著作东征
　　 / 陈子昂 / 550
送魏大从军
　　 / 陈子昂 / 550
送朔方何侍郎
　　 / 宋之问 / 551
送贺知章归四明
　　 / 唐明皇 / 551
知章年八十六卧病上表乞
　为道士还乡上许之舍宅
　为观赐名千秋仍赐鉴湖
　剡水一曲诏令供帐东门
　百僚祖饯御制赐诗云
　　 / 唐明皇 / 551
永嘉浦逢张子容
　　 / 孟浩然 / 552
送孟六归襄阳
　　 / 张子容 / 552

送友人入蜀 / 李太白 / 552
送张舍人之江东
　　 / 李太白 / 552
衡州送李大夫勉赴广州
　　 / 杜工部 / 553
夏日杨长宁宅送崔侍御常
　正字入京探韵得深字
　　 / 杜工部 / 553
送段功曹归广州
　　 / 杜工部 / 553
送韦郎司直归成都
　　 / 杜工部 / 554
送张二十参军赴蜀州因呈杨
　五侍御 / 杜工部 / 554
送陵州路使君赴任
　　 / 杜工部 / 554
送远 / 杜工部 / 555
送舍弟颖赴齐州
　　 / 杜工部 / 555
奉济驿重送严公
　　 / 杜工部 / 555
泛江送客 / 杜工部 / 555
暮秋将归秦留别湖南幕府
　亲友 / 杜工部 / 556
赠别郑炼赴襄阳
　　 / 杜工部 / 556
赠别何邕 / 杜工部 / 556
酬别杜二 / 严　武 / 557

送李太保充渭北节度
　　/ 岑　参 / 557
送张都尉归东都
　　/ 岑　参 / 557
送怀州吴别驾
　　/ 岑　参 / 558
送秘书虞校书虞乡丞
　　/ 岑　参 / 558
送张子尉南海
　　/ 岑　参 / 558
饯李尉武康 / 岑　参 / 559
送从舅成都丞广南归蜀
　　/ 卢　纶 / 559
送康判官往新安得江路西
　　南尹 / 皇甫冉 / 559
送单于裴都护赴西河
　　/ 崔　颢 / 560
赋得秤送孟孺卿
　　/ 包　何 / 560
送泉州李使君之任
　　/ 包　何 / 560
送王汶宰江阴
　　/ 包　何 / 560
送德清喻明府
　　/ 李　频 / 561
送凤翔范书记
　　/ 李　频 / 561
送孙明秀才往潘州谒韦

卿 / 李　频 / 561
送友人之扬州
　　/ 李　频 / 562
送曹椅 / 司空曙 / 562
云阳馆与韩升卿宿别
　　/ 司空曙 / 562
送李员外院长分司东都
　　/ 韩昌黎 / 562
送远吟 / 孟东野 / 563
送杨八给事赴常州
　　/ 白乐天 / 563
洛阳送牛相公出镇淮南
　　/ 白乐天 / 563
送河南皇甫少尹赴绛州
　　/ 刘梦得 / 564
送陆侍御归淮南使府五
　　韵 / 刘梦得 / 564
送友人归武陵
　　/ 崔　鲁 / 564
送许棠 / 张　乔 / 565
秋日送方干游上元
　　/ 曹　松 / 565
送谢夷甫宰鄮县
　　/ 戴叔伦 / 565
送溧水唐明府
　　/ 韦苏州 / 565
送张侍御秘书江右觐省
　　/ 韦苏州 / 566

41

送渑池崔主簿
　　/韦苏州/ 566
秋夕与友话别
　　/崔　涂/ 566
旅舍别故人 /崔　涂/ 567
送邹明府游灵武
　　/贾浪仙/ 567
送朱可久归越中
　　/贾浪仙/ 567
送李骑曹 /贾浪仙/ 568
送王子遵赴衡阳丞
　　/赵昌父/ 568
送喻凫校书归毗陵
　　/姚　合/ 568
送韦瑶校书赴越
　　/姚　合/ 569
送李侍御过夏州
　　/姚　合/ 569
送祖择之赴陕州
　　/梅圣俞/ 570
送王待制知陕府
　　/梅圣俞/ 570
送张景纯知邵武军
　　/梅圣俞/ 570
送钱驾部知邛州
　　/梅圣俞/ 571
送洪州通判何太博若谷先
归新淦 /梅圣俞/ 571

送邵户曹随侍之长沙
　　/梅圣俞/ 571
送盐官刘少府古贤
　　/梅圣俞/ 572
送陆介夫学士通判秦州
　　/梅圣俞/ 572
送徐君章秘丞知梁山军
　　/梅圣俞/ 572
送秦觏二首
　　/陈后山/ 572
送外舅郭大夫夔路提刑
　　/陈后山/ 573
送吴先生谒惠州苏副使
　　/陈后山/ 573
别刘郎 /陈后山/ 574
别乡旧 /陈后山/ 574
别伯恭 /陈简斋/ 574
再别 /陈简斋/ 575
送宜黄宰任满赴调
　　/韩子苍/ 575
送常子正赴召二首
　　/吕居仁/ 575
别李德翁 /尤延之/ 576
送赵成都二首
　　/赵昌父/ 576
送陈郎中栋知严州
　　/翁续古/ 576

七　言 七十一首

送路六侍御入朝
　　/杜工部/ 577
送韩十四江东省觐
　　/杜工部/ 577
送王十五判官扶侍还黔中
　得开字/杜工部/ 577
公安送韦二少府匡赞
　　/杜工部/ 578
同乐天送河南冯尹学士
　　/刘梦得/ 578
送浑大夫赴丰州
　　/刘梦得/ 578
送姚杭州赴任因思旧游
　　/白乐天/ 579
送蕲州李十九使君赴郡
　　/白乐天/ 579
送陕州王司马建赴任
　　/白乐天/ 580
长乐亭留别 /白乐天/ 580
留别微之 /白乐天/ 580
送刁景纯学士使北
　　/梅圣俞/ 581
送唐紫微知苏台
　　/梅圣俞/ 581
送张待制知越州
　　/梅圣俞/ 581
送余少卿知睦州

　　/梅圣俞/ 582
送赵谏议知徐州
　　/梅圣俞/ 582
送沈待制陕西都运
　　/欧阳永叔/ 582
送郓州李留后
　　/欧阳永叔/ 583
送王平甫下第
　　/欧阳永叔/ 583
送德之提刑郎中赴广西
　　/王平甫/ 583
送文渊使君郎中赴当涂
　　/王平甫/ 584
送李子仪知明州
　　/王平甫/ 584
送马子山给事赴扬州
　　/王平甫/ 584
次韵孔常父送张天觉河东
　提刑/苏东坡/ 585
送龚鼎臣谏议移守青州
　　/苏子由/ 585
送青州签判俞退翁致仕还
　湖州/苏子由/ 586
送顾子敦赴河东三首
　　/黄山谷/ 586
送苏迨 /陈后山/ 587
寄送定州苏尚书
　　/陈后山/ 587

北桥送客 / 张宛丘 / 588
送杨补之赴鄂州支使
　　/ 张宛丘 / 588
送三姊之鄂州
　　/ 张宛丘 / 588
送曹子方赴福建运判
　　/ 张宛丘 / 589
送毕平仲西上
　　/ 贺方回 / 589
送客出城西 / 陈简斋 / 590
送熊博士赴瑞安令
　　/ 陈简斋 / 590
送曾宏父守天台
　　/ 曾茶山 / 590
送吕仓部治先守齐安
　　/ 曾茶山 / 591
适越留别朱新仲
　　/ 曾茶山 / 591
送严婿侍郎北使
　　/ 叶少蕴 / 591
送丘宗卿帅蜀
　　/ 杨诚斋 / 592
逢赣守张子智左史进直敷
　　文阁移帅八桂
　　/ 杨诚斋 / 592
送族弟子西赴省
　　/ 杨诚斋 / 593
别林景思 / 尤遂初 / 593

送晦庵南归 / 尤遂初 / 594
送提举杨大监解组西归
　　/ 尤遂初 / 594
送吴待制帅襄阳二首
　　/ 尤遂初 / 594
送亲戚钱尉入国
　　/ 丁文伯 / 595
送陆务观得倅镇江还越
　　/ 韩无咎 / 595
送陆务观福建提仓
　　/ 韩无咎 / 595
杜叔高秀才雨雪中相过留
　　一宿而别口诵此诗以送
　　之 / 陆放翁 / 596
送陈怀叔赴上皋酒官却还
　　都下 / 陆放翁 / 596
送任夷仲大监
　　/ 陆放翁 / 596
送王简卿归天台二首
　　/ 刘改之 / 597
送刘改之 / 王简卿 / 597
送王伯奋守筠阳
　　/ 楼攻媿 / 598
次韵知常德袁尊固监丞送
　　别 / 魏鹤山 / 598
送赵子直帅蜀得须字
　　/ 尤遂初 / 599

卷之二十五　拗字类

五　言　十首

巳上人茅斋 / 杜工部 / 601

暮雨题瀼西新赁草屋
　　/ 杜工部 / 602

上兜率寺 / 杜工部 / 602

酬姚校书 / 贾浪仙 / 602

早春题湖上友人新居
　　/ 贾浪仙 / 603

次韵杨明叔 / 黄山谷 / 603

次韵答高子勉
　　/ 黄山谷 / 603

别负山居士 / 陈后山 / 604

寄答李方叔 / 陈后山 / 604

七　言　十八首

题省中院壁 / 杜工部 / 605

愁 / 杜工部 / 605

昼梦 / 杜工部 / 606

暮归 / 杜工部 / 606

早秋苦热堆案相仍
　　/ 杜工部 / 606

题落星寺 / 黄山谷 / 607

汴岸置酒赠黄十七
　　/ 黄山谷 / 607

题胡逸老致虚庵
　　/ 黄山谷 / 608

寒夜 / 张宛丘 / 608

晓意 / 张宛丘 / 608

闻徐师川自京师归豫章
　　/ 谢无逸 / 609

饮酒示坐客 / 谢幼槃 / 609

张子公召饮灵感院
　　/ 曾茶山 / 609

南山除夜 / 曾茶山 / 610

次韵向君受感秋
　　/ 汪浮溪 / 610

张祎秀才乞诗
　　/ 吕居仁 / 610

过三衢呈刘共父
　　/ 胡澹庵 / 611

卷之二十六　变体类

五　言　十首

上巳日徐司录林园宴集
　　/ 杜工部 / 612

江涨又呈窦使君
　　/ 杜工部 / 613

屏迹 / 杜工部 / 613

忆江上吴处士
　　/ 贾浪仙 / 613

病起 / 贾浪仙 / 614

寓北原作 / 贾浪仙 / 614

寄宋州田中丞
　　/ 贾浪仙 / 614

寄张文潜舍人

45

/陈后山/ 615

老柏/陈后山/ 615

七　言　十九首

江上值水如海势聊短述
　　/杜工部/ 616

九日/杜工部/ 617

齐山/杜牧之/ 617

送春/苏东坡/ 618

首夏官舍即事
　　/苏东坡/ 618

次韵盖郎中率郭郎中休
　官/黄山谷/ 619

次韵郭右曹/黄山谷/ 619

和师厚郊居示里中诸君
　　/黄山谷/ 619

次韵春怀/陈后山/ 620

早起/陈后山/ 620

春日/张宛丘/ 621

怀天经智老因以访之
　　/陈简斋/ 621

寓居刘仓廨中晚步过郑仓
　台上/陈简斋/ 622

重阳/陈简斋/ 622

对酒/陈简斋/ 622

陪粹翁举酒于君子亭亭下海
　棠方开/陈简斋/ 623

清明/陈简斋/ 623

睡起/范石湖/ 623

卷之二十七　着题类

五　言　三十首

房兵曹胡马/杜工部/ 625

画鹰/杜工部/ 625

孤雁/杜工部/ 626

萤火/杜工部/ 626

严郑公同咏竹得香字
　　/杜工部/ 627

柳边/杜工部/ 627

病蝉/贾　岛/ 627

别鹤/贾　岛/ 628

古树/贾　岛/ 628

赋得古原草送别
　　/白乐天/ 628

赋得边城角/白乐天/ 628

孤雁/崔　涂/ 629

杜中丞书院新移小竹
　　/王　建/ 629

燕/梅圣俞/ 629

蝇/梅圣俞/ 630

挑灯杖/梅圣俞/ 630

竹玅环/魏仲先/ 630

和答钱穆父咏猩猩毛笔
　　/黄山谷/ 631

见诸人倡和酴醿诗次韵戏
　咏/黄山谷/ 631

和师厚接花 / 黄山谷 / 631
谢人寄小胡孙
　　/ 黄山谷 / 632
归雁 / 陈后山 / 632
和黄充实榴花
　　/ 陈后山 / 632
种竹 / 曾茶山 / 633
所种竹鞭盛行
　　/ 曾茶山 / 633
乞笔 / 曾茶山 / 634
岩桂 / 曾茶山 / 634
榴花 / 曾茶山 / 634
萤火 / 曾茶山 / 635
蛱蝶 / 曾茶山 / 635

七　言 六十九首

野人送樱桃 / 杜工部 / 635
和张水部敕赐樱桃诗
　　/ 韩昌黎 / 636
柳州城北种柑
　　/ 柳子厚 / 636
柳絮 / 刘梦得 / 637
锦瑟 / 李义山 / 637
牡丹 / 罗　邺 / 637
崔少府池塘鹭鸶
　　/ 雍　陶 / 638
鹧鸪 / 郑　谷 / 638
海棠 / 郑　谷 / 639

燕 / 郑　谷 / 639
失鹤 / 李　远 / 639
仙客 / 李文正 / 640
梨 / 杨文公 / 640
落花 / 宋元宪 / 640
落花 / 宋景文 / 641
落花 / 余襄公 / 641
莎衣 / 杨契玄 / 641
送李殿丞通判蜀州赋海
　棠 / 梅圣俞 / 642
二月七日吴正仲遗活蟹
　　/ 梅圣俞 / 642
酴醾金沙二花合殿
　　/ 王半山 / 643
次韵致远木人洲二首
　　/ 王半山 / 643
食柑 / 苏东坡 / 644
次韵刘焘抚勾蜜渍荔枝
　　/ 苏东坡 / 644
开元寺山茶 / 苏东坡 / 644
弈棋呈任公渐
　　/ 黄山谷 / 645
观王主簿酴醾
　　/ 黄山谷 / 645
次韵雨丝云鹤二首
　　/ 黄山谷 / 645
食瓜有感 / 黄山谷 / 646
次韵赋杨花 / 张芸叟 / 646

和闻莺 / 张宛丘 / 647
雁 / 张宛丘 / 647
次韵李秬牡丹
　　／ 晁无咎 / 647
次韵李秬双头牡丹
　　／ 晁无咎 / 648
观僧舍山茶 / 王初寮 / 648
秋千 / 洪觉范 / 648
竹夫人 / 吕居仁 / 649
分韵赋古松得青字
　　／ 刘屏山 / 649
酴醿 / 刘屏山 / 649
次韵张守酴醿
　　／ 刘屏山 / 650
荔子 / 刘屏山 / 650
龙眼 / 刘屏山 / 650
福帅张渊道荔子
　　／ 曾茶山 / 651
曾宏父分饷洞庭柑
　　／ 曾茶山 / 651
荔子 / 曾茶山 / 651
又 / 曾茶山 / 652
食笋 / 曾茶山 / 652
山茶 / 杨诚斋 / 652
走笔谢赵吉守饷三山生荔
　　枝 / 杨诚斋 / 653
木犀呈张功甫
　　／ 杨诚斋 / 653

州宅堂前荷花
　　／ 范石湖 / 653
海棠盛开 / 尤遂初 / 654
玉簪花 / 尤遂初 / 654
拄杖 / 滕元秀 / 654
菊 / 赵昌父 / 655
效茶山咏杨梅
　　／ 方秋崖 / 655
老将 / 刘后村 / 656
老马 / 刘后村 / 656
老妓 / 刘后村 / 656
老儒 / 刘后村 / 657
老僧 / 刘后村 / 657
老医 / 刘后村 / 657
老吏 / 刘后村 / 658
老奴 / 刘后村 / 658
老妾 / 刘后村 / 658
老兵 / 刘后村 / 659
牛 / 刘后村 / 659
驼 / 刘后村 / 659

卷之二十八　陵庙类
　五　言　二十首
经邹鲁祭孔子而叹之
　　／ 唐明皇 / 660
重过昭陵 / 杜工部 / 660
禹庙 / 杜工部 / 661
湘夫人祠 / 杜工部 / 661

阆州别房太尉墓
　　/ 杜工部 / 661
蜀先主庙 / 刘梦得 / 662
经伏波神祠
　　/ 刘梦得 / 662
山中古祠 / 张司业 / 663
漂母墓 / 刘长卿 / 663
屈原庙 / 崔　涂 / 663
古冢 / 曹　松 / 664
淮阴侯庙 / 梅圣俞 / 664
新开坟路 / 梅圣俞 / 664
古冢 / 梅圣俞 / 665
和叔才岸傍古庙
　　/ 王半山 / 665
双庙 / 王半山 / 665
上王荆公墓 / 曾子开 / 666
光武庙 / 徐道晖 / 666
郭璞墓 / 刘后村 / 666
尧庙 / 刘后村 / 666

七　言　三十二首

蜀相 / 杜工部 / 667
长陵 / 唐彦谦 / 667
茂陵 / 李义山 / 668
题濮庙 / 曹　邺 / 668
巫山神女庙 / 刘宾客 / 668
阳山庙观赛神
　　/ 刘宾客 / 669

苏武庙 / 温飞卿 / 669
陈琳墓 / 温飞卿 / 669
黄陵庙 / 李群玉 / 670
春日拜垄经田家
　　/ 梅圣俞 / 670
经秦皇墓 / 鲁三江 / 670
过井陉淮阴侯庙
　　/ 韩魏公 / 671
冬至祀坟 / 韩魏公 / 671
元日祀坟马上
　　/ 韩魏公 / 671
癸丑初拜先坟
　　/ 韩魏公 / 672
次日早起西坟
　　/ 韩魏公 / 672
秋风赴先茔马上
　　/ 韩魏公 / 672
初冬祀坟 / 韩魏公 / 673
乙卯寒食祀坟
　　/ 韩魏公 / 673
严陵祠堂 / 王半山 / 674
狄梁公陶渊明俱为彭泽令至
　　今有庙在焉刁景纯作诗继
　　以一篇 / 王半山 / 674
小姑 / 王半山 / 675
题裴晋公祠 / 张宛丘 / 675
谒太昊祠 / 张宛丘 / 675
东山谒外大父墓

49

/陈后山/ 676
灵惠公庙/汪浮溪/ 676
题夫差庙/范石湖/ 677
九日行营寿藏之地
　　　/范石湖/ 677
得寿藏先陇之旁
　　　/范石湖/ 677
刘屯田墓壮节亭
　　　/尤遂初/ 678
过虞美人墓/潘德久/ 678

卷之二十九　旅况类

五　言　五十七首
晚次乐乡县/陈子昂/ 679
初发道中寄远
　　　/张子寿/ 679
初入湘中有喜
　　　/张子寿/ 680
初发曲江溪中
　　　/张子寿/ 680
江汉/杜工部/ 680
岁暮/杜工部/ 681
久客/杜工部/ 681
山馆/杜工部/ 681
去蜀/杜工部/ 682
宿关西客舍寄山东严许二
　山人时天宝高道举征
　　　/岑　参/ 682

秋馆雨后得弟兄书即事
　　　/戎　昱/ 683
长安逢故人/郎士元/ 683
酬程近秋夜即事见赠
　　　/郎士元/ 683
旅游伤春/李昌符/ 683
洛阳早春/顾　况/ 684
客中/于武陵/ 684
友人南游不回
　　　/于武陵/ 684
秦原早望/李　频/ 684
归渡洛水/皇甫冉/ 685
泛舟/刘方平/ 685
江上逢司空曙
　　　/李　端/ 685
秋日陕州道中
　　　/顾非熊/ 686
蓟北旅思/张司业/ 686
夜到渔家/张司业/ 686
宿临江驿/张司业/ 686
舟行寄李湖州
　　　/张司业/ 687
江楼望归/白乐天/ 687
暮过山村/贾浪仙/ 687
旅游/贾浪仙/ 688
寄韩湘/贾浪仙/ 688
宿孤馆/贾浪仙/ 688
泥阳馆/贾浪仙/ 689

客游旅怀／姚　合／689
晓泊江戍／杨　凭／689
落日怅望／马　戴／689
向隅／韩致尧偓／690
秋夜晚泊／杜荀鹤／690
送客／江　芳／690
久客／俞退翁／691
二十三日立秋夜行泊林里
　港／张宛丘／691
发长平／张宛丘／691
正月二十日梦在京师
　／张宛丘／692
晚泊襄邑／张宛丘／692
柘城道中／张宛丘／692
赴宣城守吴兴道中
　／张宛丘／692
白羊道中／张宛丘／693
山口／陈后山／693
邯郸道中夜行阻风
　／邓谨思／693
舣船当和江口待风
　／贺方回／693
秦淮夜泊／贺方回／694
简同行翁灵舒
　／赵师秀／694
德安道中／赵师秀／694
宿邬子寨下／翁灵舒／695
泊舟龙游／翁灵舒／695

闽中秋思／翁灵舒／695
旅泊／翁灵舒／695
客中／刘后村／696

七　言　二十二首

长安春望／卢　纶／696
南海旅次／曹　松／696
巴兴作／贾浪仙／697
旅次洋州寓居郝氏园林
　／方玄英／697
访同年虞部李郎中
　／韩致尧／697
春阴独酌寄同年李郎中
　／韩致尧／697
江边有寄／罗　隐／698
秋宿临江驿／杜荀鹤／698
残冬客次资阳江
　／王　岩／698
次御河寄城北会上诸友
　／王半山／699
度麾岭寄莘老
　／王半山／699
葛溪驿／王半山／699
二十三日即事
　／张宛丘／700
自海至楚途寄马全玉
　／张宛丘／700
宿泗洲戒坛院

　　　　/张宛丘/ 700
登城楼 /张宛丘/ 701
宿柴城 /陈后山/ 701
舟行遣兴 /陈简斋/ 701
度岭 /陈简斋/ 702
次韵谢吕居仁
　　　　/陈简斋/ 702
离建 /巩仲至/ 702
十里 /赵师秀/ 703

卷之三十　边塞类

五　言　五十一首
和陆明府赠将军重出塞
　　　　/陈子昂/ 704
塞北 /沈佺期/ 704
在军中赠先还知已
　　　　/骆宾王/ 705
长城闻笛 /杨巨源/ 705
老将吟 /窦巩/ 705
夜行古战场 /窦庠/ 706
送翁灵舒游边
　　　　/徐道晖/ 706
塞外书事 /许棠/ 706
入塞曲 /耿湋/ 707
送李骑曹之武宁
　　　　/顾非熊/ 707
泾州观元戎出师
　　　　/戎昱/ 707

和蕃 /戎昱/ 708
轮台即事 /岑参/ 708
过酒泉忆杜陵别业
　　　　/岑参/ 708
奉陪封大夫宴时封公兼鸿
　胪卿 /岑参/ 708
题金城临河驿楼
　　　　/岑参/ 709
宿铁关西馆 /岑参/ 709
首秋轮台 /岑参/ 709
北庭作 /岑参/ 709
武威春暮闻宇文判官西使还
　已到晋昌 /岑参/ 710
送杨中丞和蕃
　　　　/郎士元/ 710
送李将军赴定州
　　　　/郎士元/ 710
杂诗 /卢象/ 711
赠王将军 /贾浪仙/ 711
送邹明府游灵武
　　　　/贾浪仙/ 711
塞下曲 /马戴/ 711
送客游边 /于鹄/ 712
从军行 /杨凝/ 712
塞下 /李宣远/ 712
部落曲 /高适/ 712
塞上赠王太尉
　　　　/僧惠崇/ 713

塞上赠王太尉
　　/ 僧宇昭 / 713
征西将 / 张司业 / 713
渔阳将 / 张司业 / 713
没蕃故人 / 张司业 / 714
愁怨 / 柳中庸 / 714
入塞曲 / 郑鏦 / 714
送都尉归边
　　/ 卢纶 / 714
赠梁州张都督
　　/ 崔颢 / 715
边游 / 项斯 / 715
边州客舍 / 项斯 / 715
塞上逢故人 / 王建 / 716
尹学士自濠梁移倅秦州
　　/ 宋景文 / 716
少将 / 李商隐 / 716
兵 / 梅圣俞 / 717
故原有战卒死而复苏来说
　　当时事 / 梅圣俞 / 717
拟王维观猎 / 梅圣俞 / 717
塞上 / 王正美 / 717
游边上 / 王正美 / 718
并州道中 / 王正美 / 718
和袁郎中破贼后军行过剡
　　中山水谨上太尉
　　/ 刘长卿 / 718

七　言　十一首
赠索暹将军 / 王建 / 719
老将 / 韩偓 / 719
献淮宁节度李相公
　　/ 刘长卿 / 719
送李仆射赴镇凤翔
　　/ 张司业 / 720
偶吟遣怀 / 向文简 / 720
飞将 / 胡文恭宿 / 720
次韵元厚之平戎献捷
　　/ 王荆公 / 721
和蔡副枢贺平戎庆捷
　　/ 王荆公 / 721
依韵和元厚之内翰平羌
　　/ 王岐公 / 721
依韵和蔡枢密岷洮恢复部
　　落迎降 / 王岐公 / 721
闻种谔米脂川大捷
　　/ 王岐公 / 722

卷之三十一　宫闱类
五　言　七首
春宫怨 / 杜荀鹤 / 723
长门怨 / 岑参 / 723
婕妤怨 / 皇甫冉 / 724
闺情 / 戎昱 / 724
长信宫 / 于武陵 / 724
玉阶怨 / 郑鏦 / 724

53

王家少妇／崔　颢／725

　七　言　二首
　　贫女／秦韬玉／725
　　洛意／杨文公／725

卷之三十二　忠愤类
　五　言　二十五首
　　春望／杜工部／727
　　有叹／杜工部／727
　　遣兴／杜工部／728
　　遣忧／杜工部／728
　　避地／杜工部／728
　　秋日怀贾随进士
　　　　／罗　隐／729
　　乱后逢友人／罗　隐／729
　　遣兴／罗　隐／729
　　九日／江子我／730
　　还韩城／吕居仁／730
　　丁未二月上旬日
　　　　／吕居仁／730
　　兵乱后杂诗五首
　　　　／吕居仁／731
　　感事／陈简斋／732
　　闻王道济陷虏
　　　　／陈简斋／732
　　喜诛大将／刘屏山／732
　　己酉乱后寄常州使君侄四首／汪彦章／733
　　闻寇至初去柳州
　　　　／曾茶山／733

　七　言　二十二首
　　恨别／杜工部／734
　　秋兴／杜工部／734
　　释闷／杜工部／735
　　山中寡妇／杜荀鹤／735
　　旅泊遇郡中叛乱示同志
　　　　／杜荀鹤／735
　　中元甲子以辛丑驾幸蜀
　　　　／罗　隐／736
　　自苏台至望亭驿人家尽空／李嘉祐／736
　　安贫／韩致尧／736
　　乱后春日途经野塘
　　　　／韩致尧／737
　　乱后却至近甸有感
　　　　／韩致尧／737
　　八月六日作二首
　　　　／韩致尧／737
　　金楼感事／吴　融／738
　　偶题／吴　融／738
　　次韵尹潜感怀
　　　　／陈简斋／739
　　伤春／陈简斋／739
　　野泊对月有感

／周尹潜／739
北风／刘屏山／740
宿牧牛亭秦太师坟庵
　／杨诚斋／740
书愤／陆放翁／740
书事／刘后村／741

卷之三十三　山岩类

五　言　十二首

望终南／窦　年／742
晚晴见终南别峰
　／贾浪仙／742
游茅山／杜荀鹤／742
游华山张超谷
　／鲁三江／743
巫山高／李　端／743
和永叔新晴独过东山
　／丁元珍／743
寿昌道中／翁灵舒／744
石门庵／翁灵舒／744
游山／陆放翁／744
巢山／陆放翁／745

七　言　六首

天竹寺殿前立石
　／姚　合／745
山中书事／方玄英／746
香山／詹中正／746

游云际山／陈　洙／746
山行／滕　白／747
润陂山上作
　／赵师秀／747

卷之三十四　川泉类

五　言　三十二首

游禹穴回出若耶
　／宋之问／748
江亭晚望／贾浪仙／748
卢氏池上遇雨赠同游者
　／温庭筠／749
过天津桥梁晴望
　／姚　合／749
题僧院引泉／姚　合／749
家园新池／姚　合／749
早秋江行／窦　巩／750
渡淮／白乐天／750
终南东溪口作
　／岑　参／750
晚发五溪／岑　参／750
巴南舟中夜书事
　／岑　参／751
秋日富春江行
　／罗　隐／751
一公新泉／严　维／751
过洞庭湖／许　棠／752
山下泉／李　端／752

55

岳阳馆中望洞庭湖
　　/ 刘长卿 / 752
答劝农李渊宗嘉州江行见
　　寄 / 宋景文 / 753
中秋新霁壕水初满自城东
　　隅泛舟回谢公命赋
　　/ 宋景文 / 753
陪谢紫微晚泛
　　/ 宋景文 / 753
渡湘江 / 张晋彦 / 753
金明池游 / 梅圣俞 / 754
同徐道晖文渊赵紫芝泛
　　湖 / 翁灵舒 / 754
巨野 / 陈后山 / 754
巨野泊触事 / 陈后山 / 755
河上 / 陈后山 / 755
野望 / 陈后山 / 755
西湖 / 陈后山 / 755
湖上 / 陈后山 / 756
寓目 / 陈后山 / 756
颜氏阻风 / 陈后山 / 756
过孔雀滩赠周静之
　　/ 陈简斋 / 757

七　言　十六首

开龙门八节石滩
　　/ 白乐天 / 757
新安道中玩流水
　　/ 吴　融 / 757
分水岭 / 吴　融 / 758
自巩洛舟行入黄河即事寄府
　　县僚友 / 韦苏州 / 758
过桐庐 / 胡文恭 / 758
湖岭下十里是为涪淡滩行
　　者多至此舍舟
　　/ 巩仲至 / 759
冬末同友人泛潇湘
　　/ 杜荀鹤 / 759
雪中过重湖信笔偶题
　　/ 韩致尧 / 759
题薛十二池 / 姚　合 / 760
西湖 / 林和靖 / 760
观潮 / 齐祖之 / 760
汉阳晚泊 / 杨仲猷 / 761
淮水暴涨舟中有作
　　/ 刘子仪 / 761
东溪 / 梅圣俞 / 761
江行野宿寄大光
　　/ 陈简斋 / 762
宿千岁庵听泉
　　/ 刘后村 / 762

卷之三十五　庭宇类

五　言　十五首

题洛中第宅 / 白乐天 / 763
归履道宅 / 白乐天 / 763

题潼关楼 / 崔　颢 / 764

题沈隐侯八咏楼

　　/ 崔　颢 / 764

宿胡氏溪亭 / 项　斯 / 764

鹳雀楼晴望 / 马　戴 / 764

寄题武当郡守吏隐亭

　　/ 僧希昼 / 765

留题承旨宋侍郎林亭

　　/ 僧希昼 / 765

碧澜堂 / 梅圣俞 / 765

题三角亭 / 俞退翁 / 765

淮安园 / 王立之 / 766

宿裴庵 / 葛无怀 / 766

题周氏东山堂

　　/ 翁灵舒 / 766

题信州草衣亭

　　/ 翁灵舒 / 766

薛氏瓜庐 / 赵师秀 / 767

七　言　三十首

题于家公主旧宅

　　/ 刘宾客 / 767

题睦州郡中千峰榭

　　/ 方玄英 / 767

题韦郎中新亭

　　/ 张司业 / 768

次韵张全真参政退老堂

　　/ 吕忠穆颐浩 / 768

次韵李泰叔退老堂

　　/ 吕忠穆 / 768

次韵蔡叔厚退老堂

　　/ 吕忠穆 / 769

登西楼 / 王半山 / 769

太湖恬亭 / 王半山 / 769

垂虹亭 / 王半山 / 770

钟山西庵白莲亭

　　/ 王半山 / 770

次韵舍弟赏心亭即事二首 / 王半山 / 770

寄题思轩 / 王半山 / 771

华严院此君亭

　　/ 王半山 / 771

纸阁 / 王半山 / 771

垂虹亭 / 王半山 / 772

杭州清风阁 / 赵清献 / 772

和稚子与诸生登北都城楼 / 元章简 / 772

寄题徐都官新居假山

　　/ 梅圣俞 / 772

自然亭 / 张伯常 / 773

己酉中秋任才仲陈去非会饮岳阳楼上酒半酣高谈大笑行草间出诚一时俊游也为赋之 / 姜光彦 / 773

思杜亭 / 姜光彦 / 773

竹堂 / 张宛丘 / 774

登滕王阁 / 曾幼度 / 774
章少机建小阁用陈伯强
　韵 / 何月湖 / 774
题李国博东园
　　/ 何月湖 / 775
题环翠阁 / 何月湖 / 775
小亭 / 葛无怀 / 775
寄题薛象先新楼
　　/ 陈止斋 / 776
陈水云与造物游之楼
　　/ 赵师秀 / 776

卷之三十六　论诗类

五　言　三首
苦吟 / 杜荀鹤 / 777
喜陆少监入京
　　/ 姜梅山 / 777
范大参入觐颇爱鄙作以诗
　谢之 / 姜梅山 / 778

七　言　三首
乡有好事者出君谟行草八
　分书数幅中有梅圣俞诗
　一首因成拙句以识二
　美 / 杜祁公 / 778
太师相公篇章真草过人远甚
　而特奖后进流于咏言辄依
　韵和 / 梅圣俞 / 778

送朝天集归杨诚斋
　　/ 姜尧章 / 779

卷之三十七　技艺类

五　言　二首
咏郡斋壁画片云得归字
　　/ 岑　参 / 780
草书屏风 / 韩致尧 / 780

七　言　十一首
画真来嵩 / 梅圣俞 / 781
次韵吴仲庶省中画壁
　　/ 王半山 / 781
和仲庶池州齐山图
　　/ 王半山 / 781
次韵平甫赠三灵程惟象
　　/ 王半山 / 781
赠李士宁道人
　　/ 王半山 / 782
赠三灵程道人
　　/ 王平甫 / 782
赠善相程杰
　　/ 苏东坡 / 782
赠虔州术士谢晋臣
　　/ 苏东坡 / 782
赠童道人盖与予同甲子
　　/ 陆放翁 / 783
赠徐相师 / 陆放翁 / 783

赠传神水鉴／陆放翁／783

卷之三十八　远外类

五　言　十二首

送褚山人归日东
　　／贾浪仙／784
送黄知新归安南
　　／贾浪仙／784
送朴处士归新罗
　　／顾非熊／785
日东病僧／项　斯／785
贡院锁宿闻吕员外使高丽赠
　　送徐骑省／项　斯／785
送新罗使／张司业／785
赠东海僧／张司业／786
送人游日本国
　　／方玄英／786
送僧归日本国
　　／吴　融／786
送朴山人归新罗
　　／马　戴／786
王昭君／刘中叟／787
送僧归新罗／姚　鹄／787

七　言　四首

送源中丞充新罗国册立
　　使／刘梦得／787
赠日本僧智藏

　　／刘梦得／788
送和藩公主／张司业／788
昆仑儿／张司业／788

卷之三十九　消遣类

五　言　四首

可惜／杜工部／789
看嵩洛有叹／白乐天／789
夜饮／李商隐／790
孤学／陆放翁／790

七　言　三十八首

感兴／白乐天／790
闲卧有所思／白乐天／791
九年十一月二十一日感事
　　而作／白乐天／791
放言／白乐天／792
即目／韩致尧／793
惜春／韩致尧／793
残春旅舍／韩致尧／793
春中湘中题岳麓寺僧舍
　　／罗　隐／793
下第／罗　邺／794
安定城楼／李商隐／794
十二月十七日移病家居三
　　首／张宛丘／794
和尧夫打乖吟
　　／程明道／795

寓叹 / 陆放翁 / 796
后寓叹 / 陆放翁 / 796
初归杂咏 / 陆放翁 / 796
龟堂独坐遣闷
　/ 陆放翁 / 797
遣兴 / 陆放翁 / 797
书兴 / 陆放翁 / 797
遣兴 / 陆放翁 / 798
书斋壁 / 陆放翁 / 798
遣兴 / 陆放翁 / 798
杂兴 / 陆放翁 / 799
信笔 / 范石湖 / 799
请息斋书事 / 范石湖 / 799
孤山寒食 / 赵师秀 / 800

卷之四十　兄弟类

七　言　七首

喜敏中及第偶示所怀
　/ 白乐天 / 801
敏中新授户部员外郎西
　归 / 白乐天 / 801
送二十兄还镇江
　/ 李巽伯 / 801
布作高阳台众乐园成被命
　与金陵易地兄弟待罪侍
　从对更方面实为私门之
　庆走笔寄子开弟
　/ 曾子宣 / 802

肇谨次元韵 / 曾子开 / 802
示长安君 / 王半山 / 802
宋匪躬太祝先辈示及刘贡
　父伯仲三人同年登第之
　诗因奉一篇
　/ 王平甫 / 803

卷之四十一　子息类

五　言　六首

卜岁日喜谈氏外孙女孩满
　月 / 白乐天 / 804
阿崔儿诗 / 白乐天 / 804
咏孩子 / 严　维 / 805
杨本胜说于长安见小儿阿
　衮 / 李商隐 / 805
小孙纳妇 / 姜梅山 / 805
哭开孙 / 陆放翁 / 805

七　言　六首

予与微之老而无子发于言叹
　著在诗篇今年冬各有一子
　戏作二什一以相贺一以自
　嘲 / 白乐天 / 806
哭崔儿 / 白乐天 / 806
戏题赠二小男
　/ 刘长卿 / 807
相使君第七男生日
　/ 刘长卿 / 807

寄二子／陆放翁／807

卷之四十二　寄赠类

五　言　三十八首

答李司户／宋之问／808

赠升州王使君忠臣
　／李太白／808

忝职武昌初至夏口书事献
　府主／窦　巩／808

戏酬副使中丞见示四韵
　／元微之／809

微之见寄与窦七酬唱之什
　本韵外加两韵
　／白乐天／809

酬思黯戏赠／白乐天／809

承窦七中丞见示初至夏口
　献戎诗辄戏和云
　／裴晋公度／810

和寄窦七中丞
　／令狐楚／810

过刘员外别墅
　／皇甫曾／810

寄刘员外／皇甫曾／811

喜皇甫侍御相访
　／刘长卿／811

酬皇甫侍御见寄前相国姑臧
　公初临郡／刘长卿／811

酬包谏议见寄之什
　／刘长卿／812

敬酬李判官使院即事见
　呈／岑　参／812

送张南史／郎士元／812

赠刘叉／姚　合／813

赠张质山人／姚　合／813

赠姚合少府／张司业／813

寄孙冲主簿
　／张司业／813

僧任懒／张司业／814

赠喻凫／方玄英／814

贻钱塘县路明府
　／方玄英／814

中路寄喻凫／方玄英／814

永州寄翁灵舒
　／徐道晖／815

寄筠州赵紫芝推官
　／徐道晖／815

见杨诚斋／徐文渊／815

寄酬葛天民／翁灵舒／816

赠滕处士／翁灵舒／816

赠葛天民／翁灵舒／816

寄幼安／周信道／816

次韵和季长学正月二十八
　日出郊见寄之作
　／宋景文／817

寄外舅郭大夫
　／陈后山／817

61

赠翁卷 / 刘后村 / 817
赠高九万并寄孙季蕃二
　首 / 刘后村 / 818
寄赵昌父 / 赵师秀 / 818
赠卖书陈秀才
　　/ 赵师秀 / 818
寄新吴友人 / 赵师秀 / 819

七　言　五十八首

酬淮南牛相公述旧见贻
　　/ 刘宾客 / 819
酬太原狄尚书见寄
　　/ 刘宾客 / 819
寄李蕲州 / 刘宾客 / 820
夜宿江浦闻元八改官因寄
　此什 / 刘宾客 / 820
赠窦五判官 / 韦渠牟 / 820
酬谢韦卿廿五兄俯赠
　　/ 窦　庠 / 821
酬窦大闲居见寄
　　/ 房儒复 / 821
赠商州王使君
　　/ 张司业 / 821
同将作韦少监赠李郎中
　　/ 张司业 / 822
寄梅处士 / 张司业 / 822
依韵和赵令畤
　　/ 陆陶山 / 822

赠别吴兴太守中父学士
　　/ 陆陶山 / 822
和开祖丹阳别子瞻后寄
　　/ 陈令举 / 823
寒食中寄郑起侍郎
　　/ 杨仲猷 / 823
次韵和内翰杨大年见寄
　　/ 李虚己 / 823
次韵和汝南秀才游净土见
　寄 / 李虚己 / 824
将到都先献枢密太尉相
　公 / 宋景文 / 824
和致政燕侍郎舟中寄晏尚
　书 / 宋景文 / 825
送越州陆学士
　　/ 宋景文 / 825
留别虞枢密 / 王景文 / 825
寄苏内翰 / 刘景文 / 826
次韵刘景文见寄
　　/ 苏东坡 / 826
贾麟自睦来杭复将如苏戏
　赠短句 / 强幾圣 / 826
和子瞻沿牒京口忆西湖出
　游见寄 / 陈述古 / 827
寄长沙簿孙明远
　　/ 杨龟山 / 827
寄陈鼎 / 张宛丘 / 827
长句赠邠老 / 张宛丘 / 828

次韵李德载见寄
　　/ 张宛丘 / 828
次韵陈师道无己见寄
　　/ 曾文昭 / 828
代祖父次韵酬罗君宝见
　赠 / 廖用中 / 828
寄灵仙观舒职方学士
　　/ 杨文公 / 829
又 / 钱思公 / 829
又 / 刘子仪 / 829
答内翰学士 / 舒　雅 / 830
寄荆南故人 / 章冠之 / 830
和赵宣二首 / 胡明仲 / 830
赠胡衡仲 / 杨诚斋 / 831
严州赠姜梅山
　　/ 陆放翁 / 831
寄姜梅山雷字诗
　　/ 陆放翁 / 831
和陆放翁见寄
　　/ 姜梅山 / 832
和陆郎中放翁
　　/ 姜梅山 / 832
寄汪尚书 / 姜梅山 / 832
和姜梅山见寄
　　/ 汪大猷 / 832
答山谷先生 / 高子勉 / 833
寄文潜无咎少游三学士
　　/ 陈后山 / 833

寄秦州曾侍郎
　　/ 陈后山 / 834
寄侍读苏尚书
　　/ 陈后山 / 834
赠田从先 / 陈后山 / 834
赠王聿修商子常
　　/ 陈后山 / 835
赠漳州守綦叔厚
　　/ 陈简斋 / 835
寄德升大光 / 陈简斋 / 835
鹅湖示同志 / 陆九龄 / 836
和鹅湖教授韵
　　/ 陆子静 / 836
次韵 / 朱文公 / 837
寄赵昌父 / 刘后村 / 838
寄韩仲止 / 刘后村 / 838
赠陈起 / 刘后村 / 838

卷之四十三　迁谪类

五　言 二十首
初到黄梅临江驿
　　/ 宋之问 / 840
寄迁客 / 张　祜 / 841
寄流人 / 项　斯 / 841
送流人 / 司空曙 / 841
送流人 / 王　建 / 841
送人流雷州 / 杨　衡 / 842
迁客 / 张司业 / 842

黔中书事 / 窦　群 / 842
谪至千越亭作
　　/ 刘长卿 / 843
月下呈张秀才
　　/ 刘长卿 / 843
北归次秋浦界清溪馆
　　/ 刘长卿 / 843
送客南迁 / 白乐天 / 844
戏题巫山县用杜子美韵
　　/ 黄山谷 / 844
十二月十九日夜中发鄂渚晓
　泊汉阳亲旧载酒追送聊为
　短句 / 黄山谷 / 845
怀远 / 陈后山 / 846
宿深明阁二首
　　/ 陈后山 / 846
次韵无斁偶作
　　/ 陈后山 / 847
独坐 / 任伯雨 / 847

七　言　三十九首
送王李二少府贬潭峡
　　/ 高　适 / 848
送郑十八虔贬台州司户参
　军伤其临老陷贼之故阙
　为面别情见于诗
　　/ 杜工部 / 848
左迁至蓝关示侄孙湘
　　/ 韩昌黎 / 849
次邓州界 / 韩昌黎 / 849
衡阳与梦得分路别赠
　　/ 柳子厚 / 849
别舍弟宗一 / 柳子厚 / 850
再授连州至衡阳酬赠别
　　/ 刘梦得 / 850
江湖秋思 / 司空曙 / 851
寄韩潮州 / 贾浪仙 / 851
初到江州 / 白乐天 / 851
初到忠州赠李六
　　/ 白乐天 / 852
得微之到官后书备知通州
　之事怅然有感因成四
　章 / 白乐天 / 852
酬乐天得微之诗知通州事因
　成四首 / 元微之 / 853
送唐介之贬所
　　/ 李诚之 / 854
初到黄州 / 苏东坡 / 854
八月七日初入赣过惶恐
　滩 / 苏东坡 / 855
十月二日初到惠州
　　/ 苏东坡 / 855
六月二十日夜渡海
　　/ 苏东坡 / 855
过岭二首 / 苏东坡 / 856
送王元均贬衡州兼寄元龙

二首 / 陈后山 / 856
次韵答清江主簿赵彦成
　　/ 黄知命 / 857
岁晚有感 / 张宛丘 / 858
初到惠州 / 唐子西 / 858
收景初贬所书
　　/ 唐子西 / 859
次景初见寄韵
　　/ 唐子西 / 859
送胡邦衡之新州贬所二
　首 / 王民瞻 / 859
雷州和朱彧秀才诗时欲渡
　海 / 胡澹庵 / 860
和李参政泰发送行韵
　　/ 胡澹庵 / 861
次李参政送行韵答黄舜
　杨 / 胡澹庵 / 861
李泰发参政得旨自便将归以
　诗迓之 / 曾茶山 / 862

卷之四十四　疾病类

五　言　二十五首

　耳聋 / 杜工部 / 863
　老病 / 杜工部 / 863
　初病风 / 白乐天 / 864
　病入新正 / 白乐天 / 864
　卧病来早晚 / 白乐天 / 864
　病疮 / 白乐天 / 865

　坠马强出赠同座
　　/ 白乐天 / 865
　病中一二禅客见问因以谢
　之 / 刘宾客 / 865
　闻董评事病因以书赠
　　/ 刘宾客 / 866
　卧病走笔酬韩愈书问
　　/ 贾浪仙 / 866
　春日卧疾书情
　　/ 刘　商 / 866
　岭下卧疾寄刘长卿员外
　　/ 包　佶 / 866
　秋晚卧疾寄司空拾遗卢少
　府 / 耿　沣 / 867
　病中感怀 / 李后主 / 867
　病起 / 陈后山 / 868
　病中六首 / 陈后山 / 868
　病中作 / 陆放翁 / 869
　卧病杂题 / 陆放翁 / 869
　病中示儿辈 / 陆放翁 / 870

七　言　二十八首

　春尽日宴罢感事独吟
　　/ 白乐天 / 870
　改业 / 白乐天 / 871
　眼病二首 / 白乐天 / 871
　病眼花 / 白乐天 / 872
　答窦拾遗卧病见寄

／包　佶／872
秋居病中／包　佶／872
病中书事／李后主／872
移病还台凡阅半岁乃愈始到
　家园视园夫治畦植花因成
　自叹／宋景文／873
病起思归／王元之／873
卧病月馀呈子由二首
　／张宛丘／874
病肺对雪／张宛丘／874
昼卧怀陈三时陈三卧疾
　／张宛丘／874
喜七兄疾愈／张宛丘／875
和黄预病起／陈后山／875
眼疾／陈简斋／875
次韵王元勃问予齿脱
　／曾茶山／876
次韵朱德裕见赠予病初
　起／周信道／876
耳鸣／范石湖／877
病足累日不能出掩门折花
　自娱／陆放翁／877
病愈／陆放翁／877
五月初病体觉愈轻偶书
　／陆放翁／878
小疾两日而愈
　／陆放翁／878
病起／赵紫芝／878

发脱／刘后村／879
问友人病／刘后村／879

卷之四十五　感旧类
七　言　七首
陈阜卿先生为两浙转运司考
　试官时秦丞相之孙以右文
　殿修撰来就试直欲首选阜
　卿得予文卷擢置第一秦氏
　大怒予明年既显黜先生亦
　几陷危机偶秦公薨遂已予
　晚岁料理故书得先生手帖
　追感平昔作长句以识其事
　不知衰涕之集也／陆放
　翁／880
雪夜感旧／陆放翁／880
忆昔／陆放翁／881
感昔／陆放翁／881
梦蜀／陆放翁／881
伏读二刘公瑞岩留题感事兴
　怀至于陨涕追次元韵偶成
　一篇／朱文公／882

卷之四十六　侠少类
五　言　八首
杂诗／卢　象／883
赠张建／韩　翃／883
长安路／韩　翃／883

关山月／霍　总／884
邯郸侠少年／郑　鏦／884
少年行／刘长卿／884
少年行／林　宽／884
少年／张宛丘／885

七　言　九首
赠王枢密／王　建／885
闲说／王　建／885
寄丹阳刘太真
　　／韩　翃／886
富平少侯／李商隐／886
丁年／王荆公／886
公子／杨文公／887
公子／刘子仪／887
公子／钱思公／887
公子／胡文恭／888

卷之四十七　释梵类
五　言　二百五首
酬晖上人独坐山亭有赠
　　／陈子昂／889
灵隐寺／骆宾王／889
称心寺／宋之问／890
登总持寺浮图
　　／宋之问／890
陪润州薛司空丹徒桂明府游
　　招隐寺／宋之问／891

游法华寺十韵
　　／宋之问／891
游少林寺／沈佺期／891
游梵宇三觉寺
　　／王　勃／892
酬思玄上人林泉
　　／骆宾王／892
春日上方即事
　　／王右丞／893
登辨觉寺／王右丞／893
题融公兰若／孟浩然／893
陪姚使君题惠上人房
　　／孟浩然／894
春日归山寄孟浩然
　　／李太白／894
宿赞公房／杜工部／894
谒真谛寺禅师
　　／杜工部／895
和裴迪登新泽寺寄王侍
　　郎／杜工部／895
题玄武师屋壁
　　／杜工部／895
秦州杂诗／杜工部／896
山寺／杜工部／896
上牛头寺／杜工部／896
上兜率寺／杜工部／897
游修觉寺／杜工部／897
巳上人茅斋／杜工部／897

题远公经台 / 祖　咏 / 897
晚过磐石寺礼郑和尚
　　/ 岑　参 / 898
同崔三十侍御灌口夜宿报
　恩寺 / 岑　参 / 898
题少室山寺 / 褚朝阳 / 898
经废寺 / 顾　况 / 898
起度律师同居东斋院
　　/ 韦苏州 / 899
秋日过鸿举法师寺院
　　/ 刘宾客 / 899
题招隐寺 / 刘宾客 / 899
宿诚禅师山房题赠
　　/ 刘宾客 / 899
送文畅上人东游
　　/ 刘宾客 / 900
旅次景空寺宿幽上人院
　　/ 刘宾客 / 900
晚春登天云寺南楼赠常禅
　师 / 刘宾客 / 900
龙化寺主家小尼
　　/ 刘宾客 / 901
题报恩寺 / 刘宾客 / 901
武丘寺路 / 刘宾客 / 901
春日与刘评事过故证上人
　院 / 杨巨源 / 901
送僧归太白山
　　/ 贾浪仙 / 902

宿山寺 / 贾浪仙 / 902
赠无怀禅师 / 贾浪仙 / 902
送去华法师 / 贾浪仙 / 902
送无可上人 / 贾浪仙 / 903
送贺兰上人 / 贾浪仙 / 903
灵准上人院 / 贾浪仙 / 903
题青龙寺镜公房
　　/ 贾浪仙 / 903
就可公宿 / 贾浪仙 / 904
哭宗密禅师 / 贾浪仙 / 904
哭柏岩禅师 / 贾浪仙 / 904
律僧 / 张司业 / 904
山中赠日南僧
　　/ 张司业 / 905
游襄阳山寺 / 张司业 / 905
贻小尼师 / 王　建 / 905
过无可上人院
　　/ 姚　合 / 905
寄紫阁无名头陀
　　/ 姚　合 / 906
寄无可上人 / 姚　合 / 906
寄石桥僧 / 项　斯 / 906
寄坐夏僧 / 项　斯 / 907
送僧归南岳 / 项　斯 / 907
赠海明上人 / 耿　沣 / 907
寄太白无能禅师
　　/ 顾非熊 / 907
岁莫自广江至新兴往复中题

峡山寺／许　浑／908
下第寓居崇圣寺感事
　　／许　浑／909
洛东兰若夜归
　　／许　浑／909
孤山寺／张　祜／909
惠山寺／张　祜／910
题虎丘东寺／张　祜／910
题金山寺／许　棠／911
长安逢江南僧
　　／崔　涂／911
赠休粮僧／崔　涂／911
寄贯休／吴　融／911
寄尚颜师／吴　融／912
题破山寺／常　建／912
经废宝庆寺
　　／司空曙文明／912
冬日题邵公院
　　／刘得仁／913
秋夜宿僧院／刘得仁／913
题荐福寺衡岳禅师房
　　／韩　翃／913
题龙兴寺澹师房
　　／韩　翃／913
喜鲍禅师自龙山至
　　／刘长卿／914
寄灵一上人／刘长卿／914
酬普选二上人

　　／严　维／914
别至弘上人／严　维／915
华下送文涓／司空图／915
游歙州兴唐寺
　　／张　乔／915
甘露寺东轩／周　繇／915
宿山寺／张　蠙／916
逢播公／周　贺／916
宿杼山昼公禅堂
　　／周　贺／916
赠胡僧／周　贺／917
休粮僧／周　贺／917
柏岩禅师／周　贺／917
入静隐寺途中作
　　／周　贺／918
哭闲宵上人／周　贺／918
空寂寺悼元上人
　　／钱　起／918
西郊兰若／羊士谔／919
游东林寺／黄　滔／919
瀑布寺真上人院
　　／郑　巢／919
题任处士创资福寺
　　／鱼玄机／919
甘露寺／孙　鲂／920
题云际寺上方
　　／卢　纶／920
同徐城李明府游重光寺题

晃师房 / 刘　商 / 920
月中宿云岩寺上方
　/ 温飞卿 / 921
题中南佛塔院
　/ 温飞卿 / 921
登蒋山开善寺
　/ 崔　峒 / 921
题宇文裔山寺读书院
　/ 于　鹄 / 921
游云际寺 / 喻　凫 / 922
题维摩畅上人房
　/ 李　洞 / 922
宿凤翔天柱寺穷易玄上人
　房 / 李　洞 / 922
游栖霞寺 / 皮日休 / 923
宿澄泉兰若 / 郑　谷 / 923
题战岛僧居 / 杜荀鹤 / 923
封禅寺居 / 罗　隐 / 924
题岳州僧舍 / 裴　说 / 924
静林寺 / 僧灵一 / 924
怀旧 / 僧皎然 / 925
宿吴匡山破寺
　/ 僧皎然 / 925
宿西岳白石院
　/ 僧无可 / 925
废山寺 / 僧无可 / 926
送僧 / 僧无可 / 926
送赞律师归嵩山

/ 僧无可 / 926
驾幸天长寺应制
　/ 僧广宣 / 927
怀智体道人 / 僧贯休 / 927
休粮僧 / 僧贯休 / 927
夏日草堂作 / 僧齐己 / 928
题真州精舍 / 僧齐己 / 928
宿岳阳开元寺
　/ 僧修睦 / 928
老僧 / 僧景云 / 928
华岩寺望樊川
　/ 僧子兰 / 929
夷陵即事 / 僧尚颜 / 929
赠栖禅上人 / 僧虚中 / 929
赠樊川长老 / 僧清尚 / 930
题山寺 / 寇莱公 / 930
游湖上昭庆寺
　/ 陈文惠尧佐 / 930
再游海云寺作
　/ 宋景文 / 931
怀寄披云峰诚上人
　/ 曹汝弼 / 931
再寄 / 曹汝弼 / 931
赠披云峰岳长老
　/ 曹汝弼 / 931
赠僧 / 曹汝弼 / 932
赠水墨峦上人
　/ 赵叔灵 / 932

照上人山房庭树
　　/赵叔灵/932
与正仲屯田游广教寺
　　/梅圣俞/933
题松林院/梅圣俞/933
过永庆院/梅圣俞/933
过山阳水陆院智洪上人
　　房/梅圣俞/933
夏日宿西禅/潘逍遥/934
秋日题琅琊寺
　　/潘逍遥/934
送皎师归越/林和靖/934
送思齐上人之宣城
　　/林和靖/934
次韵定慧钦长老见寄
　　/苏东坡/935
赠惠洪/黄山谷/935
别宝讲主/陈后山/936
游鹊山寺/陈后山/936
题子瞻扬州借山寺
　　/刘景文/936
题江心寺/徐道晖/937
登横碧轩继赵昌甫作
　　/徐致中/937
雁荡宝冠寺/赵师秀/937
岩居僧/赵师秀/937
桃花寺/赵师秀/938
寄从善上人/翁灵舒/938

同孙季蕃游净居诸庵
　　/刘后村/938
书惠崇师房/僧希昼/938
寄怀古/僧希昼/939
送嗣端东归/僧希昼/939
送可伦赴广南转运凌使君
　　见招/僧希昼/939
早春阙下寄观公
　　/僧希昼/939
宿宇昭师房/僧保暹/940
送简长上人之洛阳
　　/僧保暹/940
早秋闲寄宇昭
　　/僧保暹/940
宿西山精舍/僧文兆/940
送简长师之洛
　　/僧文兆/941
郊居吟/僧行肇/941
酬赠梦真上人
　　/僧行肇/941
送文光上人西游
　　/僧行肇/942
送僧南归/僧简长/942
送行禅师/僧简长/942
与行肇师宿庐山栖贤寺
　　/僧惟凤/942
寄希昼/僧惟凤/943
吊长禅师/僧惟凤/943

71

访杨云卿淮上别墅
　　／僧惠崇／ 943
赠文兆／僧惠崇／ 943
寄保暹师／僧宇昭／ 944
幽居即事／僧宇昭／ 944
寺居寄简长／僧怀古／ 944
居天柱山／僧赞宁／ 945
赠闻聪师／僧知圆／ 945
酬伉上人／僧遵式／ 945
赠智伦弟／僧遵式／ 946
寄月禅师／僧契嵩／ 946
再游鹤林寺／僧道潜／ 946
山中／僧秘演／ 946
书景舒庵壁／僧清顺／ 947
赠尼昧上人／僧惠洪／ 947
寄致虚兄／僧善权／ 947
虎丘／僧元肇／ 948
径山／僧元肇／ 948
山行晚归／僧善珍／ 948
春寒／僧善珍／ 949
广润寺新寮／僧自南／ 949
赠浩律师／僧简长／ 949

七　言　四十六首
涪城县香积寺官阁
　　／杜工部／ 950
留别公安太易沙门
　　／杜工部／ 950

因许八奉寄江宁旻上人
　　／杜工部／ 951
送灵澈上人还越中
　　／刘长卿／ 951
广宣上人频见过
　　／韩昌黎／ 951
送王十八归山寄题仙游
　寺／白乐天／ 952
读禅经／白乐天／ 952
酬淮南廖参谋秋夕见过之
　作／刘宾客／ 953
送景玄师东归
　　／刘宾客／ 953
酬慈恩寺文郁上人
　　／贾浪仙／ 953
寄无得头陀／贾浪仙／ 954
赠圆上人／贾浪仙／ 954
赠僧／贾浪仙／ 954
赠神邈上人／周　贺／ 955
赠僧／周　贺／ 955
游西禅／伍　乔／ 955
宿山寺／项　斯／ 956
登南神光寺塔院
　　／韩致尧／ 956
还俗尼／吴　融／ 956
夜投丰德寺谒液上人
　　／卢　纶／ 957
春日游神智寺

/罗　隐/957
荣上人遽欲归以诗留之
　　/王半山/957
和平甫招道光法师
　　/王半山/958
游山寺/王岐公/958
同器之过金山奉寄兼呈潜
　道/王安国/958
赠僧介然/张宛丘/959
西溪无相院/张子野/959
送淳用长老归邛州
　　/杨元素/959
夏日龙井书事四首
　　/僧道潜/960
题慈德寺颐堂为长老宗颢
　作/邹道卿/961
寄璧公道友/吕居仁/961
次韵答吕居仁
　　/僧如璧/961
再次前韵/僧如璧/962
用寄璧上人韵寄范元实赵
　才仲及从叔知止
　　/吕居仁/962
次韵持上人题延庆寺清玉
　轩/张雪窗/963
三山次潘静之升书记韵
　　/朱逢年/963
罗浮宝积寺/芮国器/963

与僧净璋/陆子静/964
顷游龙井得一联王伯齐同
　儿辈游因足成之
　　/楼攻媿/964
上龟山寺/潘德久/964
赠源长老归自湘中
　　/赵师秀/965
送炭与湘山西堂惠然师
　　/僧显万/965

卷之四十八　仙逸类
　五　言　四十二首
南山/许宣平/966
寻洪尊师不遇
　　/刘长卿/967
题女道士居/秦隐君/967
陪韩院长韦河南同寻刘师不
　遇得同字/窦　年/967
同前/韩昌黎/967
同前/韦执中/968
玉真张观主下小女冠阿
　容/白乐天/968
不食姑/张司业/968
题辟谷者/张司业/969
隐者/张司业/969
寄紫阁隐者/张司业/969
送宫人入道/张司业/970
寻胡道士不遇

73

/韩　翃/ 970
赠张道士/韩　翃/ 970
送耿山人归湖南
　　　　/周　贺/ 970
送韦逸人归钟山
　　　　/郎士元/ 971
访赵炼师不遇
　　　　/鱼玄机/ 971
山中道士/贾浪仙/ 971
送孙逸人/贾浪仙/ 971
元日女道士受箓
　　　　/贾浪仙/ 972
送华阴隐者/项　斯/ 972
题太白山隐者
　　　　/项　斯/ 972
华顶道者/项　斯/ 973
古观/项　斯/ 973
赠道者/项　斯/ 973
王居士/许　浑/ 973
送道士/卢　纶/ 974
访道者不遇/杜荀鹤/ 974
赠庐岳隐者/杜荀鹤/ 974
予昔游云台观谒希夷先生
　陈抟祠堂缅想其人今追
　作此诗/宋景文/ 975
送陈豸处士/僧惟凤/ 975
金华山人/陈述古/ 975
灵寿同年兄再以杞屑分惠

复成小诗以代善谑
　　　　/曾子开/ 976
赠不食姑/徐道晖/ 976
不食姑/徐致中/ 976
一真姑/赵师秀/ 977
桐柏观/赵师秀/ 977
延禧观/赵师秀/ 977
赠九华李丹士
　　　　/翁灵舒/ 977
不食姑/翁灵舒/ 978
题玉隆宫周道士足轩
　　　　/翁灵舒/ 978
书岳麓宫道房
　　　　/翁灵舒/ 978

七　言 二十二首
拟送贺知章入道
　　　　/姚　鹄/ 979
题茅山李尊师山居
　　　　/秦隐君/ 979
送宫人入道/张萧远/ 979
送宫人入道/项　斯/ 980
同白二十二赠王山人
　　　　/刘宾客/ 980
赠东岳张炼师
　　　　/刘宾客/ 980
赠道士/张司业/ 981
赠阎少保/王　建/ 981

赠牛山人／贾浪仙／981
送胡道士／贾浪仙／982
郑州献从叔舍人
　　／李商隐／982
和韩录事送宫人入道
　　／李商隐／982
送张逸人／罗　邺／983
仙子送刘阮出洞
　　／曹　唐／983
刘阮再到天台不复见诸仙
　子／曹　唐／983
赠隐逸／韩致尧／984
赠马道士／李九龄／984
赠谭先生／杨仲猷／984
张先生／苏东坡／985
三朵花／苏东坡／985
湖上遇道翁乃峡中旧所识
　也／陆放翁／985
赠道流／陆放翁／986

卷之四十九　伤悼类

五　言　十二首

哭长孙侍御／杜　甫／987
哭孟郊／贾　岛／987
吊孟协律／贾　岛／988
哭皇甫七郎中
　　／白乐天／988

哭贾岛／姚　合／988
寄吊贾岛／曹　松／988
哭李频员外／曹　松／989
南丰先生挽词
　　／陈后山／989
丞相温公挽词
　　／陈后山／989

七　言　七首

过元家履信宅
　／白乐天／990
寄刘苏州／白乐天／990
清明登老阁望洛阳城赠韩
　道士／白乐天／991
哭韩将军／顾非熊／991
思王逢原／王半山／991
挽陈师复寺丞
　　／刘后村／992

附录一

瀛奎律髓后序
　　／龙　遵／993

附录二

元书　方回传
　　／曾　廉／995
元诗选　方回小传
　　／顾嗣立／996

卷之一　登览类

登高能赋,于传识之。名山大川,绝景极目,能言者众矣。拔其尤者,以充隽永,且以为诸诗之冠。

五　言二十首

度荆门望楚　　　　　　陈子昂

遥遥去巫峡,望望下章台。巴国山川尽,荆门烟雾开。城分苍野外,树断白云隈。今日狂歌客,谁知入楚来。

　　陈拾遗子昂,唐之诗祖也。不但《感遇》诗三十八首为古体之祖,其律诗亦近体之祖也。《白帝》《岘山》二首极佳,已入"怀古类",今揭此一诗为诸选之冠。陈子昂、杜审言、宋之问、沈佺期俱同时,而皆精于律诗。孟浩然、李白、王维、贾至、高适、岑参与杜甫同时,而律诗不出则已,出则亦足与杜甫相上下。唐诗一时之盛,有如此十一人,伟哉!

登襄阳城　　　　　　　杜审言

旅客三秋至,层城一作"楼"①。四望开。楚山横地出,汉

---

① 纪昀:"楼"字与"开"字有情,作"楼"为是。

水接天回。冠盖非新里,章华即旧台。习池风景异,归路满尘埃。

此杜子美乃祖诗也。"楚山""汉水"一联,子美家法。中四句似皆言景,然后联寓感慨,不但张大形势,举里、台二名,而错以"新""旧"二字,无刻削痕。末句又伤时俗不古,无习池山公之事,尤有味也。晚唐家多不肯如此作,必搜索细碎以求新。然审言诗有工密处,如"淑气催黄鸟,晴光转绿蘋","风光新柳报,宴赏落花催","下钓看鱼跃,探巢畏鸟飞。叶疏荷巳晚,枝亚果新肥","鹿麛衔妓席,鹤子曳童衣。园果尝难遍,池莲摘未稀","日气含残雨,云阴送晚雷",皆有味。壮语如"雨雪关山暗,风雷草木稀","据鞍雄剑动,插橄羽书飞","不宰神功运,无为大化悬。八荒平物土,四海接人烟","文物驱三统,声名走百神","禹食传中使,尧樽遍下人",则晚唐所无。此等句若置之子美集,无大相远也。欲述杜诗源流,故详及之。

临洞庭湖 一作"岳阳楼"   孟浩然

八月湖水平,涵虚混太清。气蒸云梦泽,波动①岳阳城。欲济无舟楫,端居耻圣明。坐看②垂钓者,徒有羡鱼情。

予登岳阳楼。此诗大书左序球门壁间,右书杜诗,后人自不敢复题也。刘长卿有句云:"叠浪浮元气,中流没太阳。"世不甚传,他可知也。

---

① 查慎行:"动",《襄阳集》作"撼","撼"字较有力。
② 许印芳:"看",一作"观"。

登岳阳楼　　　　　　杜工部

昔闻洞庭水,今上岳阳楼。吴楚东南坼,乾坤日夜浮。亲朋无一字,老病有孤舟。戎马关山北,凭轩涕泗流。

岳阳楼天下壮观,孟、杜二诗尽之矣。中两联,前言景,后言情,乃诗之一体也。凡圈处是句中眼。

登兖州城楼

东郡趋庭日,南楼纵目初。浮云连海岱,平野入青徐。孤嶂秦碑在,荒城鲁殿馀。从来多古意,临眺独踌躇。

此诗中两联似皆言景,然后联感慨,言秦、鲁俱亡,以"古意"二字结之,即东坡用《兰亭》意也。

登牛头山亭子

路出双林上,亭窥万井中。江城孤照日,山一作"春"。谷远含风。兵革身将老,关河信不通。犹残数行泪,忍对百花丛。

牛头山在梓州郪县西南二里,高一里。宝应元年壬寅秋,广德元年癸卯春,公并在梓州,依李刺史,有《上牛头山》《望牛头寺》诗。《寰宇记》谓"楼阁烟花,为一方之冠"。"路出双林上",言亭在树之顶。"亭窥万井中",则可见城市皆环之也。癸卯春作,公年五十二岁。

秋登宣城谢朓北楼　　　李太白

江城如画里,山色①望晴空。两水夹明镜,双桥落彩虹。人烟寒橘柚,秋色老梧桐。谁念北楼上,临风忆②谢公。

太白亦有《登岳阳》八句,未及孟、杜。此诗起句似晚唐,中二联言景而豪壮,则晚唐所无也。宣州有双溪、叠嶂,乃此州胜景也。所以云"两水",惟有"两水"所以有"双桥"。王荆公《虎图行》"目光夹镜当座隅",虎两目如夹两镜,得非仿谪仙"两水夹明镜"之意乎?此联妙绝。起句所谓"江城如画里"者,即指此三、四一联之景,与五、六皆是也。谢朓为宣城贤太守,人呼为谢宣城,得太白表章之,其名逾千古不朽焉。

汉江临眺　　　王右丞

楚塞三江③接,荆门九派通。江流天地外,山色有无中。郡邑浮前浦,波澜动远空。襄阳好风日,留醉与山公。"江"一作"湘"。

右丞此诗,中两联皆言景,而前联尤壮,足敌孟、杜《岳阳》之作。

登蒲涧寺后二岩　　　李群玉

五仙骑五羊,何代降兹乡。涧有尧时韭,山馀禹日粮。

---

① 查慎行:一本作"山晓",当改此以避第六句。
② 许印芳:"忆",一作"怀","怀"字较谐,今从之。
③ 冯舒、纪昀:"江"一作"湘","湘"字是。

楼台笼海色,草树发天香。浩笑烟波里,浮溟兴甚长。

　　寺在广州。"尧时韭""禹日粮"之对工矣。诗忌太工,工而无味,如近人四六及小学答对,则不可兼。必拘此式,又为"昆体"。善为诗者备众体,亦不可无此也。如老杜能变化,为善之善者。五、六一联亦精神。

胜 果 寺　　　　　　　僧处默

　　路自中峰上,盘回出薜萝。到江吴地尽,隔岸越山多。古木蘖青霭,遥天浸白波。下方城郭近,钟磬杂笙歌。

　　寺在钱塘,故有"吴地""越山"之联。或以田庄牙人讥之,似不害写物之妙。后山缩为一句"吴越到江分",高矣。譬之"共君一夜话,胜读十年书",山谷缩为一句,曰"话胜十年书"是也。因书诸此,以见诗法之无穷。

金 山 寺[①]　　　　　　张　祜

　　一宿金山寺,微茫水国分。僧归夜船月,龙出晓堂云。树影中流见,钟声两岸闻。因悲在城市,终日醉醺醺。

　　此诗金山绝唱,孙鲂者努力继之,有云:"天多剩得月,地少不生尘。过橹妨僧定,归涛[②]溅佛身。谁言张处士,诗后更无人?"其言矜夸自大,然"溅佛"之句,或者则谓金山岂如此其低耶?

---

① 冯班:"寺"当作"顶"。何义门:"顶"字涵盖无际。
② 查慎行:"归"当作"惊"。

金山寺　　　　　　　　　梅圣俞

吴客独来后，楚桡归夕曛。山形无地接，寺界与波分。巢鹘宁窥物，驯鸥自作群。老僧忘岁月，石上看江云。

三、四绝妙，尾句自然有味。"谁言张处士，诗后更无人？"然则有梅圣俞可也。

登鹊山　　　　　　　　　陈后山

小试登山脚，今年不用扶。微微交济泺，历历数青徐。朴俗犹虞力，安流尚禹谟。终年聊一快，吾病失医卢。元注："山因扁鹊而名。"

予按此诗，后山年四十八为棣州教授时所作，明年下世。诗暗合老杜，今注本无之。细味句律，谓后山学山谷，其实学老杜，与之俱化也，故书此以示学者。

登快哉亭

城与清江曲，泉流乱石间。夕阳初隐地，暮霭已依山。度鸟欲何向，奔云亦自闲。登临兴不尽，稚子故须还。

亭在徐州城东南隅提刑废廨，熙宁末李邦直持宪节，构亭城隅之上，郡守苏子瞻名曰"快哉"，唐人薛能阳春亭故址也。子由时在彭城，亦同邦直赋诗。任渊注此诗，谓亭在黄州，不知此诗属何处，盖川人不见中原图志。予读贺铸集,得其说。任渊所谓亭在黄州者,乃东坡为清河张梦得命名,子由作记,非徐州之快哉亭也。予选此诗,惧学者读处默、张祜诗,知工巧而不知超悟,如"度鸟""奔云"之句,有无穷之味。全篇劲健清瘦,尾句尤幽邃,此其所以逼老杜也。

甘露寺 元注:"山①有石,如卧羊,谓之狠石。"

晁君成

北固山头寺,风烟昔纵观。卧亭秋石狠,环舍海涛寒。越舶楼前聚,江枫户外丹。最宜清夜月,虚阁忆盘桓。

寺在京口,多景楼在寺中,天下绝景也。晁君成名端友,无咎之父。第进士,仕至新城令,东坡为其诗集引。予取此篇者,以人或②尚晚唐诗,则盛唐且不取,亦不取宋。殊不知宋诗有数体:有九僧体,即晚唐体也;有香山体者,学白乐天;有"西昆体"者,祖李义山。如苏子美、梅圣俞并出欧公之门,苏近老杜,梅过王维,而欧公直拟昌黎,东坡暗合太白。惟山谷法老杜,后山弃其旧而学焉,遂名黄、陈,号"江西派",非自为一家也,老杜实初祖也。如君成诗,当黄、陈未出之前,自为元和间唐诗,不可不拈出,使世人知之也。

登定王台 有庙

朱文公

寂寞番君后,光华帝子来。千年遗一作"馀"。故国,万事只空台。日月东西见,湖山表里开。从知爽鸠乐,莫作

---

① 按:"山"字原缺,据元至元本校补。
② 按:原作"或人",据清康熙五十二年本、纪昀《刊误》本校改。

雍门哀。

　　朱文公诗迫近后山,此诗尾句,虽后山亦只如此。乾道二年丁亥,文公访南轩于长沙所赋。用事命意,定格下字,悉如律令,杂老杜、后山集中可也。"爽鸠"出《左传》昭公二十年。

渡　江　　　　　　　陈简斋

　　江南非不好,楚客自生哀。摇楫天平渡,迎人树欲来。雨馀吴岫立,日照海门开。虽异中原险,方隅亦壮哉!

　　此谓渡浙江也。简斋绍兴初避地广南,赴召由闽入越。行在时寓会稽,过钱塘。简斋,洛阳人。诗逼老杜,于渡浙江所题如此,可谓亦壮矣哉。

登越王台　　　　　　宋之问

　　江上越王台,升高望几回。南溟天外合,北户日边开。地湿烟常起,山晴雨半来。冬花扫卢橘,夏果摘杨梅。迹类虞翻枉,人非贾谊才。归心不可度,白发重相催。

　　宋之问,唐律诗之祖。诗未尝不佳,论其为人,则初附张易之。事败,谪泷州参军,逃归洛阳。告王同皎事,附武三思,天下丑之。为鸿胪簿考功郎,又附太平、安乐。中宗时贬越州长史,亦大藩郡也。此诗怨望,谓如虞翻可乎?寻流钦州赐死。诗则未尝不佳,字字细密。

陪章留后侍御宴南楼得风字　　杜工部

绝域长夏晚,兹楼清宴同。朝廷烧栈北,鼓角满天东[①]。屡食将军第,仍骑御史骢。本无丹灶术,那免白头翁。寇盗狂歌外,形骸痛饮中。野云低渡水,檐雨细随风。出号江城黑,题诗蜡炬红。此身醒复醉,不拟哭途穷。

老杜"登览"诗最多,此演至八韵者,整齐工密,而开阖抑扬。他如此者尚众,当自于集中求之。

登多景楼　　晁君成

楼上无穷景,楼前正落晖。开轩跨寥廓,览物极纤微。云破孤峰出,潮平两桨飞。东溟看月上,西渡认僧归。木落吴天远,江寒越舶稀。鱼龙邻海窟,鸡犬隔淮圻。草色迷千古,波声荡四围。废兴怀霸业,融结想天机。浩浩群流会,沉沉百怪依。登临真伟观,回首重歔欷。

此诗无一字一句不工,孰谓宋诗非唐诗乎?五言律八句内一联而工,可名世矣。此乃顿有数联,曲尽多景之妙。南渡后诗牌充塞,如刘改之之长律,阮秀实之大篇,皆徒虚喝耳。夫以天下之形胜无穷,而所选五言止此二十首,犹时文之有格不在多也。

---

① 纪昀:一作"漏天东"。

七　言二十首

登黄鹤楼　　　　　　　崔　颢

昔人已乘白云①去,此地空馀黄鹤楼。黄鹤一去不复返,白云千载空悠悠。晴川历历汉阳树,芳草萋萋鹦鹉洲。日暮乡关何处是,烟波江上使人愁。

此诗前四句不拘对偶,气势雄大。李白读之,不敢再题此楼,乃去而赋《登金陵凤凰台》也。

登金陵凤凰台　　　　　　李太白

凤凰台上凤凰游,凤去台空江自流。吴宫一作"时"。花草埋幽径,晋代一作"国"。衣冠成古丘。三山半落青天外,二水中分白鹭洲。总为浮云能蔽日,长安不见使人愁。

太白此诗与崔颢《黄鹤楼》相似,格律气势未易甲乙。此诗以凤凰台为名,而咏凤凰台不过起语两句已尽之矣,下六句乃登台而观望之景也,三、四怀古人之不见也,五、六、七、八咏今日之景而慨帝都之不可见也。登台而望,所感深矣。金陵建都自吴始,"三山""二水""白鹭洲",皆金陵山水名。金陵可以北望中原,唐都长安,故太白以浮云遮蔽,不见长安为愁焉。

---

① 纪昀:"白云"当作"黄鹤"。

鹦 鹉 洲

鹦鹉东过吴江水,江上洲传鹦鹉名。鹦鹉西飞陇山去,芳洲之树何青青！烟开兰叶香风暖,岸夹桃花锦浪生。迁客此时徒极目,长洲孤月向谁明。

鹦鹉洲在今鄂州城南,对南楼;黄鹤楼在城西,向汉阳。太白此诗,乃是效崔颢体,皆于五、六加工,尾句寓感叹,是时律诗犹未甚拘偶也。

登　楼　　　　　　　杜工部

花近高楼伤客心,万方多难此登临。锦江春色来天地,玉垒浮云变古今。北极朝廷终不改,西山寇盗莫相侵。可怜后主还祠庙,日暮聊为《梁甫吟》。

老杜七言律诗一百五十九首,当写以常玩,不可暂废。今于"登览"中选此为式。"锦江""玉垒"一联,景中寓情;后联却明说破,道理如此,岂徒模写江山而已哉。

阁　夜

岁暮阴阳催短景,天涯霜雪霁寒宵。五更鼓角声悲壮,三峡星河影动摇。野哭千家[①]闻战伐,夷歌几处[②]起渔樵。

---
① 冯班:一作"几家"。
② 冯班:一作"是处"。

卧龙跃马终黄土,人事音书漫寂寥①。

此老杜夔州诗,所谓"阁夜",盖西阁也。"悲壮""动摇"一联,诗势如之。"卧龙跃马终黄土"谓诸葛、公孙,贤愚共尽。"孔丘、盗跖俱尘埃""玉环、飞燕皆尘土"一意,感慨豪荡,他人所无。

登大茅山顶　　　王介甫

一峰高出众山巅,疑隔尘沙道里千。俯视云烟来不极,仰攀萝茑去无前。人间已换嘉平帝,地下谁通句曲天?陈迹是非今草莽,纷纷流俗尚师仙。

建康句容县茅山,初名句曲山,象形也。汉时三茅君来居,曰茅盈、茅固、茅衷,俱得道。先是秦始皇三十一年,更名腊曰"嘉平",尝自会稽登此山。《史》注引《太原真人茅盈内纪》,谓盈曾祖父蒙,于始皇三十一年于华山乘云驾龙,白日升天。其邑谣曰:"神仙得者茅初成,继世而往在我盈,帝若学之腊嘉平。"故始皇改是名。介甫此诗不信神仙之说,故有后四句。"人间已换嘉平帝",言始皇终于长往也。"地下谁通句曲天",谓此句曲山之穴名曰华阳洞天,谁能入乎?本是次韵其弟平甫三诗。平甫诗曰《王校理集》,李雁湖殆未见也。

登中茅山

翛然杖屦出尘嚣,鸡犬无声到沈寥。欲见五芝茎叶老,尚攀三鹤羽翰遥。容溪路转迷横彴,仙几风来得堕樵。兴

---

① 冯班:一作"人事依依"。

罢日斜归亦懒,更磨苍藓认前朝。

"五芝"见《茅君传》,食四节隐芝者为真卿,如此五种金阙帝君,谓茅君尽食之矣。此道家妄诞,不足信。"三鹤",谓三茅君得道,各乘白鹤据一山头也。容溪在茅山,仙几亦山名,在句容县。此诗律精语妙。

登小茅山

扪萝路到半天穷,下视淮洲杳霭中。物外真游来几席,人间荣愿付苓通。白云生处龙池杳,明月归时鹤驭空。回首三君谁更似,子房家世有高风。

马矢为"通",猪矢为"苓"。山以高而群仙易于接近,故云"物外真游来几席"。身登绝境,视世之荣利如粪土,故云"人间荣愿付苓通"。此一韵自公作古,前此未有人用,三诗皆绝妙。

平 山 堂

城北横冈走翠虬,一堂高视两三州。淮岑日对朱栏出,江岫云齐碧瓦浮。墟落耕桑公恺悌,杯觞谈笑客风流。不知岘首登临处,谁睹①当时有此不。

庆历八年二月,欧阳公以起居舍人知制诰守扬州,作是堂于蜀冈之大明寺,江南诸山拱列檐下,故名曰平山堂。"淮岑""江岫",皆言山也。"日出对朱栏,云浮齐碧瓦",则所谓平山而堂字又在其中也,其精如此。他人泥于题则巧而反拙,半山敛高才于小篇,包藏万象至矣。

---

① 李光垣:本集作"壮观"。

五、六亦闲雅,末句不谀而善颂。

次韵平甫金山会宿寄亲友

天末海云横北固,烟中沙岸似西兴。已无船舫犹闻笛,远有楼台只见灯。山月入松金破碎,江风吹水雪崩腾。飘然欲作乘桴计,一到扶桑恨未能。

介甫有《金山寺》五言律诗,未为极致。此和其弟平甫者。《遁斋闲览》谓"《金山寺》佳句绝少,张祜'树影中流见,钟声两岸闻'、孙鲂'天多剩得月,地少不生尘',亦未为工。熙宁中荆公有'北固''西兴'之句,始为中的。"予谓孙鲂诗"过橹妨僧定,惊涛溅佛身",下一句,金山何其卑也?前辈已能议之,今不以入选。张祜诗,无可议矣。荆公此诗,恐亦未能压倒张处士也。

金山同正之吉甫会宿作寄城中二三子

王平甫

寺压苍厓势欲倾,欢然西度为谁兴?云随草树萦群岫,江浸楼台点万灯。坐久不知身寂寞,梦回犹觉气轩腾。思君城郭尘埃满,相逐寻闲亦未能。

此诗只第四句佳,看来被乃兄压倒也。平甫自和有云:"槛外风吹前渡语,江边影落万山灯。半空月上方清彻,万里潮来自沸腾。"又较亲切。乃皇祐中少作,荆公时未达。前谓熙宁,亦非也。

陪润州裴如晦学士游金山回作　杨公济

试上①蓬莱第几洲，长云漠漠鸟飞愁。海山乱点当轩出，江水中分绕槛流。天远楼台横北固，夜深灯火见扬州。回船却望金陵月，独倚牙旗坐浪头。

前辈诗话或讥此五、六为庄宅牙人语。若如此论，介甫亦犯此戒。其实自是佳句。公济"灯火见扬州"，介甫"沙岸似西兴"，孰胜？细味公济尤胜，尤切题，非外来也。

甘露上方

沧江万景对朱栏，白鸟群飞去复还。云捧楼台出天上，风飘钟磬落人间。银河倒泻分双—作"明"。月，锦水西来转几山。今古冥冥难借问，且持玉爵破愁颜。

欧阳公有云："卧读杨蟠一千首，乞渠秋月与春风。"公济诗葩藻流丽，与王平甫相似。"云捧楼台出天上"，佳句也。下句亦称。

游庐山宿栖贤寺　　　　王平甫

古屋萧萧卧不周，弊裘起坐兴绸缪。千山月午乾坤昼，一壑泉鸣风雨秋。迹入尘中惭有累，心期物外欲何求。明

---

① 李光垣："世"讹"试"，据《宋文鉴》改。

朝松路须惆怅,忍更无诗向此留。

　　王安国平甫,年四十七而卒,其诗陈后山亟称之,当时诸公欧、苏莫不敬叹钦奖。或谓其得于天才,不学而能。然其人胸次耿介,非其兄荆公新法之所为,诋吕惠卿为佞人,天下尤高之也。南渡后,其曾孙烨始刊《王校理集》于临安郡学。诗佳者不可胜算,而富于风月。此诗三、四壮浪而清洒。登览诗极难得绝高者,取此参入其间,亦快人心目也。

登快阁　　　　　　　黄山谷

　　痴儿了却公家事,快阁东西倚晚晴。落木千山天远大,澄江一道月分明。朱弦已为佳人绝,青眼聊因美酒横。万里归船弄长笛,此心吾与白鸥盟。

　　此诗见《山谷外集》,为太和宰时作,吕居仁谓"山谷妙年诗已气骨成就"是也。山谷生于庆历五年乙酉,至元丰四年辛酉作邑,三十七矣。

和寇十一晚登白门——本云:"庚辰三月晚登白门闲望。"
　　　　　　　　　　　　　　　　　　陈后山

　　重门杰观屹相望,表里山河自一方。小市张灯归意动,轻衫当户晚风长。孤臣白首逢新政,游子青春见故乡。富贵本非吾辈事,江湖安得便相忘。

　　白门在徐州,亦曰白下,地近狭邪。寇国宝,后山乡人,屡引白下事戏之,"小市""轻衫"之句,亦所以寓戏也。元符庚辰三月,以徽庙登极,湔涤南迁诸人,故有云"白首逢新政"。尾句又谓吾辈如苏、黄本非有意富贵，但不能超然忘情，俾脱迁谪而北还，亦私谊之所许也。词意深婉，岂徒诗而已哉。如许浑《登凌歊台》"湘潭云净暮山出，巴蜀雪消春水来"，不过砌叠形模，而晚唐家以为句法，今不敢取。盖老杜自有此等句，但不如是之太偶而不活耳。

登岳阳楼　　　　　　　　　　　陈简斋

洞庭之东江水西，帘旌不动夕阳迟。登临吴蜀横分地，徙倚湖山欲暮时。万里来游还望远，三年多难更凭危。白头吊古风霜里，老木沧波无限悲。

简斋《登岳阳楼》凡三诗，又有《巴丘书事》一诗，皆悲壮激烈，如："晚木声酣洞庭野，晴天影抱岳阳楼。四年风露侵游子，十月江湖吐乱洲。"又如："乾坤万事集双鬓，臣子一谪今五年。"近逼山谷，远诣老杜。今全取此首，乃建炎中避地时诗也。白乐天有此楼诗云："春岸绿时连梦泽，夕波红处近长安。"下一句好，上一句涉妆点。

与大光同登封州小阁

去程欲数莽难知，三日封州更作迟。青嶂足稽天下士，锦囊今有峤南诗。共登小阁春风里，回望中原夕霭时。万本梅花为我寿，一杯相属未全痴。

老杜诗为唐诗之冠。黄、陈诗为宋诗之冠。黄、陈学老杜者也。嗣黄、陈而恢张悲壮者，陈简斋也。流动圆活者，吕居仁也。清劲洁雅者，曾茶山也。七言律，他人皆不敢望此六公矣。若五言律诗，则唐人之工者无数。宋人当以梅圣俞为第一，平淡而丰腴。舍是，则又有陈后山耳。此余选诗之条例，所谓正法眼藏也。

鄂州南楼　　　　　　　范石湖

谁将玉笛弄中秋，黄鹤飞来识旧游。汉树有情横北渚，蜀江无语抱南楼。烛天灯火三更市，摇月旌旗万里舟。却要鲈乡垂钓叟，武昌鱼好便淹留。

石湖名成大，字致能。尝使燕，帅西广、成都、四明、金陵，参大政。乾、淳间诗巨擘称尤、杨、范、陆，谓遂初、诚斋、放翁及公也。此出蜀时诗。"烛天灯火三更市"，承平时鄂渚之盛如此！

过扬子江　　　　　　　杨诚斋

只有清霜冻太空，更无半点荻花风。天开云雾东南碧，日射波涛上下红。千古英雄鸿去外，六朝形胜雪晴中。携瓶自汲江心水，要试煎茶第一功。

杨诚斋诗一官一集，每一集必一变，此《朝天续集》诗也。其子长孺举似于范石湖、尤梁溪，二公以为诚斋诗又变，而诚斋谓不自知。诗不变不进。此本二诗，今选其一。中两联俱爽快，且诗格尤高。

卷之二　朝省类

公槐卿棘，序鹭班鸳，人臣岂恶此而欲逃之？进思尽忠，退思补过，可以荣而无所愧，则声诗亦所以言志也。

五　言 十四首

酬苏味道夏晚寓直省中　　沈佺期

并命登仙阁，通宵①直礼闱。大官供宿膳，侍史护朝衣。卷幔天河入，开窗②月露微。小池残暑退，高树早凉归。冠剑无时释，轩车待漏飞。明朝题汉柱，三署有光辉。

此诗三联紧峭精神，尾句亦善用郎署事，即田凤季宗"堂堂乎张，京兆田郎"者也。出《三辅录》。

在广州闻崔马二御史并拜台郎　　苏味道

振鹭齐飞日，迁莺远客闻。明光共待漏，清览各披云。

---

① 冯舒："通"，《初学记》作"分"为是。　冯班："分宵"一作"当阶"。
② 冯舒：《初学记》作"披庭"为是。

喜得廊庙举,嗟为台阁分。故林怀柏悦,新渥阻兰薰。冠去神羊影,车迎瑞雉群。远从南斗外,遥仰列星文。

唐人自御史除省郎,至以为荣,柳子厚以御史得礼部,自谓过分是也。此诗于御史除省郎,曲尽体贴。

春夜寓直凤阁怀群公　　魏知古

拜门传漏晚,寓省索居时。昔重安仁赋,今称伯玉诗。鸳池满不溢,鸡树久逾滋。夙夜怀山甫,清风咏所思。

西汉中书有令、仆射、丞、郎。魏置中书通事郎,晋改为中书侍郎,东晋改为通事郎,寻改为中书郎。隋改中书郎省为内侍省,又改为内书监。唐初改为内史省,龙朔二年改为西台,光宅初改为凤阁,开元改为紫薇。世称凤阁鸾台者,即古中书门下省也。知古为凤阁侍郎,故引潘赋、卞诗。卞伯玉《赴中书郎》诗有云:"大方信包含,优渥遂不已。濯鳞龙凤池,挥翰紫宸里。"鸡栖树事出郭颁《魏晋世语》。

同崔员外秋宵寓直　　王右丞

建礼高秋夜,承明候晓过。九门寒漏彻,万井曙钟多。月迥藏珠斗,云消出绛河。更惭衰朽质,南陌共鸣珂。

蔡质《汉官典职》曰:"尚书郎昼夜更直五日于建礼门外。"承明者,殿庐也。珂石,次玉、玛瑙,色白如雪;或云螺属,生海中。《通典》:"老鸥入海为玳,可作马勒,谓之珂。"《唐·仪卫志》:"一品至五品官有象辂、革辂、木辂、轺车。三品以上珂九子,四品七子,五品五子。车辂藏于太仆,制册大事则给,馀皆以骑代车。"①珂则马御也,又五品以上有珂伞。

寄左省杜拾遗　　　　　　岑　参

联步趋丹陛,分曹限紫微。晓随天仗入,暮惹御香归。白发悲花落,青云羡鸟飞。圣朝无阙事,自觉谏书稀。

岑参为右补阙,属中书省,故云"分曹限紫薇"。

奉答岑参补阙见赠　　　　　杜工部

窈窕清禁闼,罢朝归不同。君随丞相后,我往日华东。冉冉柳枝碧,娟娟花蕊红。故人得佳句,独赠白头翁。

老杜为左拾遗,属门下省,故退朝之后,所往治事之地各异。唐宫省多植花柳。子美是年乾元元年戊戌春四十七岁,已云"白头翁",则老杜早衰,亦可见也。

春宿左省

花隐掖垣暮,啾啾栖鸟过。星临万户动,月傍九霄多。不寝听金钥,因风想玉珂。明朝有封事,数问夜如何。

---

① 按:此段文字当出自《新唐书·车服志》。

晚出左掖

昼刻传呼浅,春旗簇仗齐。退朝花底散,归院柳边迷。楼雪融城湿,宫云去殿低。避人焚谏草,骑马欲鸡栖。

老杜天宝十四年乙未年四十四矣,始得为河西尉,不赴,改帅府胄曹。十一月而禄山反,公如奉天。明年七月,肃宗即位灵武。公在鄜州奔行在,为贼所得,留长安。或谓亦囚至东都。十月,房琯败于陈涛斜,即至德元年丙申也。明年丁酉夏五月,间道走凤翔,除左拾遗。闰八月诏放至鄜州省妻子。九月复长安,十月肃宗还京,公亦归班。此二诗皆答岑参诗,并乾元元年戊戌正、二月间诗也。六月移华州司功,去国终不复入。公平生仅为朝士一年许耳。所谓"封事""谏草",人不尽知,史不详书。夜不寝而待晓,昼治事而晚出,于此二诗并见之。其年已四十七矣。山谷评公诗,犹必以夔州后诗为准。然则不变不进,愈变愈进。老杜且然,况他人乎?

早　朝　　　　　　　　耿湋

钟鼓馀声里,千官向紫微。冒寒人语少,乘月烛来稀。清漏闻驰道,轻霞映琐闱。犹看嘶马处,未启掖垣扉。

湋大历中左拾遗,诗平正。

大飨明堂庆成　　　　　　王岐公

皇祐更秋律,明堂奉帝禋。粢盛虽荐德,霜露本怀亲。

於赫朝三后,无文秩百神。九筵交玉币,重屋近星辰。邃幄留飙御,清坛堕月津。衣冠汉仪旧,金石舜《韶》新。受胙开宣室,鸣钟降紫宸。群阴光复旦,叶气斗回春。灵贶丛千祝,丰恩渗四垠。惭非老辞笔,徒学焕尧文。

  禹玉为词臣,则摛藻细润,典雅劲健,未有后来全句长句之病。诗号为"至宝丹",以多用金玉珠玑锦绣之类。然亦有不全然者,此诗岂不谓之细润典雅?

依韵恭和圣制龙图天章阁观三圣御书

  半夜传君召,西清阅帝文。笔回丹穴凤,《书法要录》:"有丹穴凤舞,清泉龙跃之势。"歌起沛中云。御幄金虬转,仙墀羽仗分。君王自天纵,况复睿心勤。

  "君王自天纵",用老杜"君王自神武"也。自天纵又加学力,故有尾句。

依韵和吴相公从驾至开宝寺庆寿崇因阁

  崇因开宝构,金碧昼相辉。禁跸随曦驭,层城转斗机。梵音狮子吼,妙相鸽王归。洛水浮神篆,天花满御衣。塔疑从地涌,栋拟入云飞。上行乘今果,群超悟昨非。慧珠常自照,法雨遍成霏。但起真如念,梯梁即可几。

依韵和王原叔内翰有怀

暮钥严温省,宵铃静浴堂。银花无奈冷,<small>刘梦得诗:"银花悬院榜。"</small>瑶草又还芳。梦久闻仙吹,班清犯晓霜。帝阍何所扣,一炷祝尧香。

岁暮直舍感怀　　　　　　姜梅山

岁暮坐公馆,永怀时序迁。雪消残腊外,春到早梅边。夜色侵乌鹊,年光送管弦。无人同晤语,输写赖诗篇。

七言二十四首

早朝大明宫呈两省僚友<small>门下省、中书省</small>
贾　至

银烛朝天①紫陌长,禁城春色晓苍苍。千条弱柳垂青琐,百啭流莺绕建章。剑佩声随玉墀步,衣冠身染御炉香。

---

① 何义门:一作"熏天"。

共沐恩波凤池里,朝朝染翰侍君王①。

用两"染"字,上字合改为"惹"。

和贾至舍人早朝大明宫　　　杜子美

五夜漏声催晓箭,九重春色醉仙桃。旌旗日暖龙蛇动,宫殿风微燕雀高。朝罢香烟携满袖,诗成珠玉在挥毫。欲知世掌丝纶美,池上于今有凤毛。

贾至之父亦尝为中书舍人,故云。"超宗殊有凤毛",出《南史》《宋书》②:"谢凤子超宗,有文辞,补新安王常侍。王母殷淑仪卒,超宗作诔奏之,帝大嗟赏,谓谢庄曰:'超宗殊有凤毛。'"

同　前　　　王右丞

绛帻鸡人送晓筹③,尚衣方进翠云裘。九天阊阖开宫殿④,万国衣冠拜冕旒。日影⑤才临仙掌动,香烟欲傍衮龙浮。朝罢须裁五色诏,佩声归到凤池头。

---

① 何义门:《英华》作"终朝默默侍君王",如此方是贾生胸臆。
② 按:此当出自《南齐书》。
③ 李光垣:本集"送"作"报"。
④ 李光垣:本集"殿"作"扇"。
⑤ 李光垣:本集"影"作"色"。

同 前　　　　　　　　　岑 参

鸡鸣紫陌曙光寒，莺啭皇州春色阑。金阙晓钟开万户，玉阶仙仗拥千官。花迎剑佩星初落，柳拂旌旗露未干。独有凤凰池上客，《阳春》一曲和皆难。

　　按此四诗倡和在乾元元年戊戌之春。唐肃宗至德二载丁酉九月，广平王复长安。子美以是年夏间道奔凤翔，六月除左拾遗。十月肃宗入京师，居大明宫。贾至为中书舍人，岑参为右补阙。十二月六等定罪，王维降授太子中允。○四人早朝之作，俱伟丽可喜，不但东坡所赏子美"龙蛇""燕雀"一联也。然京师喋血之后，疮痍未复，四人虽夸美朝仪，不已泰乎！

西掖省即事

西掖重云开曙晖，北山疏雨点朝衣。千门柳色连青琐，三殿花香入紫微。平明端笏陪鸳列，薄暮垂鞭信马归。官拙自悲头尽白，不如岩下掩柴扉。

　　亚于前所和贾至者。

宣政殿退朝晚出左掖　　　　杜工部

天门日射黄金榜，春殿晴薰赤羽旗。宫草微微承委佩，炉烟细细驻游丝。云近蓬莱常五色，雪残鸤鹊亦多时。侍臣缓步归青琐，退食从容出每迟。

唐明皇以来，朔望朝臣颇用常服。今云"委佩"，未详。

紫宸殿退朝口号

户外昭容紫袖垂，双瞻御座引朝仪。香飘合殿春风转，花覆千官淑景移。昼漏稀闻高阁报，天颜有喜近臣知。宫中每出归东省，会送夔龙集凤池。

闻杨十二新拜省郎遥以诗贺　　白乐天

文昌新入有光辉，紫界宫墙白粉闱。晓日鸡人传漏箭，春风侍女护朝衣。雪飘歌句高难和，鹤拂烟霄老惯飞。官职声名俱入手，近来诗客似君稀。

元注："向曾有赠杨诗，落句云：'不用更教诗句好，折君官职是声名。'今故云'俱入手'。"此杨巨源也。

喜张十八博士除水部员外郎

老何殁后吟声绝，虽有郎官不爱诗。无复篇章传道路，空馀风月在曹司。长嗟博士官犹屈，亦恐骚人道渐衰。今日闻君除水部，喜于身得省郎时。

何逊以诗名，老杜颂之曰："能诗何水曹。"张籍是除，乐天贺之，五十六字如一直说话,自然条畅。

新除水曹郎答白舍人　　　张司业

年过五十到南宫,章句无名荷至公。黄纸开呈丞相后,朱衣引入谢班中。诸曹纵许为仙侣,群吏多嫌是老翁。幸有紫微郎见爱,独称官与古人同。

长庆元年九月,乐天自中书舍人出为杭州刺史,张之除水部当在元和、长庆间。

早　朝　　　杨巨源

钟传清禁才应彻,漏报仙闱俨已开。双阙薄烟笼菡萏,九城初日照蓬莱。朝时但向丹墀拜,仗下方从碧落回。圣代逍遥更何事,愿将《巴曲》赞康哉。

平正。

雨后月中玉堂闲坐　　　韩致尧

银台直北金銮外,暑雨初晴皓月中。惟对松篁听刻漏,更无尘土翳虚空。绿香熨齿冰盘果,清冷侵肌水殿风。夜久忽闻铃索动,玉堂西畔响丁东。

中秋禁直

星斗疏明禁漏残,紫泥封后独凭阑。露和玉屑金盘冷,月射珠光贝阙寒。天衬楼台笼苑外,风吹歌管下云端。长卿只为《长门赋》,未识君臣际会难。

以上二诗,俱端重有体。

六月十七日召对自辰及申方归本院

清暑帘开散异香,恩深咫尺对龙章。花应洞里常时发,日向壶中特地长。坐久忽疑槎犯斗,归来兼恐海生桑。如今冷笑东方朔,唯用诙谐侍汉皇。

三、四真有仙家之意,五、六用事变陈为新,末句诋东方朔尤有味。

卧病逾月请郡不许复直玉堂十一月一日锁院是日苦寒诏赐官烛法酒书呈同院

苏东坡

微霰疏疏①点玉堂,词头夜下揽衣忙。分光御烛星辰烂,拜赐宫壶雨露香。醉眼有花书字大,老人无睡漏声长。何时却逐桑榆暖,社酒寒灯乐未央。

---

① 许印芳:一作"霏霏"。

中四句气焰逼人。

夜直玉堂携李之仪端叔诗百馀首读至夜半书其后

　　玉堂清冷不成眠,伴直难呼孟浩然。暂借好诗消永夜,每逢佳处辄参禅。愁侵砚滴初含冻,喜入灯花欲斗妍。寄语君家好儿子①,他时此句一时编。
　　李之仪诗得意趣颇深晦,非东坡不之察,故有是佳句。以孟浩然待之,非夸也。

次韵子由五月一日同转对

　　跪奉新书笏在腰,谈王正欲伴耕樵。晋阳岂为一门事,宣政聊同五月朝。忧患半生联出处,归休上策早招要。后生可畏吾衰矣,刀笔从来错料尧。
　　兄弟一门,用温大雅事,唐高祖语,极切。尾句又似不平执政者之骤进,此乃东坡平生口病也。

次韵蒋颖叔钱穆父从驾景灵宫

　　归来病鹤记城闉,旧踏松枝雨露新。半白不羞垂领发,

---

① 许印芳:"好"与三句复,当作"小"。

软红犹恋属车尘。雨收九陌丰登后,日丽三元下降辰。粗识君王为民意,不才何以助精禋。

此元祐七年壬申南郊时事。

殿后书事和范纯仁　　　　　梅圣俞

天子寻常幸直庐,裹头宫女捧雕舆。红泥已赐春醅酒,黄帕曾经御览书。林果鸟应衔去后,燕窠虫有落来馀。禁中事事能传咏,播在人间不是虚。

老杜云"户外昭容紫袖垂",则知唐之外庭以宫女引朝仪。圣俞云"裹头宫女捧雕舆",则知宋之内庭以宫女直舆事,不惟诗好,可备故事作一对也。

较艺和王禹玉内翰

分庭答拜士倾心,却下朱帘绝语一作"好"。音。万蚁战来一作"酣"。春日永,一作"暖"。五星明聚一作"处"。夜堂深。力槌顽石方逢玉,尽拨寒沙始见金。淡墨榜名何日出,金明池苑一作"馆"。可能寻。

诗话以前联为"万蚁战酣春昼永,五星明聚夜堂深",承平时省试诸公,例有倡和,于考校两不相妨。是年欧阳公知举,王岐公以翰学与圣俞俱在院,得二苏与南丰之年也。元祐三年,东坡为知举,黄山谷、李伯时俱为属,唱和尤盛。张宛丘集后有同文馆倡和数卷,晁无咎、曹子方、蔡天启、邓忠臣皆与,佳句无算,亦考试时作。南渡以后,此风颇落,知举监试官,用从官言路之长,小试官四十馀人。虽宜锁四十馀日,未有一篇诗传于世者。于熟烂时文之中,求天下之士,赋必有一定之说,经必拘破题四句小巧,以此为了事痴儿,世道日以衰矣。欧、苏大老,昔司文衡,赋诗校艺,两用其至,绰绰有馀。盖不可复见矣,悲夫!

谢永叔答述旧之作和禹玉

天下才名罕有双,今逢陆海与潘江。笔生造化多多办,声满华夷一一降。金带系袍回禁署,翠娥持烛侍吟窗。人间荣贵无如此,谁爱区区拥节幢。

此亦试院作,谓永叔、禹玉二学士大才也。前联壮哉,次联丽甚。

较艺赠永叔和禹玉

今看座主与门生,事事相同举世荣。并直禁林司诏令,又来西省选豪英。飞龙借马天边下,光禄供醪月底倾。食叶蚕声句偏美,当时曾记赋将成。

"食叶蚕声",谓欧公句也。王岐公乃欧公十五年前所取门生。

呈永叔书事 《华阳集》第四卷元注:"嘉祐二年礼部倡和。"

王禹玉

诏书初捧下西厢,重棘连催暮钥忙。绿绣珥貂留帝诏,元注:"元夕有绿衣中使传宣。"紫衣铺案拜宸香。卷如骤雨收声急,笔似飞泉落势长。十五年前出门下,最荣今日预东堂。

禹玉弱冠甲科,出欧公门,至是十五年,亦可谓荣进速矣。许光凝撰集序谓"不出都城,致位宰相",予谓岐公诗多富贵语,惟如此富贵人能为之。

次韵景彝赴省直宿马上　　梅圣俞

乌纱帽底青眸转,朱雀街头玉辔摇。灯火高楼吹短笛,帘栊斜巷隘初宵。身归兰省惟看月,心在天津欲倚桥。枕上夜深应不寐,羡他年少酒微销。

曲尽京师承平市井繁盛之状,又见赴省直宿,于马上或有所睹而不能忘情之意,流丽圆活,自然有味。景彝,王景彝也。

卷之三　怀古类

怀古者,见古迹,思古人,其事无他,兴亡贤愚而已。可以为法而不之法,可以为戒而不之戒,则又以悲夫后之人也。齐彭殇之修短,忘尧桀之是非,则异端之说也。有仁心者必为世道计,故不能自默于斯焉。

五言三十二首

白帝怀古　　陈子昂

日落沧江晚,停桡问土风。城临巴子国,台没汉王宫。荒服犹周甸,深山尚禹功。岩悬青壁断,地险碧流通。古木生云际,归帆出雾中。川途去无限,客坐思何穷①。

律诗自徐陵、庾信以来,叠叠尚工,然犹时拗平仄。唐太宗时,多见《初学记》中,渐成近体,亦未脱陈、隋间气习。至沈佺期、宋之问,而律诗整整矣。陈子昂《感遇》古诗三十八首,极为朱文公所称。天下皆知其能为古诗,一扫南、北绮靡,殊不知律诗极精。此一篇置之老杜集中,亦恐难别,乃唐人律诗之祖。如沈,如宋,如老杜之大父审言,并子昂四家观之可也,盖皆未有老杜以前律诗。

---

① 李光垣:应作"客思坐何穷"。

岘山怀古

秣马临荒甸，登高览旧都。犹悲堕泪碣，尚想卧龙图。城邑遥分楚，山川半入吴。丘陵徒自出，贤圣已凋枯①。野树苍烟断，津楼晚气孤。谁知万里客，怀古正踟蹰。

此老杜以前律诗，悲壮感慨，即无纤巧砌凳。"丘陵徒自出"一句，疑有误字。

金陵怀古　　　　　　刘宾客

潮落冶城渚，日斜征虏亭。蔡洲新草绿，幕府旧烟青。兴废由人事，山川空地形。《后庭花》一曲，幽一作"忧"。怨不堪听。

每读刘宾客诗，似乎百十选一以传诸世者，言言精确。前四句用四地名，而以"潮""日""草""烟"附之。第五句乃一篇之断案也，然后应之曰"山川空地形"，而末句乃寓悲怆，其妙如此。

项亭怀古　　　　　　窦　常

力取诚多难，天亡路亦穷。有心裁帐下，无面到江东。命厄留骓处，年销逐鹿中。汉家神器在，须废拔山功。

五窦之长也。此诗句句有议论，用字无一不工。

---

① 许印芳："已"一作"几"。

经故人旧居　　　　　　　储嗣宗

万里访遗尘,莺声泪湿巾。古书无主散,废宅与山邻。宿草风悲夜,荒村月吊人。凄凉问残柳:今日为谁春?

三、四佳。

送康绍归建邺　　　　　　周贺

南朝秋色满,君去意如何?帝业空城在,民田坏冢多。月圆台独上,栗绽寺频过。篱下西江水,相思见白波。

三、四眼前事,亦不可少。

经费拾遗所居呈封员外　　　李群玉

云卧竟不起,少微空陨光。惟应孔北海,为立郑公乡。旧馆苔藓合,幽斋松菊荒。空遗书带草,日日上阶长。

三、四用一事贯串,老杜有此体,"嘉树传,角弓诗"是也。

武侯庙古柏　　　　　　　李商隐

蜀相阶前柏,龙蛇捧閟宫。阴成外江畔,老向惠陵东。大树思冯异,甘棠忆召公。叶凋湘燕雨,枝折海鹏风。玉垒经纶远,金刀历数终。谁将《出师表》,一为问昭融!

五、六善用事,"玉垒""金刀"之偶尤工。末句候考。

陈后主宫

玄武开新苑,龙舟燕幸频。渚莲参法驾,沙鸟犯钩陈。寿献金茎露,歌翻《玉树》尘。夜来江令醉,别诏宿临春。

钩陈星,后宫之象,亦左右宿卫之象。

过陶征君旧居　　　　　崔　涂

陶令曾居此,弄琴遗世情。田园三亩绿,轩冕一铢轻。衰柳自无主,白云犹可耕。不随陵谷变,应只有高名。

荒淫亡国之主,奸邪误国之臣,诗人必诋其遗迹而数其罪。至于英主贤臣,则美之不容口,其或子孙已微,陵谷已变,犹惓惓焉伤悼悲痛,读此诗者可以类推矣。然后知善不可不修,恶不可不戒。无曰庄生齐物,而可以懵然于身后也。

题倪居士旧居

儒翁九十馀,旧向北山居。生寄一壶酒,死留千卷书。栏摧新竹少,池浅故莲疏。但有子孙在,带经还荷锄。

子孙之贤不肖天也,虽圣贤亦无如之何。张芸叟诗云:"儿童不识字,耕稼魏公庄。"魏郑公之后至不识字,亦奈何哉?

过昭君故宅

以色静胡尘,名还异众嫔。免劳征战力,无愧绮罗身。骨竟埋青冢,魂应怨画人。不堪逢旧宅,零落对江滨。

只第一句已感慨。"青冢"之句,本非奇异,第六句一唤醒,并第五句亦精神。"魂应怨画人",妙甚,妙甚!

题豪家故池　　　　吴　融

岁久无泉引,春来仰雨流。萍干黏朽槛,沙浅露沉舟。照影人何在,持竿客寄游。翛然兴废外,回首谢眠鸥。

第五句最感慨,谓其家歌舞之类,今安在哉!

经　废　宅　　　　杜荀鹤

人生当贵盛,修德可延之。不虑有今日,争教无破时。薜斑题字壁,花发带巢枝。何况高原上,荒坟与折碑。

荀鹤诗首首相似,定是颔联作一串,景联体物。

南游有感[①]

杜陵无厚业,不得驻车轮。重到曾游处,多非旧主人。

---

① 冯班:此诗于武陵作。

东风千岭树,西日一洲蘋。又渡湘江水①,湘江水复春。

三、四有无穷之味,不必指言何代何人,而怀旧感今之意自见。

过侯王故第

过此一酸辛,行人泪有痕。独残新碧树,犹拥旧朱门。歌歇云初散,檐空燕尚存。不知弹铗客,何处感新恩?

第六句即刘梦得旧时王谢燕之意也,犹浑厚未露。至尾句则全是梦得"燕"句意,宾客皆何所往乎?

怀古眺望　　　　　　宋景文

城阓聊属眺,千古恨悠悠。夏享空台毁,韩亡故社留。钓台、韩城悉有遗址在。庙祠旌颍凤,黄丞相祠并凤皇里。溪水识巢牛。颍水过城下。春色依林动,晨烟傍戍浮。房驷闲自集,田鹤叫相求。町篠贲缘密,川葭霩靡柔。栎墟迷郑鄙,隗路隔轩游。《春秋》栎邑、庄周载大隗山皆在。感昔如吾辈,曾经几斛愁。

此许州诗也。公自翰苑出守②许昌作,工甚。

长安道中怅然作三首

三辅古风烟,征骖怅未前。山园蓬颗外,贾山议始皇侈葬,

---

① 冯班:"水"当作"去"。
② 按:"守"原讹作"寄",据康熙五十二年本、纪昀《刊误》本校改。

言后世不得蓬颗蔽冢。宫室黍离边。树老经唐日,碑残刻汉年。便须真陨涕,不待雍门弦。

　　兴亡作今古,事往始堪悲。宫破黄山在,城空北斗移。走冈寒兔隐,啼戍暮鸦饥。灞岸重回首,惟馀王粲诗。

　　城阙今安在,关河昔所凭。种祠秦故畤,坏土汉诸陵。苑树圆排荠,楼云淡引缯。南山不改色,千古恨相仍。
　　景文自真定移守成都,过长安有此诗,皆工妙逼唐人。

过惠崇旧居 _{崇工诗,有名于世。}

　　虽昧平生契,怀贤要可伤。生涯与薪尽,法意共灯长。遗画空观貌,残诗孰补亡。本院惟有师诗稿数卷。神期通一语,无乃困津梁。元注云:"予为郡之年,师之去世已二纪矣。"
　　景文年四十四,初得郡寿阳,惠崇旧居院在境内。选此一诗以见惠崇之死,宋公年二十也。

过 故 关　　　　　　　韩魏公

　　春日并州路,群芳夹故关。前驱驱弩过,别境荷戈还。古戍馀荒堞,新耕入乱山。时平民自适,白首乐农闲。
　　承平之际,并州用武之地亦闲乐如此。五、六有味。

金　陵　　　　　梅圣俞

恃险不能久,六朝今已亡。山形象龙虎,宫地牧牛羊。江上鸥无数,城中草自长。临流邀月饮,莫挂一毫芒。

龙蟠虎踞本是熟事,以"宫地牧牛羊"①为对,不觉杜撰之妙,犹老杜"赏因歌《秋杜》,归及荐樱桃"也。

丫头岩此碑也,在金陵断石冈,上有吴大帝②字焉。

丫头石虽断,文字未全讹。年算赤乌近,书疑皇象多。几时经霹雳,异代见干戈。更与千秋看,松煤定费磨。

"经来白马寺,僧到赤乌年",奇矣;"赤乌""皇象",则又奇矣。"皇象"恐作"黄",非。假对真,如子规黄叶,更佳。

夏日晚霁与崔子登周襄王故城

雨脚收不尽,斜阳半古城。独携幽客步,闲阅老农耕。宝气无人发,阴虫入夜鸣。余非避喧者,坐爱远风清。

五、六工而自然。

---

① 按:"羊"原讹作"马",据康熙五十二年本、纪昀《刊误》本校改。
② 按:"大"原讹作"文",据康熙五十二年本、纪昀《刊误》本校改。

夏日陪提刑彭学士登周襄王故城

聊随汉使者，一上周王城。片雨北郊晦，残阳西岭明。野禽呼自别，香草问无名。谁复《黍离》咏，但兴箕颍情。

五、六平淡之中有滋味，亦工致。三、四亦无不工。

淮　阴

青环瘦铁缆，系在淮阴城。水胫多长短，林枝有直横。山夔一足走，妖鸟九头鸣。韩信祠堂古，谁将胯下平。

五、六如其所赋之怪。

涂　山

古传神禹迹，今向旧山阿。莫问辛壬娶，从来甲子多。夜淮低激射，朝岭上嵯峨。荒庙立泥骨，岩头风雨过。

"辛壬""甲子"亦奇甚。

与夏侯绎张唐民游蜀冈大明寺

秋叶已多蠹，古碑看更荒。废城无马入，破冢有狐藏。

寒日稍清迥,群山分莽苍。田夫指白水,此下是雷塘。

永宁遣兴　　　　　　张宛丘

国破空陵墓,时移改要冲。人随幽谷路,县隐乱山峰。零落荒祠树,悠扬晚寺钟。犹传仙旧隐,跨鹿有遗踪。

肥仙诗自然,杨诚斋之言也。每忆此言,读此诗则知之。

徐孺子宅　　　　　　赵师秀

今识高眠处,沧波是切邻。已知难即鹿,惟有独潜鳞。蘋长过荷叶,藤深失树身。闲思昔微子,犹自得称仁。

五、六似不切徐孺子宅,异乎"西日照窗凉"者,然亦工密。

题　钓　台　　　　　　徐道晖

当时廊庙去,此地也成空。草木多年换,儿孙近代穷。无言伤末俗,久立慕高风。梅福神仙者,新知是妇翁。

尾句自来无人道。

七言七十八首

荆州怀古 刘禹锡

南国山川旧帝畿,宋台梁馆尚依稀。马嘶古树行人歇,麦秀空城泽雉飞。风吹落叶填宫井,火入荒陵化宝衣。徒使词臣庾开府,咸阳终日苦思归。

松滋渡望峡中

渡头轻雨洒寒梅,云际溶溶雪水来。梦渚草长迷楚望,夷陵土黑有秦灰。巴人泪应猿声落,蜀客船从鸟道回。十二碧峰何处所,永安宫外是荒台。

汉寿城春望 古荆州刺史治亭,其下有子胥庙,兼故楚王坟。

汉寿城边野草春,荒祠古墓对荆榛。田中牧竖烧刍狗,陌上行人看石麟。华表半空径霹雳,碑文才见满埃尘。不知何日东瀛变,此地还成要路津。

西塞山怀古

西晋①楼船下益州,金陵王气漠然②收。千寻铁锁沉江底,一片降幡出石头。人世几回伤往事,山形依旧枕寒流。今逢③四海为家日,故垒萧萧芦荻秋。

馆陶李丞旧居　　　　　皇甫冉

盛名天下挹馀芳,弃置终身不拜郎。词藻世传平子赋,园林人比郑公乡。门前坠叶浮秋水,篱外寒皋带夕阳。旧日青松成古木,只应来者为心伤。

<small>此诗好处元只在"平子赋""郑公乡"一联。谁谓为诗不当用事乎?用事而不为事所用,可也。若但有后四句,则堕套括。</small>

隋宫守岁　　　　　李商隐

消息东郊木帝回,宫中行乐有新梅。沉香甲煎为庭燎,玉液琼酥作寿杯。遥望露盘疑是月,远闻鼍鼓欲惊雷。昭阳第一倾城色④,不踏金莲不肯来。

---

① 查慎行:一作"王濬"。纪昀:"西晋"不如"王濬"字。
② 查慎行:不如他本作"黯然",觉通首俱有神气。纪昀:"漠"不如"黯"字。
③ 许印芳:一作"从今",又作"于今"。
④ 冯班:"色"一作"客"。纪昀:本集作"倾城客","客"不如"色"。

此以隋宫除夜命题。第三句足见其侈,末句用潘妃事,亦讥炀帝耳。以为对作,即是为也。亦诗家一泛例,可戒。

井　络

井络天彭一掌中,谩夸天设剑为峰。阵图东聚燕江口①,边柝西悬雪岭松。堪叹故君成杜宇,可能先主是真龙。将来为报奸雄辈,莫向金牛访旧踪。

五、六对巧。

隋　宫

紫泉宫殿锁烟霞,欲取芜城作帝家。玉玺不缘归日角,锦帆应是到天涯。于今腐草无萤火,终古垂杨有暮鸦。地下若逢陈后主,岂宜重问《后庭花》!

"日角""天涯"巧。

筹　笔　驿

鱼鸟犹疑畏简书,风云长为护储胥。徒令上将挥神笔,终见降王走传车。管乐有才真不忝②,关张无命欲何如③?

---

① 冯班、纪昀:"口"当作"石"。
② 许印芳:"真"一作"终"。
③ 许印芳:"欲"一作"复"。

他年锦里经祠庙,《梁甫吟》成恨有馀。

起句十四字,壮哉!五、六痛恨至矣。

马 嵬

海外徒闻更九州,他生未卜此生休。空闻虎旅鸣宵柝,无复鸡人报晓筹。此日六军同驻马,当时七夕笑牵牛。如何四纪为天子,不及卢家有莫愁!

"六军""七夕","驻马""牵牛",巧甚,善能斗凑,"昆体"也。

凌歊台 当涂县西,宋高祖筑。　　许　浑

宋祖凌歊乐未回,三千歌舞宿层台。湘潭云尽暮山出,巴蜀雪消春水来。行殿有基荒茅合,寝园无主野棠开。百年便作万年计,岩畔古碑生绿苔。

刘裕起于布衣,节俭之主,"三千歌舞"之句,不近诬否?第四句最玄,上一句似牵强。至如"有基""无主"一联,近乎熟套而格卑。许丁卯诗俗所甚喜,予辄抑之以救俗。其集《怀古》数诗为最。

骊 山

闻说先皇醉碧桃,日华浮动郁金袍。风随玉辇笙歌迥,云卷珠帘剑佩高。凤驾北归山寂寂,龙旂西幸水滔滔。蛾眉没后巡游少,瓦落宫墙见野蒿。

咸阳城东楼

一上高城万里愁,蒹葭杨柳似汀洲。溪云初起日沉阁,山雨欲来风满楼。鸟下绿芜秦苑夕,蝉鸣黄叶汉宫秋。行人莫问当年事,故国东来渭水流。

一作"行人莫问前朝事,渭水寒光昼夜流",尾句合用此十四字为佳。中四句与前诗一同,皆装景而已。

登尉佗楼

刘项持兵鹿未穷,自乘黄屋岛夷中。南来作尉任嚣力,北向称臣陆贾功。箫鼓尚陈今世庙,旌旗犹锁—作"镇"。昔时宫。越人未必知虞舜,一奏薰弦万古风。

前四句能述尉佗心迹,良佳。五、六不能无病,"今世""昔时",犹所谓"耳闻英主提三尺,眼见愚民盗一抔","三尺""一抔"甚工,"耳闻""眼见"即拙矣。"今世""昔时"亦然。

姑苏怀古

宫馆遗基辇辂过,黍离无限独悲歌。荒台麋鹿争新草,空苑凫鹥占浅莎。吴岫雨来虚槛冷,楚江风急远帆多。可怜国破忠臣死,日日东流生白波。

学诗者若止如此赋诗,甚易而不难,得一句即撰一句对,而无活法,不可为训。以王半山多选其诗,亦不可尽捐,故取其《怀古》诸篇于此。

金陵怀古

《玉树》歌残王气终,景阳兵合戍楼空。松楸远近千官冢,禾黍高低六代宫。石燕拂云晴亦雨,江豚吹浪夜还风。英雄一去豪华尽,惟有青山似洛中。

"禾黍高低六代宫",此一句好。上句所谓"松楸远近千官冢",非也。大抵亡国之馀,乌有松楸蔽千官之冢者?五、六却切于江上之景。

经故丁补阙郊居

死酬知己道终全,波暖孤冰且自坚。鹏上承尘才一日,鹤归华表已千年①。风吹药蔓迷樵径,雨暗②芦花失钓船。四尺孤坟何处是?阊闾城外草连天。

故居旧宅,有伤惋之言,附诸怀古。事有兴必有废,势有盛必有衰,国然,家亦然也。恶人而富贵,贤人而终贫贱,亦不免遗迹为后人所叹,第是是非非自不同耳。

故　都　　　　　　韩致尧

故都遥想草萋萋,上帝深疑亦自迷。塞雁已侵池籞宿,宫鸦犹恋女墙啼。天涯烈士空垂涕,地下强魂必噬脐。掩

---

① 冯班:"已"一作"亦"。
② 冯班:"雨"一作"水"。

鼻计成终不觉,冯欢无路效鸣鸡。

> 此为昭宗作,第六句佳。

经炀帝行宫　　　　刘沧

此地曾经翠辇过,浮云流水意如何？香销南国美人尽,怨入东风芳草多。残柳宫前空露叶,夕阳川上浩烟波。行人遥起广陵思,古渡月明闻棹歌。

咸阳怀古

经过此地无穷事,一望凄然感废兴。渭水故都秦二世,咸阳秋草汉诸陵。天空绝塞闻边雁,叶尽孤村见夜灯。风景苍苍多少恨,寒山半出白云层。

长洲怀古

野烧空原①尽荻灰,吴王此地有楼台。千年事往人何在,半夜月明潮自来。白鸟影从江树没,青猿声入楚云哀。停车日晚荐蘋藻,风静寒塘花正开。

> 刘蕴灵大中八年进士,其诗乃尚有大历以前风味。所以高于许浑者,无他,浑太工而贪对偶,刘却自然顿挫耳。

---

① 冯班：一作"原空"。

听人话丛台 李 远

有客新从赵地回,自言曾上古丛台。云遮襄国天边尽,树绕漳河地里①来。弦管变成山鸟哢,绮罗留作野花开。金舆玉辇无踪②迹,风雨惟知③长碧苔。

<small>平熟,但颇近套。不收,或谓遗材也。</small>

过九成宫 吴 融

凤辇东归二百年,九成宫殿半荒阡。魏公碑字封苍藓,<small>注:"魏文贞有碑。"</small>文帝泉声落野田。<small>注云:"太宗行幸,有灵泉自涌。"</small>碧草新沾仙掌露,绿杨犹忆御炉烟。升平旧事无人说,万叠青山但一川。

过 丹 阳

云阳县郭半郊坰,风雨萧条万古情。山带梁朝陵路断,水连刘尹宅基平。桂枝自折思前代,<small>李考功于此知贡举。</small>藻鉴难逢耻后生。<small>殷文学于此集《英灵》。</small>遗事满怀兼满目,不堪孤棹舣荒城。

---

① 冯班:"地"一作"掌"。
② 冯班:"踪"一作"行"。
③ 冯班:"唯"一作"谁"。

富　春

水送山迎入富春，一川如画晚晴新。云低远渡帆来重，潮落寒沙鸟下频。未必柳间无谢客，也应花里有秦人。严光万古清风在，不敢停桡更问津。

三、四言景，五、六怀人，至尾句乃归之严光，高矣。

武　关

时来时去若循环，双阛平云谩锁山。只道地教秦设险，不知天与汉为关。贪生莫作千年计，到了都成一梦间。争得便如岩下水，从他兴废自潺潺。

题延寿坊东南角古池

蔓草萧森曲岸摧，水笼沙浅露莓苔。更无簇簇红妆点①，犹有双双翠羽来。雨细几逢耕犊去，日斜时见钓人回。繁华自古皆相似，金谷荒园土一堆。

---

① 冯班："点"一作"照"。

废　宅

风飘碧瓦雨摧垣,却有邻人为锁门。几树好花闲①白昼,满庭荒草易黄昏。放鱼池涸蛙争聚,栖燕梁空雀自喧。不独凄凉眼前事,咸阳一火便成②原。

赤壁怀古　　　　　　　　　崔　涂

汉室河山鼎势分,勤王谁肯顾元勋?不知征伐由天子,唯许英雄共使君。江上战馀陵是谷,渡头春在草连云。分明胜败无寻处,空听渔歌到夕曛。

三、四善用事,好。

题润州妙善寺前石羊
传云:吴主孙权与蜀主刘备尝置此会云。　　罗　隐

紫髯桑盖此沉吟,狠石犹存事可寻③。汉鼎未安聊把手,楚醪虽满肯同心。英雄已往时难问,苔藓何知日渐深。还有市廛沽酒客,雀喧鸠聚话蹄涔。

此诗《昭谏集》中第一。今京口此石犹存,诗牌亦无恙云。

---

① 冯班:"闲"一作"虚"。
② 冯班:"成"一作"寒"。
③ 冯班:"犹"一作"空","可"一作"莫"。

经故友所居

槐花漠漠向人黄,此地追游迹已荒。清论不知庄叟达,死交空叹赵岐亡。病来未忍言闲事,老去惟知觅醉乡。日暮街东策羸马,一声横笛似山阳。

五、六淡而有味。

曲江有感

江头日暖花正开,江东行客心悠哉。高阳酒徒半凋落[①],终南山色空崔嵬。圣代也知无弃物,侯门未必用非才。满船明月一竿竹,家在五湖归去来。

此但是不得志之辞,不见怀古如何。第四句亦有所指。

黄 河

莫把阿胶向此倾,此中天意固难明。解通银汉应须曲,才出昆仑便不清。高祖誓功衣带小,仙人占斗客槎轻。三千年后知谁在,何必劳君报太平。

此以譬人心不可测者。

---

① 冯班:"凋"一作"零"。

筹 笔 驿

抛掷南乡为主忧，北征东讨尽良筹。时来天地皆同力，运去英雄不自由。千里山河轻孺子，两朝冠剑恨谯周。惟馀岩下多情水，犹解年年傍驿流。

广陵开元寺阁上作

满槛山川漾落晖，槛前前事去如飞。空中①鸡犬刘安过，月下笙箫②炀帝归。江蹙海门帆散出，地吞淮口树相依。红楼翠幕知多少，长向东风有是非。

戏者谓三、四为见鬼诗，其实骄王荒帝，亦自不宜引用，然俗口传之已熟，尾句亦可人也。

台 城

晚云阴暗③下空城，六代累累夕照明。玉井已干龙不起，金瓯虽破虎曾争。亦知罢世④才难得，却是穷尘事最平。深谷作陵山作海，茂弘流辈莫伤情。

---

① 冯班："空"一作"云"。
② 冯班："下"一作"里"，"箫"一作"歌"。
③ 冯班："暗"一作"映"。
④ 冯班："罢"一作"霸"。

水边偶题

野水无情去不回,水边花好为谁开?只知事逐眼前去,不觉老从头上来。穷似丘轲休叹息,达如周召亦尘埃。思量此理何人会,蒙邑先生最有才。

三、四老,世人诵之甚稔,乃昭谏诗也。

南朝四首

一　　　　　　　　　　杨文公

五鼓端门漏滴稀,夜签声断翠华飞。繁星晓埭闻鸡度,细雨春场射雉归。步试金莲波溅袜,歌翻《玉树》涕沾衣。龙盘王气终三百,犹得澄澜对敞扉。

夜半至鸡鸣埭及射雉,乃齐事。金莲,潘妃事。《玉树》,陈后主事。此杂赋南朝耳。诗并见《西昆酬唱集》①。组织华丽,盖一变晚唐诗体、香山诗体,而效李义山,自杨文公、刘子仪始。欧、梅既作,寻又一变。然欧公亦不非之,而服其工。

二　　　　　　　　　　钱思公

结绮临春映夕霏,景阳钟动曙星稀。潘妃宝钏光如昼,江令花笺落似飞。舴艋临波朱火度,舳舻拂汉紫烟微。自从饮马秦淮水,蜀柳无因对殿帏。

---

① 李光垣:"集"原讹作"事"。

右钱惟演诗。惟演有《拥旄集》行于世,亦首作"昆体"之一人,即钱思公也。

三　　　　　　　　　　　　刘子仪

华林酒满劝长星,青漆楼高未称情。麝壁灯回偏照昼,雀舫波涨欲浮城。钟声但恐严妆晚,衣带那知敌国轻。千古风流佳丽地,尽供哀思与兰成。

"昆体"诗所以用事务为雕簌者,此也。衣带,谓大江耳。兰成,谓庾信《哀江南赋》。

四　　　　　　　　　　　　李宗谔

仙华玉寿晓沉沉,三阁齐云复道深。平昔金铺空废苑,于今琼树有遗音。珠帘映寝方成梦,麝壁飘香未称心。惆怅雷塘都几日,吟魂醉魄已相寻。

尾句绝妙,隋炀帝为晋王,从贺若弼等下江南,既而荒淫于江都,恍惚月下见陈后主。陈、隋丧亡,相寻一辙,不以德竞,而以力胜,俱亡而已。

汉武四首

一　　　　　　　　　　　　杨文公

蓬莱银阙浪漫漫,弱水回风欲到难。光照竹宫劳夜拜,露漙金掌费朝餐。力通青海求龙种,死讳文成食马肝。待诏先生齿编贝,那教索米向长安。

此诗有说讥武帝求仙,徒费心力,用兵不胜其骄,而于人才之地不加意也。诗话称此五、六。

二　　　　　　　　　　　刘子仪

汉武天台接绛河,半涵飞雾郁嵯峨。桑田欲看他年变,瓠子先成此日歌。夏鼎几迁空象物,秦桥未就已沉波。相如作赋徒能讽,却助飘飘逸气多。

五、六言兴亡之运,理所必有,虽汉武帝之力巨[①]心劳,终亦无如之何也。末句谓谏者之不切。

三　　　　　　　　　　　钱思公

一曲横汾鼓吹回,侍臣高会柏梁台。金芝烨煜凌晨见,青雀轩翔白昼来。立候东溟邀鹤驾,穷兵西极待龙媒。甘泉祭罢神光灭,更遣人间识玉杯。

东求蓬岛,西求宛马,亦志大心劳矣。葬地玉杯,遄出人间,悲之也,亦理之所不能免也。人君而鉴此,则修德;人臣而感此,则尽心以事主,听其运于天可也。

四　　　　　　　　　　　刁衎

高宴柏梁词可仰,横汾箫鼓乐难穷。已教丞相开东阁,犹使将军误北戎。洒泪甘泉还有恨,祈年仙馆惜成空。谁知辛苦回中道,共尽千龄五柞宫。

人无有不死者,尧、舜、桀、纣,其死一也。俭而安于自然者,顺也。侈而不安其天,卒亦归于一空者,逆也。不伏死之人,未有不得其死,曾谓其智力可恃乎?

---

① 按:"巨"原讹作"距",据康熙五十二年本、纪昀《刊误》本校改。

明皇三首

一　　　　　　　　　　　　　　　杨文公

玉牒开观检未封，斗鸡三百远相从。《紫云》度曲传浮世，白石标年凿半峰。河朔叛臣惊舞马，渭桥遗老识真龙。蓬山钿合愁通信，回首风涛一万重。

五、六诗话所称。凡赋唐明皇诗，至于养成禄山之祸，皆自侈靡奢纵始，蛊于心而昏于事，不过如此。

二　　　　　　　　　　　　　　　钱思公

山上汤泉架玉梁，云中复道拂瑶光。丝囊暗合三危露，翠幰时遗百和香。任是金鸡亲便坐，更抛珠被掩方床。匆匆一曲《梁州》①罢，万里桥边见夕阳。

诗贵一轻一重对说，一曲《梁州》①，为乐几何？万里桥在成都府，却忽屈万乘至彼，乐之中成此哀也。

三　　　　　　　　　　　　　　　刘子仪

岁岁南山见寿星，百蛮回首奉威灵。梨园法部兼胡部，玉辇长亭复短亭。河鼓暗期随日转，马嵬恨血染尘腥。西归重按《临波舞》，故老相看但涕零。

三、四良佳，荒唐沉湎有如此，流离颠沛忽如彼，皆可为后世人主之戒。明皇赖有太子即位灵武，郭子仪、李光弼之兵足以战，及忠臣义士之志未离唐室，故得返驾旧京，有此末句。不然，父子俱入蜀，中原之

---

① 按："梁"原讹作"凉"，据康熙五十二年本、纪昀《刊误》本校改。

人虽不服禄山，江东已有永王璘欲炙矣，事将如何？

成都三首

一　　　　　　　　　　　　　杨文公

五丁力尽蜀川通，千古成都绿酎浓。白帝仓空蛙在井，青天路险剑为峰。漫传西汉祠神马，已见南阳起卧龙。张载勒铭堪作戒，莫矜函谷一丸封。

公孙述以术愚民，众传光武破隗嚣天水，述急下令谓白帝仓米一夕大空。民争往观，意其怪也。既而实不失米，乃谓民曰：此犹妄传天水破耳。竟如此语，自合检看。此专以公孙述割据恃险，戒后之人。

二　　　　　　　　　　　　　刘子仪

镂肤剽俗恣游遨，可得蹲鸱号富饶。井络共知天与险，蚕丛无奈世兴妖。杜鹃积恨花如血，诸葛遗灵柏半烧。才似文园何足道，一生琴意只成痟。

三　　　　　　　　　　　　　钱思公

武侯千载有馀灵，盘石刀痕尚未平。巴妇自饶丹穴富，汉庭还负碧筜征。雨经蜀市应和酒，琴到临邛别寄情。知有忠臣能叱驭，不论云栈更峥嵘。

刘、钱二公泛咏蜀事，亦各有工处。

始皇三首

一 　　　　　　　　　　　　　　　杨文公

衡石量书夜漏深，咸阳宫阙杳沉沉。沧波沃日虚鞭石，白刃凝霜枉铸金。万里长城穿地脉，八方驰道听车音。儒坑未冷骊山火，三月青烟绕翠岑。

第七句最佳，作诗之法也。坑儒未几，骊山已火，以一"火"字贯上意。

二 　　　　　　　　　　　　　　　刘子仪

利觜由来得擅场，尽迁豪富入咸阳。属车夜出迷云雨，峻令朝行剧虎狼。前殿建旗临紫极，东门立石见扶桑。从臣喜颂徒虚美，不奈卢生谶国亡。

尾句绝妙。"亡秦者胡也"，此谶已预播矣。德不足以弭之，虽勒碑颂美，亦自愚而已。

三 　　　　　　　　　　　　　　　钱思公

天极周环百二都，六王钟镰接流苏。金椎谩筑甘泉道，匕首还随督亢图。已觉副车惊博浪，更携连弩望蓬壶。不将寸土封诸子，刘项由来是匹夫。

督亢之"亢"作平声，作仄声用亦可。末句尤妙。天下事每出于智之所不能料，有天下者修德而已。人主往往知惩前代之失，至于矫枉过正，则其祸必伏于人之所不能见者。刘、项匹夫而亡秦，又岂必封建地大者足为患耶？此"昆体"诗一变，亦足以革当时风花雪月小巧呻吟之病，非才高学博，未易到此。久而雕篆太甚，则又有能言之士，变为别体,以平淡胜深刻,时势相因,亦不可一律立论也。

过鸿沟　　　　　　　　王元之

侯公缓颊太公归,项籍何曾会战机?只见鸿沟分两界,不知垓下有重围。危桥带雨无人过,败叶随风傍马飞。半日垂鞭念前事,露莎霜树映斜晖。

元之诗学乐天,此首殊觉高古。

宦下　　　　　　　　宋景文

东泊骖䮗一驻车,魏云苯木淡扶疏。<small>郑与魏山。</small>风经御寇仙游外,野识裨谌草创馀。颍谷寒烟仍井邑,时门残日但丘虚。<small>古治国,非今治所。</small>两都大道过从盛,不称支离佩左鱼。

公自成都府诏许交事还台,寻知郑州,所谓圃田虎牢也。列子、裨谌、颍谷、时门,四事切,善造语。

题杜子美书堂　　　　　　　　赵清献

直将《骚》《雅》镇浇淫,琼贝千章照古今。天地不能笼大句,鬼神无处避幽吟。几逃兵火羁危极,欲厚民风意思深。茅屋一间遗像在,有谁于此是知音。

句句中的。

和张民朝谒建隆寺二次用写望试笔韵

梅圣俞

荒台残垒旧名邦，曾说王师此受降。西汉衣冠拜原庙，五天龙象护经窗。蜀冈井味人犹品，隋帝宫基阙尚双。自古兴亡不须问，风铃闲听响幡幢。

以"双"对"品"甚工，异世之所鲜。

题朝元阁　　　　　　　韩魏公

试往骊山顶上行，朝元孤绝耸峥嵘。了无楼殿嗟馀侈，自见耕桑复太平。雨后绿苔多滑径，叶间红子不知名。南巅更就丹霞挹，顿觉汪然病骨清。

太平而怀古与离乱而怀古，两般情怀。公熙宁初镇长安题此。

和吴御史临淮感事　　　　王半山

栅锁城扉晓一开，柂牙车轴转成雷。黄尘欲碍龟山出，白浪空分汴水来。澄观有材邀味陋，霁云无力报奸回。骚人此日追前事，悲气随风动管灰。

和微之重感南唐事

叔宝倾陈衍弊梁,可嗟曾不见兴亡。斋祠父子终身费,酣咏君臣举国荒。南狩皖山非故地,北师淮水失名王。天移四海归真主,谁诱昏童肯用长。

末句押韵好,谓有舟楫之长技,而不能保夫江者,以运去人离也。

次韵微之高斋有感

台殿荒墟辱井堙,豪华不复见临春。北山漠漠云垂地,南堞悠悠水映人。驰道蔽亏松半死,射场埋没雉多驯。登高一曲悲亡国,想绕红梁落暗尘。

二诗皆金陵怀古之别题耳。

金陵怀古四首

霸祖孤身取二江,子孙多以百城降。豪华尽出成功后,逸乐安知与祸双。东府旧基留佛刹,《后庭》遗唱落船窗。《黍离》《麦秀》从来事,且置[①]兴亡共酒缸。

天兵南下北桥江,敌国当时指顾降。山水雄豪空复在,

---

① 按:"置"原作"费",据康熙五十二年本、纪昀《刊误》本校改。

君王神武自难双。留连落日频回首,想像馀墟独倚窗。却忆夏阳才一苇,汉家何事费罃缸。

地势东回万里江,云间天阙^①古来双。兵缠四海英雄得,圣出中原次第降。山水寂寥埋王气^②,风烟萧飒满僧窗。废陵败冢空冠剑,谁复沾缨酹一缸。

忆昨天兵下蜀江,将军谈笑士争降。黄旗已尽年三百,紫气空收剑一双。破堞自生新草木,废宫谁识旧轩窗?不须搔首寻遗事,且倒花前白玉缸。

读半山所作,又读刘贡父所作,韵险而律熟,若皆似乎不和韵者,亦可长学诗者一格也。第三首移"降"字、"双"字先后之,此亦一例。

金陵怀古次韵　　　　刘贡父

虎踞群山带绕江,为谁兴国为谁降?高台麋鹿看无数,废苑凫鹭去自双。万事朝云随逝水,百年西日照虚窗。白门酒美东风快,笑数英雄尽一缸。

楼船西下势横江,元帅旌旗就约降。旋报前师覆张悌,亟传单骑馘王双。燕焚正自当烟突,蚁溃何堪值水窗。回首三军欢奏凯,万牛行炙酒千缸。

---

① 按:原作"云开天阔",据康熙五十二年本、纪昀《刊误》本校改。
② 按:原作"旺气",据康熙五十二年本、纪昀《刊误》本校改。

《耆老传》云：金陵城破，自城下水窦兵入。

楚贡来迟诡问江，汉收群策士心降。一言已重黄金百，再见仍蒙白璧双。票客脱身甘马革，老儒投笔谢书窗。岂知三阁酬诗酒，浩唱《庭花》倒玉缸。

颓垣落水半平江，乔木呼风不易降。耕出珠玑时得一，道逢麟凤不成双。潮声半夜来寒渚，月色深秋照旧窗。唯有鱼盐城下市，樯乌相对集瓶缸。

四诗皆工丽悲壮。善用事，一也。善用韵，二也。全篇无牵强，不似和诗，其美三也。

依韵和金陵怀古　　　　王岐公

怀乡访古事悠悠，独上高楼满目秋。一鸟带烟飞别浦，数帆和雨下归舟。萧萧暮吹惊红叶，惨惨寒云压旧楼。故国凄凉谁与问，人心无复更清流。

此诗误刊荆公集中，今以岐公集为正。

金陵怀古[①]

控带洪流古帝城，欲寻旧事半榛荆。六朝山色情终在，

---

① 按：此诗及以下三首又作张耒诗。

千古江声恨未平。设险丘陵荒蔓草,带城桑柘接新耕。十年重到无人问,独立东风一怆情。

登悬瓠城感吴季子

将军戈甲从天下,丞相旌旗匝地来。堪笑怒螳犹强臂,不知蛰户欲惊雷。咄嗟武相深冤洗,指顾山东逆境开。吏部声名千古在,断碑何处卧苍苔?

元注:碑既磨,复命段文昌撰,故碑不得。予谓今韩碑行于世,终不知有文昌碑。

三乡怀古

清洛东流去不还,汉唐遗事有无间。庙荒古木连空谷,宫废春芜入乱山。南陌絮飞人寂寂,空城花落鸟关关。登临几度游人老,又对东风鬓欲斑。

登海州楼

城外沧溟日夜流,城南山直对城楼。溪田雨足禾先熟,海树风高叶易秋。疏傅里间询故老,秦皇车甲想东游。客心不待伤千里,槛外风烟尽是愁。

过邺中　　　　　　刘屏山

逐鹿营营一梦惊,事随流水去无声。黄沙日傍荒台落,绿树人穿废苑行。遗恨分香怜晚节,胜游飞盖想高情。我来不暇论兴废,一点西山入眼明。

"分香",指曹操。"飞盖",指曹丕《宴西园》诗也。四字极切。

题钓台　　　　　　潘德久

蝉冠未必似羊裘,出处当时已熟筹。但得诸公依日月,不妨老子卧林丘。英雄陈迹千年在,香火空山万木秋。自笑黄尘吹鬓客,爱来祠下系孤舟。

转庵潘柽,字德久,永嘉人,叶水心快称其诗。竟谓永嘉"四灵"之徒凡言诗者,皆本德久。〔用〕父〔赏〕,任右职阁门,福建兵钤卒。

雨花台　　　　　　刘后村

昔年讲师何住在,高台犹有雨花名。有时宝向泥寻得,一片山无草敢生。落日磬残邻寺闭,晴天牛上废陵耕。登临不用深怀古,君看钟山几个争?

后村壮年诗学晚唐,初成而未脱俗,故尾句终俗。

卷之四　风土类

广谷大川异制，民生其间异俗，读《禹贡》《周官》《史记》所纪，不如读此所选诗，亦不出户而知天下之意也。

五　言 四十二首

早发始兴江口至虚氏村作　　宋之问

候晓逾闽障，乘春望越台。宿云鹏际落，残月蚌中开。薜荔摇青气，桄榔翳碧苔。桂香多露裛，石响细泉回。抱叶玄蝉啸，衔花翡翠来。南中虽可悦，北思日悠哉。鬒发俄成素，丹心已作灰。何当首归路，行剪故山莱。

之问此篇"宿云""残月"一联，前无古人，他佳句尤多。其为人则不足道，媚附张易之至于奉溺器，其他倾险尤多，卒赐死。此乃贬泷州参军时诗。山谷教人作诗必学老杜，今所选亦以老杜为主，不知老杜亦何所自乎？盖出于其祖审言，同时诸友陈子昂、宋之问、沈佺期也。子昂以《感遇》诗名世，其实尤工律诗，与审言、之问、佺期，皆唐律诗之祖。唐史谓魏建安后迄江左，诗律屡变，至沈约、庾信以音韵相婉附，属对精密。及之问、佺期，又加靡丽，拘忌声病，约句准篇，如锦绣成文，学者宗之，号曰沈宋体。语曰："苏、李居前，沈、宋比肩。"然则①学古诗必本苏武、李陵,学律诗必本子昂、审言辈,不可诬也。此四人者,老杜之诗所自出也。特老杜才高气劲,又能致广大而尽精微耳。

旅寓安南　　　　　　杜审言

交趾殊风候,寒迟暖复催。仲冬山果熟,正月野花开。
积雨生昏雾,轻霜下震雷。故乡逾万里,客思倍从来。

此杜子美乃祖诗也。子美曰:"吾祖诗冠古。"家法如此。

送杨长史济赴果州　　　　　　王右丞

褒斜不容幰,之子去何之?鸟道一千里,猿声十二时。
官桥祭酒客,山木女郎祠。别后同明月,君应听子规。

右丞诗入宋,惟梅圣俞能及之,可互看。

送梓州李使君

万壑树参天,千山响杜鹃。山中一夜雨②,树杪百重泉。
汉女输橦布,巴人讼芋田。文翁翻教授,不敢倚先贤。

风土诗多因送人之官及远行,指言其方所习俗之异,清新隽永,唐

---

① 按:"则"原作"此",据康熙五十二年本、纪昀《刊误》本校改。
② 何义门:"一"一作"半"。

人如此者极多，如许棠云："王租只贡金。"如周繇云："官俸请丹砂。"皆是。

秦　州　　　　　　　　杜工部

传道东柯谷，深藏数十家。对门藤盖瓦，映竹水穿沙。瘦地翻宜粟，阳坡可种瓜。船人近相报，但恐失桃花。

"瘦地"一句古今人未尝道。东南水田，籼粳皆欲肥，西北高原，种粟惟欲地瘦，亦格物者之所宜知也。二十首取一。

题忠州龙兴寺壁

忠州三峡内，井邑聚云根。小市尝争米，孤城早闭门。空看过客泪，莫觅主人恩。漂泊①仍愁虎，深居赖独园。

"争米""闭门""愁虎"，峡内小郡如此，老杜诗善言风土。他如"塞俗人无井，山田饭有砂""瓦卜传神语，畲田费火耕""白鱼如切玉，朱橘不论钱"之类，不可胜数，可以类触。

送桂州严大夫　　　　　韩退之

苍苍森八桂，兹地在湘南。江作青罗带，山如碧玉簪。户多输翠羽，家自种黄甘。远胜登仙去，飞鸾不暇骖。

---

① 冯班："漂"一作"淹"。

昌黎门人有孟郊、贾岛、张籍、卢仝、李贺之徒,诗体不一,昌黎能人人效之,此盖张籍体也。

送郑尚书赴南海

　　番禺军府盛,欲说暂停杯。盖海旍幢出,连天观阁开。衙时龙户集,上日马人来。风静爱居去,官廉蚌蛤回。货通师子国,乐奏武王台。事事皆殊异,无嫌屈大才。

　　唐人诗六韵、八韵、十韵以上,春容之中寓以揪敛,如此者不一。近人学晚唐诗,止于八句中或四句工,或二句工,而尾句多无力。此诗中四联极言广府之盛,首句且教诸客听所言土风,尾句着力一结,而"殊异"二字乃一篇精神也。

百　花　亭　　　　　　白乐天

　　朱槛在空虚,凉风八月初。山形如岘首,江色似桐庐。佛寺乘舟入,人家枕水居。高亭仍有月,今夜宿何如?

　　此贬江州司马时作。大抵中唐以后人多善言风土,如西北风沙,酪浆毡幄之区,东南水国,蛮岛夷洞之外,亦无不曲尽其妙。乐天《送人游岭南》有云:"诃陵国分界,交趾郡为邻。土民稀白首,洞主尽黄巾。"又:"红旗围卉服,紫绶裹文身。面苦桃榔裛,浆酸橄榄新。牙樯迎海舶,铜鼓赛江神。不冻贪泉暖,无霜毒草春。云烟蟒蛇气,刀剑鳄鱼鳞。"又云:"天黄生飓母,雨黑长枫人。"而结之曰:"须防杯里蛊,莫受橐中珍。"亦可谓尽南中之俗矣。学诗者不可不深造黄、陈,摆落膏艳,而趋于古淡,亦不可无此等一二语也。

送海客^①归旧岛　　　　　张　籍

海上去^②应远,蛮家云岛孤。竹船来桂府^③,山市卖鱼须。入国自献宝^④,逢人多赠珠。却归^⑤春洞口,斩象祭天吴。

<small>唐以诗试进士,先以诗为行卷。如此等语,或本无其人,姑为是题,以写殊异之景,故皆新怪可观。如《送流人》《寄边将》之类,皆是也。</small>

送从弟戴玄往苏州

杨柳阊门路,悠悠水岸斜。乘舟^⑥向山寺,着屐到渔家。夜月红柑树,秋风白藕花。江天诗景好,回日莫言赊。

<small>此苏州风景。"乘舟""着屐"一联,脍炙人口。"红柑""白藕"一联,太绮。故尾句放宽,不然冗矣。</small>

送人入蜀　　　　　李　远

蜀客本多愁,今君^⑦是胜游。碧藏云外树,红露驿边楼。

---

① 冯班:一作"海南客"。
② 冯班:"去"一作"归"。
③ 冯班:"府"一作"浦"。
④ 冯班:"宝"一作"锦"。
⑤ 冯班:"归"一作"回"。
⑥ 冯班:"舟"一作"船"。
⑦ 冯班:一作"君今"。

杜宇[①]呼名语,巴江学字流。不知烟雨外[②],何处梦刀州!

"呼名""学字"一联精切。

送僧游南海　　　　　李　洞

春往海南边,秋闻半夜蝉。鲸吞[③]洗钵水,犀触点灯船。岛屿分诸国,星河共一天。长安却回[④]日,松偃旧房前。

洞学贾岛为诗。五佳。

睦州四韵　　　　　杜牧之

州在钓台边,溪山实可怜。有家皆掩映,无处不潺湲。好树鸣幽鸟,晴楼入野烟。残春杜陵客,中酒落花前。

轻快俊逸。

旅次钱塘　　　　　方玄英

此处似乡国,堪为朝夕吟。云藏吴相庙,树引越山禽。潮落海人散,钟迟秋寺深。我来无旧识,谁见寂寥心?

此吾家桐庐处士方干诗,中四句不书题目,一吟即知其为钱塘也。

---

① 许印芳:"宇"一作"魄"。
② 冯班:"外"一作"夜"。
③ 许印芳:"鲸"一作"龙"。
④ 许印芳:一作"归老"。

南　中　　　　　　　　　　王　建

天南多鸟声，州县半无城①。野市侬蛮姓，山村逐水名。瘴烟沙上起，阴火②雨中生。独有求珠客，年年入海行。

与张籍相上下，中四句佳好。

蛮　家　　　　　　　　　　马　戴

领得卖珠钱，还家③铜柱边。看儿调小象，打鼓戏新船④。醉后眠神树，耕时语瘴烟。又逢衰蹇老⑤，相问莫知年。

中四句虽粗，极其新谲。

巫山峡　　　　　　　　　　皇甫冉

巫峡见巴东，迢迢出半空。云藏神女馆，雨到楚王宫。朝暮泉声异⑥，寒暄树色同。清猿不可听，偏在九秋中。

此诗与杜审言、陈子昂诗法相似。

---

① 按："无"原作"芜"，据康熙五十二年本、纪昀《刊误》本校改。
② 按："阴"原作"烟"，据康熙五十二年本、纪昀《刊误》本校改。
③ 冯班："家"一作"归"。
④ 冯班："戏"一作"试"。
⑤ 按：原作"不逢寒便老"，据康熙五十二年本、纪昀《刊误》本校改。
⑥ 冯班："异"字，集作"落"，不如"落"字佳。

寄永嘉崔道融　　　司空图

旅寓虽难定,乘闲是胜游。碧云萧寺霁,红树谢村秋。戍鼓和潮暗,船灯照岛幽。诗家多滞此,风景似相留。

送史泽之长沙　　　司空曙

谢朓①怀西府,单车触火云。野蕉依戍客,庙竹映湘君。梦渚巴山断,长沙楚路分。一杯从别后,风月不相闻。

<small>两司空所言永嘉、长沙风土,各极新丽。所取二联,又皆下句胜。凡诗以下句胜上句为作家,先一句好而后一句弱,或不称,则败兴矣。</small>

送龙州樊使君　　　许　棠

曾见邛人说,龙州地未深。碧溪飞白鸟,红旆映青林。土产唯宜药,王租只贡金。政成开宴②日,谁伴使君吟!

<small>五、六佳。</small>

送人尉黔中　　　周　繇

盘山行几驿,水路复通巴。峡涨三川雪,园开四季花。

---

① 按:"朓"原作"眺",据本集校改。
② 冯班:"开"当作"闲"。

公庭飞白鸟,官俸请丹砂。知尉黔中后,高吟采物华。

四、六新而俊逸。

送董卿知台州　　　　　　张　蠙

九陌除书出,寻僧问海城。家从中路挈,吏隔数州迎。夜蚌侵灯影,春禽杂橹声。开图知异迹,思想石桥行。

第五句极新。

送人尉蜀中

故友汉中尉,请为西蜀吟。人家多种橘,风土爱弹琴。水向昆明阔,山通大夏深。理闲无别事,时寄一登临。

"风土爱弹琴",暗用相如琴心事。善言形势,五、六佳。

宣州二首　　　　　　　　梅圣俞

北客多怀北,庖羊举玉卮。吾乡虽处远,佳味颇相宜。沙水马蹄鳖,雪天牛尾狸。寄言京国下,能有几人知?

宋诗与唐不异者,梅都官尧臣为最。此"鳖""狸"一联。宣州风土,歙州亦然。高庙尝问歙味,汪龙溪彦章举此句以对。今人能传诵之,而不知其为圣俞诗也。

斫漆高崖畔，千筒不一盈。野粮收橡子，山屋照松明。只见树堪种，曾无田可耕。儿孙何所乐，向此是平生。

此宣州山中民俗，惟歙亦然。予生于歙，故尤知此诗之味。梅诗似唐而不装不绘，自然风韵，又当细咀。此二十诗中选其二。

送任适尉乌程

俛作程乡尉，折腰还自甘。卞峰晴照黛，雪水晓澄蓝。葑上春田辟，芦中走吏参。到时蘋叶长，柳恽在江南。

圣俞诗一扫"昆体"，与盛唐杜审言、王维、岑参诸人合。

今学者学"四灵"诗，曷不学圣俞乎？能言风土者，圣俞所尤长也。柳恽诗："汀洲采白蘋，日落江南春。"

馀姚陈寺丞

试邑来勾越，风烟复上游。江潮自迎客，山月亦随舟。海货通闾市，渔歌入县楼。弦琴无外事，坐见浦帆收。

圣俞此诗全不似宋人诗，张籍、刘长卿不能及也。

送晁质夫太丞知深州

芜蒌问古亭，春入饶阳城。豆粥君王远，壶浆刺史迎。地凉宜牧马，塞近惯调兵。为寄井泉石，老来思目明。

起句爽，三、四工，"井泉石"事新。

送刘攽秘校赴婺源

云木葱笼处,鸡鸣古县城。山高地多险,源近水偏清。
斫漆资商货,栽茶杂赋征。案头龙尾砚,切莫苦求精。

尽婺源之俗,末句规之勿求砚以扰民也。

送洪秘丞知大宁监

三峡蛮溪上,千山楚俗兼。妇人樵入市,官井货专盐。
魑魅或为患,猕猴常可嫌。君能厚风化,男子使腰镰。

送鲜于秘丞通判黔州

壶头山下俗,巴妇曲中听。汲井熬盐白,烧田种谷青。
岩风来虎啸,江雨过龙腥。事简能谈者,扬雄所草经。

鲁山山行

适与野情惬,千山高复低。好峰随处改,幽径独行迷。
霜落熊升树,林空鹿饮溪。人家在何许,云外一声鸡。

王介甫最工唐体,苦于对偶太精而不脱洒。圣俞此诗尾句自然,"熊""鹿"一联,人皆称其工,然前联尤幽而有味。

送番禺杜杆主簿

行识桄榔树,初窥翡翠巢。地蒸蛮雨接,山阔海云交。讼少通华语,虫多入膳庖。不须思朔望,梅吐腊前梢。

送李阁使知冀州

骙骙黄金络,春风北渡河。将军守汉法,壮士发燕歌。绿水塘蒲短,晴天塞雁多。家声复年少,钁铄笑廉颇。

此北边风土,往往燕、冀之间,潴水为塘,以限马足,故有"绿水蒲塘"之句。圣俞因送行言风土,佳句甚多,姑选此数篇,学者当举一隅也。

公 安 县   陶商翁

门沿大堤入,路趁浅沙行。树短天根起,山穷地势倾。孤舟难泊岸,远水欲沉城。半夜求津济,烟中荻火明。

考《四朝国史》,陶豉字商翁,永州人,军功补官,两知邕州。善为诗,山谷志其墓,许可之。其诗尤善言风土,《蜡茶》诗至五十韵。

送舅氏野夫莘之宣州二首   黄山谷

籍甚宣城郡,风流数贡毛。霜林收鸭脚,春网荐琴高。

共理须良守,今年辍省曹①。平生割鸡手,聊试发硎刀。

三、四言土俗未见其奇,却是五、六有斡旋,尾句稍健。彼学晚唐者有前联工夫,无后四句力量。

试说宣城郡,停杯且细听。晚楼明宛水,春骑簇昭亭。秔稏丰圩户,桁杨卧讼庭。谢公歌舞地,时对换鹅经。

此诗中四句佳,言风土之美,而"明""簇""丰""卧",诗眼也。后山谓"句中有眼黄别驾"是也。尾句尤有味,年丰矣,讼少矣,彼谢公歌舞之地,以亲笔墨为事可乎?起句乃昌黎前诗体也。

寄潭州张芸叟　　　陈后山

湖岭一都会,西南更上游。秋盘堆鸭脚,春味荐猫头。宣室思来暮,蒸池得借留。熟知为郡乐,莫作越乡忧。

后山学山谷为诗者也。"猫头""鸭脚",工矣。张芸叟舜民,后山姊夫。五、六谓宣室兴来暮之思,蒸池之地其得久留之乎。"得借留",谓不能得留也。用贾谊长沙事,而傍入"来暮""借留"二事。句法矫健,非晚唐能嚅哜也。二首取一。

送周都官通判湖州　　　王半山

绿水乌程地,青山顾渚滨。酒醽犹美好,茶荈正芳新。聚泛樽前月,分班焙上春。仁风已及俗,乐事始关身。橘柚

---
① 按:"辍"原作"辄",据康熙五十二年本、纪昀《刊误》本校改。

供南贡,槐枫望北辰。知君白羽扇,归日未生尘。

乌程酒、顾渚茶,湖州风景也。酒与古不殊,茶于今适春,"犹"字、"正"字已佳,可以聚而泛,可以分而班,亦乐事也。然必仁风先及物,而后身可乐,故"已"字、"始"字尤妙。南贡、北辰,又勉之以心在王室,归而致吾君可也。诗律精密如此,他人太工则近弱,惟荆公独能工而不萎云。

风土诗与送钱诗当互看。

海陵杂兴　　　　　　　　吕居仁

万事不如意,自然生白须。极知少馀韵,何敢厌穷途。土俗尊鱼婢,生涯欠木奴。东行见李白,谁为致区区?

居仁本中,世称为大东莱先生。其诗宗"江西"而主于自然,号弹丸法。此诗在泰州为小官时作,为仕宦送迎无味,非其所乐,故首句有"不如意""生白须"之语,自是名言。然应接尘俗,已无余韵,又不敢以穷途为厌也,意极婉曲。"鱼婢""木奴"一联工,而"尊"字尤好。

顷岁从戎南郑屡往来兴凤间
暇日追忆旧游有赋　　　　　陆放翁

昔戍蚕丛北,频行凤集南。烽传戎垒密,驿送客程贪。春尽花犹拆,云低雨半含。种畬多菽粟,艺木杂松楠。妇汲惟陶器,民居半草庵。风烟迷栈阁,雷霆去声。起湫潭。城郭秦风近,村墟蜀语参。快心逢旷野,刮目望浮岚。考古时兴感,无诗每自惭。嘉陵最堪忆,迎马柳毵毵。

放翁诗出于曾茶山,而不专用"江西"格,间出一二耳,有晚唐,有中唐,亦有盛唐。此篇虽陈、杜、沈、宋,亦不过如此。

流丽绵密,所圈五字①,以全篇太缛,到此合放淡故也。

作此诗年八十三矣。南渡后诗至万篇,佳句无数。有《越中》诗,言鉴湖风物尤精。

七　言三十首

盖少府新除江南尉问风俗　　　郎士元

闻君作尉向江潭,吴越风烟到自谙。客路寻常随竹影,人家大抵傍山岚。缘溪花木偏宜远,避地衣冠尽向南。唯有夜猿啼海树,思乡望国意难堪。

岭南道中　　　李卫公

岭水争分路转迷,桄榔椰叶暗蛮溪。愁冲雾毒逢蛇草,畏落沙虫避燕泥。五月畲田收火米,三更津吏报朝鸡。不堪肠断思乡处,红槿花中越鸟啼。

李卫公不读《文选》而诗奇健,谪海外时一二诗尤酸楚。张志和《渔父》词五首在其集中。此诗于岭南风土甚切,词又工。

---

① 按:所圈实有十字。

自江陵沿流道中　　　　刘梦得

三千三百西江水,自古如今要路津。月夜歌谣有渔父,风天气色属商人。沙村好处多逢寺,山叶红时觉胜①春。行到南朝争战②地,古来名将尽为③神。

元注:"陆逊、甘宁皆有祠宇。"

赴苏州酬别乐天

吴郡鱼书下紫宸,长安厩吏送朱轮。《二南》风化承遗爱,《八咏》声名躡后尘。梁氏夫妻为寄客,陆家兄弟是州民。江城春日追游处,共忆东都旧主人。

乐天尝守苏,今梦得亦往守此,故有"承遗爱""躡后尘"之语。梁鸿、孟光尝客于吴,机、云二陆昔为吴人,今到苏之后,凡寄寓之客,及在郡之士人,与太守相追游,当共忆乐天为旧太守,即旧主人也。善用事,笔端有口,未易可及。

登柳州城楼寄漳汀封连四州　　　　柳子厚

城上高楼接大荒,海天愁思正茫茫。惊风乱飐芙蓉水,

---

① 冯班:"觉"当作"绝"。
② 冯班:"争"当作"征"。
③ 冯班:"尽"当作"必"。何义门:"必"字精神。

密雨斜侵薛荔墙。岭树重遮千里目,江流曲似九回肠。共来百越文身地,犹自音书滞一乡。

<small>韩泰为漳州,韩晔为汀州,陈谏为封州,刘禹锡为连州。</small>

柳州寄丈人周韶州

越绝孤城千万峰,空斋不语坐高春。印文生绿经旬合,砚匣留尘尽日封。梅岭寒烟藏翡翠,桂江秋水露鲷鳙。丈人本自忘机事,为想年来憔悴容。

得卢衡州书因以诗寄

临蒸且莫叹炎方,为报秋来①雁几行。林邑东回山似戟,牂牁南下水如汤。蒹葭淅沥含秋露②,橘柚玲珑透夕阳。非是白蘋洲畔客,还将远意问潇湘。

岭南江行

瘴江南去入云烟,望尽黄茅是海边。山腹雨晴添象迹,潭心日暖长蛟涎。射工巧伺游人影,飓母偏惊旅客船。从此忧来非一事,岂容华发待流年。

---

① 许印芳:"秋"与下句复,当作"朝"。
② 冯班:"露"一作"雨"。

柳州峒氓

郡城南下接通津,异服殊音不可亲。青箬裹盐归洞客,绿荷包饭趁墟人。鹅毛御腊缝山罽,鸡骨占年拜水神。愁向公庭问重译,欲投章甫作文身。

柳柳州诗精绝工致,古体尤高。世言韦、柳,韦诗淡而缓,柳诗峭而劲。此五律诗比老杜则尤工矣。杜诗哀而壮烈,柳诗哀而酸楚,亦同而异也。又《南省朦令具注国图风俗》有云:"《华夷图》上应初识,《风土记》中殊未传。"非孔子不陋九夷之义也。年四十七卒于柳州,殆哀伤之过欤?然其诗实可法。

杭　州　　　　　　白乐天

馀杭形胜世间无,州傍青山县枕湖。绕郭荷花三十里,拂城松树一千株。梦儿亭古传名谢,教妓楼前道姓苏。独有使君年老大,风流①不称白髭须。

守苏答客问杭州

为我踟蹰停酒盏,与君约略说杭州。山名天竺惟青黛,湖号钱塘泻绿油。大屋檐多装雁齿,小航船亦画虬头。所

---

① 查慎行:集作"风光"。

嗟水路无三百，官系何因得再游。

杭州春望

望海楼明照晓霞，护江堤白踏晴沙。涛声夜入伍员庙，柳色春藏苏小家。红袖织绫夸柿叶①，青旗沽酒趁梨花。谁开湖寺西南路，草绿裙腰一道斜。

乐天守杭州，以和适之趣处繁华。子厚守柳州，以愁苦之怀处荒寂。情景异，欢戚殊。以乐天之二诗视子厚之五诗，相去远矣。然子厚亦隘者也，东坡谪黄、谪惠、谪儋耳，无一言及于怨尤夷鄙，是亦可以观人焉。

以州宅夸于乐天　　　元微之

州城迥绕拂云堆，镜水稽山满目来。四面常时对屏幛，一家终日在楼台。星河似向檐前落，鼓角惊从地底回。我是玉皇香案吏，谪居犹得住蓬莱。

重夸州宅旦暮景色

仙都难画亦难书，暂合登临不合居。绕郭烟岚新雨后，满山楼阁上灯初。人声晓动千门辟，湖色宵涵万象虚。为

---

① 查慎行：一作"柿蒂"。

问西州罗刹岸,涛头冲突近何如?

　　长庆中,乐天知杭州,微之知越州,以筒寄诗自此始。微之《夸州宅》,蓬莱阁所以名亦自此始。二公前贬九江、忠州、江陵、通州,往来诗不胜其酸楚,至此乃不胜其夸耀,亦一时风俗之弊,只知作诗,不知其有失也。

郡中有怀寄上睦州员外十三兄　邢　群

　　城枕溪流浅更斜,丽谯连带邑人家。经冬野菜青青色,未腊山梅树树花。虽免瘴云生岭上,永无京信到天涯。如今岁晏从羁滞,心喜弹冠事不赊。

　　此诗附见《樊川集》,唐歙州刺史邢群《寄睦州刺史杜牧之》。三、四言歙州风土,佳句也。五以江左犹远岭南,乃无瘴之地。六言唐都长安,歙州自当难得京书耳。

正初奉酬　　　　　　杜牧之

　　翠岩千尺倚溪斜,曾得严光作钓家。越瘴①远分丁字水,腊梅迟见二年花。明时刀尺君须用,幽处田园我有涯。一壑风烟阳羡里,解龟休去路非赊。

　　此牧之用韵酬歙州刺史邢群也,《腊中得诗》《正初奉酬》二诗皆是。前四句言各州之景,后四句言情,皆佳句也。

────────
① 冯班:"瘴"一作"嶂"。

长安杂题

洪河清渭天池潴,太白终南地轴横。祥云辉映汉宫紫,春光绣画秦川明。草妒佳人钿朵色,风回公子玉衔声。六飞南幸芙蓉苑,十里飘香入夹城。

诗人于四方风土皆能言之,至于长安、洛阳、邺都、金陵帝王建都之地,则多见于怀古之作,而述今者少。牧之《长安》六诗,于五诗之末,各寓闲中自静之意。独此诗前夸形势,后叙侈丽,亦足以形容天府之盛,故取之。五诗内如"韩嫣金丸莎覆绿,许公鞲汗①杏妆红""投钓谢家池正雨②,醉吟隋寺日沉钟""白鹿原头回猎骑,紫云楼下醉江花",又《街西长句》云:"游骑偶同人斗酒,名园相倚杏交花。"皆艳冶而不流。当其时,郊、岛、元、白下世之后,张祜、赵嘏诸人皆不及牧之,盖颇能用老杜句律,自为翘楚,不卑卑于晚唐之酸楚凑砌也。

洛阳长句

草色人心相与闲,是非名利有无间。桥横落照虹堪画,树锁千门鸟自还。芝盖不来云杳杳,仙舟何处水潺潺?君王谦让泥金事,苍翠空高万岁山。

唐自天宝以后不复驾幸东都,此诗有望幸之意。"树锁千门"一句极佳。"芝盖""仙舟"乃指缑氏山王乔事及李、郭事,亦切。

---

① 按:"汗"原作"污",据本集校改。
② 陆贻典:集作"偷钓侯家池上月",似更佳。

题宣州开元寺小阁

六朝文物草连空,天淡云闲今古同。鸟去鸟来山色里,人歌人哭水声中。深秋帘幕千家雨,落日楼台一笛风。惆怅无因见范蠡①,参差烟树五湖东。

<small>唐以升州属浙西,而节度使在润州。江东则宣歙观察府在宣州,是为大镇,故其诗特繁盛。宋析置太平州,移本路监司于江宁建康,而宣州寂如矣。</small>

杭州呈胜之　　　　　王平甫

游观须知此地佳,纷纷人物敌京华。林峦腊雪千家水,城郭春风二月花。彩舫笙歌吹落日,画楼灯烛映残霞。如君援笔宜摹写,付与尘埃北客夸。

<small>此王安国诗,今《王校理集》行于世,误入其兄荆公集中。</small>

送张仲容赴杭州孙公辟　　　　　王半山

万屋相夸漆与丹,笑歌长在绮纨间。彩船春戏城边水,画烛秋寻寺外山。忆我屡随游客入,喜君今趁辟书还。遥知曼倩威行久,赤笔应从到日闲。

---

① 冯班:"见"当作"逢"。

李参政注:"孙公,沔也。"杭州之盛,自五代至宋,繁华久矣。百五十年行都,诗愈多而佳者愈不少,未能尽得之也。

夷陵岁暮书事呈元珍表臣　　欧阳永叔

萧条鸡犬乱山中,时节峥嵘岁已穷。游女髻鬟风俗古,野巫歌舞岁年丰。平时都邑今为陋,敌国江山昔最雄。荆楚先贤多胜迹,不辞携酒问邻翁。

元注:"夷陵风俗朴陋,惟岁暮祭鬼,则男女数百相从而乐饮,妇女竞为野服以相游嬉。"

寄梅圣俞

青山四顾乱无涯,鸡犬萧条数百家。楚俗岁时多杂鬼,蛮乡言语不通华。绕城江急舟难泊,当县山高日易斜。击鼓踏歌成夜市,邀龟卜雨趁烧畲。丛林白昼飞妖鸟,庭砌非时见异花。惟有山川为绝胜,寄人堪作画图夸。

公《夷陵书事寄谢三舍人》有云:"道途处险①人多负,邑屋临江俗善泅。腊市渔盐朝暂合,淫祠箫鼓岁无休。风鸣烧入空城响,雨恶江崩断岸流。讼庭画地通人语,邑政观风间俚讴。"皆于风土如画。读欧公诗,当以三法观。五言律初学晚唐,与梅圣俞相出入。其后乃自为散诞。七言律力变"昆体",不肯一毫涉组织,自成一家,高于杨、刘多矣。

① 按:原作"险处",据康熙五十二年本、纪昀《刊误》本校改。

如五、七言古体则多近昌黎、太白，或有全类昌黎者，其人亦宋之昌黎也。出其门者，皆宋文人巨擘焉。

戏答元珍

　　春风疑不到天涯，二月山城未见花。残雪压枝犹有橘，冻雷惊笋欲抽芽。夜闻归雁生乡思，病入新年感物华。曾是洛阳花下客，野芳虽晚不须嗟。

　　此夷陵作，欧公自谓得意。盖"春风疑不到天涯"一句，未见其妙，若可惊异；第二句云"二月山城未见花"，即先问后答，明言其所谓也。以后句句有味。

戏咏江南风土　　　　　　黄山谷

　　十月江南未得霜，高林残水下寒塘。饭香猎户分熊白，酒熟渔家擘蟹黄。橘摘金包随驿使，米舂玉粒送官仓。踏歌夜结田神社，游女多随陌上郎。

　　此诗见《山谷外集》，亦非他人所能及也。

入秭归界　　　　　　范石湖

　　山根系马货浆家，深入穷乡事可嗟。蚯蚓祟人能作瘴，茱萸随俗强煎茶。幽禽不见但闻语，野草无名却着花。窈窊崎岖殊未艾,去程方始问三巴。

淳熙二年乙未,石湖自桂林移帅四川,年五十矣。入峡诸诗多佳者,惟选此篇及《人鲊瓮》诗,如《拟刘梦得竹枝歌》,亦不减刘也。

人 鲊 瓮

怀沙祠下铁色矶,中流束湍张祸机。与齐去。俱入彼可吊,乘流而行吾亦危。江河难犯一至此,天地好生安取斯。朝歌胜母古尚讳,我其覆醢航秭归。元注:"在归州郭下,长石截然,据江三之二,水盛时濆淖极大,号峡岸中至崄处。自此登身至巫山。"

"王者之法如江河,易避难犯",以"天地好生"为对,亦奇矣。此"吴体"。

杭州喜江南梅度支至二诗   陈文惠

淡薄交情老更浓,为君弹瑟送金钟。芑罗香径无时到,姑射仙姿在处逢。鸾鹤品流惭晚达,烟霞门户忆先容。公馀莫放西湖景,步步苍苔翠翠松。

陈公"秋风斜日鲈鱼乡"之句,脍炙人口,谓钱塘风物。第四句切题。

公望当年最得君,画图城郭喜同群。门前碧浪家家海,楼上青山寺寺云。松下玉琴邀鹤听,溪边台石共僧分。情多景好知难尽,且倒金樽任半醺。

守严述怀　　　　　陆放翁

桐君故隐两经秋，小院孤灯夜夜愁。名酒过于求赵璧，异书浑似借荆州。溪山胜处身难到，风月佳时事不休。安得连云车载酿，金鞭重作浣花游。

放翁淳熙丙午、丁未、戊申在严州，二考满，其去年六十四矣。"求酒""借书"之联，可发一笑。大抵太守自不当借书于寓公，赵守汝愚借滕元秀诗集三千首，竟掩有不还，遂致其家不传，以一入太守宅难取故也。予为此郡初，自造"至清堂酒"，却绝妙，但亦未尝借人书看。七年宿留，八年而归，为一寠人云。

卷之五　升平类

　　诗家有善言富贵者，所谓"笙歌归院落，灯火下楼台""梨花院落溶溶月，柳絮池塘淡淡风"是也，然亦必世道升平而后可。李太白当唐明皇盛时奉诏作《宫中行乐词》，虽渔阳之乱未萌也，而其言已近乎夸矣。今取凡言富贵者，不曰"富贵"而曰"升平"，必有升平而后有富贵。羽檄绎骚，疮痍憔悴，而曰君臣上下、朋友之间，可以逸乐昌泰，予未之信也。

五　言六首

宫中行乐词八首取五　　　　李太白

　　小小生金屋，盈盈在紫微。山花插宝髻，石竹绣罗衣。每出深宫里，常随步辇归。只愁歌舞散，化作彩云飞。

　　柳色黄金嫩，梨花白雪香。玉楼巢翡翠，金殿锁鸳鸯。选妓随雕辇，征歌出洞房。宫中谁第一，飞燕在昭阳。

　　玉树春归日，金宫乐事多。后庭朝未入，轻辇夜相过。

笑出花间语，娇来竹下歌。莫教明月去，留着醉嫦娥。

寒雪梅中尽，春风柳上归。宫莺娇欲醉，檐燕语还飞。迟日明歌席，新花艳舞衣。晚来移彩仗，行乐泥光辉。

水绿南薰殿，花红北阙楼。莺歌开太液，凤吹绕瀛洲。素女鸣珠佩，天人弄彩球。今朝风日好，宜入未央游。

今按《太白集》有《清平调》词三首、《宫中行乐词》八首，皆应诏之作。杜子美所谓"天子呼来不上船，自称臣是酒中仙"①，又曰"龙舟移棹晚，兽锦夺袍新"，皆指此也。高力士怀脱靴之耻，以"飞燕在昭阳"之句摘语杨妃，终不得官者，亦坐此也。太白之卒年六十二，在代宗初年。其召也在天宝初年，必长于子美。味子美"怜君如兄弟"之句，则亦忘年交也。子美天宝十三载方进三赋召试，则太白去国久焉。两贤一时俱不遇，而诗名俱千古不朽。彼暂遇而速朽者，又何足多云！

驾幸河东　　　　　王昌龄

晋水千庐合，汾桥万国从。开唐天业盛，入沛圣恩浓。下辇回三象，题碑任六龙。睿明悬日月，千载此时逢。

昌龄，唐明皇时人，开元二十年十一月如汾阴祠后土，诗当是时作。用事造句皆典实，然昌龄律诗甚少，惟三、四篇。《寒食》诗有云："雨灭龙蛇火，春生鸿雁天。"甚佳，而缺第五句。

---

① 按："中"原作"家"，据元至元本校改。

七　言 四十五首

寄太原李相公　　　　　　　白乐天

闻道北都今一变，政和军乐万人安。绮罗二八围宾榻，组练三千夹将坛。蝉鬓应夸丞相少，貂裘不觉太原寒。世间大有虚荣贵，百岁无君一日欢。

第五句颇于戏语中存规戒，第六句对得妙。

送裴相公赴镇太原　　　　　张司业

盛德雄名远近知，功高先乞守藩维。衔恩暂遣分龙节，署敕还同在凤池。天子亲临楼上送，朝官齐出道傍辞。明年塞北清蕃落，应起生祠请立碑。

送君贶宣徽太尉归洛　　　　元章简

万钉还带照龟纳，冠盖郊西送使华[①]。去国正逢梁苑雪，探春先得洛城花。楼台紫府神君馆，松石平泉太尉家。四纪交游惊晚暮，白头分袂一咨嗟。

---

① 纪昀："送使华"不成语，恐是"送使车"之讹，再考。

冲之相公拜相

天圣年中桂籍人,而今二十五回春。亲逢舜烛图邻弼,首见尧龙秉化钧。百辟望公承约束,四方多士仰经纶。为儒富贵皆隆极,惟祝功名日日新。

禁林春直　　　　　　　李文正

疏帘摇曳日辉辉,直阁深严半掩扉。一院有花春昼永,八方无事诏书稀。树头百啭莺莺语,梁上新来燕燕飞。岂合此身居此地,妨贤尸禄自知非。

　　李昉此诗,合是宋朝善言太平第一人,故不以入"朝省类",而置之"升平"选中。

上吕相公　　　　　　　刘禹谟

重名清望遍华夷,恐是神仙不可知。一举首登龙虎榜,十年身到凤凰池。庙堂只似无言者,门馆长如未贵时。除却洛京居守外,圣朝贤相复书谁?

　　此必为吕蒙正作。刘昌言,泉州人,仕至同知枢密。中二联世所共称。

上李相公　　　　　　王　操

　　弱冠登龙人粉闱,少年清贵古来稀。袖中诏草朝天去,头上宫花侍宴归。卓笔玉堂寒漏迥,卷帘池馆水禽飞。三台位近犹谦逊,闲听秋霖忆翠微。

　　诗话或以"诏草"为病,为无携草以朝天子者。予谓不然,凡诏虽写真本,岂不以草本袖而同行乎?又或有以草本密进者,此无害也。

洛 阳 春

　　帝里山河异莫裁,就中春色似先来。暖融残雪当时尽,花得东风一夜开。艳日绮罗香上苑,沸天箫鼓动瑶台。芳心只恐烟花暮,闲立高楼望几回。

　　此乃宋有天下,始盛将泰之日也。

兄长莒公赴镇道出西苑作诗有长杨猎近寒熊吼太液歌馀瑞鹄飞语警迈予辄拟作一篇
　　　　　　　　　　　　　　　　宋景文

　　宝楼斜倚阙西天,北转楼阴压素涟。白雪久残梁复道,黄头间守汉楼船。尘轻未损朝来雾,树暖才容腊外烟。珥节不妨饶怅恋,待歌鱼藻记他年。

"黄头间守汉楼船","间"作"空",诗话谓经改定。

寄题相台太尉韩公昼锦堂

瑞节前驱昼锦身,堂成署榜示州民。迁莺贺燕翩翩集,嘉树甘棠次第春。漳岸夕波通沼溜,魏台曒日弄梁尘。君看千古青编上,得意如公有几人。

《左》昭二年:"敢不封殖此树,以无忘《角弓》,遂赋《甘棠》。"○富贵将相,惟韩魏公无愧此堂,此诗非夸非谀。

寒食假中作

九门烟树蔽春尘,小雨初晴泼火前。草色引开盘马地,箫声催暖卖饧天。萦丝早絮轻无着,弄袖和风细可怜。鳌署侍臣贪出沐,珉縻珠馅愧颁宣。

景文宋公尝知寿州,再入翰苑,又诏知杭州,才出国门,追还本职,此所谓"鳌署侍臣贪出沐"者,殆庆历五年乙酉、六年丙戌间事。诗二、四风味特甚,足见升平。五、六尤润,末句宣赐事候考。

送致政太师文潞公　　　　罗正之

曾将故老较量看,五福如公信是难。潞国封来多有岁,太师以上更无官。应留妙算安神器,必得人才荐将坛。他日宋家青史上,始终臣节雪霜寒。

　　罗适,天台人。五首取一。尚有"贝州阴德即仙资"一句佳。

驾幸西太一宫道傍耕桑者皆以茶绢赐之

韩魏公

　　杪春时泽未全滂,西祷真祠徯福祥。蚕女舍笼惊法从,耕夫投耒目天光。勤劳率有优恩及,拜赐皆知佚道长。海内承风谁不劝,何须躬籍与躬桑。

　　此甲辰治平元年英宗出郊时诗,升平之象可掬,魏公为太平宰相无愧矣。时耕者叱牛声甚厉,驾前卫士咸以为笑,公亦以诗纪之也。

驾幸金明池

　　西池风景出尘寰,春豫方乘禁坐间。庶俗一令趋寿域,从官齐许燕蓬山。楼台金碧交辉外,舟楫笙歌浩渺间。与众尽欢宫漏促,万花香里属车还。

　　此太平宰相之言,英宗时。

初会昼锦堂

　　重向高堂举宴杯,四年牵强北门回。故园风物都如旧,多病襟怀逐一开。白发耻夸金络骑,绿阴欣满铁梁台。因思前彦归荣者，未有三会昼锦来。

再　题

为郡偏荣昼锦归，再容乡任古来稀。邸人只骇新章贵，仙表谁瞻旧鹤飞？浃境士民增慰悦，一轩风物起光辉。镵诗又志君恩重，鼎镬捐躯报亦微。

公初有古诗，不以快恩仇、矜名誉为然，见诸欧阳公记中。此熙宁初元自长安再领乡郡时，后遂改镇北门，得请归判相州，凡三衣锦云。

初登休逸台

休逸台高复凭阑，依然风月喜生颜。城头仰视新栽柳，天外微分旧见山。草色且无归后怨，禽飞同到倦时还。欲知恩许三年幸，锦烂裘轻白昼闲。

癸丑灯夕

争放红葉燎紫沉，胜游谁肯惜千金？人和更有笙歌助，酒美应无巷陌深。化国光阴方甚永，洞天风物不难寻。如何可致吾民乐，长似熙熙此夜心。

熙宁六年相州作。

赏花钓鱼御制　　　　昭　陵仁宗

晴旭辉辉苑籞开,氤氲花气好风来。游丝冒絮萦行仗,堕蕊飘香入酒杯。鱼跃文波时拨剌,莺留深树久徘徊。青春朝野方无事,故许游观近侍陪。

和御制赏花钓鱼　　　　韩　琦

花簇香亭万朵开,雕舆高自九关来。轻阴阁雨留天仗,寒色凝春送寿杯。仙吹彻云终缥缈,恩鱼逢饵久徘徊。曾参二十年前会,今备台司得再陪。

和　前　韵　　　　郑毅夫

辇路鲜云五色开,一声清跸下天来。水光翠绕九重殿,花气浓薰万寿杯。绣幕烟深红会合,文竿风引绿徘徊。蓬山绝顶无人到,诏许群仙尽日陪。

和　前　韵[①]

禁籞平明帐殿开,华芝初下未央来。人间彩凤仪《韶》

---

① 按:此诗又题为"春尽"。

曲,天上流霞满御杯。花近赭袍偏照烂,鱼窥仙仗亦徘徊。蓬莱绝景何曾到,自愧尘踪此一陪。

奉诏赴琼林苑燕饯太尉潞国文公出镇西都①

都门秋色满旌旗,祖帐容陪醉御卮。功业迥高嘉祐末,公至和中首陈建储之策。精神如破贝州时。白居易《献裴晋公》诗云:"闻说风情筋力在,只如初破蔡州时。"匣中宝剑腾霜锷,海上仙桃压露枝。公之子近有登瀛之命。昨日更闻褒诏下,别看名姓入烝彝。

送公辟给事自青州致政归吴中

青琐仙人解玉符,秋风一夜满江湖。曾歌郓水非凡曲,未扫旄头负壮图。公昔北使,愤然屡抑房人。终日望君天欲尽,平生知我世应无。扁舟应约元宫保,潇洒莲泾二丈夫。采莲泾在苏州南园后。

送程公辟给事出守会稽兼集贤殿修撰

越州太守何潇洒,应为能吟住集仙。雪急紫蒙催玉勒,公奉使方归。紫蒙,房中馆名也。日长青琐听薰弦。一时冠盖倾

---
① 按:此诗及以下三首又作王珪诗。

离席,半醉珠玑落彩笺。自恨君恩浑未报,五湖终负钓鱼船。

"紫蒙"二字甚新,人所未用,亦所未知。

寄程公辟

念昔都门手一携,春禽几向苎萝啼。梦回金殿风光别,吟到银河月影低。舞急锦腰迎十八,酒酣金盏照东西。何时得遂扁舟去,雪棹同君泛剡溪。

"迎十八""照东西",全是"迎"字、"照"字,有工。

恭和御制上元观灯　　王和甫

銮舆清晓出瑶台,羽卫瞻迎扇影开。凤阙张灯天上坐,鸡林献曲海边来。修文可笑秦无策,能赋休夸楚有才。星汉未斜钧乐阕,君王宣示万年杯。

此即王禹玉"双凤""六鳌"之韵,足见太平盛世。

琼林苑赐宴饯留守太尉辄继高韵呈

名德曾来重四夷,朝廷今日见官仪。陪祠自冠三公位,分陕犹为百辟师。金谷望尘多眷旧,琼林赐饯尽巫疑。都人喜见旂旌美,宁识勋名在鼎彝?

上巳游金明池 　　　　　王立之

游丝堕絮惹行人，酒肆歌楼驻画轮。凤管遏回云冉冉，龙舟冲破浪粼粼。日斜黄伞归驰道，风约青帘认别津。朝野欢娱真有象，壶中要看四时春。

> 选此诗以为汴京升平之盛，可梦不可见，恐亦不可梦也，呜呼痛哉！

金 明 池 　　　　　王平甫

霓旌远远拂楼船，满地春风锦绣筵。三岛路深浮阆苑，九霞觞满奏钧天。仗归金阙浮云外，人望池台①落日边。最引平生江海趣②，波澜一段草如烟。

上元从驾至集禧观次冲卿韵 　王介甫

昭陵持橐从游人，更见熙宁第四春。宝扇初开移玉座，华灯错出映朱尘。楼前时看新歌舞，仗外还如旧徼巡。投老逢时追往事，却含愁思度天津。

---

① 许印芳："池"一作"瑶"。
② 许印芳："趣"一作"兴"。

次韵陪驾观灯

绣节含风下玉除,宫商挟奏斐然殊。福祥周室流为火,恩泽尧樽散在衢。伏枕但能知广乐,挥毫何以报明珠?但留巾箧归田日,追咏公欢每自娱。

谒曾鲁公

翊戴三朝冕有蝉,归荣今作地行仙。且开京洛萧何第,未泛江湖范蠡船。老景已怜周吕尚,庆门方似汉韦贤。一觞岂足为公寿?愿赋长鲸吸百川。

上元喜呈贡父

车马纷纷白昼同,万家灯火暖春风。别开闾阖壶天外,特起蓬莱陆海中。尽取繁华供侠少,只分牢落与衰翁。不知太一游何处,定把青藜独照公。

和赏花钓鱼

荫幄晴云拂晓开,传呼仙仗九天来。披香殿上留朱辇,太液池边送玉杯。宿蕊暖含风浩荡,戏鳞清映日徘徊。宸章独与春争丽,恩许赓歌岂易陪?

车驾幸玉津园晚归进诗　　　洪景卢

五更犹自雨如麻,无限都人仰翠华。翻手作云方怅望,举头见日共惊嗟。天公的有施生妙,帝力堪同造化夸。上苑春光无尽藏,何须羯鼓更催花。

淳熙中阜陵宿戒,车幸玉津园,夜大雨,晓而晴。景卢进此诗后两日,宇文价内引,上举以此诗,曰:"洪待制用'雨如麻',偶思得'桑麻'可答。其末句用'羯鼓'事,故以'华清车骑烂如花'答之。"世人以为荣遇,此亦一时之太平也。然三、四用俪语熟套,盖四六者乃三洪之所长。

秋日临幸秘书省因成近体诗一首赐丞相史浩以下　　　阜陵孝宗

玉轴牙签焕宝章,簪绅侍列映秋光。宴开芸阁儒风盛,坐对蓬山逸兴长。稽古右文惭菲德,礼贤下士法前王。欲臻至治观熙洽,更馨嘉谋为赞襄。

淳熙五年戊戌九月十二日,驾幸秘书省。翌日赐丞相史浩以下此诗。自建炎丁未至庚戌,阅四年,无非寇贼充斥之日。自绍兴辛亥至壬午三十二年,梗以奸相秦桧者十七年。天下学士大夫切齿于忘仇议和之事,贬逐相望。辛巳,完颜亮背盟临江,东南震动,幸而再安,天也。中间钱塘一隅,谓之小康则可矣。至阜陵立,历隆兴、乾道以至淳熙,始可谓之升平。故取孝宗此诗,以见当时稽古右文、礼贤下士之盛。宋之极治,前言仁祖,后言孝宗,汉、唐英主有不逮也。朝廷治而天下富乐谓之升平,天下虽尚富乐而朝廷不治,则有乱之萌,不足以言升平也。选诗之意,又在乎此。

寓　意　　　　　　　　晏元献

油壁香车不再逢,峡云无迹任西东。梨花院落溶溶月,柳絮池塘淡淡风。几日寂寥中酒后,一番萧索禁烟中。鱼书欲寄何由达?水远山长处处同!

恭和御制秋月幸秘书省近体诗　吕东莱

麟阁龙旂日月章,中兴再见赭袍光。仰观焜燿人文盛,始识扶持德意长。功利从今卑管晏,浮华自昔陋卢王。愿将实学酬天造,敢效明河织女襄。

东莱时为著佐兼权礼郎国史编修,十月十七日除大著,十二月十四夜,感末疾,给假,明年三月二十四日遂归婺州,不复再起。淳熙八年辛丑七月二十九日卒,年四十五。集中诗仅一卷,率多挽章。今以类选公诗,仅得五首。秘书省三挽汪圣锡,二如福州城楼。五言诗亦佳,有云"棋声传下界,雁影没长空""岛屿秋江里,楼台海气中",盖少作也。

贺车驾幸秘书省二首

麟台高柳识雕舆,共记中兴幸省初。黄道再传天子跸,青编重入史臣书。需云下际君恩盛,晨露高张乐节舒。若写鸿猷参《大雅》,定非周鼓颂畋渔。

"畋渔"善用韵。

紫清丹极与天邻,阖辟乾坤系笑颦。独为斯文回一顾,坐令吾道重千钧。先王旧物参差见,列圣明谟次第陈。墨客区区感荣遇,岂知深意在彝伦。

淳熙五年戊戌九月十二日阜陵车驾幸秘书省,公时为著作佐郎兼权礼部郎官。上有诗见前。公和外,又有此二诗,稳重端整,过于无益空言者万万矣。

入城至郡圃及诸家园亭游人甚盛　陆放翁

老子何曾惯市尘,今朝也复入城闉。太平有象人人醉,造物无私处处春。九陌莺花娱望眼,一竿风月属闲身。不缘兴尽回桡早,要就湖波照角巾。

三、四好。

乍晴出游

八十山翁病不支,出门也喜赋晴诗。小楼酒旆阑街处,深巷人家晒练时。本借微风欹帽影,却乘新暖弄鞭丝。归来幸有流香在,剩伴儿童一笑嬉。

流香,所赐酒名。

武　林

皇舆久驻武林宫,汴洛当时未易同。广陌有风尘不起,长河无冻水常通。楼台飞舞祥烟外,鼓吹喧呼明月中。六十年间几来往,都人谁解记衰翁？元注:"绍兴癸亥,予年十九,以试南省来临安,今六十年矣。"

此嘉泰六年壬戌诗,颇能道钱塘风物。

西村暮归

天气清和修禊后,土风淳古结绳前。村村陂足分秧水,户户门通入郭船。亭障①盗消常息鼓,坊场酒贱不论钱。行人争看山翁醉,头枕槐根卧道边。

此景未易得也,故取之。

---

① 按:"障"原作"帐",据康熙五十二年本、纪昀《刊误》本校改。

卷之六　宦情类

出将入相,行道得时,仕也。乘田委吏,州县徒劳,亦仕也。今所选诗,不于其达与不达之异,其位高,取其忧畏明哲而知义焉;其位卑,取其情之不得已而知分焉。骄富贵、叹贫贱者,咸黜之,是可以见选诗之意矣。

五　言 四十三首

南还湘水言怀　　张九龄

拙宦今何有,劳歌念不成。十年乖夙志,一别悔前行。归去田园老,傥来轩冕轻。江间稻正熟,林里桂初荣。鱼意思在藻,鹿心怀食苹。时哉苟不达,取乐遂吾情。

似韦苏州。

郡内闲斋

郡阁昼常掩,庭芜日复滋。檐风落鸟毳,窗叶挂虫丝。拙病宦情少,羁闲秋气悲。理人无异绩,为郡但经时。惟有江湖意，沉冥空在兹。

张曲江诗有韦苏州滋味，三、四、五、六俱高爽沉着，而句句婉美也。

使至广州

昔年长不调，兹地亦遭回。本谓双凫少，何知驷马来。人非汉使橐，郡见越王台。去去虽殊事，山川常在哉。

此为岭南黜陟使时诗，所谓衣锦者也。三、四工，布衣仕至王朝，人才众多，江湖之双凫乘雁也。驷马而归，不亦荣乎。张虽丞相，亦骄矣。

初至犍为作　　　岑　参

山色轩楹内，滩声枕席间。草生公府静，花落讼庭闲。云雨连三峡，风尘接百蛮。到来能几日，不觉鬓毛斑。

颇似老杜诗，而无其悲愤。末句亦不堪远仕矣，然为刺史，则胜如为客之流离也。

郡斋平望江山 时牧犍为

水路东连楚，人烟北接巴。山光围一郡，江月照千家。庭树纯栽橘，园畦半种茶。梦魂知忆处，无夜不京华。

知嘉州所作。岑后竟不能入长安，卒于蜀，其节义有可称者。

宿岐州北郭严给事别业

郭外山色暝，主人林馆秋。疏钟入卧内，片月到床头。遥夜惜已半，清言殊未休。君虽仕青琐，心不忘沧洲。

<small>仕宦而常欲退者必吉人，尾句不急而有味。</small>

题永乐韦少府厅

大河南郭外，终日气昏昏。白鸟下公府，青山当县门。故人是邑尉，过客驻征轩。不惮烟波阔，思君一笑言。

<small>三、四好，晚唐人多用之。</small>

题元录事开元所居　　刘长卿

幽居萝薜情，高卧纪纲行。鸟散秋鹰下，人闲春草生。冒岚归野寺，收印出山城。今日新安郡，因君水更清。

<small>长卿之称新安，皆唐睦州。开元必城外之古寺，如《送张栩之睦州》首句，云"遥忆新安旧"，然则新安为睦州无疑也。第二句好，高卧而法自行，"行"字乃是有力字。</small>

罢郡姑苏北归渡扬子津　　刘宾客

几度悲南国，今朝赋北征。归心渡江勇，病体得秋轻。

海阔石门小,城高粉堞明。奎山旧游寺,过岸听钟声。

俗谚云:"于仕宦谓贺下不贺上。凡初至官者乃任事之始,未知其终也,故不贺。解官而去,则所谓善终者也,故贺。"梦得于此诗句句佳,三、四尤紧。

和裴仆射移官言志　　　　张司业

身在勤劳地,常思放旷时。功成归圣主,位重委群司。看叠台边石,闲吟箧内诗。苍生正瞻望,难与故人期①。

此和裴晋公也。为上公而用心常常如此,所以善终。如蔡京、史弥远、贾似道则不然矣。

晚　岁　　　　白乐天

壮岁忽已去,浮云何足论。身为百口长,官是一州尊。不觉白双鬓,徒言朱两辐。病难施郡政,老未答君恩。岁暮别京洛,年衰无子孙。惹愁谙世网,因苦赖空门。揽带知腰瘦,看灯觉眼昏。不缘衣食系,寻合返丘园。

此在杭州作,殆初至郡时。

自　咏 在苏州作

公私颇多事,衰悫殊少欢。迎送宾客懒,鞭笞黎庶难。

---

① 冯班:"人"一作"山"。

老耳倦声乐,病口厌杯盘。既无可恋者,何以不休官?

六十拜河南尹

六十河南尹,前途足可知。老应无处避,病不与人期。幸遇芳菲日,犹当强健时。万金何假借,一盏莫推辞。流水光阴急,浮云富贵迟。人间若无酒,尽令鬓成丝。

三、四,韩子苍一联出此。

七年春题府厅

潦倒守三川,因循涉四年。推诚废钩距,示耻用蒲鞭。以此补公事,将何销俸钱。虽非好官职,岁久亦妨贤。

河南尹在当时想非要路,故曰"虽非好官职"。

罢府归旧居

陋巷乘篮入,朱门挂印回。腰间抛组绶,缨上拂尘埃。屈曲闲池沼,无非手自开。青苍好竹树,亦是眼看栽。石片抬琴匣,松枝阁酒杯。此生终老处,昨日始归来。

第三、四韵自作隔对,亦一体也。罢河南尹归家,故云尔。

寄武功县姚主簿　　　贾浪仙

居枕江沱北，情悬渭曲西。数宵曾梦见，几处得书批。驿路穿荒坂，公田带淤泥。静棋功奥妙，闲作韵清凄。锄草留丛药，寻山上石梯。客回河水涨，风起夕阳低。空地苔连井，孤村火隔溪。卷帘黄叶落，锁印子规啼。陇色澄秋月，边声入战鼙。会须过县去，况是屡招携。

大是用工。

题皇甫荀蓝田厅

任官经一年，县与玉峰连。竹笼拾山果，瓦瓶担石泉。客归秋雨后，印锁暮钟前。久别丹阳浦，时时梦钓船。

前辈欧、梅论诗，颇不然此三、四，然贾岛、姚合非如此不能奇，不可弃也。

题　长　江

玄心俱好静，廨署落晖空。归吏封宵钥，行蛇入古桐。长江频雨后，明月众星中。若任迁人去，西浮与剡通。

武功县中　　　　　　　　姚合

县去帝城远，为官与隐齐。马随山鹿放，鸡杂野禽栖。绕舍惟藤架，侵阶是药畦。更师嵇叔夜，不拟作书题。

<small>三、四好，五、六似张司业而太易，太易则浅。三十诗中选此十二首。"四灵"之所学也。此可学也，学贾岛不可及矣。</small>

簿书多不会，薄俸亦难消。醉卧慵开眼，闲行懒系腰。移花兼蝶至，买石得云饶。且自心中乐，从他笑寂寥。

<small>五、六最工。</small>

晓钟惊睡觉，事事便相关。小市柴薪贵，贫家砧杵闲。读书多旋忘，赊酒数空还。长羡刘伶辈，高眠出世间。

<small>五、六①最细润。</small>

一日看除目，终年损道心。山宜冲雪上，诗好带风吟。野客嫌知印，家人笑买琴。只应随分过，已是一作"定"。错弥深。

<small>起句旧改"终年"作"三年"，读之遂成话柄。</small>

日出方能起，庭前看种莎。吏来山鸟散，酒熟野人过。歧路荒城少，烟霞远岫多。同官数相引，下马上西坡。

<small>三、四句平正，尾句亦可取。</small>

---

① 按：康熙五十二年本、纪昀《刊误》本俱作"三四"。

朝朝眉不展,多病怕逢迎。引水远通涧,叠山高过城。秋灯照树色,寒雨落池声。好是吟诗夜,披衣坐到明。

闭门风雨里,落叶与阶齐。野客嫌杯小,山翁喜枕低。听琴知道性,寻药得诗题。谁更能骑马,闲行只杖藜。
<small>前四句闲适之味可掬。</small>

腥羶都不食,稍稍觉神清。夜犬因风吠,邻鸡带雨鸣。守官常卧病,学道不称①名。小有洞中路,谁能引我行。
<small>第三句好,第四句似乎因而成对。</small>

假日多无事,谁知我独忙。移山入院②宅,种竹上城墙。惊蝶遗花蕊,游蜂带蜜香。唯愁明早出,滞坐吏人傍。

一官无限日,愁闷欲何如。扫舍惊巢燕,寻方落壁鱼。从僧乞净水,凭客报闲书。白发谁能镊?年来四十馀。

朝朝门不闭,长似在山时。宾客③抽书读,儿童斫竹骑。久贫还易老,多病懒能医④。道友应相怪,休官日已迟。

长忆青山下,深居遂性情。垒阶溪石净,烧竹灶烟轻。

---

① 冯班:"不"一作"别"。
② 冯班:"院"一作"县"。
③ 冯班:"客"一作"旅"。
④ 查慎行:"懒"疑当作"赖"。

点笔图云势,弹琴学鸟鸣。一作"声"。今朝知县印,梦里百忧生。

> 曾以簿权邑来,自唐已苦作邑之难也。

县中秋宿

鼓绝门方掩,萧条作吏心。露垂庭际草,萤照竹间禽。棋罢嫌无月,眠迟听尽砧。还知未离此,时复更相寻。

> 老杜"月明垂叶露",此句古今无敌。今此句非有意窃取之,亦佳句也。详味合诗轻而浅,颇有沾沾自喜之意,实有爱官职之心焉。

县丞厅即事　　　　王　建

宫殿半山上,人家高下居。古厅眠爱魇,老吏语多虚。雨水洗荒竹,溪沙填废渠。圣朝收外府,皆自九天除。

> 建为昭应丞,故有《丞厅即事》之作。姚合集有是诗,题曰《书县丞旧厅》,非也。合为武功簿而题赵县丞旧居,于义不通。又第二句作"人家高下居"亦非是。今定为王建诗。三、四新。

赠李主簿　　　　周　贺

税时兼主印,每日得闲稀。对酒妨科吏,为官亦典衣。案迟吟坐待,宅近步行归。见说偏论道,应愁判是非。

贺诗格与姚合、王建相类,而此一诗尤近之。

侨居二首　　　　　　　　宋景文

抱病苦幽忧,都城困倦游。身抛秃翁板,言入稗家流。世路风波恶,天涯日月遒。危心正无泊,持底喻穷愁。

公宇静寥寥,居然俗意销。屐闲谁记齿,带适自忘腰。亩首秋残获,城西日暮樵。比来行乐熟,随意度溪桥。

前篇三、四善用事。宋公少年高科,平生宦达,乃有此穷作。士大夫有先困而后亨者少,公又诗云:"长安举头近,溢浦窜身危。"后篇三、四工。

入壬辰新岁

五十为衰始,仍馀五岁衰。双眸不明鉴,残鬓已纷丝。铜虎虽频剖,荷囊信滥持。何须依老格,先作故山期。

壬辰乃仁宗皇祐四年也,景文是年五十五,初为寿州,时十一年矣。此则再自翰苑出知亳州,盖公生于真宗咸平元年戊戌。"老格"字极新。新诏,七十不致仕,许弹劾。

郡斋宴坐　　　　　　　　张公庠

为州容散诞,真慰野人情。撼膝禅初悟,摇头句未成。

试香秋院静,斗墨午窗明。已有东归计,柴扉掩姓名。

公庠字元善,有《张泗州集》。皇祐元年冯京榜进士。五、六好。

除棣学　　　　　　　　陈后山

老作诸侯客,贫为一饱谋。折腰真耐辱,捧檄敢轻投。早作千年调,中怀万斛愁。暮年随手尽,心事计盟鸥。

至棣未久,即除正字,乃韩忠彦为相,复用元祐时人,所以明年改为建中靖国,仅一年改崇宁,而后山以其年卒。更二十年不死,何限好诗垂世!亦恐无处着身耳。

除　官

扶老趋严召,徐行及圣时。端能几字正,敢恨十年迟。肯着金根误,宁辞乳妪讥。向来忧畏断,不尽鹿门期。

或云,得一正字,遽云"严召",所以止于此官。后山以建中靖国元年辛巳十二月二十九日卒,年四十九。此除在元符三年庚辰冬,宁既崇矣,苏、黄之文且禁矣,敢疵后山俗态也。

书直舍壁　　　　　　　　陆放翁

道山西下路,杳杳历重廊。地寂闻传漏,帘疏有断香。渠清水马健,屋老瓦松长。欲出重欹枕,无何觅故乡。

"水马""瓦松",诗人罕用,此一联可喜。

致仕述怀

弹冠绍兴末,解组庆元中。滟滪危途过,邯郸幻境空。闲传相牛法,醉唤斗鸡翁。冲雨归来晚,山花满笠红。

韦布还初服,蓬蒿卧故庐。所惭犹火食,更恨未巢居。叱叱驱黄犊,行行跨白驴。交亲各强健,不必问何如。

秋日偶书 赵师秀

官事何曾晓,闲名苦要签。大书公吏恐,直语众人嫌。俸少贫如故,医慵病却添。秋风墙下菊,相对忆陶潜。

诗亦平妥,但三、四俗,五、六有乐天语意。筠州推官时作。

七言三十八首

寄李儋元锡 韦苏州

去年花里逢君别,今日花开又一年。世事茫茫难自料,春愁黯黯独成眠。身多疾病思田里,邑有流亡愧俸钱。闻道欲来相问讯,西楼望月几回圆。

朱文公盛称此诗五、六好,以唐人仕宦多夸美州宅风土,此独谓"身多疾病""邑有流亡",贤矣。

书　怀[①]

自小[②]难收[③]疏懒性,人间万事[④]总无功。别从仙客求方法,曾到僧家问[⑤]苦空。老大登朝如梦里,贫穷作话[⑥]是村中。未能即便[⑦]休官去,惭愧南山采药翁。

五、六好一个穷朝士!

酬秘书王丞见寄

相看头白来城阙,却忆漳溪旧往还。今体诗中偏出格,常参官里每同班。街西借宅多临水,马上逢人亦说山。芸阁水曹虽最冷,与君常喜[⑧]得身闲。

此与王建酬倡者。

---

① 何义门:本诗作者当为张司业。
② 许印芳:"小"一作"少"。
③ 冯班:一作"信成"。
④ 冯班:"万"一作"是"。
⑤ 冯班:"曾"一作"时","家"一作"房"。
⑥ 冯班:"话"当作"活"。
⑦ 冯班:一作"便即"。
⑧ 冯班:"常"一作"长"。

微之就辞尚书居易续除刑部
因书贺意兼述离怀　　白乐天

　　我为宪部入南宫，君作尚书镇浙东。老去一时成白首，别来七度换春风。簪缨假合虚名在，筋力销磨实事空。远地官高亲故少，些些笑语与谁同。

解苏州自喜

　　自喜天教我少缘，家徒行计两翩翩。身兼妻子都三口，鹤与琴书共一船。僮仆减来无冗食，资粮算外有馀钱。携收贮作丘中费，犹免饥寒待几年。

　　道是白诗平易，三、四都如此，奇哉异哉！出律破格，本是自然胸怀，无粉饰也。

喜罢郡

　　五年两郡亦堪嗟，偷出游山走看花。自此光阴为己有，从前日月属官家。樽前免被催迎使，枕上休闻报坐衙。睡到午时欢到夜，回看官职是泥沙。

　　久困仕宦，方知此诗之妙，乐天真乐天哉！

从同州刺史改授太子分司

承华东署三分务,履道西池七过春。歌饮优游聊卒岁,园林潇洒可终身。留侯爵秩诚虚贵,疏受生涯未苦贫。月俸百千官二品,朝廷雇我作闲人。

赠皇甫六张十五李廿三宾客

昨日三川新罢守,今年四皓尽分司。幸陪散秩闲居日,好是登山临水时。家未苦贫常酝酒,身虽疾病尚吟诗。龙门泉石香山月,早晚同游报一期。

家常得酝酒,唐以来仕宦之家皆然。

和高仆射罢节使让尚书授太保分司
喜遂游山水之作

暂辞八座罢双旌,更作登山临水行。能以忠贞酬重任,不将富贵碍高情。朱门出去簪缨从,绛帐归来歌吹迎。鞍马闹装光满路,何人信道是书生。

夸美高公富贵,似乎讥之。其少起于书生,当考。

赠秋浦张明府　　　　　杜荀鹤

君为秋浦三年宰,万虑关心两鬓知。人事旋生当路县,吏才难展用兵时。农夫背上题军号,贾客船头插战旗。他日亲知问官况,但教吟取杜家诗。

语俗而事或切,唐末之乱如此,县令之难可知也。

书怀简孙何丁谓　　　　　王元之

三入承明已七年,自惭踪迹久妨贤。吾子几时归凤阁,老夫方欲买鱼船。季路旨甘知已矣,潘安毛鬓更皤然。举人自代何由得,归去东皋种水田。

王元之平生重孙、丁,相期甚至。然丁谓不如所期,官有馀而行不足。

书怀寄刘五　　　　　杨文公

风波名路壮心残,三径荒凉未得还。病起东阳衣带缓,愁多骑省鬓毛斑。五年书命尘西阁,千古移文愧《北山》。独忆琼林苦霜霰,清樽岁宴强酡颜。

"昆体"之平淡者。

世事悠悠未遽央,虚名真意两相忘。休夸失马曾归塞,未省牵牛解服箱。四客高风惊楚汉,《五君》新咏弃山王。

秋来安有①渔樵梦，多在箕峰颍水傍。

五、六甚佳，"昆体"未尝不美。

寄子京 宋元宪

八年三郡驾朱轮，更忝鸿枢对国钧。老去师丹多忘事，少来之武不如人。车中顾马空能数，海上逢鸥想见亲。唯有弟兄亲隐者，共将耕凿报尧仁。元注："为郡八年，荣显已息，朝恩念旧，复假相印管内枢，然思归之心已忉怛矣。"

是时士大夫风俗浑厚，如元宪名德，后岂易及？此诗三、四绝佳，世所称者。

把酒 宋景文

歌管嘈嘈月露前，且将身世付酡然。谩夸鼷鼠机头箭，不识醯鸡瓮外天。青史有人讥巧宦，黄金无术治流年。君看醉趣兼醒趣，始觉灵均更可怜。

此出知亳社所作，在两入翰林之后，所讽亦不无意，必立朝为人所不容故尔。

予既到郡有诏仍修唐书寄局中诸僚

一章通奏领州麾，诏许残书得自随。吾党成章真小子，

---

① 纪昀："安"字恐误，再校。　许印芳：当从别本改"正"字。

官中了事是痴儿。昏眸视久花争乱,倦首搔馀雪半垂。所愿韦吴皆杰笔,刘生当见汗青期。

知幾论史,尝言"头白有期,汗青无日"。三、四佳。作郡而修史,亦文士之至荣矣,盖亳州也。

真定述事

莫嫌屯垒是边州,试听山河说上游。帐下文书三幕府,马前靴靽五诸侯。王藩故社经涂国,侠窟馀风解报仇。四十年来民缓带,使君何事不轻裘?

部署安、抚二司并府事,故曰"三幕府"。所管洛、汧①、磁、相、赵五州,故曰"五诸侯"。公自亳州改知真定府,古之镇州常山郡也。元微之诗"会稽旁带七诸侯",此近之。

拟杜子美峡中意

天入虚楼倚百层,四方遥谢此登临。惊风借壑为寒籁,落日容云作暝阴。岘井北抛王粲宅,楚衣南逐女嫈砧。十年不识长安道,九篇宸开紫气深。

拟老杜亦颇近之,此乃在成都时作。富贵之至而无一毫骄态,唯写羁思,则知远大者不以井蛙自矜也。

---

① 按:康熙五十二年本、纪昀《刊误》本俱作"邢洺"。

罢学士出守还拜承旨

十八年前玷玉堂,当时绿鬓已苍苍。伤禽纵奋愁疮重①,厩马虽还笑齿长。薰罢山炉飘暗烬,漱馀铜碗冰寒浆。须惭清切銮坡地,不是吾人得擅场。

晋侯戏荀息曰:"屈产之齿长矣。"五、六句法响。公又诗云:"五腰守印十寒温。"盖守许昌、亳社、真定、成都、莆田,凡五郡。

和公齐临替有感见寄 王彦霖

孤宦边城遇众贤,及瓜能不动依然。风号古木叶堆地,云搅遥山水拍天。篱菊开时寒有信,宾鸿过后暑无权。古今惜别君须念,乘暇何妨到酒船。

三、六绝好。

海陵春雨日 曾子开

公事无多使客稀,两时衙退吏人归。沉烟一炷春阴重,画角三声晚照微。桑雉未驯惭报政,海鸥相近信忘机。只将宴坐收心念,懒向人间问是非。

---

① 李光垣:"创"讹"疮"。

送推官王永年致仕还乡　　　张宛丘

为忆田园便拂衣，休官退隐似君稀。尘埃摆脱青衫去，闾里惊嗟白发归。南亩稻粱仍岁熟，旧山芝术入秋肥。百年从此皆闲日，寄语人间浪是非。

三、四最佳。以其年四十而致仕，故曰"惊嗟白发归"。

和即事

溪如垣堑木如城，鱼鸟从游信有情。啅雀踏枝飞尚袅，仰荷乘雨侧还倾。弹琴废久重寻谱，种药多求旋记名。干世久知无妙策，直应归学老农耕。

此诗全似唐人，高于张司业也。

和范三登淮亭

身如客雁寄汀洲，北望休登王粲楼。残雪腊风惊岁晚，早梅新柳动春愁。免遭斤斧甘无用，敢向波涛较善游。奔走尘埃欲归去，勒移恐作故山羞。

"游"字押得甚新，三、四诗中不可少。

入　都　　　　　　　　　陆放翁

葵苋登盘酒可赊,岂知扶病又离家。朝行打岸涛头恶,夜宿垂天斗柄斜。不恨山林淹岁月,但悲道路困风沙。邻翁好为看耕陇,行矣东归一笑哗。

放翁嘉泰①壬戌致仕,出领史局,年七十八矣。明年除秘书监,再奉祠告老。此壬戌入都诗也。

史院晚出

已乞残骸老故丘,误恩重作道山游。龙津雨过桥如拭,凤阙烟销瓦欲流。直舍少眠钟报午,归途微冷叶飞秋。心知伏枥无千里,纵有王良也合休。

此时行都犹太平,故有三、四之句。

上章纳禄恩畀外祠遂以五月东归

身似霜松老不枯,乞骸犹得侍清都。百钱浊酒浑家醉,六月飞蚊彻晓无。美睡不愁闲客搅,出游自有小儿扶。买山尚恐巢由笑,敢向君王觅镜湖。

---

① 按:"泰"原作"定",据《宋史》卷三九五《陆游传》校改。

黄纸淋漓字似鸦,即今真个是还家。园庐渐近湖山好,邻曲来迎鼓笛哗。筼实傍篱收豆荚,盘蔬临水采芹芽。皇家养老非忘汝,不必①青门学种瓜。

士大夫老而归,有村人鼓笛迎之,不亦乐乎!

群玉峰头孤梦断,五云溪上野舟回。傍人鸥鸟自然熟,到处藕花无数开。麦饭不餍犹面槁,柴门闲闭自心灰。雨来正作盆池地,不怕冥冥半月梅。

身是风前一断蓬,经年窃食竟何功。倚天青嶂迎船出,扑马红尘转眼空。网户饷鱼胜丙穴,旗亭送酒等郫筒。死前幸作扶犁叟,免使淮南笑发红。

丙穴、郫筒,大犯老杜。

此身唯有一躬耕,乞得馀年乐太平。东观并游惊昨梦,西湖重到付来生。一堤草露明晨照,半浦荷香飐晚晴。历历归途皆胜事,江亭先听櫂歌声。

去年公出领史局,以今嘉泰三年癸亥得归,年七十九矣。此五诗皆妙绝。仕而归,乐也;老而出,出而复归,其乐可知。

明发南屏   杨诚斋

新晴在在野花香,过雨迢迢沙路长。两度立朝今结局,

---

① 许印芳:"必"一作"用"。

一生行客老还乡。犹嫌数骑传书劄,剩喜千山入肺肠。到得江头上船处①,莫将白发照沧浪。

诚斋平生实三度立朝,此乃秘少出知筠州时诗也。第六句绝妙。

次韵傅惟肖　　　萧千岩

竹根蟋蟀太多事,唤得秋来篱落间。又过暑天如许久,未偿诗债若为颜。肝肠与世苦相反,岩壑嗔人不早还。八月放船飞样去,芦花丛外数青山。

萧海藻字东夫,三山人。初与杨诚斋湖湘同官,诚斋盛称其诗为尤、萧、范、陆。止于福建帅参。使不早死,虽诚斋诗格犹出其下。其诗苦硬顿挫而极其工。五、六一联,诸公并不能及。起句奇峭。姜尧章乃其婿云。诗板旧在永州,传者罕焉。

呈方叔　　　姜梅山

聱牙落魄一闲官,职事何尝见一斑。不是论松须说剑,若非寻壑即观山。闲看落叶随风去,冷笑奔云送雨还。更有刘岩杨处士,方叔。伴渠痴坐老花间。

杨方叔即姜公之客,常相倡和者。

---

① 按:"处"字原作墨钉,据康熙五十二年本、纪昀《刊误》本校补。

夏日奉天台祠禄

青天挥篦卧藤床,翠袖携壶过酒浆。蝟腹出波烹芡实,袅蹄和露擘莲房。相呼时入鸡豚社,独坐曾无雁鹜行。便是赤城真隐吏①,不须刘阮更相将。

中四句皆工。

肃客借重金紫绶　　　　袁说友

平生青紫滥纤身,更冒金章肃使宾。何以假为诚岂敢,乌知非有笑无因。猿狙自是羞华服,鹓鹭姑容接后尘。回首纷纷天下事,有时宜假不宜真。

建安袁说友,隆兴癸未进士,仕至枢密大资,自号东塘居士。此时借官接伴金使,诙谐有味。

寒　夜　　　　巩仲至②

瓦欲飞霜水欲冰,蒲团今夜有尘凝。炉寒闲取薪添火,窗暗时将烛助灯。久欲归田游宦客,未能忘肉在家僧。于书更觉心情懒,病眼愁看细字蝇。

在官所思归之诗。

---

① 按:康熙五十二年本,纪昀《刊误》本作"吏隐"。
② 按:"至"原作"玉",据《两宋名贤小集》改。

中旬休日呈岩老

　　近见东郊出土牛,烧灯已过又旬休。酸风鳞面慵开眼,细雨毛空怯上楼。百岁光阴真蚁穴,一年寒燠未鸿沟。偷闲文字聊遮眼,勋业悠悠且掉头。

　　"鳞"字、"毛"字下得有眼,第六句绝妙。

卷之七　风怀类

晏元献《类要》有"左风怀""右风怀"二类，男为左，女为右，今取此义以类。凡倡情冶思之事，止于妓妾者流，或托辞寓讽而有正焉，不皆邪也。其或邪也，亦以为戒而不践可也。

五　言 十二首

失　婢　　　　　白乐天

宅院小墙庳，坊门帖榜迟。旧恩惭自薄，前事悔难追。笼鸟无常主，风花不恋枝。今宵在何处？惟有月明知。

三、四乃失婢之主，罪己而不责婢之为淫奔，亦近厚矣。末句尤深而不露，《失鹤》诗所谓"想应只在秋江上"，盖本于此。

和乐天诮失婢榜者　　　　　刘宾客

把镜朝犹在，添香夜不归。鸳鸯分瓦①去，鹦鹉透笼飞。

---

① 冯班："分"一作"拂"。

不逐张公子,即随刘武威。新知正相乐,从此脱青衣。

夜过盘石隔河望永乐寄闺中效齐梁体

岑 参

盈盈一水隔,寂寂二更初。波上思罗袜,鱼边忆素书。月如眉已画,云似鬓新梳。春物知人意,桃花笑索居。

波、鱼、月、云,所睹之四物也,袜、书、眉、鬓,所思之四事也,可谓工矣。

幽 窗

韩致尧

刺绣非无暇,幽窗自鲜欢。手香江橘嫩,齿软越梅酸。密约临行怯,私书欲报难。无凭谙鹊语,犹得暂心宽。

致尧笔端甚高。唐之将亡,与吴融诗律皆不全似晚唐。善用事,极忠愤,惟"香奁"之作词工格卑,岂非世事已不可救,姑留连荒亡以纾其忧乎?

马 上 见

骄马锦连乾,乘骑是谪仙。和裙穿玉镫,隔袖把金鞭。去带惜腾醉,归应困顿眠。自怜输厩吏,馀暖在香鞯。

"香奁"之作,为韩偓无疑也。或以为和凝之作,嫁名于韩,刘潜夫误信之。考诸同时,吴融集有依韵倡和者,何可掩哉?海淫之言,不以为耻,非唐之衰而然乎!

春　词　　　　　　吴　融

鸾镜长侵夜,鸳衾不识寒。羞多转面语,妒极定睛看。金市旧居近,钿车新造宽。春期莫相误,一日百花残。
　　三、四非十分着意,何以说得至此?

观翟玉妓　　　　　　李　愿

女郎闺阁春,抱瑟坐花茵。艳粉宜斜烛,羞娥惨向人。寄情摇玉柱,流盼整罗巾。幸以芳香袖,承君宛转尘。
　　愿,李晟之子,李愬之弟。昌黎送归盘谷,假借太过。愿屡为节度使,皆以贪婪败事。此诗见《御览集》。曰"未见好德"可也。

新　春　　　　　　刘方平

南陌春风早,东邻曙色斜。一花开楚国,双燕入卢家。眠罢梳云髻,妆成上锦车。谁知如昔日,更浣越溪纱。
　　此盖赋所谓莫愁者,用骊姬、西子事遗意。

春日有赠　　　　　　　杨巨源

堤暖柳丝斜,风光属谢家。晚心应恋水,春恨定因花。步远怜芳草,归迟见绮霞。由来感情思,独自惜年华。

中四句极细润缓慢,有意味,末句尤不迫。

美人春怨

妾家巫峡阳,罗幌寝兰堂。晓日临窗久,春风引梦长。落钗仍挂鬓,微汗欲销黄。纵便朦胧觉,魂犹逐楚王。

名姝咏

阿娇年未多,体弱性能和。怕重愁拈镜,怜轻喜曳罗。临津双洛浦,对月两嫦娥。独有荆王殿,时时暮雨过。

两诗俱流丽,可配"香奁"。

艳女词

露井桃花发,双双燕并飞。美人姿态里,春色上罗衣。自爱频开镜[①],时羞欲掩扉。心[②]知行路客,遥惹五香归。

---

① 冯舒:"开"一作"窥"。
② 冯舒:"心"一作"不"。

五、六工甚，亦句法也。

七言二十四首

次韵张公远二首　　　张宛丘

襄王坐上征词客，子建车前步水妃。瞥过低鬟流盼处，争先含笑独来时。东边日下终无雨，阙上书时合有碑。肠断吴王烟水国，扁舟何日逐鸱夷？

平淡春云捧额浮，秋光剑戟①近人流。无肠可断方为恨，有药能治不是愁。可待挑琴知有术，未曾驱豆更无谋。遥知添得春窗梦，犹在樽前烛下羞。

夔州窦侍郎使君见示悼妓诗顾余尝识之因命同作　　　刘宾客

前年曾见两鬟时，今日惊吟《悼妓诗》。凤管学成知有籍，龙媒欲换叹无期。空廊月照常行地，后院花开旧折枝。寂寞鱼山青草里，何人更立智琼祠？

---

① 按："剑戟"原讹作"敛战"，据康熙五十二年本、纪昀《刊误》本校改。

窦夔州见寄寒食日忆故姬小红吹笙因和之

鸾声窈眇管参差,清韵初调众乐随。幽院妆成花下弄,高楼月好夜深吹。忽惊暮槿①飘零尽,惟有朝霞梦想期。闻道今年寒食日,东山旧路独行迟。

和杨师皋给事伤小姬英英

幼学胡琴见艺成,今年追想几伤情。撚弦花下呈新曲,放拨灯前谢改名。但是好花皆易落,从来尤物不长生。鸾台夜直衣衾冷,云雨无因入禁城。

怀妾

三山不见海沉沉,岂有仙踪更可寻?青鸟去时云路断,嫦娥归处月宫深。纱窗遥想春相忆,书幌谁怜夜独吟。料得夜来天上镜,只应偏照两人心。

---

① 冯班:"槿"一作"雨"。

偶 见 　　　　　　　　韩　偓

千金莫惜早怜①一作"莲"。生,一笑从教下蔡倾。仙树有花难问种,御香闻气不知名。愁来自觉歌喉咽,瘦去谁怜舞掌轻?小叠红笺书恨字,与奴方便送卿卿。

意有馀而不及于亵,则风怀之作犹之可也。书妇人之言于雅什,不已卑乎?故香奁之作惟取七言律六首。此诗三、四佳,尾句太猥。○首句"早怜生"一作"买娉婷"②。

春 尽

树头初日照西檐,树底蔫花夜雨沾。外院池亭闻动锁,后堂栏槛见垂帘。柳腰入户风斜倚,榆荚堆墙水半淹。把酒送春惆怅在,年年三月病恹恹。

此诗只尾句佳,宋人用以为小词者。

五 更

往年曾约郁金床,半夜潜身入洞房。怀里不知金钿落,暗中唯觉绣鞋香。此时欲别魂俱断,自后相逢眼更狂。光

---

① 按:"早"字原缺,据康熙五十二年本、纪昀《刊误》本校补。
② 按:此句原缺,据康熙五十二年本、纪昀《刊误》本校补。

景旋销惆怅在,一生赢得是凄凉。

前四句太猥、太亵,后四句始是诗。

咏 浴

再整鱼犀拢翠簪,解衣先觉冷森森。教移兰烛频羞影,自试香汤更怕深。初似洗花难抑按,终忧沃雪不胜任。岂知侍女帘帷外,剩取①君王几饼金。

《赵后外传》:"昭仪浴,帝窃观之,令侍儿勿言,投赠以金,一浴赐百饼。"此诗当有所讽,谓世之为君者,亦惑乎此也。

席上有赠

矜严标格绝嫌猜,嗔怒难逢②笑靥开。小雁斜侵眉柳去,媚霞横接眼波来。鬓垂香颈云遮藕,粉着兰胸雪压梅。莫道风流无宋玉,好将心力事妆台。

五、六虽亵,然止形容其貌,如"巧笑""美目"之诗,不及乎淫也。

倚 醉

倚醉无端寻旧约,却怜③惆怅转难胜。静中楼阁春深

---

① 查慎行:"剩"字《香奁集》作"赚"。
② 冯班:"难"一作"虽"。
③ 冯班:"怜"一作"令"。

雨,远处帘栊夜半灯。抱柱立时风细细,绕廊行处思腾腾。分明窗下闻裁剪,敲遍阑干唤不应。

此诗方有味而不及乎猥。

天平公座中呈令狐公时蔡京在坐 李商隐

罢执霓旌上醮坛,漫装娇树水晶盘。更深欲诉娥眉敛,衣薄临醒玉艳寒。白足禅僧思败道,青袍御史拟休官。虽然同是将军客,不敢公然子细看。

京尝为僧司徒①,故有第五句。

无 题

昨夜星辰昨夜风,画堂西畔桂堂东。身无彩凤双飞翼,心有灵犀一点通。隔坐送阄春酒暖,分曹射覆蜡灯红。嗟余听鼓应官去,走马兰台类转蓬。

飒飒东南细雨来,芙蓉塘外有轻雷。金蟾啮锁烧香入,玉虎牵丝汲井回。贾氏窥帘韩掾少,宓妃留枕魏王才。春心莫共花争发,一寸相思一寸灰。

相见时难别亦难,东风无力百花残。春蚕到死丝方尽,

---

① 李光垣:"司"字衍。

蜡炬成灰泪始干。晓镜但愁云鬓改,夜吟应共①月光寒。蓬山此去无多路,青鸟殷勤为探看。

楚　宫

月姊曾逢下彩蟾,倾城消息隔重帘。已闻佩响知腰细,更辨弦一作"琴"。声觉指纤。暮雨自归山峭峭②,秋河不动夜厌厌。王昌且在③墙东住,未必金堂得免嫌。

次韵和王员外杂游④四韵　　吴　融

一分难减亦难加,得自溪头浣越纱。两桨惯邀催去艇,七香曾占取来车。黄昏忽堕当楼月,清晓休开满镜花。谁见王郎肠断处,露床风簟半欹斜。

三、四句好。

无　题　　杨文公亿

曲池波暖蕙风轻,头白鸳鸯占绿萍。才断歌云成梦雨,陡回笑电作嗔霆。湘兰自古传幽怨,秦凤何年入杳冥? 不

---

① 李光垣:"共"应作"觉"。
② 查慎行、许印芳:两"峭"字当作"悄悄"。
③ 许印芳:"且"一作"只"。
④ 冯舒:"杂游"字误,恐是"叹逝"。《唐英歌集》作"难游",更不可解。　冯班:恐是"叹逝"。

待萱犀蠲薄怒,闲阶斗雀有馀翎。

合欢蠲忿亦休论,梦蝶翩翩逐怨魂。只待倾城终未笑,不曾亡国自无言。风翻林叶迷归燕,露裛池荷触戏鸳。湘水东流何日竭?烟篁千古见啼痕。

无 题　　　　钱思公

误一作"晤"。语成疑意已伤,春山低敛翠眉长。鄂君绣被朝犹掩,荀令薰炉冷自香。有恨岂因燕凤去,无言宁为息侯亡。合欢不验丁香结,只得凄凉对烛房。

耿耿寒灯照翠罗,看朱成碧意如何?虎头辟恶无妨枕,犀角凉心更待磨。惟有幽兰啼月露,可将尺素托云波。山屏六曲归来夜,只恐重抛折齿梭。

走马章台冒雨归,后门犹叹滞前期。荷心出水终无定,萝蔓从风莫自持。复帐麝轻难辟恶,曲房蚕懒不成丝。渐渐麦陇藏鸣雉,更恨如皋一箭迟。

帘声烛影浪多疑,仙谷何能为解迷。藻井风高蛛坏网,杏梁春暖燕争泥。更看山远堆凝黛,纵许犀灵只骇鸡。柱裂霜缯几千尺,红兰终夕露珠啼。

卷之八　宴集类

五　言十首

宴　散　　　　　　　白乐天

小宴追凉散,平桥步月回。笙歌归院落,灯火下楼台。残暑蝉催尽,新秋雁带来。将何迎睡兴?临卧举残杯。

<small>三、四人所共知。</small>

万年县中雨夜会宿寄皇甫佃　　姚　合

县斋还寂寞,夕雨洗苍苔。清气灯微润,寒声竹共来。虫移上阶近,客起到门回。想得吟诗处,惟应对酒杯。

<small>颔联不对,唐人多此体。五、六言两事巧。虫上阶近人,雨中多有之。客起到门,始知有雨而还,则人之所难言者,故曰巧。</small>

淮上喜会梁川故人　　　　　韦苏州

江汉曾为客,相逢每醉还。浮云一别后,流水十年间。欢笑情如旧,萧疏鬓已斑。何因不归去?淮上对秋山。

扬州偶会前洛阳卢耿主簿

楚塞故人稀,相逢本不期。犹存袖里字,忽怪鬓边丝。客舍盈樽酒,江行满箧诗。更能连骑出,还似洛桥时。

韦尝贰洛阳,有连骑之游。

月夜会徐十一草堂

空斋无一事,岸帻故人期。暂辍观书夜,还题玩月诗。远钟高枕后,清露卷帘时。暗觉新秋近,残河欲曙迟。

苏州诗淡而自然,此三诗皆是也。

馀干夜宴奉饯韦苏州使君除婺州

刘长卿

复拜东阳郡,遥瞻北阙心。行春五马急,向夜一猿深。山过康郎近,星看婺女临。幸容栖托分,犹恋旧棠阴。

味此诗恐是应物知苏州时,长卿为长洲尉也。

宴安乐公主宅

宋之问

英藩筑外馆,爱主出王宫。宾至星槎落,仙来月宇空。

玳梁翻贺燕,金埒倚晴虹。箫去秦台里,书开鲁壁中。短歌能驻日,艳舞欲娇风。闻有淹留处,山河满桂丛。

送①高判官和唐店夜饮　　　梅圣俞

露宿勤王客,相从月下来。黄流何日涨,绿酒暂时开。风定灯花烂,天高斗柄回。醉言多脱略,吾党不须猜。

第五道劲,第六宏壮,亦如灯之烂花、斗之移柄云。

春晏宴北园　　　宋景文

天意歇馀芳,人间日始长。落花风观阁,睡鸭雨池塘。稍倦持螯手,犹残蓝尾觞。春归无所预,羁客自回肠。

三、四峭丽,偶然得之乎?其亦思而得之乎?成都时诗。

十日宴江渎亭

节去欢犹在,宾来赏更延。悠扬初短日,凄紧乍寒天。霁沼元非涨,秋花自少妍。蚁留新献酎,蕙续不残烟。戏鲲冲馀藻,游龟避折莲。流芳真可惜,从此遂凋年。

"折莲"一联好。

---

① 许印芳:"送"一作"答"。

七　言 十三首

宴周皓大夫光福宅　　　白乐天

何处风光最可怜？妓堂阶下砌台前。轩车拥路光照地，丝管入门声沸天。绿蕙不香饶桂酒，红樱无色让花钿。野人不敢求他事，惟借泉声伴醉眠。

岁日家宴戏示弟侄兼呈张侍御殷判官

弟妹妻孥子侄甥，娇痴弄我助欢情。岁盏后推蓝尾酒，春盘先进胶去声。牙饧。形骸老倒虽堪叹，骨肉团圆亦可荣。犹有夸张少年处，笑呼张丈唤①殷兄。

燕李录事　　　韦苏州

与君十五侍皇舆，晓拂炉烟上赤墀。花开汉苑经过处，雪下骊山沐浴时。近臣零落今谁在？仙驾飘飖不可期。此日相逢思旧日，一杯成喜亦成悲。

前豪夸，后感慨。

---

① 查慎行："唤"字他本作"与"字，更雅。

次韵盛居中夜饮　　　　　　张宛丘

吴衣压拂①洛阳尘,梦寐一樽淮海滨。每愿托车常贮酒,况逢投辖苦留宾。苍龙挂斗寒垂夜,翡翠浮花暖作春。上界高真足官府,追随却逐散仙人。

同周楚望饮花园

杖藜携手踏青苔,潇洒池亭为客开。柳色渐经秋雨暗,荷香时为好风来。斜阳似欲妆诗句,新月邀将入酒杯。身世已甘长寂寞,忘形赖有子徘徊。

春宴行乐家园　　　　　　宋景文

园筠初干小雨泥,"筠"入去声。饮壶游屐况亲携。身轻早蝶千回舞,技痒新禽百种啼。乘饮草茵侵坐软,畏风桃绶向林低。阳晖自有留人意,衔照高楼未遽西。

---

① 按:康熙五十二年本、纪昀《刊误》本"压"作"厌"。

九日水阁 　　　　　　　　韩魏公

池馆隳摧古槲荒，此延①嘉客会重阳。虽惭②老圃秋容淡，且看③黄花晚节香。酒味已醇新过熟，蟹黄先实不须霜。年来饮兴衰难强，漫有高吟力尚狂。

辛亥二月十五

倏忽韶光一半过，寒威犹自压暄和。故摧春色欢终减，屡失花期日旋那。病骨不禁风料峭，衰惊难遏醉吟哦。凭阑更为芳菲惜，重取轻苦拥旧科。

辛亥重九会安正堂

斯堂曾许占风光，须到重阳复命觞。坐上半非前岁客，杯中无改旧花香。初晴已过登高事，散虑宜趋自得场。惟有一樽诗酒战，愿开强户振雄铓。

---

① 冯班："此"一作"比"。
② 冯班：一作"莫嫌"。
③ 冯班：一作"自爱"。

即　席

芦音逢节佐宾罍，属和当筵尽雅才。铜钵一声诗已就，金铃千朵菊争开。月明正有抽毫乐，夜永何妨秉烛回。无酒可嗤彭泽令，东篱空望白衣来。

王龟龄王嘉叟木蕴之同过
　小园用郡圃植花韵　　　洪景卢

节到中和暖尚赊，东风随处起芳华。自惭翳翳松三径，相对萧萧马五花。老去醉乡为日月，年来痼疾在烟霞。午桥别墅归公手，早定淮西取白麻。

龟龄名十朋，蕴之名待问，皆永嘉人。嘉叟名柜，初寮王安中之孙，寓居泉南。此必饶守、泉守、宪使也。

上巳访杨廷秀赏牡丹于御书扁榜之斋
　其东圃仅一亩为街者九名曰三三径
周益公

杨监全胜贺监家，赐湖岂比赐书华。回环自劚三三径，顷刻常开七七花。门外有田聊伏腊，望中无处不烟霞。却惭下手非摩诘，无画无诗只谩夸。

周益公丞相之四六，杨诚斋秘监之诗，俱名天下，而同郡。此益公老笔。公常问诗法于放翁,对云:"当法子由。"此言深有旨。子由诗胜子瞻,不工、不博、不深,于其间字用力而有幽味。

示同会 朱濂山翌

无奈春寒老不禁,喜看晴日上窗棂。群花半露乾坤巧,百刻平分昼夜停。拄杖有时挑菜甲,桔槔无复问畦丁。逢春不出何为者,众醉谁知可独醒。

朱仲新善诗,而所传不多。此首第四句言春分,以上一句唤动,而知其春分也。合二句咏之甚齐,当上四下三截断看。

卷之九　老寿类

香山九老之会，洛阳耆英继之，此盛事也。予尝美慕近世诗人曾茶山、陆放翁、赵昌父、滕元秀、刘潜夫，皆年八十以上，而放翁之寿为最高，故多取放翁诗云。

七　言 八首

胡吉郑刘卢张六贤皆多年寿予亦次焉偶于敝舍合成尚齿之会七老相顾既醉且欢静而思之此会世所稀有因成七言六韵诗以记之传好事者

白乐天

七人五百七十岁，拖紫纡朱垂白须。囊里无金莫嗟叹，樽中有酒且欢娱。诗吟两句神还壮，酒饮三杯气且粗。嵬峨狂歌教婢拍，婆娑醉舞遣孙扶。天年高迈二疏傅，人数多于《四皓图》。除却三山五天竺，人间此会更应无。

胡杲年八十九，吉旼①年八十六，郑据年八十四，刘贡②年八十二，卢贞年八十二，张浑年七十四，白居易年七十四。元注："已上七人合五

---

① 查慎行：白集作"皎"，《唐书》本传同。
② 查慎行：白集"贡"作"真"。

百七十岁①。会昌五年三月二十四日于白家履道宅同宴,宴罢赋诗。时秘书监狄兼谟、河南尹卢贞,以年未七十,虽与会而不及列。"予按会者九人,狄兼谟、卢贞以年未七十不著于诗,虽名七老,实九老也。故世传《九老图》云。且一时有同姓名者,亦可谓异矣。

睢阳五老图 　　　　杜祁公

五人四百有馀岁,俱称分曹与挂冠。天地至仁难补报,林泉幽致许盘桓。花朝月夕随时乐,雪鬓霜髯满座寒。若也睢阳为故事,何妨列向画图看。

杜衍八十岁。王焕九十岁。毕世长九十四。冯平八十七。朱贯八十八。

借观五老图次韵 　　　　欧阳永叔

脱遗轩冕就安闲,笑傲丘园纵倒冠。白发忧民虽种种,丹心许国尚桓桓。鸿冥得路高难慕,松老无风韵自寒。闻说优游多倡和,新篇何惜尽传看。

耆英会 　　　　文潞公彦博

九老旧贤形绘事,元丰今胜会昌春。垂肩素发皆时彦,

---

① 查慎行:《香山集》首句云:"七人五百八十四。"

挥麈清谈尽席珍。染翰不停诗思健，飞觞无算酒行频。兰亭雅集夸修禊，洛社英游赏序宾。自愧空疏陪几杖，更容款密奉簪绅。当筵尚齿尤多幸，十二人中第二人。

富弼七十九，彦国。文彦博七十七，宽夫。席汝言七十七，君从。王尚恭七十六，安之。赵丙七十五，南正。刘几七十五，伯寿。冯行己七十五，肃之。楚建中七十三，正叔。张问七十，昌言。王拱辰七十一，君贶。王谨言七十二，不疑。张焘七十，景元。司马光六十四，君实。

七　十　　　　　陆放翁

七十残年百念枯，桑榆元不补东隅。但存隐具金鸦嘴，那梦朝衣玉鹿卢。身世蚕眠将作茧，形容牛老已垂胡。客来莫问先生处，不钓娥江即镜湖。

枕　上　作

龙钟七十岂前期，矮帽枯筇与老宜。愁得酒卮如敌国，病须书卷作良医。登山筋力虽尤健，闭户工夫颇自奇。今日快晴春睡足，卧听檐鹊已多时。

八十三吟

石帆山下白头人，八十三回见早春。自爱安闲忘寂寞，天将强健报清贫。枯桐已爨宁求识,敝帚当捐却自珍。桑苎家风君勿笑,他年犹得作茶神。

戏遣老怀

平生碌碌本无奇,况是年垂九十时。阿囝略如郎罢意,稚孙能伴太翁嬉。花前骑竹强名马,阶下埋盆便作池。一笑不妨闲过日,叹衰忧死却成痴。

昌黎诗:"老翁真个似童儿,汲水埋盆作小池。"亦此谓也。

卷之十　春日类

"春日迟迟,我心伤悲",见于《豳》诗;"目极千里伤春心",见于《楚辞》:皆情之所感也。浴沂咏归,不失其性情之正,在于知道之君子。

五　言六十首

奉和圣制春日剪彩花胜应制　　宋之问

金阁装仙杏,琼筵弄绮梅。人间都未识,天上忽先开。蝶绕香丝住,蜂怜粉艳回。今年春色早,应为剪刀催。

律诗至宋之问,一变而精密无隙矣。此诗流丽,与太白应制无以异也。

春日宴宋主簿山亭

公子正邀欢,林亭春未阑。攀岩践苔易,迷路出花难。窗覆垂杨暖,阶侵瀑水寒。帝城归路直,留与接鸳鸾。

"迷路出花难",佳句也。

和晋陵陆丞早春游望　　　杜审言

独有宦游人,偏惊物候新。云霞出海曙,梅柳度江春。淑气催黄鸟,晴光转绿蘋。忽闻歌古调,归思欲沾巾。

律诗初变,大率中四句言景,尾句乃以情缴之。起句为题目。审言于少陵为祖,至是始千变万化云。起句喝咄响亮。

次北固山下　　　王　湾①

客路青山外,行舟绿水前。潮平两岸阔②,风正一帆悬。海日生残夜,江春入暮年③。乡书何处达?归雁洛阳边。

唐人芮挺章天宝三载编次《国秀集》,《唐书·艺文志》、宋《崇文总目》中无之。元祐三年戊辰刘景文得之鬻古书者,以传曾彦和,曾以传之贺方回,题云《次北固山下作》,于王湾下注曰:洛阳尉。而天宝十一载殷璠编次《河岳英灵集》取湾诗八首,此为第六,题曰《江南意》,诗亦不同,前四句曰:"南国多新意,东行伺早天④。潮平两岸失,风正一帆悬。"世之所称"海日""江春"一联同外,尾句不同,曰:"从来观气象,惟向此中偏⑤。"似不若《国秀》之浑全,兼殷璠语亦不成文理,可笑云。

---

① 按:原缺,据纪昀《刊误》本校补。
② 冯班:"阔"一作"失"。纪昀:"阔"一作"失",然"失"字有斧凿痕,唐人不甚用此种字。归愚主之,未是。
③ 冯班、查慎行、许印芳:"暮"一作"旧"。
④ 按:"伺"原作"同",据康熙五十二年本、纪昀《刊误》本校改。
⑤ 按:"偏"原作"编",据康熙五十二年本、纪昀《刊误》本校改。

晚春严少尹诸公见过 　　王右丞

松菊荒三径,图书共五车。烹葵邀上客,看竹到贫家。
雀乳先春草,莺啼过落花。自怜黄发暮,一倍惜年华。
　　三、四唐人不曾犯重,极新。第六句尤妙。

春日江村 　　杜工部

农务村村急,溪流岸岸深。乾坤万里眼,时序百年心。
茅屋还堪赋,桃源自可寻。艰难昧生理,飘泊到如今。

迢递来三蜀,蹉跎又六年。客身逢故旧,发兴自林泉。
过懒从衣结,频游任履穿。藩篱颇无限,恣意向江天。

种竹交加翠,栽桃烂熳红。经心石镜月,到面雪山风。
赤管随王命,银章付老翁。岂知牙齿落,名玷荐贤中。

扶病垂朱绂,归休步紫苔。郊扉存晚计,幕府愧群材。
燕外晴丝卷,鸥边水叶开。邻家送鱼鳖,问我数能来。

群盗哀王粲,中年召贾生。登楼初有作,前席竟为荣。
宅入先贤传,才高处士名。异时怀二子,春日复含情。
　　此五诗成都草堂作,依严武为工部参谋时也。末篇引王粲登楼、贾谊"前席"事,盖谓信美而非吾土,如依刘表而非其心,犹有意贾生之召也。故他日诗曰:"白头趋幕府,深觉负平生。"或问老杜诗如此等篇,细观似亦平易。自山谷始学老杜,而后山继之。"山谷学老杜而不为",此后山之言也,未知不为如何?后山诗步骤老杜,而深奥幽远,咀嚼讽咏,一看不可了,必再看,再看不可了,必至三看、四看,犹未深晓何如①者耶?曰:后山述山谷之言矣,譬之弈焉,弟子高师一着,始及其师。老杜诗所以妙者,全在阖辟顿挫耳,平易之中有艰苦。若但学其平易,而不从艰苦求之,则轻率下笔,不过如元、白之宽耳。学者当思之。

春　远

肃肃花絮晚,霏霏红素轻。日长唯鸟雀,春远独柴荆。数有关中乱,何曾剑外清。故乡归不得,地入亚夫营。

后四句全是感慨,前四句言春事而起势浑雄,无一字纤巧斗合。大抵老杜集,成都时诗胜似关、辅时,夔州时诗胜似成都时,而湖南时诗,又胜似夔州时,一节高一节,愈老愈剥落也。

奉酬李都督表丈早春作

力疾坐清晓,采诗悲早春。转添愁伴客,更觉老随人。红入桃花嫩,青归柳叶新。望乡应未已,四海尚风尘。

"采"字旧作"来"字,或见《奉酬李都督》,谓此是"来"字,非也。"力疾""采诗",是重下斡旋字,若"来"字则无味,亦无力矣。"桃花"对

---

① 按:"如"原作"为",据康熙五十二年本、纪昀《刊误》本校改。

"柳叶",人人能之,惟"红"字下着一"入"字,"青"字下着一"归"字,乃是两句字眼是也。大凡诗两句说景,大浓大闹,即两句说情为佳。"转添""更觉",亦是两句字眼,非苟然也。所以悲早春,所以转愁,所以更老,尾句始应破以四海风尘,兵戈未已,望乡思土,故无聊耳。此乃诗法。

春山夜月　　　　　　于良史

春山多胜事,赏玩夜忘归。掬水月在手,弄花香满衣。兴来无远近,欲去惜芳菲。南望鸣钟处,楼台深翠微。

"掬水""弄花"一联,恐是偶然道着。先得一句,又凑一句,乃成全篇。于六句缓慢之中,安顿此联,亦作家也。

江　南　春　　　　　　张司业

江南杨柳春,日暖地无尘。渡口过新雨,夜来生白蘋。晴沙鸣乳雁[①],芳树醉游人。向晚青山下,谁家祭水神?

思新,不拘对偶,可喜。

晚春从人归觐[②]　　　　　　周贺

鸟鸣春日晓[③],喜见竹门开。路自高岩出,人骑瘦马来。

---

① 冯班:"雁",王抄本作"燕"。
② 许印芳:别本作"春喜有人至山舍"。
③ 许印芳:"晓"一作"晚"。

折花林影动,移石涧声回。更欲留深语,重城暮色催。

五、六得贾浪仙"过桥分野色,移石动云根"之意。周贺者,清塞上人也,后还俗。

春　日　　　　　　　　　李咸用

浩荡东风里,徘徊无所亲。危城三面水,古木一边春。衰世难行道,花时不称贫。滔滔天下者,何处问通津?

"古木一边春",绝好。"危城三面水",不知指何郡?盖多有之。"衰世难行道",太浅露。以一句好,不容弃也。

春日即事　　　　　　　　耿㳙

数亩东皋宅,青春独屏居。家贫童仆慢,官罢友朋疏。强饮沽来酒,羞看读了书。闲花更满地,惆怅复何如。

荆公选唐诗不取此首,岂谓三、四浅近?然实近人情。孟浩然"多病故人疏",尤有气耳。"沽来""读了"等字,格卑。

春日客舍晴原野望　　　　陈羽

东风吹暖气,消散入晴天。渐变池塘色,欲生杨柳烟。蒙茸花向月,潦倒客经年。乡思盈愁望,江湖春水连。

三、四能言早春之意。五、六以景对情,不费力。

蜀城春望　　　　　　　　崔　涂

天涯憔悴身,一望一沾巾。在处有芳草,满城无故人。怀材皆得路,失计独伤春。青镜不忍照,鬓毛应更新。

三、四佳,但太悲苦。

春日①题山家　　　　　　李　郢

偶与樵人熟,春残日日来。依岗寻紫蕨,挽树得青梅。燕静衔泥起,蜂喧抱蕊回。嫩茶重搅绿,新酒略炊醅。漠漠蚕生纸,涓涓水弄苔。丁香政堪结,留步小庭隈。

六韵无句不工,惟圣俞《许发运寒食偶书六韵》足以敌之。

酬刘员外见寄　　　　　　严　维

苏耽佐郡时,近出白云司。药补清羸疾,窗吟绝妙词。柳塘春水漫②,花坞夕阳迟。欲识怀君意,朝朝问③楫师。

五、六全于"漫"字上"迟"字上用工。

---

① 冯舒:"日"一作"晚"。
② 纪昀:"漫"原作"慢"。"漫"乃春融而水涨之貌,俗本讹为"慢"字,非惟合掌,亦令全句少味。然宋人诗话已作"慢"字,则其讹久矣。
③ 冯班:"问"一作"访"。

早春松江野望　　　　　　窦　巩①

江村风雪霁,晓望忽惊春。耕地人来早,营巢鹊语频。带花移树小,插槿作篱新。何事胜无事,穷通任此身。

　　窦氏《联珠集》,常、牟、巩、群、庠五昆弟诗一百首,乾德三年太常博士和跋,荆公于巩取八首而不收此诗。刘后村自云"未见《联珠集》"。第七句尤佳。

春日野望　　　　　　　　　李　中

野外登临望,苍苍烟景昏。暖风医病草②,甘雨洗荒村。云散天边影,潮回岛上痕。故人不可见,倚杖役吟魂。

　　第三句新异,第四句淡而有味。

早春寄华下同志　　　　　　裴　说

正是花时节,思君寝复兴。市沽终不醉,春梦亦无凭。岳面悬青雨③,河心走浊冰。东门一条路,离恨镇相仍。

　　五、六巧,第七句颇俗。

---

① 按:题名及作者名原缺,据康熙五十二年本、纪昀《刊误》本校补。
② 冯班:"医"一作"苏"。　查慎行:"医"字乃好新之病,不如用"苏"字轻隽。
③ 冯班:"青"一作"清"。

早　春　　　　　　　司空图

伤心仍客处①,病起却花朝②。草嫩—作"软"。侵沙短③,冰轻着雨消。风光知—作"和"。可爱,客鬓④不相饶。早晚丹丘伴,飞书肯见招。

起句十字四折。此公有《一鸣集》,自夸其诗句之得意者五言,观此亦可知也。

履道春居　　　　　　　白乐天

微雨洒园林,新晴好一寻。低风洗池面,斜日坼花心。暝助岚阴重,春添水色深。不如陶省事,犹抱有弦琴。

中四句皆下句好,"春添水色深"尤好。尾句翻案尤佳。

和春深二十首选五首

何处春深好? 春深富贵家。马为中路鸟,妓作后庭花。罗绮驱论队,金银用断车。眼前何所苦? 惟苦日西斜。

---

① 冯班:"仍"—作"同"。
② 冯班:"却"—作"就"。　何义门:"就",即也。
③ 冯班:"短"—作"长"。
④ 冯班:一作"容发"。

何处春深好？春深执政家。凤池添砚水，鸡树落衣花。诏借当卫宅，恩容上殿车。延英闻对久，门与日西斜。

何处春深好？春深方镇家。通犀排带胯，瑞鹘勘袍花。飞絮冲球马，垂杨拂妓车。戎装拜春设，尤握宝刀斜。

何处春深好？春深刺史家。阴繁棠布叶，歧秀麦分花。五匹鸣珂马，双桥画戟车。和风引行乐，烨烨隼旗斜。

何处春深好？春深学士家。凤书裁五色，马鬣剪三花。蜡炬开明火，银台赐物车。相逢不敢揖，彼此帽欹斜。

此所谓"家""花""车""斜"，元、白、刘各赋二十首。今于白取五首，元、刘略之。依次押韵，至此而盛，诗之趣小贬矣。虚空想像，无是景而为是语，骋才驰思，则亦可喜矣。

原上新春　　　　　　王　建

自扫一间房，唯铺独卧床。野羹溪菜滑，山纸水苔香。陈药初和蜜，新经未入黄。近来心力少，休读养生方。

住处去山近，傍园麋鹿行。野桑穿井长，荒竹过墙生。新识邻里面，未谙村舍情。石田①无力及，贱赁与人耕。

老杜谓"清新"，此等语亦清新者也。但前首起句十字差俗。

---

① 冯班："石"一作"名"。

春日题韦曲野老邨舍　　许浑

背岭枕南塘，数家村落长。莺啼幼妇懒，蚕出小姑忙。烟草近沟湿，风花临路香。自怜非楚客，春望亦心伤。

予选诗以老杜为主。老杜同时人皆盛唐之作，亦皆取之。中唐则大历以后，元和以前，亦多取之。晚唐诸人，贾岛开一别派，姚合继之。沿而下，亦非无作者，亦不容不取之。惟许浑《丁卯集》，予幼尝读之，喜焉，渐老渐不喜之。以后山《和东坡浑字韵》有云："谁云作许浑？"因是尤不心愜。

每以许诗比较后山诗，乃知后山万钧古鼎，千丈劲松，百川倒海，一月圆秋，非寻常依平仄、俪青黄者所可望也。大抵工有馀而味不足，即如人之为人，形有馀而韵不足，诗岂在专对偶声病而已哉？近世学晚唐者，专师许浑七言，如"水声东去市朝变，山势北来宫殿高"之类，以为摹楷。老杜诗中有此句法，而无"东去""北来"之拘，如"湘潭云尽暮山出，巴蜀雪消春水来"，下句佳，上句不牵强乎？

如此诗"幼妇""小姑"，工则工矣，而病太工。

草近沟而湿，花临路而香，多却"烟""风"二字，亦未为甚高。

以荆公尝选此诗，予亦不弃。且就是发明，以开晚进之未透者。

游　春　　姚　合

卑官还不恶，行止得逍遥。晴野花侵路，春陂水上桥。尘埃生暖色，药草长新苗。看却烟光散，狂风处处飘。

身被春光引,经时更不归。嚼花香满口,书竹粉粘衣。弄日莺狂语,迎风蝶倒飞。自知疏懒性,得事亦应稀。

姚少监合,初为武功尉,有诗声,世称为姚武功,与贾岛同时而稍后,似未登昌黎之门。白乐天送知杭州有诗。凡刘、白以后诗人集中皆有姓名,诗亦一时新体也。而格卑于岛,细巧则或过之。

武功有《官况》三十首,赵紫芝多选取配贾岛,以为《二妙集》,盖四灵之所宗也。武功《游春》诗十二首,今选取二。"晴野花侵路"一联不甚雕刻,"嚼花香满口"一联即于良史"掬水月在手,弄花香满衣"也,即老杜"步蹙风吹面,看松露滴身"也,而浅深轻重亦可见矣。"迎风蝶倒飞",即《春秋》"六鹢退飞"语耳。诗至于此,自是新美。

又如十首中有云"正月一日后,寻春更不眠",如"看水闲依路,登山欲到天",如"未晓冲寒起,迎春忍病行。树枝风掉软,菜甲土浮轻",如"趁暖檐前坐,寻芳树底行。土融凝野色,水败满池声",如"爱花林下饮,恋草野中眠",如"向阳倾冷酒,看影试新衣",皆可喜,而其病在乎矜夸无感慨。

沾沾自喜之所为,如"摘花盈手露"似佳,下句云"折竹满庭烟",则不称也。如《扬州春词》云:"满郭是春光,街衢土亦香。竹风轻履舄,花露腻衣裳。"起句十字好,第四句亦好,第三句却是凑合成对,取春间意味也。

予谓诗家有大判断,有小结裹。姚之诗专在小结裹,故"四灵"学之。五言八句,皆得其趣,七言律及古体则衰落不振。又所用料,不过花、竹、鹤、僧、琴、药、茶、酒,于此几物一步不可离,而气象小矣。是故学诗者必以老杜为祖,乃无偏僻之病云。

春日述怀　　　　　　　　魏仲先

春暖出茅亭,携筇傍水行。易谙驯鹿性,难辨斗鸡情。

妻喜栽花活，儿夸斗草赢。翻嫌我慵①拙，不解强谋生。

真宗太平之世，有如此等高尚诗人。潘逍遥、杨东里、林孤山，皆是人也。五、六精极，第四句一字犯重，当考。

春日登楼怀归　　　寇莱公

高楼聊引望，杳杳一川平。野水无人渡，孤舟尽日横。荒村生断霭，古寺语流莺。旧业遥清渭，沉思忽自惊。

莱公诗学晚唐，九僧体相似。"野水无人渡，孤舟尽日横"之联，说者以为兆相业，只看诗景自好。下二句尤流丽。

暮　春　　　余襄公

草带全铺翠，花房半坠红。农家榆荚雨，江国鲤鱼风。堤柳绵争扑，山樱火共烘。长安少年客，不信有衰翁。

三、四好，馀艳而冗。

春　寒　　　梅圣俞

春昼自阴阴，云容薄更深。蝶寒方敛翅，花冷不开心。亚树青帘动，依山片雨临。未尝辜景物，多病不能寻。

梅诗淡而实丽，虽用工而不力。

---

① 冯班：王抄本作"成懒"。

寒食前一日陪希深远游大字院

一百五将近，千门烟火微。闲过少傅宅，喜见老莱衣。晚雨竹间霁，春禽花上飞。禅庭清溜满，幽兴自忘归。

<small>洛阳大字院系唐太子太傅白乐天故宅。五、六清丽。</small>

小圃春日　　　　　　林和靖

岸帻倚微风，柴篱春色中。草长团粉蝶，林暖坠青虫。载酒为谁子？移花独乃翁。於陵偕隐事，清尚未相同。

<small>中四句工不可言。</small>

东　皋　　　　　　王半山

起伏晴云径，纵横暖水陂。草长流翠碧，花远没黄鹂。楚制从人笑，吴吟得自怡。东皋兴不浅，游走及芳时。

<small>三、四甚工。</small>

半山春晚即事

春风取花去，酬我以清阴。翳翳陂塘①静，交交园屋深。

---

① 许印芳："塘"一作"路"。

床敷每小息,杖屦或幽寻。惟有北山鸟,经过遗好音。

半山诗工密圆妥,不事奇险。惟此"春风取花去"之联,乃出奇也。余皆淡静有味。

即　事

径暖草如积,山晴花更繁。纵横一川水,高下数家村。静憩鸡鸣[①]午,荒寻犬吠昏。归来向人说,疑是武陵源。

诗话载云:"自谓武陵源不好,韵中别无韵也。"东坡尝亲书此诗。

欲　归[②]

水漾青天暖,沙吹白日阴。塞垣春错寞,行路老侵寻。绿稍还幽草,红应动故林。留连一杯酒,满眼欲归心。

雁湖注谓简斋"红绿扶春上远林"亦似此佳。

宿　雨

绿搅寒芜出,红争暖树归。鱼吹塘水动,雁拂塞垣飞。宿雨惊沙静,晴云漏昼稀。却愁春梦短,灯火着征衣。

未有名为好诗而句中无眼者,请以此观。

---

① 纪昀:"鸡"一作"鸠",雁湖据《唐诗》定为"鸡"字,然"鸠"字较胜。　许印芳:"鸡鸣"亦烂熟语,故取"鸠"字。学者于此可悟文字之贵推陈出新矣。

② 按:"欲归"二字原作墨钉,据康熙五十二年本、纪昀《刊误》本校补。

将次洺州憩漳上

漠漠春风里，茸茸绿未齐。平田鸦散啄，深树马迎嘶。地入河流曲，天随日去低。高城已在眼，聊复解轻赍。

雁湖注谓："田之平衍，鸦乃散啄；马喜嘉荫，望树而嘶。此二句甚妙，可画。"雁湖别注云："公多有使北诗，而本传、年谱皆不载。尝出疆，独温公《朔记》云云。"今《欲归》①至此三诗，皆送契丹使时所作。

春　日

冉冉春行暮，菲菲物竞华。莺犹求旧友，燕不背贫家。室有贤人酒，门无长者车。醉眠聊自适，归梦到天涯。

此唐人得意诗，恐误入半山集中，而雁湖亦为之注。姑存诸此，候考。

暮　春②

春期行晼晚，春意剩芳菲。曲水应修禊，披香未试衣。雨花红半堕，烟树碧相依。怅望梦中地，王孙底不归？

梦中之梦，当是用作平声。《左传》："楚云梦地曰梦中。"

---

① 按："欲归"二字原作墨钉，据康熙五十二年本、纪昀《刊误》本校补。
② 冯舒：最早本作"春暮"。

暮春游柯市人家　　　　张宛丘

桃李虽云过,林塘老景浓。幽花冠晓露,高柳旆和风。草木家家秀,沟塍处处通。况闻时雨足,高枕待年丰。

> 句句自然。

早　春　　　　陈后山

度腊不成雪,迎年遽得春。冰开还旧绿,鱼喜跃修鳞。柳及年年发,愁随日日新。老怀吾自异,不是故违人。

> 极瘦有骨,尽力无痕,细看之句中有眼。

和仲良春晚即事　　　　杨诚斋

贫难聘欢伯,病敢跨连钱。梦岂花边到,春俄雨里迁。一犁关五秉,百箔候三眠。只有书生拙,穷年垦纸田。

> 零陵丞时诗。仲良者,永州司法张材,山东人。"连钱""纸田",用韵好胜之过。"一犁""五秉","百箔""三眠",凑合亦佳,但恐少年作未自然,学诗者不可不由此入也。五首取一。

小园早步　　　　赵昌父

今朝欣雨止,天气渐柔和。篱落小桃破,阶除驯雀多。

占方移果树,带土数蔬科。农务侵寻及,吾宁久卧痾。

　　章泉乾道丙戌诗犹少年作也,亦颇似晚唐,已工丽如此。其后日益高古清瘦,乃不肯作此体。

春晚杂兴　　　　　　　　陆放翁

池面萍初紫,墙头杏已青。携儿撑小艇,留客坐孤亭。相法无侯骨,生平直酒星。正须遗万事,莫遣片时醒。

　　"留客坐孤亭",虽无奇,却有味。五、六新异。

暮春二首

季子黄金尽,安仁白发新。无情五更雨,便送一年春。难续西楼梦,空存北陌身。海棠应似旧,惆怅又成尘。

绿叶枝头密,青芜陌上深。江山妨极目,天地入孤吟。身已双蓬鬓,家惟一素琴。世情君莫说,头痛欲岑岑。

　　并熟律。

小舟游西泾渡西江而归

小雨重三后,馀寒百五前。聊乘①瓜蔓水,闲泛木兰船。

---

① 按:"乘"原讹作"垂",据康熙五十二年本、纪昀《刊误》本校改。

雪暗梨千树,烟迷柳一川。西冈夕阳路,不到又经年。

<small>三、四极新。</small>

初春杂兴

水长鸥初泛,山寒茗未芽。深林闻社鼓,落日照渔家。渡远呼船久,桥倾取路斜。客愁慵远眺,不是怯风沙。

<small>八句皆佳,而三、四尤古远。</small>

中春偶书

邻曲祈蚕候,陂塘浸种时。春寒薪炭觉,雨霁鼓钟知。驴瘦冲泥怯,鱼惊食钓迟。衰翁一味懒,耕养愧吾儿。

<small>三、四能以常语为新。</small>

七　言 五十二首

立　春　　　　　　　杜工部

春日春盘细生菜,忽忆两京梅发时。盘出高门行白玉,菜传纤手送青丝。巫峡寒江那对眼,杜陵远客不胜悲。此身未知归定处,呼儿觅纸一题诗。

老杜如此赋诗,可谓自我作古也。第一句自为题目,曰"春日春盘细生菜"。第二句下"忽忆"二字已顿挫矣。三、四应盘、应菜,加以"白玉""青丝"之想,亦所谓"忽忆"者也。巫峡江、杜陵客不见此物,又只如此大片缴去,自有无穷之味。晚唐之弊既不敢望此,"江西"之弊又或有太粗疏而失邯郸之步,亦足以发文章与时高下之叹也。

曲江二首

一片花飞减却春,花飘①万点更愁②人。且看欲尽花经眼,莫厌伤多酒入唇。江上小堂巢翡翠,苑边③高冢卧麒麟。细推物理须行乐,何用浮名绊此身?

第一句、第二句绝妙。一片花飞且不可,况于万点乎?小堂巢翡翠,足见已更离乱;高冢卧麒麟,悲死者也。但诗三用"花"字,在老杜则可,在他人则不可。

朝回日日典春衣,每向江头尽醉归。酒债寻常行处有,人生七十古来稀。穿花蛱蝶深深见,点水蜻蜓款款飞。传语风光共流转,暂时相赏莫相违。

七十者稀,古来语也。乾元元年春为拾遗时诗,少陵年四十七矣。六月补外,岂谏有不听,日惟以醉为事乎?典衣而饮,所至有酒债,一穷朝士也。

---

① 冯班、李光垣:"风"讹"花"。纪昀:第二"花"字乃别本之讹,实止两用。
② 冯班:"更"一作"正"。
③ 冯班:"苑"一作"花"。

曲江对饮

苑外江头坐不归,水精宫殿转霏微。桃花细逐杨花落,黄鸟时兼白鸟飞。纵饮久拚人共弃,懒朝真与世相违。吏情更觉沧洲远,老大悲伤①未拂衣。

三、四诗家一格,出于偶然。徐师川诗无变化,篇篇犯此。少陵为谏官而纵饮、懒朝如此,殆以道不行也。

曲江陪郑八丈南史饮

雀啄江头黄柳花,鸂鶒鸂鶒满晴沙。自知白发非春事,且尽芳樽恋物华。近侍只今难浪迹,此身那得更无家。丈人才力②犹强健,岂傍青门学种瓜?

此诗中四句不言景,皆止言乎情。后山得其法,故多瘦健者此也。

暮　春

卧病拥寒在峡中,潇湘洞庭虚映空。楚天不断四时雨,巫峡长吹千里风。沙上草阁柳新暗,城边野塘莲欲红。暮春鸂鹭立洲渚,挟子翻飞还一丛。

张文潜有此等诗,平正伶俐自然。

---

① 查慎行:"悲"一作"徒"。
② 何义门:"才"一作"文"。

正月三日闲行　　　　　　　白乐天

　　黄鹂巷口莺欲语,乌鹊桥头冰欲销。绿浪东西南北水,红栏三百九十桥。_{苏之官桥大数。}鸳鸯荡漾双双翅,杨柳交加万万条。借问春风来早晚,只从前日到今朝。

　　黄鹂,坊名。乌鹊,桥名。九十之十,用作平声,唐人多如此。

和程员外春日东郊　　　　　　包　何

　　郎官休浣怜迟日,野老欢娱为有年。几处折花惊蝶梦,数家留叶待蚕眠。藤垂宛_{一作"委"。}地紫珠履,泉迸侵阶浸绿钱。直到闭关朝谒去,莺声不语_{一作"散"。}柳含烟。

　　第三句绝妙。

和牛相公春日闲望[①]　　　　　刘梦得

　　官曹崇重难频入,第宅清幽且独行。阶蚁相逢如偶语,园蜂速去恐违程。人于红药偏怜色,莺到垂杨不惜声。东洛池台怨抛掷,移文非久会应成。

　　"阶蚁""园蜂"一联,似已有"江西体"。"莺到垂杨不惜声",绝唱也。

[①] 冯班:一作"坐见怀"。

春日长安即事 　　　　崔　鲁

一百五日又欲来,梨花梅花①参差开。行人自笑不归去,瘦马独吟真可哀。杏酪渐香邻舍粥,榆烟将变旧炉灰。画楼春暖清歌夜,肯信愁肠日九回②?

春晚岳阳城言怀

烟花零落过清明,异国光阴老客情。云梦夕阳愁里色,洞庭春浪坐来声。天边一与旧山别,江上几看芳草生。独凭阑干意难写,暮笳呜咽调孤城。

两篇诗律无斧凿痕。张文潜多近此。

赏　春 　　　　姚　合

闲人只是爱春光,迎得春来喜欲狂。买酒恐迟令走马,看花嫌远自移床。娇莺语足方离树,戏蝶飞高始过墙。颠倒醉眠三四日,人间万事不思量。

中四句皆工,起句皆散诞放旷。然只是器局小,无感慨隽永味。

---

① 许印芳:一作"梅花梨花"。
② 冯班:"日"一作"独"。

残春旅舍 　　　　　韩致尧

旅舍残春宿雨晴,恍然心地忆咸京。树头蜂抱花须落,池面鱼吹柳絮行。禅伏诗魔归静域①,酒冲愁阵出奇兵。两梁免被尘埃污,拂拭朝簪待眼明。

致尧诗无句不工,唐季之冠也。

春　尽

惜春连日醉昏昏,醒后衣裳见酒痕。细水浮花归别涧,断云含雨入孤村。人间易得芳时恨,地迥难招自古魂。惭愧流莺相厚意,清晨犹为到西园。

暮春山行田家歇马 　　　　　李　郢

雨湿菰蒲斜日明,茅厨煮茧掉车声。青蛇上竹一种色,黄蝶隔溪无限情。何处渔樵将远饷,故园田土忆春耕。千峰霭霭水潏潏,羸马此中愁独行。

此诗一笔写成。山行天趣,言言新美而无作为。第三句尤奇谲也。

---

① 查慎行:"静"当作"净"。

公舍春日　　　丁　谓

绿杨垂线草铺茵,触处烟光举眼新。一品也须防白发,千金莫惜买青春。莺声圆滑堪清耳,花艳鲜明欲照身。独向此时为俗吏,风流知是不如人。

近似白乐天体。

闰十二月望日立春禁中作　　　宋元宪

闰历先春破腊寒,彩花金胜宠千官。冰从太液池边动,柳向灵和殿里看。瑞气因风生禁仗,暖晖依日上仙盘。须知圣运随生殖,万国年年共此欢。

"昆体"。

春　阴　　　晏元献

十二重环闭洞房,憎憎危树俯回塘。风迷戏蝶闲无绪,露裛幽花冷自香。绮席醉吟销桂酌,玉台愁作涩银簧。梅青麦绿江城路,更与登高望楚乡。

亦"昆体"。

假 寐 　　　　　王平甫

计较平生分闭关,偶然容得近人寰。春风池沼鱼儿戏,暮雨楼台燕子闲。假寐尘侵黄卷上,行吟花堕绿苔间。了无一事撩方寸,自是颓龄合鬓斑。

平甫诗富满。第七句好,尾句无怨言,诗人当行耳。

池上春日

一池春水绿于苔,水上花枝间竹开。芳草得时依旧长,文禽无事等闲来。年颜近老空多感,风雅含情苦不才。独有浴沂遗想在,使人终日此徘徊。

雅淡。

春 阴

似雨非晴意思深,宿醒牵率卧春阴。苦怜燕子寒相并,生怕梨花晚不禁。薄薄帘帷欺欲透,遥遥歌筦压来沉。北园南陌狂无数,只有芳菲会此心。

极能言春阴之味。

西湖春日

　　争得才如杜牧之,试来湖上辄题诗。春烟寺院敲茶鼓,夕照楼台卓酒旗。浓吐杂芳薰崦嵫,湿飞双翠破涟漪。人间幸有蓑兼笠,且上渔舟作钓师。
　　三、四峭响,五、六最工,尾句高甚。

春　睡　　　　　　苏子美舜钦

　　别院帘昏卷竹扉,朝醒未解接春晖。身如蝉蜕一榻上,梦似杨花千里飞。嗒尔暂能离世网,陶然直欲见天机。此中有德堪为颂,绝胜人间较是非。
　　苏沧浪诗律悲壮,予少尝嗜之。三、四绝佳,或以为子美早世之兆;又"山蝉带响穿疏户,野蔓蟠青入破窗",亦议其意味寂寞,所以终于沧浪,皆非也。修短有数,自说死而不死者何限耶。

郊行即事　　　　　　程明道

　　芳原绿野恣行时,春入遥山碧四围。兴逐乱红穿柳巷,困临流水坐苔矶。莫辞盏酒十分醉,只恐风花一片飞。况是清明好天气,不妨游衍莫忘归。
　　学见圣域,诗其馀事也。或问此可与浴沂意趣看否? 曰:诗且看诗,不必太深太凿。

正月二十日往岐亭潘古郭三人送余于女王城东禅庄院　　苏东坡

十日春寒不出门,不知江柳已摇村。稍闻决决流冰谷,尽放青青没烧痕。数亩荒园留我住,半瓶浊酒待君温。去年今日关山路,细雨梅花正断魂。

坡诗不可以律缚,善用事者无不妙,他语意天然者,如此尽十分好。

正月二十日与潘郭二生出郊寻春忽记去年是日同到女王城作诗乃和前韵

东风未肯入东门,走马还寻旧岁村。人似秋鸿来有信,事如春梦了无痕。江城白酒三杯酽,野老红颜[①]一笑温。已约年年为此会,故人不用赋《招魂》。

东坡初贬黄州之年,即"细雨梅花""关山断魂"之时也。次年正月二十日往岐亭,见陈慥季常,是以为女王城之诗。又次年正月二十日与潘邠老等寻春,是以有"事如春梦了无痕"之诗。又次年正月三日尚在黄州,复出东门,仍和此韵云:"乱山环合水侵门,身在淮南尽处村。五亩渐成终老计,九重新扫旧巢痕。"谓元丰官制行,罢废祖宗馆职,立秘书省,以正字校书郎等为差除资序,而储士之意浅矣。观此等语,岂惟可以考大贤之出处,抑亦可见时事之更张,仁庙之所以遗燕安于后世者,何其盛? 熙、丰之政所以大有可恨者,何其顿衰? 坡下句云:"岂惟

---

① 查慎行:"红"一作"苍"。　　许印芳:"苍"字或作"红",非是。

惯见沙鸥喜,已觉来多钓石温。"又可痛。坡翁一谪数年,甘心于渔樵而忘返也。"新扫旧巢痕"事,陆放翁为施宿注坡诗作序,记所对范致能语,学者可自检观。

次韵张恕春暮　　　苏子由

只言城市无佳处,亦有江湖几度游。好雨晴时三月暮,啼莺到后百花休。老猿好饮常联臂,野马依人自络头。不肯低回池上醉,试看生灭水中沤。

春日耕者

阳气先从土脉知,老农夜起饲牛饥。雨深一尺春耕利,日出三竿晓饷迟。妇子同来相妩媚,乌鸢飞下巧追随。纷纭政令曾何补,要取中年风雨时。

子由诗佳处,世鲜会者。其说详见"送饯类"中。前一诗三、四自然。后一诗能言耕夫人情物态。"利"字、"迟"字尤妙。

暮　春　　　张宛丘

夜雨轻寒拂晓晴,牡丹开尽过清明。庭前落絮谁家柳?叶里新声是处莺。白发生来如有信,青春归去更无情。便当种秫长成酒,远学陶潜过此生。

诗格平稳,三、四乃倒装句法也。

春日遣兴

流光向老惜芳菲,搔首悲歌心事违。绿野染成延昼永,乱红吹尽放春归。荆榛废苑人闲牧,风雨空城乌夜飞。断送一番桃李尽,可怜桑柘有光辉。

此诗虚字上着力拗斡。

立 春　　　　　陈后山

马蹄残雪未成尘,梅子梢头已着春。巧胜向人真奈老,衰容从俗不宜新。高门肯送青丝菜,下里谁思白发人?共学少年天下士,独能濡湿辙中鳞。

此诗虚字上独着力拗斡。

寄晁无斁春怀

稍听春鸟语丁宁,又见官池出断冰。雪后踏青谁与共?花边着语老犹能。笑谈莫倦寻常听,山院终同一再登。今日已知他日恨,抢榆况是又飞腾。

次韵晁无斁

城郭朝阳散积阴,郊原注目日青深。年衰鸥鹭今如是,梦断邯郸何处寻？语鹊飞乌春悄悄，重帘深院晚沉沉。不辞杖屦冲泥雪，未有琼琚报好音。

春怀示邻曲

断墙着雨蜗成字，老屋无僧燕作家。剩欲出门追语笑，却嫌归鬓着尘沙。风翻蛛网开三面，雷动蜂窠趁两衙。屡失南邻春事约，只今容有未开花。

淡中藏美丽，虚处着工夫，力能排天斡地，此后山诗也。

春日郊外　　　　　唐子西

城中未省有春光，城外榆槐已半黄。山好更宜馀积雪，水生看欲到垂杨。莺边日暖如人语，草际风光作药香。疑此江头有佳句，为君寻取却茫茫。

此诗句句工致，"水生看欲到垂杨"，绝奇。尾句即简斋所谓"忽有好诗生眼底，安排句法已难寻"也。

春　近　　　　　陆放翁

短褐枯筇老病身，龙钟也复喜新春。已知不解多年住，且作都无一事人。檐角鸟声呼醉梦，室中花气袭衣巾。朝来更有欣然处，一筯山蔬胜八珍。

烂熟。

睡起至园中

春风忽已到天涯,老子犹能领物华。浅碧细倾家酿酒,小红初试手栽花。野人易与输肝肺①,俗话②谁能挂齿牙。更欲世间同省事,勾回蚁战放蜂衙。

两联俱新美。

立春日 原注:"去冬无雪,今年正月十日巳时立春,而平旦有雪数片,犹腊雪也。"

江花江水每年同,春日春盘放手空。天地无私生万物,山林有处着衰翁。牛趋死地身无罪,梅发京华信不通。数片飞飞犹腊雪,村邻相唤贺年丰。

此诗庆元二年丙辰作。"牛趋死地身无罪",乃是春鞭牛事,用齐宣王语。必有所指,以对老杜春日两京梅发,亦奇。

春 行

九日春阴一日晴,强扶衰病此闲行。猩红带露海棠湿,鸭绿平堤湖水明。酒贱林阴逢醉卧,牛肥稻陇看深耕。山翁莫道浑无用,解与明时说太平。

---

① 许印芳:"肺"一作"胆"。
② 许印芳:"话"一作"语"。

引少陵、太白"晓看红湿处"与"蜀江绿且明","湿"字、"明"字谓夺造化之工,却是世未有拈出者,前辈用工如此。

东 篱

东篱深僻懒衣裳,书卷纵横杂药囊。无吏征租终日睡,得钱沽酒一春狂。新营茅舍轩窗静,旋煮山蔬匕箸香。戏集句成图素壁,本来无事却成忙。

中四句闲雅快活。

春夏之交风日清美欣然有感

天遣残年脱紫靷,功名不恨与心违。绿陂细雨移秧罢,朱舫斜阳擘纸归。花市丹青卖团扇,象牙刀尺制单衣。白头曳杖人争看,共叹浮生七十稀。

"擘纸"二字本俗语,放翁既用之,即诗家例也。

病足累日不出庵门折花自娱

频报园花照眼明,蹒跚正废下堂行。拥衾又听五更雨,屈指元无三日晴。不奈病何抛酒盏,粗知春在赖莺声。一枝自浸铜瓶水,喜与年光未隔生。

第六句妙甚。

春日小园杂赋

久矣云霄铩羽翰①,小园聊得赋《春寒》。鲁望有《春寒赋》。风生鸭绿文如织,露染猩红色未干。不向山丘叹零落,且从儿女话团栾。人言麦信春来好,汤饼今年虑已宽。

熟之又熟。

晚春感事

少年骑马入咸阳,鹘似身轻蝶似狂。蹴踘场边万人看,秋千旗下一春忙。风光流转浑如昨,志气低摧只自伤。日永东斋淡无事,闭门扫地独焚香。

律熟。犹不能忘情少年豪荡时耶?

枕 上 作

龙钟七十岂前期,矮帽枯筇与老宜。愁得酒卮如敌国,病须书卷作良医。登山筋力虽犹健,闭户工夫颇自奇。今日快晴春睡足,卧听檐鸟语多时。

中四句皆新。

---

① 按:"铩"原作"锻",据康熙五十二年本、纪昀《刊误》本校改。

甲子立春前二日

　　头风初愈喜身轻,书卷时开觉眼明。养熟犬鸡随坐起,性灵鸟鹊报阴晴。韭菘饤饾春盘好,芝术筛和腊药成。自笑衰残杀风景,灯前不拟入重城。

　　嘉泰四年甲子放翁八十岁为此诗。中四句富丽,笔力老而不衰,可敬也。

暖甚去绵衣

　　谁道江南春有寒？未经社日衣能单。桑麻过雨日夜长,桃李因风高下残。旧说中州政如此,了知瘴气不能干。天公似悯斯民病,故体淳熙诏令宽。

　　三、四如铸成古鼎。

早立寺门作　　　　　赵章泉

　　春天阴晴无定姿,阴云未卷晴风吹。青山表见花颜色,绿水增添鹭羽仪。郭外不知谁是主？眼中今见我题诗。人生何物非邮传,敢谓吾庐不在兹。

　　三、四"江西"法。

出　郭

　　疏篱树树李花雪，野寺条条杨柳丝。春风收雨雨收后，白日变晴晴变时。有馀不足无尽景，截长补短何限诗。烟霞痼疾句成僻，老矣折肱真得医。
　　"江西"苦于丽而冗，章泉得其法而能瘦、能淡、能不拘对，又能变化而活动，此诗是也。

晚　春　　　　　　　　　　韩仲止

　　幽砌疏畦送晚春，水流山静见闲身。行吟散去风光好，熟睡醒来雨气新。木笔岂非浓意态，石楠终是淡精神。莺声圆处鹃声急，景物要之不负人。
　　三、四已佳，"木笔""石楠"之联人所未道。

十 三 日

　　南山春雪未全消，路并浮梁步石桥。深绿渐归高柳叶，浅红初上小梅梢。峭寒寺院钟声起，昏暮人家烛影摇。一夜东风吹酒醒，梦回花月是元宵。
　　此嘉定十四年辛巳正月十三日诗也，涧泉年六十三，不仕久矣，山林间滋味兴况，于诗中纵横无不可者。五、六虽眼前景致，常人自不能道。

寒 食

晓色犹蒙淡淡烟,花间行过小溪边。人家寒食当晴日,野老春游近午天。吹尽海棠无步障,开成山柳有堆绵。呼儿觅友寻邻伴,看却村农又下田。

三、四不用工而极其工,合入"节序类"中,附之"春日"亦无不可。同时"江湖"人戴石屏、"四灵"皆云此老淡之作。

卷之十一　夏日类

"南风之薰,以解民愠,以阜民财",舜之咏也。"人皆畏炎热,我爱夏日长",唐文宗之咏也。所处之时同,而所感之怀不同,故宋玉有雌雄风之对焉。

五　言二十九首

陪诸贵公子丈八沟携妓纳凉晚际遇雨二首
杜　甫

落日放船好,轻风生浪迟。竹深留客处,荷净纳凉时。公子调冰水,佳人雪藕丝。片云头上黑,应是雨催诗。

<small>以雨催诗,自老杜作古。前六句亦人之所不及。</small>

雨来沾席上,风急打船头。越女红裙湿,燕姬翠黛愁。缆侵堤柳系,幔卷①浪花浮。归路翻萧飒,陂塘五月秋。

<small>两诗皆尾句超脱,此诗前四句有轻重,谓船中有越之妇人焉,亦有燕之妇人焉,即富贵之家也。南妇不怯风船,则湿红裙而已;北妇不惯乘船,而遇风故愁也。未为苟且下语。此当选"宴集类"中,以主意纳</small>

---

① 冯班:"卷"一作"宛"。　何义门:"宛"字与"卷"字有生死之别。

凉,故入"夏类"。

热

雷霆空霹雳,云雨竟虚无。炎赫衣流汗,低垂气不苏。乞为寒水玉,愿作冷秋菰。何似儿童岁,风凉出舞雩。

起句十字,凡上之人有骄声而无实惠,下之人名乍惊人而泽不及物者,可以愧焉,亦所以讽时事也。

本三首,今取其一。第二首云"闭户人高卧",第三首云"将衰骨尽痛",皆不明言热而热已可见。"十年不解甲,为尔一沾巾",即老杜本色语也。

陪郑广文游何将军山林

剩水沧江破,残山碣石开。绿垂风折笋,红绽雨肥梅。银甲弹筝用,金鱼换酒来。兴移无洒扫,随意坐莓苔。

本十首,选其一。第二首云:"百顷风潭上,千章夏木清。"此十首皆"夏日"诗也。第六首云:"风磴吹阴雪,云门吼瀑泉。酒醒思卧簟,衣冷欲装绵。野老来看客,河鱼不取钱。只疑淳朴处,自有一山川。"尤佳。今以切于夏日,特取此第五首。又《重游》五首有云:"春风啜茗时。"当作"薰风",盖皆夏日所作诗,安得总云"春风"乎?天宝未乱之前,老杜在长安,犹是中年,其诗大概富丽,至晚年则尤高古奇瘦也。老杜又有"仲夏流多水,清晨向小园。碧溪摇艇阔,朱果烂枝繁"之句,亦"夏日"所当取者。

夏日即事　　　　　　　　裴　说

僻居门巷静,竟日坐阶墀。鹊喜虽传信,蛩吟不见诗。笋抽过旧竹①,梅落立闲枝。此际无尘挠,僧来趁所宜②。

集本与《英华》两、三字不同,大率相似。第五句尤好,取之。

林馆避暑　　　　　　　　羊士谔

池岛清阴里,无人泛酒船。山蝌金奏响,花露水晶圆。静胜朝还暮,幽观白已玄。家林正如此,何不赋归田?

三、四佳,下句尤佳,胜上句。

夏日登信州北楼　　　　　　李　郢

高楼上长望,百里见灵山。雨歇荷珠③定,云开谷鸟还。田苗映林合,牛犊傍村闲。始得销忧处,蝉声催入关。

中四句尤佳,却是第七句一斡有力;谓高楼之望,政足销忧,而蝉已迫人入城矣,始见无穷之味。犹后山云"登临兴不尽,稚子故须还"也。游兴未已,而小儿童辈随行,但云欲归。非细味不见此二诗之妙。

---

① 冯班:"过"一作"通"。
② 冯班:"趁"一作"称"。
③ 李光垣:"荷"原作"河"。

夏　晚　　　　　　　　　刘得仁

日夕得西风,流光半已空。山色渐凝碧,树叶即翻红。学浅惭多士,秋成羡老农。谁怜信公道?不泣路途中。

> 有春晚诗矣,未见夏晚诗也,盖言秋近而已。三、四佳,第六句妙。

奉酬侍中夏中雨游城南庄见示八韵
　　　　　　　　　　　　　　　白乐天

岛树间林峦,云收雨气残。四山岚色重,五月水声寒。老鹤两三只,新篁千万竿。化成天竺寺,移得子陵滩。心觉闲弥贵,身缘健更欢。帝将风后待,人作谢公看。甪里年虽老,高阳兴未阑。佳辰不见召,争免趁杯盘。

> 此乃①和裴晋公诗,甚工。

仲夏斋居偶题八咏寄微之及崔湖州

腥血与荤蔬,停来一月馀。肌肤虽瘦损,方寸任清虚。体适通宵坐,头慵隔日梳。眼前无俗物,身外即僧居。水榭风来远,松廊雨过初。褰帘放巢燕,投食施池鱼。久别闲游伴,频劳问疾书。不知胡与越,吏隐兴何如?

> 有闲散之味。

---

①　按:原讹作"乃此",据康熙五十二年本、纪昀《刊误》本校改。

苦 热

头痛汗盈巾，连宵复达晨。不堪逢苦热，犹赖是闲人。朝客应烦倦，农夫更苦辛。始惭当此日，得作自由身。

何以消烦暑？端居一院中。眼前无长物，窗下有清风。热散由心静，凉生为室空。此时身自得，难更与人同。
<small>闲可减暑，静足支暑。两诗能道此意，可喜。</small>

夏 夜　　　　　　　　　贾浪仙

原寺偏怜近①，开门景物澄。磬通多叶罅，月离片云棱。寄宿山中鸟，相寻海畔僧。唯愁秋色至，乍可在炎蒸。
<small>此诗前二韵特用生字，而奇涩工致。五、六亦故为此等句法，末句亦好奇之所为也。</small>

闲居晚夏　　　　　　　　姚　合

闲居无事扰，旧病亦多痊。选字诗中老，看山屋外眠。片云侵落日，繁叶咽鸣蝉。对此心还乐，谁知乏酒钱？
<small>姚合学贾岛为诗。虽贾之终穷，不及姚之终达，然姚之诗小巧而</small>

---

① 按：元至元本"怜"作"邻"。

近乎弱,不能如贾之瘦劲高古也。当以此二公之诗细味观之,又于其集中深考,斯可矣。三、四疑颇偏枯。"选字"者,殆于拣择诗眼耳。下句未称。

夏日即事　　　　　　　　　　陈后山

花絮随风尽,欢娱过眼空。穷多诗有债,愁极酒无功。家在斜阳下,人归满月中。肝肠浑欲破,魂梦更无穷。

以"花絮"对"欢娱",此等句法本老杜,而简斋尤深得之。三、四绝唱。

次韵夏日江村

漏屋檐生菌,临江树作门。卷帘通燕子,织竹护鸡孙。向夕微凉进,相逢故意存。何当加我岁,从子问乾坤。

三、四句中有眼。姜特立有云:"扫梁迎燕子,插竹护龙孙。""四灵"有云:"开门迎燕子,汲水得鱼儿。"皆落此后。

和应之盛夏　　　　　　　　　　张宛丘

驱马畏炎暑,杜门常鲜欢。吴绡朝扇薄,越布夜衾单。饮沼山禽渴,沾泥雨果残。二年薇与蕨,实厌野人飧。

夏　日

细径依原僻,茅檐四五家。山田来雉兔,溪雨熟桑麻。竹笼晨收果,茅庵夜守瓜。颇知农事乐,从子问生涯。

两诗中四句皆景,而不觉其冗。

夏　日

蚓壤排晴圃,蜗涎印雨阶。花须娇带粉,树角老封苔。问字病多忘,过邻慵却回。晚凉还盥栉,对竹引清杯。

前四句皆景,后乃言情。唐人多此体。

北斋书志示儿辈　　　陆放翁

初夏佳风日,颓然坐北斋。百年从落魄,万事忌安排。乡俗能尊老,君恩许赐骸。饥寒虽未免,何足系吾怀!

律熟。安排事①,好。徐仲车闻安定先生莫安排之教,所以学益进。

五月初作

邻舍舂新麦,家人拾晚蚕。推移逢夏五,赋与叹朝三。

---

① 按:康熙五十二年本、纪昀《刊误》本"事"作"字"。

遣日须棋局,忘饥赖酒甒。幽居有高致,多取未为贪。

三、四好。

五月十日　　　　　　韩仲止

片月生林白,沿流涧亦明。幽人方独夜,山寺有微行。野处偏宜夏,贫家不厌晴。薰风吹老鬓,腐草见飞萤。

五、六新美,然三、四亦幽淡。

郊原避暑　　　　　　葛无怀

有暑犹当避,无忧可得忘。竹疏身共瘦,湖近意先凉。静胜宁须弈,幽期不待觞。还同残梦乐,炙背负朝阳。

僧义铦,字朴翁,以事还俗。葛其姓,无怀号也。诗可及"四灵"。恐尾句以负暄如避暑耳。

夏　日

晓荷承坠露,晚岫障斜阳。树下地常荫,水边风最凉。蝉移惊鹊近,鹭起得鱼忙。独坐观群动,闲消夏日长。

三、四自然。

夏日①怀友　　　　　　徐致中

流水阶除静,孤眠得自由。月生林欲晓,雨过夜如秋。远忆荷花浦,谁怜杜若洲?良宵恐无梦,有梦即俱游。

第四句好,盖是夏夜诗。细味之十字皆好。

夏夜同灵晖有作奉寄翁赵二丈

斋居惟少睡,露坐得论文。凉夜如清水,明河似白云。宿禽翻树觉,幽磬渡溪闻。欲识他乡思,斯时共忆君。

五、六工。

初夏游谢公岩

又取纱衣换,天时起细风。清阴花落后,长日鸟啼中。水国乘舟乐,岩扉有路通。州民多到此,犹自忆髯公。

徐灵渊②名玑,字致中。予许其诗在四灵中当居丁位,学者细考之,则信予言。

---

① 许印芳:"日"当作"夜"。
② 按:康熙五十二年本、纪昀《刊误》本于"渊"下有"一作中"三字。

夏日湖上访隐士

烦暑何能避？孤舟访隐人。水乡菱藕熟，晴野稻苗新。为学师前辈，谈空误宿身。镜湖三百顷，不似此湖滨。

第三句新。

又　寄

庭深自无暑，苔径复萦纡。宾客不长到，儿童自可娱。荷花晴带粉，蒲叶晚凝珠。与尔城闉隔，兹欢想不殊。

第六句稍生。

七　言二十首

多病执热怀李尚书之芳　　杜工部

衰年正苦病侵凌，首夏何须气郁蒸。大水淼茫炎海接，奇峰硉兀火云升。思沾道暍黄梅雨，敢望宫恩玉井冰。不是尚书期不顾，山阴野雪兴难乘。

末句即今人所谓打诨也。夏日诗最难得好句，若老杜"长夏江村事事幽"，已选入"郊野类"，惟此一首云。

途中盛夏①   丁　谓晋公

山木无阴驿路长,海风吹热透蕉裳。渴思西汉金茎露,困忆南朝石步廊。江上纶竿输散诞,林间冠褐负清凉。下程欲选披襟处,满眼赪桐与佛桑。

此福建道中事。"昆体",三、四工。

苦　热   钱文僖

赫日烘霞斗晓光,双纹枕簟碧牙床。频倾蜜勺宁蠲渴?久捧冰壶未觉凉。雪岭却思随博望,风窗犹欲傲羲皇。更怜乳燕翻飞处,深入卢家白玉堂。

亦"昆体"。惟演公有《拥旄》等诸集。

夏日即事   林和靖

石枕凉生菌阁虚,已应梅润入图书。不辞齿发多衰疾,所喜林泉有隐居。粉竹亚梢垂宿露,翠荷差影聚游鱼。北窗人在羲皇上,时为渊明一起予。

隐君子之诗,其味自然不同。五、六下两只诗眼太工。

---

① 纪昀:"夏"一作"暑"。

苦 热 　　　　　　　　王平甫

　　出门无路避飞沙,长夏那堪旱气加? 永昼火云空烁石,华堂冰水未沉瓜。月明葱岭千秋雪,风静天河八月槎。终借羽翰乘兴往,烦冤谁此恋生涯。

　　"乞为寒水玉,愿作冷秋菰",即此五、六句也。似有厌弃世缘之态。

中 夏

　　朝晡广厦坐欹斜,稍觉炎天气象加。紫玉箫攒湘竹笋,赤霜袍烂海一作"石"。榴花。悠悠物外身无事,扰扰人间智有涯。五鼎一瓢何必问,且凭诗句度年华。

　　三、四乃倒装句法。夏诗之富艳者。

次韵夏日 　　　　　　　　陈后山

　　江上双峰一草堂,门闲心静自清凉。诗书发冢功名旧,麋鹿同群岁月长。句里江山随指顾,舌端幽眇致张皇。莫欺九尺须眉白,解醉佳人锦瑟傍。

　　看格律又与宛丘同。

208

夏日杂兴　　　　　　张宛丘

墙下溪流清且长,夹流乔木两苍苍。袅风翠果擎枝重,照水圆荷舞叶凉。蜗角已枯黏粉壁,燕泥时落污书床。南山野客闲相过,赠我能携药满筐。

夏日三首

长夏村墟风日清,檐牙燕雀已生成。蝶衣晒粉花枝午,蛛网添丝屋角晴。落落疏帘邀月影,嘈嘈虚枕纳溪声。久判两鬓如霜雪,直欲樵渔过此生。

黄帝绿幕断飞蝇,午影当轩睡未兴。枕稳海鱼镌紫石,扇凉山雪画青缯。廊阴日转雕栏树,坐冷风生玉盌冰。满案诗书尘蠹甚,故应疏懒过炎蒸。

枣径瓜畦过雨香,白衫乌帽野人装。幽花避日房房敛,翠树含风叶叶凉。养拙久判藏姓字,致身安事巧文章。汉庭卿相皆豪杰,不遇何妨白发郎。

和晁应之大暑书事

蓬门久闭谢来车,畏暑尤便小阁虚。青引嫩苔留鸟篆,绿垂残叶带虫书。寒泉出井功何有,白羽邀凉计已疏。忍待西风一萧飒,碧鲈青鲙意何如。

文潜此五首中三首入东莱《文鉴》。每诗三、四绝佳,能言长夏景致精美。

夏日杂兴

蔬圃茅斋三亩馀,溪光山影动浮虚。病妻老去惟寻药,稚子年来解爱书。中散无堪心放荡,冯唐已老兴萧疏。全真养素安吾分,敢谓轩裳不我如。

亦自然有味。

幽居初夏雨霁　　　　　陆放翁

楸花楝花照眼明,幽人浴罢葛衣轻。燕低去地不盈尺,鹊喜傍檐时数声。对弈轩窗消永昼,晒丝院落喜新晴。忽惊重五无多日,彩缕缠筒吊屈平。

熟之又熟。

初夏幽居

虚堂一幅接䍦巾,竹树森疏夏令新。瓶竭重招曲道士,床空新聘竹夫人。寒龟不食犹能寿,弊帚何施亦自珍。枕簟北窗宁有厌,小山终日尚嶙峋。

中四句游戏三昧。

麦熟市米价减邻里病者亦皆愈欣然有赋

凶年已度麦方秋,学道从来幸寡求。荷锸自随身若寄,漉篱可卖饭何忧。邻翁濒死复相见,村市小凉时独游。不怕归时又侵夜,新添略彴跨清沟。

三、四善用事,五有感,六自然。

幽居初夏

藤冠草履病支离,门外纷纷百不知。解箨有声惊倦枕,飞花无力点清池。闲思旧事唯求醉,老感流年只自悲。绿树阴中红练起,一团零乱湿臙脂。

第四句绝妙。

五月初夏病体轻偶书

世事纷纷了不知,又逢燕乳麦秋时。经年谢客常因醉,三日无诗自怪衰。乘雨细移西崦药,留灯重覆北窗棋。但将生死俱拚起,造物从来是小儿。

第四句可见此翁无日无诗,所以熟,所以进,所以不可及。

夏日二首

　　吴中五月暑犹微,竟日南堂坐掩扉。绿树露香莺独语,画廊风恶①燕双归。三千界内人人错,七十年来念念非。投老万缘俱扫尽,从今僧亦不须依。

　　梅雨初收景气新,太平阡陌乐闲身。陂塘漫漫行秧马,门巷阴阴挂艾人。白葛乌纱称时节,黄鸡绿酒聚比邻。掀髯一笑吾真足,不为无锥更叹贫。
　　真诗人难得如此格律,信手圆成,不吃一丝毫力也。

---

① 冯班:"恶"一作"急"。

卷之十二　秋日类

"悲哉秋之为气",宋玉之辞极矣。后之作者,悲秋为多。中秋、九日诗不尽入"节序",及泛述秋兴、秋怀,精于言秋者属此。

五　言六十首

秋日二首　　　　　唐太宗

爽气澄兰沼,秋风动桂林。露凝千片玉,菊散一丛金。日岫高低影,云空点缀阴。蓬瀛不可望,泉石且娱心。

菊散金风起,荷疏玉露圆。将秋数行雁,离夏几林蝉。云凝愁半岭,霞碎缀高天。还似成都望,直见峨眉前。

唐太宗既得天下,尽修诸史,《晋书》、《南》、《北史》及八代史是也。尽注诸书①,今注疏是也。其有功于后世者甚大,不止一时混合轨、文而已。作小小八句诗,压倒一时,文人、书生、瀛洲十八学士,及天下能言之人,焉不心服。诗体源流②,陈、隋多是前六句述景,末句乃以情终

---

① 李光垣:"书"应作"经"。
② 按:"源"原作"混",据康熙五十二年本、纪昀《刊误》本校改。

之。后篇"将秋"之联系响字。"霞碎缬高天","缬"字甚妙。山谷"秋入园林花老眼",乃是如此下字;李贺"龟甲屏风生眼缬",亦出此。

秋日翠微宫

秋光凝翠岭,凉吹肃离宫。荷疏一盖缺,树冷半帷空。侧阵移鸿影,圆花钉菊丛。摅怀俗尘外,高眺白云中。

"侧阵移鸿影"一联自是佳句。"钉"字似险,细味之,乃以菊花之圆如钉装然,亦奇也。又《辽东山夜临秋》诗亦佳,一联云:"烟生遥岸隐,月落半崖阴。"

秋　清　　　　　　　　杜工部

高秋苏肺气,白发自能梳。药饵憎加减,门庭闷扫除。杖藜还客拜,爱竹遣儿书。十月江平稳,轻舟进所如①。

此老杜诗之似晚唐者。

悲　秋

凉风动万里,群盗尚纵横。家远传书日,秋来为客情。愁窥高鸟过,老逐众人行。始欲投三峡,何由见两京?

此诗不胜悲叹,五、六尤哀壮激烈。

---

① 李光垣:"进"当作"信"。

秋　野

秋野日疏芜，寒江动碧虚。系舟蛮井络，卜宅楚村墟。枣熟从人打，葵荒欲自锄。盘飧老夫食，分减及溪鱼。

易识浮生理，难教一物违。水深鱼极乐，林茂鸟知归。吾老甘贫病，荣华有是非。秋风吹几杖，不厌北山薇。

礼乐攻吾短，山林引兴长。掉头纱帽侧，曝背竹书光。风落收松子，天寒割蜜房。稀疏小红翠，驻屐近微香。

远岸秋沙白，连山晚照红。潜鳞输骇浪，归翼会高风。砧响家家发，樵声个个同。飞霜任青女，赐被隔南宫。

身许麒麟画，年衰鸥鹭[①]群。大江秋易盛，空峡夜多闻。径隐千重石，帆留一片云。儿童解蛮语，不必作参军。

读老杜此五诗，不见所谓景联，亦不见所谓领联，何处是四虚？何处是四实？虚中有实，实中有虚，景可为领，领可为景，大手笔混混乎无穷也，却有一绝不可及处。五首诗五个结句，无不吃紧着力，未尝有轻易放过也。然则真积力久，亦在乎熟之而已。或问"吾老"系单字，"荣华"是双字，亦可对否？曰：在老杜则可，若我辈且当作"衰老甘贫病"，然不如"吾老"之语健意足也。

---

① 查慎行："鸥"一作"鹖"。

秋日过徐氏园林　　　包　佶

回塘分越水,古树积吴烟。扫竹催铺席,垂萝待系船。鸟窥新罅栗,龟上半欹莲。屡入忘归地,长嗟俗事牵。

五、六工甚。

秋日送客至潜水驿　　　刘梦得

候吏立沙际,田家连竹溪。枫林社日鼓,茅屋午时鸡。雀噪晚禾地,蝶飞秋草畦。驿楼宫树近,疲马再三嘶。

三、四天下诵之。

秋日暑退赠白乐天

暑服宜秋着,清琴入夜弹。人情皆向菊,风意欲摧兰。岁稔贫心泰,天凉病体安。相逢取次第,却甚少年欢。

三、四已佳,五、六十分佳绝。

早　秋　　　杜牧之

疏雨洗空旷,秋标惊意新。大暑去酷吏,清风来故人。樽酒酌未酌,晚花噸不噸。铁秤与缕雪,谁觉老陈陈?

大暑如酷吏之去,清风如故人之来。倒装一字,便极高妙。晚唐无此句也。牧之才高,意欲异众,心鄙元、白,良有以哉。尾句怪。

秋　思

热去解钳铁①,飘萧秋半时。微雨池塘见,好风襟袖知。发短梳未足,枕凉闲且欹。平生分过此,何事不参差?

首句即去酷吏之意。三、四眼前事,道着即好。

池　上　　　　　白乐天

袅袅凉风动,凄凄寒露零。兰衰花始白,荷破叶犹青。独立栖沙鹤,双飞照水萤。若为寥落境,仍值酒初醒。

第四句最新。

和左司郎中秋居五首　　　张司业

闲堂新洒扫,称是早秋天。书客多呈帖,琴僧与合弦。莎台乘晚上,竹院就凉眠。终日无忙事,还应似得仙。

自知清净好②,不要问时豪。就石安琴枕,穿松压酒槽。

---

① 冯班:"铁"当作"钛","钛"音"第",又音"大"。
② 冯班:"净"一作"静"。

山情因月甚，诗语入秋高。身外无馀事，唯应笔砚劳。

醉倚斑藤杖，闲眠瘿木床。案头行气诀，炉里降真香。尚俭经营少，居闲意思长。秋茶莫夜饮，新月①作松浆。

菊地才通履②，茶房不垒阶。凭医看蜀药，寄信觅吴鞋。尽得仙家法，多随道客斋。本无荣辱意，不是觉安排③。

闲来松菊地，未省有埃尘。直去多将药④，朝回不访人。见僧收酒器，迎客换纱巾。更恐登清要，难成自在身。

和刘补阙秋园五首　　朱庆馀

闲园清气满，新兴日堪追。隔水蝉鸣后，当檐雁过时。雨馀槐穗重，霜近药苗衰。不似朝簪贵，多将野客期。

逍遥人事外，杖履入杉萝。草色寒犹在，虫声晚渐多。静逢山鸟下，幽称野僧过。几许开新菊，闲从落叶柯。

深斋常独处，讵肯厌秋声？翠篠寒逾静，孤花晚更明。每因逢石坐，多见抱书行。入夜听疏杵，遥知耿此情。

---

① 冯班："月"一作"自"。
② 冯班："履"一作"屐"。
③ 冯班："觉"一作"学"。
④ 冯班："药"一作"藁"。

门巷唯苔藓,谁言不称贫。台闲人下晚,果熟鸟来频。石脉潜通井,松枝静离尘。残蔬得雨后,又见一番新。

竹径通邻圃,清深称独游。虫丝交影细,藤子坠声幽。积润苔纹厚,迎寒荠叶稠。闲来寻古画,未废执茶瓯。

朱庆馀诗,荆公少选。然如此五诗,多工语。

和刘补阙秋园寓兴六首　　雍　陶

水木夕阴冷,池塘秋意多。庭风吹故叶,阶露净寒莎。愁燕窥灯语,情人见月过。砧声听已别,虫响复相和。

闭门无事后,此地即山中。但觉鸟声异,不知人境同。晚花开为雨,残果落因风。独坐还吟酌,诗成酒已空。

"花开为雨""果落因风",自是佳句。然诗家亦或忌此,"因"即是"为","为"即是"因",二字相犯也。昌黎诗:"风能折芡嘴,露亦染梨腮。"山谷谓"能"当作"棱","亦"当作"液"。诗中不可无虚字,然用虚字而不切,则泛也。"因"对"为","鸟"对"人","知"对"觉",凡三者所当省也。

自得家林趣,常时在外稀。对僧餐野食,迎客着山衣。雀斗翻檐散,蝉惊出树飞。功成他日后,何必五湖归。

秋色庭芜上,清朝见露华。疏篁抽晚笋,幽药吐寒芽。

引水新渠净,登台小径斜。人来多爱此,萧爽似仙家。

禁掖朝回后,林园胜赏时。野人来辨药①,庭鹤往看②棋。晚日明丹枣,朝霜润紫梨。还因重风景,犹自有秋诗。

圣代少封事,闲居方屏喧。漏寒云外阙,木落月中园。山鸟宿檐树,水萤流洞门。无人见清景,林下自开樽。

六诗皆工而可观,荆公所取者。刘补阙为谏官,而家园有山水之乐,唐人之仕于东、西都者皆然。

郊居秋日酬奚赞府见寄　　杨巨源

繁菊照深居,芳香春不如。闻寻周处士,知伴庾尚书。日晚汀洲旷,天晴草木疏。闲言挥麈柄,清步掩蜗庐。野老能亲牧,高人念远渔。幽丛临古岸,轻叶度寒渠。暮色无狂蝶,秋华有嫩蔬。若为酬郢曲,从此愧瑶玙。

起句十字最佳,而"照"字尤妙。后所点两联,一开阔,一细润。此本合入"郊野类",以其言秋日者多,故附之"秋"。

长安秋夜　　章孝标

田家无五行,水旱卜蛙声。牛犊乘春放,儿孙候暖耕。

---

① 按:"辨"原讹作"辩",据康熙五十二年本、纪昀《刊误》本校改。
② 冯班:"往"一作"住"。　何义门:"住"字好。

池塘烟未起,桑柘雨初晴。岁晚香醪熟,村村自送迎。

  章孝标诗集一卷,荆公选仅取五首。题云《长安秋夜》而前六句自言春意,止末后两句系秋意。今不敢轻改古题,附"秋"诗中。亦只起句十字新异。

立 秋 日   司空曙

律变新秋至,萧条自此初。花酬莲报谢,叶在柳呈疏。淡日非云映,清风似雨馀。卷帘凉暗度,迎扇暑先除。草静多翻燕,波澄乍露鱼。今朝散骑省,作赋兴何如?

秋寄贾岛①   僧无可

暗虫分②暮色,默坐思③西林。听雨寒更尽,开门落叶深。昔因京邑病,并起洞庭心。亦是吾兄事,迟回直至今。

  听雨彻夜,既而开门,乃是落叶如雨,此体极少而绝佳。"微阳下乔木,远烧入秋山",亦然。陈后山"辉辉垂重露,点点缀流萤",谓柏枝垂露若缀萤。然一句指事,一句设譬,诗中之奇变者也。

秋寄李频使君   僧贯休

务简趣谁陪?清吟共绿苔。叶和秋蚁落,僧带野风来。

---

① 冯班:一作"晚秋寄从兄贾岛"。一本"秋"字下有"夜宿西林"四字。
② 冯班:"分"一作"喧"。
③ 冯班:一作"思坐"。

留客朝尝酒,忧民夜画灰。终期冒风雪,江上见宗雷。

  李频,睦州人,终于建州刺史。贯休,婺州兰溪人,死于蜀。为诗有极奇处,亦有太粗处。"尽日觅不得,有时还自来"。为人嘲作失猫诗,此类是也。然道价甚高,年寿亦高。蚤与李频交,而老依钱镠,不肯改"一剑霜寒十四州",遂入蜀。此诗第四、第六句好。

新秋雨后   僧齐己

夜雨洗河汉,诗怀觉有灵。篱声新蟋蟀,草影老蜻蜓。静引闲机发,凉吹远思醒。逍遥向谁说?时泥漆园经。

  齐己,潭州人,与贯休并有声,同师石霜。二僧诗,唐之尤晚者。己诗如"夜过秋竹寺,醉打老僧门",最佳。此诗起句自然,第六句尤好。

秋　径   僧保暹九僧之一

杉竹清阴合,闲行意有凭。凉生初过雨,静极忽归僧。虫迹穿幽穴,苔痕接断棱。翻思深隐处,峰顶下层层。

  此赋秋径云"杉竹清阴合",即其中乃径也。第二句"闲行"字,雨之所过,僧之所归,皆径也。五、六尤见径中秋事,尾句仍不走作。

原上秋草   僧怀古

秋来深径里,老病眼慵开。户外行人绝,林间朔吹回。

乱蛩鸣古堞,残日照荒台。唯有他山约,相亲入望来。

第六句深得秋意。

山　中　　　　　　　　　僧秘演

结茅临水石,淡寂益闲吟。久雨寒蝉少,空山落叶深。危楼乘月上,远寺听钟寻。昨得江僧信,期来此息心。

此石曼卿至交山东演也,欧阳公为其诗集序。中四句锻而成,却足前后起末句。"九僧"亦多如此。

落　叶　　　　　　　　　潘逍遥

片片落复落,园林渐向空。几番经夜雨,一半是秋风。静拥莎阶下,闲堆藓径中。岩松与岩桧,宁共此时同?

潘阆出处,予著《名僧诗话》已详见。《落叶》合入"着题"诗,今附"秋日类"中。三、四有议论,五、六只是体贴,尾句却有出脱。不如此,非活法也。

秋日题琅琊山寺

岩下多幽景,且无尘事喧。钟声晴彻郭,山色晓当门。深洞藏泉脉,悬崖露树根。更期来此宿,绝顶听寒猿。

此为滁州参军时所作。有贾岛馀韵,五、六尾句尤高。

渭上秋夕闲望

秋色①满秦川，登临渭水边。残阳初过雨，何树不鸣蝉。极浦涵秋月，孤帆没远烟。渔人空老尽，谁似太公贤？

<small>五、六清淡。尾句必合如此，乃有转换。</small>

暮秋闲望　　　　　魏仲先

水阁闲登望，郊原欲刈禾。坏檐巢燕少，积雨病蝉多。砧隔寒溪捣，钟随晓吹过。扁舟何日去？江上负烟蓑。

<small>中四句皆工，第四句尤好。</small>

秋　风　　　　　王半山

揪敛一何饕，天机亦自劳。墙隈小翻动，屋角盛呼号。漠漠惊沙密，纷纷断柳高。江湖岂在眼，昨夜梦波涛。

<small>八句无一字不工，第一句下"饕"字，二句下"天机"字，尤于"秋风"为切也。</small>

秋　露

日月跳何急？荒庭露送秋。初疑宿雨泫，稍怪晓霜稠。

---

① 按："色"原作夕。　许印芳："夕"当作"意"。据诸本改。

旷野将驰猎,华堂已御裘。空令半夜鹤,抱此一端愁。

周处《风土记》曰:"白鹤性警,至八月繁露降,流草叶上,滴滴有声,即鸣也。"《春秋繁露》:"白鹤知夜半。"此诗三、四已切于秋露,五、六似若言秋,而未及露,却着结句引"半夜鹤"以终之,亦妙。

秋　怀　　　　　　　　　欧阳永叔

节物岂不好?秋怀何黯然。西风酒旗市,细雨菊花天。感事悲双鬓,包羞食万钱。鹿车终自驾,归去颍东田。

欧阳公于自然之中或壮健,或流丽,或全雅淡。有德者之言自不同也。三、四全不吃力,俗间有云:"香橙螃蟹月,新酒菊花天。"本此。

秋日家居　　　　　　　　梅圣俞

移榻爱晴晖,翛然世虑微。悬虫低复上,斗雀堕还飞。相趁入寒竹,自收当晚闱。无人知静景,苔色照人衣。

"相趁入寒竹",以应"斗雀堕还飞"。"自收当晚闱",以应"悬虫低复上"。又是一体。首尾翛然出尘,可谓"着题"诗也。

秋怀示黄预　　　　　　　陈后山

窗鸣风历耳,道坏草侵衣。月到千家静,林昏一鸟归。冥冥尘外趣,稍稍眼中稀。送老须公等,秋棋未解围。

三、四绝妙,五、六非老笔不能。

秋　怀

稍稍昏烟集,冬冬一再更。短檠看细字,高枕忘平生。来鹤妨身健,新阳唤眼明。已须甘酒力,不用占时名。

诗中四句皆有眼,只"已须""不用"闲字,却是紧要处。

杂　诗　　　　　　　　唐子西

兀兀且如此,出门安所之？手香柑熟后,发脱草枯时。精力看书觉,情怀举盏知。炎州无过雁,二子在天涯。

水过渔村湿,沙宽牧地平。片云明外①暗,斜日雨边晴。山转秋光曲,川长暝色横。瘴乡人自乐,耕钓各浮生。

子西惠州《杂诗》凡二十首,佳句甚多。此二诗尤切于秋,而"山转秋光曲"一联尤古今绝唱。他如"身谋嗟翠羽,人事叹榕根""茶随东客到,药附广船归""翻泥逢暗笋,汲井得飞梅""湖尽船头转,山穷屐齿回""濯足楼船岸,高歌抱朴村""雪曾前岁有,地过此邦无""笋蕨春生箸,鱼虾海入盘""草平连别峒,雨转入他山""人情双鬓雪,天色屡头风""国计中宵切,家书隔岁通",皆隽永有味。

梅市道中　　　　　　　陆放翁

雨暗山陂路,人喧北渡头。庙垣新画马,村笛远呼牛。

---

① 许印芳:"外"一作"处"。

买饭谙争席,迎潮①竞解舟。平生苦吟处,又送一年秋。

秋夜纪怀

北斗垂苍莽②,明河浮太清。风林一叶下,露草百虫鸣。病入新凉减,诗从半睡③成。还思散关路,炬火驿前迎。

中四句皆工。

秋　晚　　　　　　　　　滕元秀

槭槭霜风劲,駸駸物象雕。屡迁怜蟋蟀,一败笑芭蕉。林叶疏逾响,山云薄易消。虽无远行役,对此亦何聊。

元秀《秋晚》十首,今选其一。他如"苔痕遗鸟爪,菊本寄蛩音""客橹行何晚?邻机织未休""老屋险不仆,寒袍半欲纰",亦佳句。此"屡迁""一败"之句,为绝妙"江西体"也。

七月四首　　　　　　　　韩仲止

水石云山里,归来已九秋。隔城如浅近,邻寺始深幽。慧远逢修静,文渊说少游。径荒殊不扫,风叶上牵牛。

---

① 按:"潮"原讹作"湖",据康熙五十二年本、纪昀《刊误》本校改。
② 按:原讹作"莽苍",据康熙五十二年本、纪昀《刊误》本校改。
③ 冯班:"睡"一作"醒"。

地僻稀人迹，重林日自虚。鸟飞晨气外，蝉噪晚凉初。馀润从侵屦，浮埃倦整书。樵渔时上下，闭户又何居？

木末芙蓉起，亭亭绿且青。墙犹承片瓦，窗不碍疏棂。次第花擎盖，纵横叶展屏。石丁谁主者，仙岂待沉冥？

拥砌丛生菊，何关老意多。浇花惊易燥，耘草喜成科。枕腊尤宜睡，餐香岂待哦？渊明藏不尽，满把尚婆婆。

　　此嘉定十三年庚辰诗，所谓"归来已九秋"，则出处亦可考也。第一首五、六用人名而不觉其冗，尾句幽雅。第二首中四句俱工。第三首只言木芙蓉。第四首言菊，而"枕腊""餐香"四字绝佳。老笔劲健，非"江湖"近人斗钉可及。

七　言 三十首

秋　尽　　　　　杜工部

秋尽东行且未回，茅斋寄在少城隈。篱边老却陶潜菊，江上徒逢袁绍杯。雪岭独看西日落，剑门犹阻北人来。不辞万里长为客，怀抱何时得好开。

　　读老杜诗开口便觉不同。"独看西日落，犹阻北人来"一联，不胜悲壮，结句更有气力。

秋　夜

　　露下天高秋气清①，空山独夜旅魂惊。疏灯自照孤帆宿，新月犹悬双杵鸣。南菊再逢人卧病，北书不至雁无情。步檐倚杖看牛斗，银汉遥应接凤城。

　　此诗中四句自是一家句法。"千岩无人万壑静，三步回头五步坐"，是也。"耕田欲雨刈欲晴，去得顺风来者怨"，亦是也。山谷得之，则古诗用为"沧江鸥鹭野心性，阴壑虎豹雄牙须"，亦是也。盖上四字、下三字，本是两句。今以合为一句，而中不相黏，实则不可拆离也。试先读上四字绝句，然后读下三字，则句法截然可见矣。

黄　草

　　黄草峡西船不归，赤甲山下行人稀。秦中驿使无消息，蜀道兵戈有是非。万里秋风吹锦水，谁家别泪湿罗衣？莫愁剑阁终堪据，闻道松州已被—作"破"，—作"解"。围。

　　"兵戈有是非"，则兆端在乎上之人。剑阁恐终不可据，则叛于蜀者亦终于灭亡而已。此等诗岂徒言秋日光景者哉？

吹　笛

　　吹笛秋山风月清，谁家巧作断肠声？风飘律吕相和切，

---

① 许印芳："气"一作"水"。

月傍关山几处明。胡骑中宵堪北走,武陵一曲想南征。故乡《杨柳》今摇落,何得愁中却尽生。

慷慨悲怨,自是一种风味。李太白谓"江城五月《落梅花》",此亦以指《杨柳》,盖笛中有此二曲也。吹笛本是"着题",今以附之"秋类"。

七月一日题终明府水楼

高栋层轩已自凉,秋风此日洒衣裳。翛然欲下阴山雪,不去非无汉署香。绝壁过云开锦绣,疏松隔水①奏笙簧。看君宜着王乔履,真赐还应出尚方。

宓子弹琴宰邑日,终军弃繻英妙时。承家节操尚不泯,为政风流今在兹。可怜宾客尽倾盖,何处老翁来赋诗?楚江巫峡半云雨,清簟疏帘看弈棋。

前诗人所不及,后诗谓之吴体,惟山谷能学而肖之,馀人似难及也。老杜别有《秋兴》七言律八首,在夔州怀长安而作,不专言秋,以多,不能备取。

宿 府 幕

清秋幕府井梧寒,独宿江城蜡炬残。永夜角声悲自语,中天月色好谁看。风尘荏苒音书绝,关塞萧条行路难。已忍伶俜十年事,强移栖息一枝安。

---

① 冯班:"隔"一作"夹"。

此严武幕府秋夜直宿时也。三、四与"五更鼓角声悲壮,三峡星河影动摇"同一声调,诗之样式极矣。

长安晚秋①　　　　　　赵嘏

云物凄凉②拂曙流,汉家宫阙动高秋。残星几点雁横塞,长笛一声人倚楼。紫艳半开篱菊净,红衣落尽渚莲愁。鲈鱼正美不归去,空戴南冠学楚囚。

以三、四佳呼赵倚楼。

始闻秋风③

昔看黄菊与君别,今听玄蝉我独回④。五夜飕飗枕前觉,一年颜状镜中来。马思边草拳毛动,雕眄青云睡眼开。天地肃清堪四望,为君扶病上高台。

痛快。

江亭晚望⑤

碧江凉冷雁来疏,闲望江云思有馀。秋馆池亭荷叶歇,

---

① 冯班:当作"长安秋望"。纪昀:《才调集》作"长安秋望",为是。
② 冯班:"凉"一作"清"。
③ 纪昀:题下有脱字,当云"始闻秋风寄某人"。　冯班:此诗作者系刘梦得。
④ 许印芳:"独"一作"却"。
⑤ 冯班:"晚望"当作"秋晚"。　冯班:此诗作者系李郢。

野人篱落豆花初。无愁自得仙翁术,多病能忘《太史书》。闻说故园香稻熟,片帆归去就鲈鱼。

三、四明秀。

秋日小园　　　　　　　钱文僖

碧簟凉生白袷衣,庾园秋晚得幽期。千房嫩菊金萤乱,百本衰荷钿扇欹。日薄藓花沿素壁,雨淫蛙鼓占清池。翛然自合蒙庄趣,谁识无心似标枝?

"昆体"。三、四怪丽。

秋日湖西晚归舟中书事　　　　林和靖

水痕秋落蟹螯肥,闲过黄公酒舍归。鱼觉船行沉草岸,犬闻人语出柴扉。苍山半带寒云重,丹叶疏分夕照微。却忆青溪谢太傅,当时未解惜蓑衣。

句句有滋味。

秋霁草堂闲望　　　　　　魏仲先

草堂高迥胜危楼,时节残阳向晚秋。野色青黄禾半熟,云容黑白雨初收。依依永巷①闻村笛,隐隐长河认客舟。正

---

① 冯班:"永"一作"末"。

是诗家好风景,懒随前辈却悲愁。

三、四极工而不觉,五、六无痕迹。

秋日登楼客次怀张覃进士

闻说飘零亦异乡,登楼吟望益悲凉。当时欲别言难尽,他日相逢语更长。蝉噪水村千万树,雁过云岫两三行。明朝策蹇还无定,空凭危阑到夕阳。

三、四能言人情。

秋日闲居　　　　　杨契玄

忽闻高柳噪新蝉,厌暑情怀顿豁然。庭槛夜凉风撼竹,池塘香散水摇莲。鲈鱼鲙忆奔江浦,焦尾琴思换蜀弦。莫遣金樽空对月,满斟高唱混流年。

德人之言,字字出于天真,故取之。"莫"字当作"戏",今且从刊本。

乙巳重九　　　　　韩魏公

苦厌繁机少适怀,欣逢重九启宾罍。招贤敢并翘材馆,乐事难追戏马台。薜布乱钱乘雨出,雁排新阵拂云来。何时得遇樽前菊?此日花随月令开。

英宗治平二年乙巳忠献公在相位，饮客，苏老泉所和"壮心还傍醉中来"，已见"节序类"中。此亦当入"节序"，而选诗已定，故附此。公前后入相出藩。元夕、上巳、寒食、中秋、九日，为诗至多，言言有味。菊花不应月令，开于九日。为宰相而有此诗，亦自谦之辞也。五、六响亮，三、四亦典正。

九日水阁

池馆摧隳古榭荒，比延①嘉客会重阳。虽惭老圃②秋容淡，且看黄花③晚节香。酒味已醇新过熟，蟹黄先实不须霜。年来饮兴衰难强，漫有高吟力尚狂。

此神宗熙宁二年己酉公判相州时九日诗也。"黄花晚节"句与"老枝擎重雪"诗，并见强至所撰《遗事》，书于《续鉴》，实为天下名言。至熙宁四年辛亥《相州九日》诗，凡四首，有句云："坐上半非前岁客，杯中无改旧花香。""铜钵一声诗已就，金铃千朵菊争开。"凡三判相州，九日诗亦不止此。

秋日与诸公马头山登高　欧阳永叔

晴原霜后石榴红，佳节登临兴未穷。日泛花光摇露际，酒浮山色入樽中。金壶恣洒毫端墨，玉麈交挥席上风。惟有渊明偏好饮，篮舆落落一衰翁。

---

① 许印芳："比"一作"仍"。
② 许印芳："虽惭"一作"莫嫌"。
③ 许印芳："且看"一作"犹有"。

第一句诗家所未有,欧阳公诗大率自然如此。

中秋口号　　　　　秦少游

云山檐楯接低空,公宴初开气郁葱。照海旌幢秋色里,激天鼓吹月明中。香槽旋滴珠千颗,歌扇惊围玉一丛。二十四桥人望处,台星正在广寒宫。

生日诗、致语诗,皆不可易为,以其徇情应俗而多谀也,所以予于生日诗皆不选。少游作此诗,是夜无月,遂改尾句云:"自是我翁多盛德,却回秋色作春阴。"或嘲谓晴雨翻覆手,姑存此以备话柄。三、四亦响亮。

九月八日夜大风雨寄王定国

长年身外事都捐,节序惊心一慨然。正是山川秋入梦,可堪风雨夜连天。桐梢摵摵增凄断,灯烬飞飞落小圆。湔洗此情须痛饮,明朝试访酒中仙。

少游诗文自谓秤停轻重,铢两不差。故其古诗多学三谢,而流丽之中有淡泊。律诗亦敲点匀净,无偏枯突兀生涩之态。然以其善作词也,多有句近乎词。此诗下"凄断""小圆"字,亦三谢馀味。别有《秋日》绝句三首,尾句云:"菰蒲深处疑无地,忽有人家笑语声。""风定小轩无落叶,青虫相对吐秋丝。""安得万妆相向舞?酒酣聊把作缠头。"此谓虹霓,皆极怪丽。

秋日客思　　　　　　　　陈简斋

南北东西俱我乡,聊从地主借绳床。诸公共得何侯力,远客新抄陆氏方。老去事多藜杖在,夜来秋到叶声长。蓬莱可托无因至,试觅人间千仞冈。

"共得何侯力",以指新进。"新抄陆氏方",以怜迁客。《汉》何武、《唐》陆贽传可考。此诗家用事之妙。五、六尤佳。

次韵周教授秋怀

一官不办作生涯,几见秋风卷岸沙。宋玉有文悲落木,陶潜无酒对黄花。天机衮衮山新瘦,人世悠悠日自斜。误矣载书三十乘,东门何地不宜瓜?

格高。

次韵家叔

衮衮诸公车马尘,先生孤唱发《阳春》。黄花不负秋风意,白发空随世事新。闭户读书真得计,载肴从学岂无人。只应又被支郎笑,从者依然困在陈。

自是一种高格英风。

秋雨初晴有感　　　　　陆放翁

炎曦赫赫尚馀威,冷雨萧萧故解围。号野百虫如自诉,辞柯万叶竟安归?芼羹菰菜珍无价,上钓鲂鱼健欲飞。散吏何功沾一饱,高眠仍听捣秋衣。

三、四哀感,五、六响。

村居秋日

桔槔引水绕荒畦,病卧蜗庐不厌低。小聚数家秋霭里,平坡千顷夕阳西。亭皋草木犹葱茜,天上风云已惨凄。逋负如山炊米尽,终年枉是把锄犁。

三、四自然。

秋晚书怀

颓然兀兀复腾腾,万事惟除死未曾。无奈喜欢闲弄水,不胜顽健远寻僧。唤船野岸横斜渡,问路云山曲折登。却笑吾儿多事在,夜分未灭读书灯。

三、四新诡。

舍北行饭书触目

落雁昏鸦集远洲，青林红树拥平畴。意行舍北三叉路，闲看桥西一片秋。少妇破烟撑去艇，丫童横笛唤归牛。形容野景无馀思，自怪痴顽不解愁。

如画。放翁万诗，秋日诗仅得此四首。

九日破晓携儿侄上前山伫立佳甚

韩仲止

怀玉镜台开远晴，灵溪葛水去无声。园荒不碍凭高立，径侧何须委曲行？露气已浓清可掬，日华初出画难成。闲居九日依辰至，举俗胡为亦爱名？

五、六极佳，非闲中知味者不能道。"节序诗"编次已定，故附此"秋日类"中。

风雨中诵潘邠老诗

满城风雨近重阳，独上吴山看大江。老眼昏花忘远近，壮心轩豁任行藏。从来野色供吟兴，是处秋光合断肠。今古骚人乃如许，暮潮声卷入苍茫。

此诗悲壮激烈。第一句用潘邠老句，若第二句押不倒则馁矣。此第二句虽是借韵，轩豁痛快，不可言喻。三、四非后生晚进胸次，至第六句则入神矣,至第八句则感极而无遗矣。世称韩涧泉名下无虚士。乃庆元戊午诗也。

毅斋即事　　　　徐崇父

　　自吾斋外付诸儿,除却诗书总不知。苔色上侵闲坐处,鸟声来和独吟时。十分秋色重阳近,一味新凉老者宜。调得身心能自慊,止吾所止复何疑。

　　毅斋徐公,讳侨,字崇父,婺女人①,朱文公门人也,端平侍从,近世君子之无瑕者。此诗中四句绝妙,味其学力,非小小诗家可及,有德者必有言也。

---

① 按:元至元本"女"作"源"。

卷之十三　冬日类

虚谷曰：日南至为一阳之复，以之首节序之选。冬难赋，莫难于雪，已特为之类矣。寒跧沍役，兴杂感殊，著于此。

五　言三十四首

初　冬　　　　　　　　杜工部

垂老戎衣窄，归休寒色深。渔舟上急水，猎火着高林。日有习池醉，愁来《梁父吟》。干戈未偃息，出处遂何心。

此工部为参谋成都时作。"垂老戎衣窄"，所以自痛也。"习池醉""梁父吟"，山简非得已而醉，诸葛又何为而吟？皆所以痛时世也。

孟　冬

殊俗还多事，方冬变所为。破柑霜落爪，尝稻雪翻匙。巫峡寒都薄，乌蛮瘴远随①。终然减滩濑，暂喜息蛟螭。

此夔州诗。三、四儿童亦能诵也。

---

① 冯班：王抄本"随"一作"垂"。

刈稻了咏怀

稻获空云水，川平对石门。寒风疏草木①，旭日散鸡豚。野哭初闻战，樵歌稍出村。无家问消息，作客信乾坤。

三、四乃诗家句法，必合如此下字则健峭。后四句亦惟老杜能道之也。

过刘员外别墅　　皇甫曾

谢客开山后，郊扉去水通。江湖千里别，衰老一樽同。返照寒川满，平田暮雪空。沧洲自有趣，不复哭途穷。

本属"郊野"。以其所赋皆冬景也，附诸此。诗律平稳。

碧涧别墅喜皇甫侍郎相访　　刘长卿

荒村带返照，落叶乱纷纷。古路无行客，寒山②独见君。野桥经雨断，涧水向田分。不为怜同病，何人到白云。

刘随州号"五言长城"。答皇甫诗如此句句明润，有韦苏州之风。他诗为尝贬谪，多凄怨语。

---

① 何义门："草"一作"落"。　许印芳：俗本误作"落"字。
② 许印芳："寒"一作"空"。

冬日[1]后作　　　　裴　说

寂寞掩荆扉，昏昏坐欲痴。事无前定处，愁有并来时。
日影才添线，鬓根已半丝。明庭公正道，应许苦心知[2]。

冬　日

粝食拥败絮，苦吟吟过冬。稍寒人却健，太饱事多慵。
树老生烟薄，墙阴贮雪重。安排只如此，公道会相容。

两诗皆冬至诗。前诗三、四佳，后诗三、四尤佳，乃应破首句所谓"粝食""败絮"，有针线不苟作也。第五句"树"字疑作"厨"，则与下句尤称。

初冬早起寄梦得　　　　白乐天

起戴乌纱帽，行披白布裘。炉温先暖酒，手冷未梳头。
早景烟霜白，初寒鸟雀愁。诗成遣谁和，还是寄苏州。

白诗由衷，故胜微之。

---

[1] 何义门："日"字疑"至"字。
[2] 按：康熙五十二年本、纪昀《刊误》本于"知"字有注云："一作诗"。

冬夕寄清龙寺源公　　　僧无可

敛屦入寒竹，安禅过漏声。高杉残子[①]落，深井冻痕生。罢磬风枝动，悬灯雪屋明。何当招我宿，乘月上方行。

三、四极天下之清苦。荆公选误作郎士元，非也。

雪晴晚望　　　贾浪仙

倚杖望松雪，溪云几万重。樵人归白屋，寒日下危峰。野火烧岗草，断烟生石一作"古"。松。却回山寺路，闻打暮天钟。

晚唐诗多先锻景联、颔联，乃成首尾以足之。此作似乎一句唱起，直说至底者。"烧"字读作去声，乃与下句叶。

冬日书事　　　魏仲先

十月天不暖，前村到岂能。闲闻啄木鸟，疑是打门僧。坏砌平山雪，空堂照瀑冰。晚来因出户，方始暂携藤。

四句奇绝。

[①] 冯班："子"一作"叶"。

山村冬暮　　　　　林和靖

衡茅林麓下,春气已微茫。雪竹低寒翠,风梅落晚香。樵期多独往,茶事不全忙。双鹭有时起,横飞过野塘。

第六句尤佳。

岁　晚　　　　　王半山

月映林塘淡,风含笑语凉。俯窥怜绿净,小立伫幽香。携幼寻新菂,扶衰上一作"坐"。野航。延缘久未已,岁晚惜流光。

《漫叟诗话》谓荆公《定林》后诗律精深华妙。此作自以比灵运,予以为一唱三叹之音也。

次韵朱昌叔岁暮

城云漏日晚,树冻裹春深。椮密鱼难暖,巢危鹤更阴。横风高弴弩,残溜细鸣琴。岁换儿童喜,还伤老大心。

"漏"字、"裹"字,诗眼,突如其光也。"深"字尤好。积柴水中取鱼曰椮,所感切。

岁暮书事　　　　　张宛丘

风卷尘沙白,云垂雪意凝。夜山时叫虎,晚市早收灯。

园栗炮还美,村醪醉不能。三年官况味,真是冷于冰。

三、四壮而衰。

寒　意　　　　　　　　　　郑亨仲

岭南霜不结,风劲是霜时。日落晚花瘦,山空流水悲。栖鸦寻树早,冻蚁下窗迟。季子家何在?衣单知不知?

北山郑刚中字亨仲,婺女人。南渡前探花,后至四川宣抚,有方略,秦桧忌之①,谪殁封州。冬日诗起句最佳,"风劲"即知其为"霜时",而实不结霜。予生于是邦。先君以广西经干被诬劾,卒于是邦,亦有诗而泯于火,家集不传。今选郑公之诗于斯,所以寄予怀而纾无穷之悲也。《北山集》佳句甚多,予已别为之跋。陈简斋尝同窗云。

舍北摇落景物殊佳偶作五首　　陆放翁

今年冬候晚,仲月始微霜。野日明枫叶,江风断雁行。穷途多籍蹢,老景易悲伤。自笑诗情懒,萧然旧锦囊。

路拥新霜叶,溪馀旧涨沙。栖乌初满树,归鸭各知家。世事元堪笑,吾生固有涯。南村闻酒熟,试遣小童赊。

小聚鸥沙北,横林蟹舍东。船头眠醉叟,牛背立村童。日落云全碧,霜馀叶半红。穷鳞与倦翼,终胜在池笼。

---

① 按:原作"遥得执政忤秦桧",据康熙五十二年本、纪昀《刊误》本校改。

屋角成金字，溪流作縠纹。斜通小桥路，半掩夕阳门。孤艇冲烟过，疏钟隔坞闻。杜门非独病，实自厌纷纷。

草径人稀到，柴扉手自开。林疏鸦小泊，溪浅鹭频来。檐角除瓜蔓，墙隅斸芋魁。东邻腊肉至，一笑举新醅。

放翁所谓笔端有口。新冬野景，搜抉无遗。"屋角成金字"，本出《北史·斛律金传》，以对"溪流作縠纹"，亦奇。

残　腊

残腊无多日，吾生又一年。林塘明夕照，墟落淡春烟。山色危栏角，梅花绿酒边。岁时元自好，老病独凄然。

五、六壮丽。

冬日感兴十韵 戊午

雨雾天昏曀，陂湖地阻深。蔽空鸦作阵，暗路棘成林。有客风埃里，频年老病侵。梦魂来二竖，相法欠三壬。旧愤开孤剑，新愁感断砧。唐衢惟痛哭，庄舄正悲吟。瘦跨秋门马，寒生夜店衾。但思全旧璧，敢冀访遗簪。楼上苍茫眼，灯前破碎心。长谣倾浊酒，慷慨厌层阴。

"三壬""二竖""秋门""夜店""旧璧""遗簪"，皆工之又工。

初寒独居戏作

开壳得紫栗,带叶摘黄柑。独卧维摩室,谁同弥勒龛。宗文_{杜子美之子}。树鸡栅,灵照_{庞居士之女}。挈蔬篮。一段无生话,灯笼自可谈。

稍涉变体。新异。

湖堤晚步　　　　　　　　葛无怀

照影怜寒水,关情奈夕阳。雪悭天欠冷,年近日添长。好句谁相寄?浮生各自忙。有心聊顿放,无事可思量。

和翁灵舒冬日书事三首　　徐道晖

石缝敲冰水,凌寒自煮茶。梅迟思闰月,枫远误春花。贫喜苗新长,吟怜鬓已华。城中寻小屋,岁晚欲移家。

"思"字、"误"字,当是推敲不一乃得之。

秀句出寒饿,从人笑我清。步溪波逐影,吟竹鸟应声。酒里安天运,春边见物情。耕桑犹馨橐[①],何事可营生?

[①] 按:"橐"原讹作"乐",据康熙五十二年本、纪昀《刊误》本校改。

十日南山雪,今朝又北风。烧冲岩石断,梅映野堂空。难语伤时事,无成愧老翁。一生吟思味,独喜与君同。

冬日登富览亭　　　　　　　翁续古

未委海潮水,往来何不闲。轻烟分近郭,积雪盖遥山。渔舸汀鸿外,僧廊岛树间。晚寒难独立,吟竟小诗还。

  翁灵舒学晚唐。中四句工,但俱咏景物而已。尾句亦只说寒难独立,吟诗而还。无远味也。

一　室　　　　　　　宋谦父

一室冷如冰,梅花相对清。残年日易晚,夹雪雨难晴。身计茧千绪,世纷棋一枰。曲生差解事,谈笑破愁城。

  壶山宋自逊,字谦父,本婺女人。父子兄弟皆能诗,而谦父名颇著。贾似道贿以二十万楮,结屋南昌。诗篇篇一体,无变态。此诗三、四好,五、六涉烂套也。他如"酒熟浑家醉,诗成逐字评",亦佳,但近俗耳。

岁暮呈真翰林　　　　　　　戴式之

岁事朝朝迫,家书字字愁。频沽村巷酒,独倚异乡楼。诗骨梅花瘦,归心江水流。狂谋渺无际,忍看大刀头。

石屏此诗,前六句尽佳。尾句不称,乃止于诉穷乞怜而已。求尺书,干钱物,谒客声气。"江湖"间人,皆学此等衰意思,所以令人厌之。

夜访侃直翁 刘养原

疏瓴乱见星,危坐冷无灯。索句髭先白,飧蔬貌欲青①。栖禽翻麓雪,堕栗破溪冰。昨夜中峰顶,仝看海日升。

江村刘澜,字养原,天台人。尝为道士,还俗。学唐诗,亦有所悟。然干谒无成,丙子年卒。予熟识之。此诗合属"夜类",以"冰""雪"一联乃冬也,附诸此。

次韵方万里雨夜雪意 赵宾旸

芋火房阴处,翛然类懒残。雨欺梅影瘦,风助竹声寒。拥袂衣全薄,哦诗字欲安。儿童疑有雪,频起穴窗看。

予丁丑之冬,在桐江赋《雨夜雪意》诗云:"汹涌风如战,萧骚雨欲残。遥峰应有雪,半夜不胜寒。吾道孤灯在,人寰几枕安。何当眩银海,清晓倚楼看。"鲁斋赵君与东,字宾旸,和予此诗。"哦诗字欲安",佳句也。尾句亦活动,胜予所倡。宾旸嘉定十五年壬午生,今年六十有二,宗学上舍改官。

次韵方万里寒甚送酒

连日寒殊甚,衰年无一能。砚呵磨墨冻,瓶晒插花冰。

---

① 冯班:"青"一作"清"。 淇:"青"与"清"皆走韵。

浮世无根絮,馀生有发僧。苏门如可即,端合事孙登。

　　戊寅十一月十九日寒,予赋诗送宾旸酒,并怀南山僧川老。此和篇。三、四亦工。

七　言二十首

十二月一日三首　　　　杜工部

今朝腊月春意动,云安县前江可怜。一声何处送书雁,百丈谁家上瀨船。未将梅蕊惊愁眼,更取椒花媚远天。明光起草人所羡,肺病几时朝日边?

寒轻市上山烟碧,日满楼前江雾黄。负盐出井此溪女,打鼓发船何郡郎?新亭举目风景切,茂陵著书消渴长。春花不愁不烂熳,楚客唯听棹相将。

即看燕子入山扉,岂有黄莺历翠微。短短桃花临水岸,轻轻柳絮点人衣。春来准拟开怀久,老去亲知见面稀。他日一杯难强进,重嗟筋力故山违。

　　此三诗,张文潜集中多有似之者。气象大,语句熟,虽或拗字近"吴体",然他人拘平仄者,反不如也。末篇见得峡中春挽腊而至,不特闽、广间。

野　望

金华山北涪水西,仲冬风日始凄凄。山连越嶲_{郡名,}
_{悉委切。}蟠三蜀,水散巴渝下五溪。独鹤不知何事舞,饥
乌似欲向人啼。射洪_{县名。}春酒寒仍绿,目极伤神谁
为携?

西山白雪三城戍,南浦清江万里桥。海内风尘诸弟隔,
天涯涕泪一身遥。惟将迟暮供多病,未有涓埃答圣朝。跨
马出郊时极目,不堪人事日萧条。

_{两《野望》诗,地不同而同是冬日,故选入。此格律高耸,意气悲壮,唐人无能及之者。}

戊申岁暮咏怀二首　　白乐天

穷冬月末两三日,半百年过六七时。龙尾趁朝无气力,
牛头参道有心期。荣华外物终须悟,老病傍人岂得知。犹
被妻儿教渐退,莫求致仕且分司。

唯生一女才十二,只欠三年未六旬。婚嫁累轻何怕老,
饥寒身惯不忧贫。紫泥丹笔皆经手,赤绂金章尽到身。更
拟踟蹰觅何事,不归嵩洛作闲人。

_{言言能道心事。予年五十七岁选此诗,深愧之。是岁太和二年。}

缭　垣　　　　　　　　　　王平甫

缭垣乌鹊近人飞,帘外瞳瞳日上迟。桧作寒声风过夜,梅含春意雪残①时。古今无物为真乐,出处何心更诡随。寄语年华聊一笑,未应长负醉乡期。

三、四景,五、六情。规格整齐,议论慷慨爽快。

次韵乐文卿故园　　　　　陈简斋

故园归计堕虚空,啼鸟惊心处处同。四壁一身长客梦,百忧双鬓更春风。梅花不是人间白,日色争如酒面红。且复高吟置馀事,此生能费几诗筒。

此诗似新春冬末之作。

十　月

十月天公作许悲,负霜鸿雁不停飞。莽连万里云山去②,红尽千林秋径归。病夫搜句了节序,小斋焚香无是非。睡过三冬莫开户,北风不贷芰荷衣。

简斋诗独是格高,可及子美。

---

① 许印芳:"残"一作"晴"。
② 按:"山"字原作墨钉,据康熙五十二年本、纪昀《刊误》本校补。　纪昀:"山"字必误,再校。　许印芳:别本作"争"。

和李上舍冬日书事　　　韩子苍

北风吹日昼多阴，日暮拥阶黄叶深。倦鹊绕枝翻冻影，飞鸿摩月堕孤音。推愁不去如相觅，与老无期稍见侵。顾藉微官少年事，病来那复一分心。

三、四极工。五、六前辈有此语，但锻得又佳耳。

十月一日　　　曾茶山

屋角羲娥转两轮，今朝水帝又司辰。山家尝稻知良月，野径寻梅见小春。一岁坐看除得尽，百年正与死为邻。谁能思许无穷事，闭阁开炉但饮醇。

三、四切题，是十月一日诗，不可改用。且试看他第七句如何下。

海云回接骑城北时吐蕃出没大渡河水上
　　　范石湖

古渡风沙卷夕霏，小江烟浪皱春漪。天于麦陇犹悭雪，人向梅梢大欠诗。顿辔青骊飞脱兔，离弦白羽笑寒鸱。牙门列校俱膘锐，檄与河边秃发知。

淳熙四年丁酉致能帅蜀，十一月十日海云赏山茶，回作此诗。"人向梅梢大欠诗"，佳句也。予选诗不甚喜富贵功名人诗，亦不甚喜诗之富艳华腴者。其人富贵，而其诗高古雅淡，如选此篇，以有此联佳句耳。

用韵咏雪简湘中诸友　　陈止斋

夹湘而往一尘无,不在瑶池在石渠。气盖松篁谁与竞,令行螾螣自相屠。山光际水天无间,夜色通朝月不如。中有一翁须皓白,萧然野鹤亦乘车。

　　陈止斋傅良,字君举。漕湖南时作《咏雪》诗,今选二首,入"冬日",亦足以见乾、淳以来一时文献之盛。止斋虽专以文名,而诗亦健浪如此。

再用喜雪韵

瘴雨蛮烟此后稀,童山亦与借馀辉。争看狂稚相呼唤,下啄饥乌自匹妃。苦乏貂裘堪夜永,喜无蜾子着冬饥。兴来那向一作"况"。山阴客,为我扁舟倚石矶。

冬晴日得闲游偶作　　陆放翁

不用清歌素与蛮,闲愁已自解连环。闰年春近梅差早,泽国风和雪尚悭。诗思长桥蹇驴上,棋声流水古松间。笺天有事君知否?止乞柴荆到死闲。

　　五、六天成。

冬晴闲步东邨由故塘还舍

红藤拄杖独相羊,路绕东村小岭傍。水落枯萍黏蟹椴,_{乡人植竹以取蟹,谓之"蟹椴"。}云开寒日上鱼梁。洛阳二顷言良是,光范三书计本狂。历尽危机识天道,要令闲健返耕桑。

五、六善用事,"蟹椴"一句新。

十二月八日步至西村

腊月风和意已春,时因散策过吾邻。草烟漠漠柴门里,牛迹重重野水滨。多病所须惟药物,差科未动是闲人。今朝佛粥更相馈,更觉江村节物新。

三、四古淡,五、六集句体,亦天成也。

十一月五日晨起书呈叶德璋司法

赵昌父

卧闻落叶疑飘雨,起对空庭盖卷风。政自摧颓同病鹤,况堪吟讽类寒虫。忽思有客浑如我,却念题诗不似公。已分齑盐终白首,可因霜雪愧青铜。

读此诗句句是骨,非晚唐装贴纤巧之比。上四和末云:"既欲纷纷视儿子,何须衮衮羡诸公?"尤高亢下视一世也。

次韵叶德璋见示

　　穷冬未省见梅班,故里何由报竹安。归意宁须卜以决,衰颜不待镜频看。交情谢子来今雨,节物娱予后苦寒。独苦更怜终漫兴,不如欯㱃得天欢。

　　"卜以决""镜频看",此联已奇。"来今雨""后苦寒",此联又奇。诗骨耸东野,此之谓欤?

卷之十四　晨朝类

闻鸡而起,戴星而行,以勤学,以综务,有不同。惟闲者乃云高卧晚起,亦各有其志也。

五　言_{三十二首}

早渡蒲关　　　　　　　　唐明皇

钟鼓严更曙,山河野望通。鸣銮下蒲坂,飞盖①入秦中。地险关逾壮,天平镇尚雄。春来津树合,月落戍楼空。马色分朝景,鸡声逐晓风。所希常道泰,非复候缥②同。

半山《唐选》此第一首。玄宗大有好诗,而半山不及取,殆是未见其集。然则开元、天宝盛时,当陈、宋、杜、沈律诗,王、杨、卢、骆诸文人之后,有王摩诘、孟浩然、李太白、杜子美及岑参、高适之徒,并鸣于时。韦应物、刘长卿、严维、秦系亦并世,而不见与李、杜相倡和。诗人至此,可谓盛矣。为之君如明皇者,高才能诗,亦不下其臣,岂非盛之又盛哉!

---

① 许印芳:"盖"一作"斾"。
② 许印芳:"候"一作"弃"。

晓　望　　　　　　　　杜工部

白帝更声尽,阳台晓色分。高峰寒上日,叠岭宿霾云。地坼江帆隐,天清木叶闻。荆扉对麋鹿,应共尔为群。

五、六以"坼"字、"隐"字、"清"字、"闻"字为眼,此诗之最紧处。

将晓二首

石城除击柝,铁锁欲开关。鼓角悲①荒塞,星河落晓山②。巴人常小梗,蜀使动无还。垂老孤帆色,飘飘犯百蛮。

军吏回官烛,舟人自楚歌。寒沙蒙薄雾,落月去清波。壮惜身名晚,衰惭应接多。归朝日簪笏,筋力定如何。

前一诗中四句,两言晓景,两言时事。后一诗中四句,两言晓景,两言身事。拘者欲句句言晓,即不通矣。

客　亭

秋窗犹曙色,落木更天风。日出寒山外,江流宿雾中。圣朝无弃物,老病已成翁。多少残生事,飘零任转蓬。

王右丞诗云:"江流天地外,山色有无中。"此诗三、四以写秋晓,亦

---

① 许印芳:"悲"一作"愁"。
② 冯班、许印芳:"晓"一作"曙"。

足以敌右丞之壮。然其佳处,乃在五、六有感慨。两句言景,两句言情。诗必如此,则净洁而顿挫也。

早 起

春来常早起,幽事颇相关。帖石防颓岸,开林出远山。一丘藏曲折,缓步有跻攀。僮仆来城市,瓶中得酒还。

此乃老杜集之晚唐诗也。起句平,入晚唐也。三、四着上"帖""防""开""出"字为眼,则不特晚也。五、六意足,不必拘对而有味,则不止晚唐矣。尾句别用一意,亦晚唐所必然也。

趋府堂候晓呈两县僚友　　韦苏州

趋府不遑安,中宵出户看。满天星尚在,近壁烛仍一作"犹"。残。立马频惊曙,垂帘却避寒。可怜同宦者,应悟下流难。

仕宦而居下流,所以趋府候晓,不得已之役。"应"当作"始"。

旦携谢山人至愚池　　柳子厚

新沐换轻帻,晓池风露清。自谐尘外意,况与幽人行。霞散众山迥,天高数雁鸣。机心付当路,聊适羲皇情。

诗不纯于律,然起句与五、六,乃律诗也。幽而光,不见其工而不能忘其味,与韦应物同调。韦达,故淡而无味。

商山早行　　　　　温飞卿庭筠

晨起动征铎,客行悲故乡。鸡声茅店月,人迹板桥霜。
槲叶落山路,枳花明驿墙。因思杜陵梦,凫雁满回塘。
　　温善赋,号为八叉手而八韵成,以此知名于世。三、四极佳。

晓　寝　　　　　白乐天

转枕重安寝,回头一欠伸。纸窗明觉晓,布被暖知春。
莫强疏慵性,须安老大身。鸡鸣一觉睡,不博早朝人。
　　三、四好快活自在人,尾句尤爽。

途中早发　　　　　刘宾客

中途望启明,促促事晨征。寒树鸟初动,霜桥人未行。
水流白烟起,日上彩霞生。隐士应高枕,无人问姓名。
　　刘宾客诗中精也。自颔联以下,无一句不佳。且是尾句不放过。

晨　起

晓色教不睡,卷帘清气中。林残数枝月,发冷一梳风。
并鸟含钟语,欹河隔雾空。莫疑营白日,道路本无穷。

三、四世所称名句。

晓 发　　　　　唐 求

旅馆候天曙,整车趋远程。几处晓钟断,半桥残月明。沙上鸟犹睡①,渡头人未行。去去古时道,马嘶三两声。

<small>此所谓诗瓢唐山人者。四联皆侧入,自是一体。诗亦清润。</small>

早 行　　　　　郭 良

早行星尚在,数里未天明。不辨云林色,空闻风水声。月从山上落,河入斗间横。渐至重门外,依稀见洛城。

<small>第六句新。</small>

早春②寄朱放③

山晓旅人去,天高秋气悲。明河川上没,芳草露中衰。此别又千里,少年能几时?心知剡溪路,聊且寄前期。

---

① 冯班:"睡"一作"在"。　何义门:"在"字胜。
② 冯班:"春"一作"行"。　何义门:"行"字如何可误?书不雠校,未可漫读也。　许印芳:"春"当作"秋"。
③ 何义门:此诗作者系戴叔能。　许印芳:他本作戴叔能诗。

晓发鄞江北渡寄崔韩二先辈　　许　浑

南北信多歧,生涯半别离。地穷山尽处,江泛水寒①时。露晓②兼葭重,霜晴橘柚垂。无劳促回楫,千里有心期。

许用晦《丁卯集》者,京口之南可十里,有丁卯桥,乃其故居,以名集也。其诗出于元、白之后,体格太卑,对偶太切。陈后山《次韵东坡》有云:"后世无高学,举俗爱许浑。"以此之故,予心甚不喜丁卯诗。然初年诵半山《唐选》,亦爱其《怀古》数篇。今老而精选,罕当予意。早行晨起,难得佳者,独丁卯为多。五言如:"素壁寒灯暗,红炉夜火深。厨开山鼠散,钟尽野猿吟","露重萤依草,风高蝶委兰","晨鸡鸣远戍,宿雁起寒塘。云卷四山雪,风凝千树霜",皆近乎属对求工,而所对之句意苦牵强。又如:"檐楹御落月,帏幌耿残灯。"上四字全不佳。又如:"水虫鸣曲槛,山鸟下空阶。"十字全然无味。七言如:"一声山鸟曙云外,万点水萤秋草中","星河半落岩前寺,云雾初开岭上村",殆不成诗。而近世晚进,争由此入,所以卑之又卑也。短中求长,唯七言《怀古》诗、五言《峡山寺》诗、《早梅》诗为优,自见别评。

早发洛中　　许　棠

半夜发清洛,不知过石桥。云增中岳大,树隐上阳遥。堑黑初沉月,河明③欲认潮。孤村人尚梦,无处暂停桡。

此一早发诗,"不知"二字便佳,盖曙中船过桥下也。中岳、上阳,

---

① 冯班:"水"一作"月"。
② 冯班:"露"一作"雾"。
③ 冯班:"明"一作"鸣"。

以"云增"而"大",以"树隐"而"遥",极有味。第六句亦佳。末句则予尝夜航浙河,熟谙此况也。与许浑全不同。

晓　发　　　　　姚鹄

旅行宜早发,况复是南归。月影①缘山尽,钟声隔浦微。残星萤共失,落叶鸟和飞。去去渡南浦②,村中③人出稀。

第四句可取,第五句妙,馀未称也。

晨　起　　　　　韩致尧

晓景山河爽,闲居巷陌清。已能消滞念,兼得散馀醒。汲水人初起,回灯燕暂惊。放怀殊不足④,圆隙已尘生。

"清""爽"一联好,亦多能述晨兴之味。

晓发山居　　　　僧宇昭

蓐食小人家,寒灯碎落花。鸡鸣窗半晓,路暗月西斜。世故欺怀抱,风霜迫岁华。剧怜诗思苦,凄恻向长沙。

三、四平平。以早行诗少,收之。

---

① 按:"月"原作"日"。　冯舒:"日"字未妥。　冯班:"日"或是"月"。　今据康熙五十二年本、纪昀《刊误》本校改。
② 冯班:"浦"一作"渚"。
③ 冯班:"中"一作"深"。
④ 冯班:"不"一作"未"。

早行　　　　　　　　晁君成

马上鸡初唱，天涯星未稀。惊风时坠笠，零露暗沾衣。
山下疏钟发，林梢独鸟飞。远峰烟霭淡，迤逦见朝晖。

此无咎之父。旨味平雅，有唐风。

晓　　　　　　　　　梅圣俞

乌蟾不出海，天地无明时。万国睡未觉，一声鸡已知。
树头星渐没，枝上露应垂。人世纷纷事，劳劳只自为。

圣俞诗淡而有味。此亦信手拈来，自然圆熟。起句似孟郊。

梦后寄欧阳永叔

不趁常参久，安眠向旧溪①。五更千里梦，残月一城鸡。
适往言犹是，浮生理可齐。山王今已贵，肯听竹禽啼。

此乃晓寐方觉之诗。三、四佳。末句言永叔已贵，无高眠之适矣。

和外舅夙兴_{寓大云寺作}　　　黄山谷

瓜蔓已除垄，苔痕独上墙。蓬蒿含雨露，松竹见冰霜。

---

① 按："原作"向安眠旧溪"，据纪昀《刊误》本校改。

卷幔天垂斗,披衣日在房。无诗①叹不遇,千古一潜郎。

风烈僧鱼响,霜严郡角悲。短童疲洒扫,落叶故纷披。水冻食鲑少,瓮寒浮蚁迟。朝阳乌鸟乐,安稳托禅枝。

见《山谷外集》。如蓬蒿之人含雨露,不如松竹之足以见冰霜也。意当如此,两句元只一意。如"短童疲洒扫,落叶故纷披",亦可见诗格无穷。先言"扫",次言"叶",十字一句法。如"披衣日在房",当是指"氏房"之"房",则奇。外舅者,谢师厚。

晨　起　　　　　　　　张宛丘

晓色淡朦胧,园林白露浓。寒丛蛩响畔,秋屋叶声中。更老心犹在,虽贫樽不空。浮生仗天理,不拟哭途穷。

第五句最古淡。

快哉亭朝寓目　　　　贺方回

风起喜舒旷,径趋城上楼。初旸动禾黍,积雨失汀洲。水牿负鸲鹆,山枢悬桔蒌。坐惭真隐子,物我两悠悠。

快哉亭有三处:曰彭城,曰黄冈,曰东武。彭城、黄冈皆东坡命名,而东武者乃东坡自造②。此事见子由诗中。贺公今诗乃彭城快哉亭也。"水牿负鸲鹆",即苏迈诗中"牛载寒鸦过别村"也;"山枢悬桔

---

① 冯班:"无"一作"吟"。
② 按:原缺"东武者乃"四字,据康熙五十二年本、纪昀《刊误》本校补。

萋",即昌黎诗"黄团系门衡"也,但变化不一耳。

蒙城早行　　　　　　　　王之道

残月千家闭,荒城万木号。举头华盖近,回睇启明高。野迥霜迎面,风清泠透袍。十年河上路,从此步金鳌。

相山居士王之道,字彦猷,无为军人,宣和六年进士。建炎中①保山寨,摄乡郡,寻以议和忤桧。晚起漕湖南。子萧飍。此诗三、四新异。早行诗难得佳者。蒙城在应天府,乃汴河西上入京路也。

早　行　　　　　　　　僧惠洪

失枕惊先起,人家半梦中。闻鸡凭早晏,占斗辨西东。辔湿知行露,衣单怯晓风。秋阳弄光影,忽吐半林红。

欧公诗有"夜江看斗辨西东",此句似落第二。然五言简,亦胜七言。《山谷集》有此诗,《甘露灭集》亦有之。《谷集》为"觉",恐非。

晨　起　　　　　　　　陆放翁

晨起梳头懒,披衣立草堂。雾昏全隐树,气暖不成霜。滩急回鱼队,天低衬雁行。新春犹一月,已觉日微长。

五、六下二字眼工。

---

① 按:"中"字原缺,据康熙五十二年本、纪昀《刊误》本校补。

晓起甘蔗洲　　　　　巩仲至

晓起东风恶,晴岚忽变昏。船随山共走,雾与水相吞。钲鼓遥知寨,桑麻略辨村。雨来无准则,容易湿蓬门。

巩栗斋仲至,其先东平府人,南渡寓居婺州。父嵘大,监广帅。淳熙甲辰,上舍甲科。《东平集》四十卷。其诗甚新,尝学于东莱之门。

早　行　　　　　刘后村

店妪明灯送,前村认未真。山头云似雪,陌上树如人。渐觉高星少,才分远烧新。何烦看堠子,来往暗知津。

《南岳一稾》第七诗。三、四可观,盖少作也。

七　言十三首

晓上天津桥闲望偶逢卢郎中
张员外携酒同倾　　　白乐天

上阳宫里晓钟后,天津桥头残月前。空阔境疑非下界,飘遥身似在寒天。星河隐约初生日,楼阁葱笼半出烟。此处相逢倾一盏,始知地上有神仙。

诗律不必高,但亦自然。

早　发　　　　　　　　罗　邺

一点灯残鲁酒醒,已携孤剑事离程。愁看飞雪闻鸡唱,独向长空背雁行。白草近关微有露①,浊河连底冻无声。此中来往本迢递,况是躯羸客塞城。

第六句好。第五句"露"字疑当作"路",先已言雪故也。

早发天台中岩寺度关岭次天姥岑

许　浑

来往天台天姥间,欲求真诀驻衰颜。星河半落岩前寺,云雾初开岭上关。丹壑树高②风浩浩,碧溪苔浅水潺潺。可知刘阮逢人处,行尽深山又是山。

爱而知其恶,憎而知其善。君子于待人宜然,予之评诗亦皆然也。予遍读唐人诗,早行、晨起之作绝少,如早朝、夜直已入"朝省类"矣,于此外求平淡萧闲之趣咸无焉。此诗三、四于早行自工,但苦对偶太甚。所谓才得一句,便挈捉一句为联,而无自然真味。又且涉乎浅近,则老笔耻之。五、六尤为平平,惟尾句却佳。"可知"者,不可知也。甚处可觅刘、阮?行尽山,又是山也。

---

① 冯班:作"路"亦可,然可不必。　何义门:集本作"路"。　纪昀:作"路"乃佳,不但犯"雪"字也。
② 冯班:"高"一作"多"。

早发蓝关　　　　　　　　韩 偓

闭门愁立待鸡鸣,搜景驰魂入杳冥。云外日随千里雁,山根霜共一潭星。路盘偶见①樵人火,栈转时闻驿使铃。自问辛勤缘底事?半生驱马望长亭②。

早 起　　　　　　　　魏仲先

夜长久待得晨兴,耽睡童犹唤不应。烧叶炉中无宿火,读书窗下有残灯。临阶短发梳和月,傍岸衰容洗带冰。应被巢禽相怪讶,寻常日午起慵能。

"烧叶"一作"烧药"。今从诗话。以"叶"字为定,尤有味。

朝　　　　　　　　梅圣俞

木锁初开水上城,竹篱深闭日光生。青苔井畔雀儿斗,乌臼树头雅舅鸣。世事但知开口笑,俗情休要着心行。是非不道任挑挞,唯忆当时阮步兵。

中四句好。

---

① 冯班:"偶"一作"暂"。
② 冯班:"望"一作"傍"。

新城道中　　　　　苏东坡

东风知我欲山行,吹断檐间积雨声。岭上晴云披絮帽,树头初日挂铜钲。野桃含笑竹篱短,溪柳自摇沙水清。西崦人家应最乐,煮芹烧笋饷春耕。

东坡为杭倅时诗,熙宁六年癸丑二月,徇行属县,由富阳至新城有此作。三、四乃是早行诗也。起句十四字妙,五、六亦佳,但三、四颇拙耳。所谓武库森然,不无利钝,学者当自细参而默会。虽山谷少年诗,亦有不甚佳者,不可为前辈隐讳也。坡是年三十八岁。晁无咎之父端友令新城,故和篇有云:"小雨足时茶户喜,乱山深处长官清。"此乃佳句。

早　起　　　　　陈后山

邻鸡接响作三鸣,残点连声杀五更。寒气挟霜侵败絮,宾鸿将子度微明。有家无食违高枕,百巧千穷只短檠。翰墨日疏身日远,世间安得尚虚名?

"有家无食""百巧千穷",各自为对,乃变格。要见字字锻炼,不遗馀力。

西归舟中怀通泰诸君　　　　　吕居仁

一双一只路傍堠,乍有乍无天际星。乱叶入船侵破衲,疾风吹水拥枯萍。山林何谢难方驾,诗语曹刘可乞灵。酒盌茶瓯俱不厌，为公醉倒为公醒。

起句十四字乃早行诗，次一联言景物而工，又一联言情况而不胜其高矣。诗格峥嵘，非晚学所可及也。

东流道中　　　　　王景文

山高树多日出迟，食时雾露且雰霏。马蹄已踏两邮舍，人家渐开双竹扉。冬青匝地野蜂乱，荞麦满园山雀飞。明朝大江载吾去，万里天风吹客衣。

雪山王质字景文，东鲁人。过江寓居兴国，绍兴庚辰进士。此诗乃"吴体"而道美。

六月归途　　　　　徐致中

星明残点数峰晴，夜静微闻水有声。六月行人须早起，一天凉露湿衣轻。宦情每向途中薄，诗句多于马上成。故里诸公应念我，稻花香里计归程。

第四句良是，第六句亦佳。

夜雨晓起方觉　　　　巩仲至

夜雨鸣檐送五更，不惊高卧最多情。窗间细视花无一作"无花"。影，墙外随听屐有一作"有屐"。声。数把柔丝堤柳嫩，一夜方镜闸波清。出门眼界殊明洁,但觉春寒处处生。

<small>此诗夜雨细而不知,晓起方觉。以附之"晓诗类"。</small>

晨　征

静观群动亦劳哉,岂独吾为旅食催。鸡唱未圆天已晓,蛙鸣方聚雨还来。清和入序殊无暑,小满先时政有雷。酒贱茶饶新面熟,不妨乘兴且徘徊。

<small>第六句最新。</small>

卷之十五　暮夜类

道途晚归，斋阁夜坐，眺暝色，数长更，诗思之幽致，尤见于斯。

五　言 五十首

晚次乐乡县　　　　陈子昂

故乡杳无际，日暮且孤征。川原迷旧国，道路入边城。野戍荒烟断，深山古木平。如何此时恨，嗷嗷夜猿鸣。

盛唐律，诗体浑大，格高语壮。晚唐下细工夫，作小结裹，所以异也。学者详之。

向　夕　　　　杜工部

畎亩孤城外，江村乱水中。深山催短景，乔木易高风。鹤下云汀近，鸡栖草屋同。琴书散明烛，长夜始堪终。

日　暮

牛羊下来夕，各已闭柴门。风月自清夜，江山非故园。

石泉流暗壁,草露滴—作"满"。秋根①。头白灯明里,何须花烬繁。

晚行口号

三川不可到,归路晚山稠。落雁浮寒水,饥乌集成楼。市朝今日异,丧乱几时休。远愧梁江总,还家尚黑头。

客　夜

客睡何曾着?秋天不肯明。入帘②残月影,高枕远江声。计拙无衣食,途穷仗友生。老妻书数纸,应悉未归情。

倦　夜

竹凉侵卧内,野月满庭隅。重露成涓滴,稀星乍有无。暗飞萤自照,水宿鸟相呼。万事干戈里,空悲清夜徂。

中　夜

中夜江山静,危楼望北辰。长为万里客,有愧百年身。

---

① 冯班:"根"一作"原"。
② 冯班:"人"一作"卷"。　许印芳:"卷"字胜"人"字

故国风云气,高堂战伐尘。胡雏负恩泽,嗟尔太平人。

村　夜

萧萧风色①暮,江头人不行。村舂雨外急,邻火夜深明。胡羯何多难?渔樵寄此生。中原有兄弟,万里正含情。

旅夜书怀

细草微风岸,危樯独夜舟。星垂平野阔,月涌大江流。名岂文章著,官应老病休。飘飘何所似,天地一沙鸥。

老杜夕、暝、晚、夜五言律近二十首。选此八首洁净精致者,多是中两句言景物,两句言情。若四句皆言景物,则必有情思贯其间。痛愤哀怨之意多,舒徐和易之调少。以老杜之为人,纯乎忠襟义气,而所遇之时,丧乱不已,宜其然也。

出　郭

霜露晚凄凄,高天逐望低。远烟盐井上,斜景雪峰西。故国犹兵马,他乡亦鼓鼙。江城今夜客,还与旧乌啼。

---

① 冯班:一作"风色萧萧"。

野　望

清秋望不极，迢递起层阴。远水兼天净，孤城隐雾深。叶稀风更落，山迥日初沉。独鹤归何晚，昏鸦已满林。

此亦老杜暮夜诗，而题中惟指郊野，各极道健悲惨，不可不选。前诗分明道乱离；后诗结末四句，有叹时感事、勖贤恶不肖之意焉。

晚泊牛渚　　　　　　　刘宾客

芦苇晚风起，秋江鳞甲生。残霞忽改色，远雁有馀声。戍鼓音响绝，渔家灯火明。无人能咏史，独自月中行。

意尽晚景，尾句用袁宏咏史事，尤切于牛渚也。按杨诚斋晚景一联亦曰："暮天无定色，过雁有归声。"

夕次洛阳道中　　　　　　崔　涂

秋风吹故城，城下独吟行。高树鸟已息，古原人尚耕。流年川暗度，往事月空明。不复叹歧路，马头尘夜生。

陈简斋"高原人独耕"，似胜"古原人尚耕"，为第四句下"古"字。第一句却只作"秋风吹故城"，"故"字不甚好。若曰"秋风吹古城"，此一句既妙，第四句却作"故原人尚耕"，亦可也。

酬梦得穷秋夜坐即事见寄 　　白乐天

焰细灯将尽,声遥漏正长。老人秋向火,小女夜缝裳。菊悴篱经雨,萍销水得霜。今冬暖寒酒,已拟共君尝。

三、四有情味。

齐云楼晚望偶题十韵兼呈冯侍御田殷二协律 楼在苏州

潦倒宦情尽,萧条芳岁阑。欲辞南国去,重上北城看。复岭江山壮,平铺井邑宽。人稠过杨府,坊闹半长安。插雾峰头没,穿霞日脚残。水光红漾漾,树色绿漫漫。约略留遗爱,殷勤念旧欢。病抛官职易,老别友朋难。九月全无热,西风亦未寒。齐云楼北面,半日凭栏干。

前一联见苏州之盛,后一联真情可掬。

彭蠡湖晚归

彭蠡湖天晚,桃花水气春。鸟飞千白点,日没半红轮。何必为迁客,无劳是病身。但来临此望,少有不愁人。

自是一家。尾句凄然如此,迁谪中常态也。

山中寒夜呈许棠　　　曹　松

山寒草堂暖,寂夜有良朋。读《易》分高烛,煎茶取折冰。庭垂河半角,窗露月微棱。俱入诗心①地,争无俗者僧。

<small>第四句奇,此等语惟唐人能之。</small>

南塘暝兴

水色昏犹白,霞光暗渐无。风荷摇破扇,波月动连珠。蟋蟀啼相应,鸳鸯宿不孤。小僮频报夜,归步尚踟蹰。

<small>中四句而三句新,只起句十字亦不苟。</small>

与清江上人及诸公宿李八昆弟宅　耿　沣

汤公多外友,洛社自相依。远客还登会,秋怀欲忘归。惊风林果少,骤雨砌虫稀。更过三张价,东游愧陆机。

<small>五、六工致。</small>

月夜登王屋仙台　　　顾非熊

月临峰顶坛,气爽觉天宽。身去银河近,衣沾玉露寒。

---

① 吴之振、吴孟举:"诗"一作"论"。　纪昀:"论心"妥于"俗心"。

云中日已赤,山外夜初残。即此是仙境,惟愁再上难。

五、六胜于三、四。

同刘秀才宿见赠　　　　　僧无可

浮云流水心,只是爱山林。共恨多年别,相逢一夜吟。既能持苦节,勿谓少知音。忆就西池宿,月圆松竹深。

中四句苦淡,末句脱洒高妙。赵紫芝"雪晴江月圆",全学此也。

寒夜过叡川师院

长生推献寿,法坐四朝登。问难无强敌,声名掩古僧。绝尘苔积地,栖竹鸟惊灯。语默俱忘寐,残窗半月棱。

五、六自是一样句法,第七句尤佳。

西陵夜居　　　　　吴　融

寒潮落远汀,暝色入柴扃。漏永沉沉静,灯孤的的青。林风移宿鸟,池雨定流萤。尽夕①成愁绝,啼螀莫近庭。

五、六绝妙,两字眼用工。

---

① 冯班:"夕"一作"夜"。

夕 阳 　　　　　　僧宇昭

向夕江天迥，微微接水平。带帆归极浦，随客上荒城。云外僧看落，山西鸟过明。何人对幽怨？苒苒败莎并。

宇昭，九僧之一，江东人。《夕阳》，着题诗也。中四句皆工。

冬夜旅思 　　　　　　寇莱公

年少嗟羁旅，烟霄进未能。江楼千里月，雪屋一龛灯。远信凭边雁，孤吟寄岳僧。炉灰愁拥坐，砚水半成冰。

读此诗与晚唐人何异，岂知其为宰相器乎？三、四悲壮，五、六自唐人翻出，第二句见其进取之心焉。

暝 　　　　　　梅圣俞

杳杳钟初发，昏昏户闭时。巢禽投树尽，疲马入城迟。醉唱眠茅屋，烧光透槿篱。荷锄休带月，亭长竖毛眉。

夜

日从东溟转，夜向西海沉。群物各已息，众星灿然森。虾蟆将食月，魑魅争出阴。阮籍独不寐，徘徊起弹琴。

前一首曲尽山城暮景。后一首不专从律，而意谓日没星出，群阴之类争逞，忧世之士，独弹琴不寐。有深意也，岂但赋夜而已哉！

吴正仲见访回日暮必未晚膳因以解嘲

永日无车马，闲坊有竹邻。雨中乌帽至，门外绿苔新。不杀鸡为黍，堪题凤向人。山公识墨在，知我旧来贫。

五、六用事妙，不觉其为用事也。以题有"暮""晚"字，附诸此。

秋夜集李式西斋　　　　赵叔灵

泽国秋光淡，诗家夜会清。雨馀逢月色，风静得琴声。小径幽虫绝，寒阶落叶并。尝余不拟睡，自起绕池行。

太宗朝诗人多学晚唐，此诗三、四系一句法，五、六是偶。

江楼晴望　　　　鲁三江

江干一雨收，霁色染新愁。远水碧千里，夕阳红半楼。笛寒渔浦晚，山翠海门秋。更待牛津月，袁宏欲泛舟。

三、四善言晚景。

腊后晚望　　　　宋景文

寒日系难定，鸣笳弄已休。冻崖初辨马，昏谷自量牛。

汉树临关密,胡泉入塞流。登高能赋未?风物古尧州。

"昆体",善于用事。两崖不辨牛马,与谷量牛马,融化作腊后晚望诗,精密之至。五、六亦佳。真定府诗。

城隅晚意

寥寥天意晚,稍觉井闾闲。水落呈全屿,云生失半山。牛羊樵路暗,灯火客舟还。暝思输凫鹄,归飞沆漭间。

三、四工巧。

西楼夕望

炎氛随日入,岑寂坐遥帷。倦鹭昏投浦,惊蝉夜去枝。桂花兼月破,槎影带星移。珍重窗风好,羲人即此诗[①]。

三、四工。皆成都诗,固是有羲皇上人,此曰"羲人",则生。

晚游九曲院 和章秀才　　　　陈后山

冷落丛祠晚,回斜峡路赊。平荷留夜雨,惊鸟过邻家。云暗重重树,风开旋旋花。病身无俗事,待得后归鸦。

此钱塘九曲院也。后山游吴时在三十岁以前,元丰五年壬戌诗。

[①] 按:康熙五十二年本、纪昀《刊误》本"诗"作"时"。

湖上晚归寄诗友

功名违壮志①,戒律负前身。刘德长欺客,王融却笑人。残年憎受岁,病眼怯逢春。杖屦知何向,知公未厌频②。"受"一作"送"③。

此钱塘西湖也,后山元丰中游吴。任渊注本不收此诗,三十岁所作,乃谢克家本添入者。"憎受岁""怯逢春",亦老苍矣,未可以少作视之。

后湖晚出

水净偏明眼,城荒可当山。青林无尽意,白鸟有馀闲。身致江湖上,名成伯季间。目随归雁尽,坐待暮鸦还。

"沧江万古流不尽,白鸟双飞意自闲。"东坡赏欧公诗,谓敌老杜。后山三、四一联,尤简而有味。不致身于庙堂,而致身于江湖之上。"名成伯季间",谓在苏门六君子中,亚于黄而高于晁、张也。

晚　　泊

清切临风笛,深明隔水灯。堆场穿鸟雀,暗溜入沟塍。年使扶行老,船催趁渡僧。兹游恐未已,着句续先曾。

"使之年",出《左传》。谓问绛人年几岁,使之自言也。

---

① 按:"壮"原作"此",据康熙五十二年本、纪昀《刊误》本校改。
② 按:"频"原作"贫",据康熙五十二年本、纪昀《刊误》本校改。
③ 按:此四字原缺,据康熙五十二年本、纪昀《刊误》本校补。

晚　坐

柳弱留春色,梅寒酿雪花。溪明数积石,月过恋平莎。病减还增药,年侵却累家。后归栖未定,不但只昏鸦。

<small>六句下六字为眼,尾句尤高古。</small>

寒　夜

留滞常思动,艰虞却悔来。寒灯挑不焰,残火拨成灰。冻水滴还歇,风帘卷复开。孰知文有忌,情至自生哀。

<small>此赴棣州教授诗。起句十字,士大夫之常态。</small>

宿齐河

烛暗人初寂,寒生夜向深。潜鱼聚沙窟,坠鸟滑霜林。稍作他年计,初回万里心。还家只有梦,更着晓寒侵。

<small>句句有眼,字字无瑕,尾句尤深幽。</small>

宿合清口

风叶初疑雨,晴窗误作明。穿林出去鸟,举棹有来声。深渚鱼犹得,寒沙雁自惊。卧家还就道,身计岂苍生。

此亦赴棣州教时作。所以去鸟穿林而出者,以举棹者有来声也,上问下答。起句十字,尽客夜之妙。末句叹喟出处无补苍生,远矣。

和西斋　　　　　　　　张宛丘

山色供开镜,溪光照掩扉。暗虫先夜响,萎叶近秋飞。灌垄晴蔬出,开笼暮鹤归。鸣琴坐朗月,轻露点秋衣。

三、四自然好,五、六工。

冬　夜

岁晚转无趣,席门谁驻车?涧泉分当井,山叶扫供厨。谋拙从人笑,身闲读我书。幸知霜霰晚,时得灌园蔬。

三、四亦自然。"从人笑""读我书",各有出处,非杜撰。

小舟过吉泽效王右丞　　　　　　　　陆放翁

泽国霜露晚,孤村烟水微。本去官道远,自然人迹稀。木落山尽出,钟鸣僧独归。渔家闲似我,未夕闭柴扉。"村"一作"汀"。

五、六可谓得句。

五鼓不得眠起酌一杯复就枕

栖冷鸡声咽,窗深烛焰明。流年容易过,华发等闲生。

浊挹连醅酒,香搓带叶橙。残骸付蝼蚁,汗简更须名。

第六句新。

冷泉夜坐　　　　　　　　赵师秀

众境碧沉沉,前峰月正临。楼钟晴听响,池水夜观深。
清净非人世,虚空见佛心。却寻来处宿,风起古松林。

三、四下一字是眼,中一字是眼之来脉。作诗当如此秤停。

访端叔提干　　　　　　　　葛无怀

月趁潮头上,山随柁尾行。大江中夜满,双橹半空鸣。
雁冷来无几,鸥清睡不成。平生师友地,此夕最关情。

三、四有盛唐风味。

雪　夜

冷蕊通幽信,孤山欠几遭。杯因寒更满,句到淡方高。
雪滴晴檐雨,松翻夜壑涛。布衾虽似铁,犹念早趋朝。

五、六尽佳,三、四幽淡。

月夜书怀　　　　　　　　陈止斋

送客门初掩,收书室更虚。新篁高过瓦,凉月下临除。

妇病才扶杖,儿馋或馈鱼。今朝吾已过,莫问夜何如。

尾句高不可言。

暝　色　　　　　　　　刘后村

暝色千村静,遥峰带浅霞。荷锄归别墅,乞火到邻家。疏鼓闻更远,昏灯见字斜。小轩风露冷,自起灌兰花。

七　言 十一首

阁　夜　　　　　　　　杜工部

岁暮阴阳催短景,天涯霜雪霁寒宵。五更鼓角声悲壮,三峡星河影动摇。野哭千家闻战伐,夷歌几处起渔樵。卧龙跃马终黄土,人事音书漫寂寥。

三、四东坡所赏。世间此等诗,惟老杜集有之。

暮　归

霜黄碧梧白鹤栖,城上击柝复乌啼。客子入门月皎皎,谁家捣练风凄凄。南渡桂水阙舟楫,北归秦川多鼓鼙。年过半百不称意,明日看云还杖藜。

自是一种骨格风调,又自是一种悲壮哀惨。

返 照

楚王宫北正黄昏,白帝城西过雨痕。返照入江翻石壁,归云拥树失山村。衰年肺病惟高枕,绝塞愁时早闭门。不可久留豺虎乱,南方实有未招魂。

想必先得三、四,故以"返照"命题。"翻"字、"失"字,诗眼也。

和周廉彦　　　　　　　　　张宛丘

天光不动晚云垂,芳草初长衬马蹄。新月已生飞鸟外,落霞更在夕阳西。花开有客时携酒,门冷无车出畏泥。修禊洛滨期一醉,天津春浪绿浮堤。

三、四不见着力,自然浑成。

夜 泊

远雁初归枫叶干,孤舟晚系岸边滩。淮声夜静凌风壮,月色秋深照客寒。疏拙功名甘阔略①,飘零踪迹但悲叹。不关酒薄难成醉,自是年来少所欢。

律熟句妥。

---

① 冯班:"略",王抄本作"落"。

夜泊宁陵　　　　　　韩子苍

汴水日驰三百里,扁舟东下更开帆。旦辞杞国风微北,夜泊宁陵月正南。老树挟霜鸣窣窣,寒花垂露落毸毸。茫然不悟身何处,水色天光共蔚蓝。

"扁舟东下更开帆",此是诗家合当下的句,只一句中有进步,犹云"同是行人更分首"也。五、六亦工。

夜　坐　　　　　　吕居仁

所至留连不计程,两年坚卧厌南征。荒城日短溪山静,野寺人稀鹳雀鸣。药裹向人闲自好,文书到眼病犹明。较量定力差精进,夜夜蒲团坐五更。

夜　雨　　　　　　陆放翁

萧萧残发雪侵冠,冉冉清愁用底宽。把卷昏眸常欲闭,投床睡兴却先阑。惟须酒沃相如渴,未分人哀范叔寒。雨霁定知梅已动,佩壶明日试寻看。

五、六气壮,以第六句唤醒第五句也。

冬夜不寐 　　　姜梅山

宵柝迢迢惊睡魔,静思甘分老林坡。忍饥只有嵇康懒,扣角曾无宁戚歌。不起妄心思世事,只将闲意养天和。时人休说长生术,学着长生事转多。

五、六俱旷达。

秋夜偶书 　　　赵师秀

此生谩与蠹鱼同,白发难收纸上功。辅嗣《易》行无汉学,玄晖诗变有唐风。夜长灯烬挑频落,秋老虫声听不穷。多少故人天禄贵,犹将寂寞叹扬雄。

三、四有议论,却不可以晚唐诗一例看,若如此推去尽高。

呈蒋薛二友

中夜清寒入缊袍,一杯山茗当香醪。禽翻竹叶霜初下,人立梅花月正高。无欲自然心似水,有营何止事如毛。春来拟约萧闲客,同上天台看海涛。

此等诗平正。近世人甚夸之,乃深甫①乾、淳以前所作耳。然尾句高洒。

---

① 按:"甫"字原缺,据康熙五十二年本、纪昀《刊误》本校补。

卷之十六　节序类

或问节序诗以冬至为首,何也？古历法皆起于冬至,有一阳之复,然后有三阳之泰,故以此为首。邵康节诗,云"冬至子之半",最佳;而"元酒味方淡,大音声正希",两句一意,故不取。今此选专以论诗,故诗非极工者不预焉。

五　言 五十四首

冬　至　　　　　王半山

都城开博路,佳节一阳生。喜见儿童色,欢传市井声。幽闲亦聚集,珍丽各携擎。却忆他年事,关商闭不行。

李参政注:"博路,未详。"予谓常日禁赌博,惟节日不禁耳。幽闲聚集,珍丽携擎,此等句细润,乃三谢手段,半山多如此。又至节五言诗佳者绝少,七言则老杜数篇尽之矣。

和王子安至日　　　　陈后山师道

晨起公私迫,昏归鸟雀催。百年忙里尽,万事醉间来。竹雨深宜晚,江梅半欲开。风灯挑不焰,寒火拨成灰。

三、四妙。本三诗，今取一。第一首云："近节翻多事，为家不亦难。"第二首云："阴阳消长际，老疾去留间。"皆好。

冬至后　　　　　　　　　张宛丘

水国过冬至，风光春已生。梅如相见喜，雁有欲归声。老去书全懒，闲中酒愈倾。穷通付吾道，不复问君平。

张文潜诗，予所师也。杨诚斋谓肥仙诗自然，不事雕镌，得之矣。文潜两谪黄州，此殆黄州时诗。三、四绝佳。大概文潜诗中四句多一串用景，似此一联景、一联情，尤净洁可观。周伯弢定四实、四虚，前后虚实为法。要之，本亦无定法也。

辛酉冬至　　　　　　　　陆放翁

今日日南至，吾门方寂然。家贫轻过节，身老怯增年。元注："乡俗谓吃尽至饭，即添一岁。"毕祭皆扶拜，分盘独早眠。惟应探春梦，已绕镜湖边。

放翁宣和乙巳生，嘉泰元年辛酉年七十七矣。三、四平稳有味。

腊日晚步　　　　　　　　张宛丘

喜觉阳和近，山园策杖行。草应知地暖，柳欲向人轻。残雪通春信，鸣禽报晓晴。田间未成计，搔首问春耕。

此题三首，今选其一。"柳欲向人轻"，最佳句也。"残雪通春信"，

"通"字绝妙。第一首警联云:"愁思供多病,风光欲近人。"亦佳。

腊日二首

日暖村村路,人家迭送迎。婚姻须岁暮,酒醴幸年登。箫鼓儿童集,衣裳妇女矜。敢辞鸡黍费,农事及春兴。

击柝山城闭,疏灯夜店扃。疾风鸣夜谷,晴水动浮星。霜翼归何晚,邻机织未停。短歌聊自放,愁绝更谁听?

此题六首,今选其二。"衣裳妇女矜",此一韵绝妙。"晴水动浮星",此一句绝妙。第二首一联云:"雪意千山静,天形一雁高。"尤佳。"迎"字许借韵也。

守　岁　　　　　　　唐太宗

暮景斜芳殿,年华丽绮宫。寒辞去冬雪,暖带入春风。阶馥舒梅素,盘花卷烛红。共欢新故岁,迎送一宵中。

唐太宗才高。此诗尾句有把握,起句有两字为眼,殊不苟也。又《太原守岁》一联尤佳:"送寒馀雪尽,迎岁早梅新。"文集四十卷,今亡,《初学记》中得此。

杜位宅守岁　　　　　　杜工部

守岁阿戎家,椒盘已颂花。盍簪喧枥马,列炬散林鸦。

四十明朝过,飞腾暮景斜。谁能更拘束,烂醉是生涯。

"阿戎"当作"阿咸",盖杜位者,少陵之侄也。以"四十"字对"飞腾"字,谓"四"与"十"对,"飞"与"腾"对,诗家通例也。唐子西诗:"四十缁成素,清明绿胜红。"祖此。

除夜宿石头驿 　　戴叔伦幼公

旅馆谁相问,寒灯独可亲。一年将尽夜,万里未归人。寥落悲前事,支离笑此身。愁颜与衰鬓,明日又逢①春。

此诗全不说景,意足辞洁。

除　夕 　　唐子西

患难思年改,龙钟惜岁徂。关河先垄远,天地小臣孤。吾道凭温酒,时情付拥炉。南荒足妖怪,此日谩桃符。

唐庚,字子西,眉山人。年十七见知东坡,为张天觉丞相牵连,谪居惠州。此诗三、四似老杜,故取之。然子西诗大率精致。

除　夜 　　陈后山

七十已强半,所馀能几何?悬知暮景促,更觉后生多。遁世名为累,留年睡作魔。西归端著便,老子不婆娑。

---

① 何义门:"又"当作"去"。"去"字佳,方是宿旅店中也。

前四句即"四十明朝过,飞腾暮景斜"之意。乐天亦云:"行年三十九,岁暮日斜时。"前辈竟辰如此,晚辈可不勉哉!"留年睡作魔",绝佳,谓不寐以守岁,而不耐困也。

除夜对酒赠少章

岁晚身何托?灯前客未空。半生忧患里,一梦有无中。发短愁催白,颜衰酒借红。我歌君起舞,潦倒略相同。

五、六一联,当时盛称其工。见《渔隐丛话》。

除　夜　　　　　陈简斋

畴昔追欢事,如今病不能。等闲生白发,耐久是青灯。海内春还满,江南砚不冰。题诗饯残岁,钟鼓报晨兴。

"海内春还满",此一句壮甚。

岁除即事　　　　赵仲白

连夜缝纫办,今朝杵臼频。买花簪稚女,送米赠穷邻。宦薄惟名在,年华与鬓新。桃符诗句好,恐动往来人。

赵庚,字仲白,寓居兴化军。赵紫芝为晚唐诗,名冠"四灵",而仲白亚紫芝。刘后村志墓,赵南塘为序诗集,谓"古诗出情性,后世挟才格",此乃唐体选之尤者,亦当不以才格论欤?尾句太自矜。

新 年 作 　　　宋之问

乡心新岁切,天畔独潸然。老至居人下,春归在客先。
岭猿同旦暮,江柳共风烟。已似长沙傅,从今又几年。

三、四费无限思索乃得之,否则有感而自得。

次韵仲卿除日立春 　　　王半山

犹残一日腊,并见两年春。物以终为始,人从故得新。
迎阳朝剪彩,守岁夜倾银。恩赐随嘉节,无功只自尘。

五、六切题。

元 日 　　　陈后山

老境难为节,寒梢未得春。一官兼利害,百虑孰疏亲?
积雪无归路,扶行有醉人。望乡仍受岁,回首向松筠。

读后山诗,若以色见,以声音求,是行邪道,不见如来。全是骨,全是味,不可与拈花簇叶者相较量也。

嘉祐己亥岁旦呈永叔内翰 　　　梅圣俞

阶前去年雪,镜里旧时人。不觉应销尽,相看只似新。

屠酥先尚幼，彩胜又宜春。独爱开封尹，钟陵请去频。

圣俞嘉祐五年庚子四月卒，年五十九。此年五十八也，盖老笔。

宜章元日 　　　吕居仁

东风初解冻，桃李已经春。避地逢鸡日，伤时感雁臣。湖南驰贼骑，江外践胡尘。憔悴成无用，虚烦泪湿巾。

"鸡日""雁臣"之句甚工。北夷酋长遣子入侍者，常秋来春去，避中国之热，号曰"雁臣"。

己酉元日元注："以谅阴免贺礼。"　　陆放翁

夜雨解残雪，朝阳开积阴。桃符呵笔写，椒酒过花斟。巷柳摇风早，街泥溅马深。行宫放朝贺，共识慕尧心。

放翁解严州后归镜湖，寻入为礼部郎，淳熙十五年戊申，明年己酉元日，以思陵服中免贺，放翁年六十五矣。"桃符""椒酒"，此联后又尝用之。是冬翁竟去国，晚节乃为韩平原一出。

甲子元日 题中元有"岁"字，今删之。
元注："开岁微阴不雨，法当有年。"

饮罢屠酥酒，真为八十翁。本忧缘直死，却喜坐诗穷。米贱知无盗，云黔又主丰。一箪那复虑，嬉笑伴儿童。

嘉泰四年甲子,宁庙在位十一年,放翁年八十,屡见米贱年丰,真福人也。第五句最好。

元日立春　　　　　　范石湖

元日兼春日,霜寒又雪寒。并烦传菜手,同捧颂椒盘。叠膝稀穿履,扶头懒正冠。五年如此度,宁得讳衰残?

淳熙十五年戊申元日立春,选亦所以记时也。石湖二诗,一云:"元日兼春日,闲身是老身。"

人　日　　　　　　杜工部

元日至人日,未有不阴时。冰雪莺难至,春寒花较迟。云随白水落,风振紫山悲。蓬鬓稀疏久,无劳比素丝。

东方朔《占书》:一日为鸡,二日为狗,三日豕,四日羊,五日牛,六日马,七日人,八日谷。其日晴,主所生之物盛;阴则灾。

人　日　　　　　　唐子西

人日伤心极,天时触目新。残梅诗兴晚,细草梦魂春。挑菜年年俗,飞蓬处处身。蟆颐频语及,仿佛见东津。

以"人日"对"天时",虽近在目前,子细看甚工。东坡以"人日"对"鬼门",亦佳。见此卷后。

正月十五日① 苏味道

火树银花合,星桥铁锁开。暗尘随马去,明月逐人来。游妓皆秾李,行歌尽《落梅》。金吾不禁夜②,玉漏莫相催。

　　味道,武后时人。诗律已如此健快。古今元宵诗少,五言好者殆无出此篇矣。

夜　游

今夕重门启,游春得夜芳。月华连昼色,灯影杂星光。南陌青丝骑,东邻红粉妆。管弦遥辨曲,罗绮暗闻香。人拥行歌路,车攒斗舞场。经过犹未已,钟鼓出长杨。

　　元夕者,太平之所宜有而离乱多,富贵之所宜有而寂寞多。读此诗欲逢此辰,不可得也。味道前一诗见《初学记》,此一诗见《搜玉小集》③。

观　灯 王　諲

暂得金吾夜,通看火树春。停车傍明月,走马入红尘。妓杂歌偏胜,场移舞更新。应须尽记取,说向不来人。

---

① 冯班:"日"一作"夜"。
② 冯班:"禁"一作"惜"。"惜"妙于"禁"。　　纪昀:冯云:"禁",别本作"惜","惜"妙于"禁"。然金吾掌禁夜,不掌惜夜。以此为妙,其僻更甚于"江西"。
③ 按:《搜玉小集》作沈佺期诗。

此诗但尾句十字佳。凡观元宵之人,必多村翁痴子,欲尽记所见,以夸与不能同来者。此意得之。

正月十五夜月　　　白乐天

岁熟人心乐,朝游复夜游。春风来海上,明月在江头。灯火家家市,笙歌处处楼。无妨思帝里,不合厌杭州。

乐天以长庆二年冬十月杭州到任,长庆四年元宵诗也。杭自唐固已盛矣,然终未若京都长安之盛。三、四佳句也。如李易安"月上柳梢头",则词意邪僻矣。

和元夜　　　陈后山

笳鼓喧灯市,车舆避火城。彭黄争地胜,汴泗迫人清。梅柳春犹浅,关山月自明。赋诗随落笔,端复可怜生。

景联极佳。后山家徐州,彭、黄谓彭门、黄楼也。汴水、泗水,交流城角,故云。

择之诵所赋拟进吕子晋元宵诗因用元韵二首　　　朱文公

何处元宵好?山房入定僧。往来衣上月,明暗佛前灯。实际徒劳说,空华讵可凭?还教知此意,妙用一时兴。

何处元宵好?寒龛独寐人。月窗同皎皎,灯镜自尘尘。静鉴通天地,潜思妙鬼神。却怜迷路子,狂走闹城闉。

今按胡文定公安国宣和七年乙巳赋《元夕》诗一联云:"词臣侍宴诗能好,颊客披图事莫传。"文定元注云:"舍人吕子晋赋《元夕》十诗,首篇云:'何处元宵好?迎銮册府西。鞘声云外起,扇影日边低。秘禁咸容肃,名流步武齐。舜瞳回左顾,真欲过金闺。'末篇云:'何处元宵好?双林晏坐僧。戒圆三五夜,心耀百千灯。茅舍门常掩,绳床几谩凭。世间娱乐事,一念不曾兴。'时皆讽诵之。"又注:"庆历中,颍昌一童子,有道之士,尝至花月着道士服,携酒果,饮野外,随意所适,至元夜则闭门不出。有诗云:'闭门独看《华山图》。'后不知所往。有人饮京师市楼,见过楼下,急往追之,不及。吕原明有诗纪其事。"○胡文定公赋此诗,而明年汴京乱矣。文公所和林择之前首,即吕子晋第十首韵也。○元宵之乐,太平之世,富贵之人,自不可无。学道君子,尚不肯轻费时光,从事于不切之务,况区区此等痴呆迷狂之所为乎?谨取文公此二诗于元宵之后。山谷诗曰:"读《易》一篇如酒醒。"亦此意也。

月　　晦　　　　　　　　唐太宗

晦魄移中律,凝暄起丽城。罩云朝盖上,穿露晓珠呈。笑树花分色,啼枝鸟合声。披襟欢眺望,极目畅春情。

唐太宗三代而下英主也。武定祸乱,文致太平,馀事犹能作诗。虽未脱徐庾、陈隋之气,句句说景,末乃归之于情,然此诗亦佳。五、六巧。

奉和晦日幸昆明池应制　　　　宋之问

春豫灵池会,沧波帐殿开。舟凌石鲸渡,槎拂斗牛回。

节晦蓂全落,春迟柳暗催。象溟看浴景,烧劫辨沉灰。镐饮周文乐,汾歌汉武才。不愁明月尽,自有夜珠来。

用"春"字、"豫"字便好。"节晦蓂全落",见得是正月三十日。急着"春迟柳暗催"一句,足其意。池象溟海而观浴日,既已壮丽,又引胡僧劫灰事为偶,则尤精切,可谓极天下之工矣。"镐饮""汾歌"一联,王禹玉袭为《上元应制》诗,殊不知之问已先用矣。尾句尤佳。"不愁明月尽",谓晦日则无月也。池中自有大蚌明月之珠,如近世鼍社湖珠现是也。妙甚。

春　社　　　　　　梅圣俞

年年迎社雨,淡淡洗林花。树下赛田鼓,坛边伺肉鸦。春醪朝共饮,野老暮相哗①。燕子何时至,长皋点翅斜。

春社诗苦无五言律。此篇独佳,淡泊中有醇醨味。

社　日　　　　　　谢无逸

雨柳垂垂叶,风溪细细纹。清欢惟煮茗,美味只羹芹。饮不遭田父,归无遗细君。东皋农事作,举趾待耕耘。

春社五言律前后甚少。老杜九农百祀之作,乃《秋社》诗。谢无逸此篇"饮不遭田父",盖用老杜"成都父老说尹事"古诗也。"归无遗细君",本东方朔伏日事。老杜用诙谐割肉之说,岂古人社日、伏日皆有所分之肉归遗细君,故一例用之耶? 徐师川亦有《社日》诗,乃云:"哀公问

---

① 按:康熙五十二年本、纪昀《刊误》本"哗"作"夸"。

松柏,田父祭春秋。"殊为粗率。学晚唐人,厌"江西"诗,如师川诗,不律不精,可厌也。至如无逸、幼槃兄弟诗,自佳。但恐此一社日可谓贫甚,无酒、无肉,只有芹茗而已。

寒　食　　　　　　　　杜工部

寒食江村路,风花高下飞。汀烟轻冉冉,竹日净晖晖。田父要皆去,邻家问①不违。地偏相识尽,鸡犬亦忘归。

起句十字,寒食、清明天气所必然也。后四句,可见老杜为人乐易。乃成都草堂诗。

壬辰寒食　　　　　　　王半山

客思似杨柳,春风千万条。更倾寒食泪,欲涨冶城潮。巾发雪争出,镜颜朱早雕。未知轩冕乐,但欲老渔樵。

半山诗步骤老杜,有工致而无悲壮,读之久则令人笔拘而格退。

丙寅舟次宋城作　　　　贺方回

水馆四边村,登临奈断魂。黄花开小径,红粉哭高原。舟楫逢新火,松楸老故园。斜阳一千里,依约是苏门。

此乃元祐元年丙寅宋城寒食诗。"红粉哭高原",自来无人曾道,乃寒食近城处所必有也。"黄花"定是菜花耳。

---

① 冯班:"问"一作"闹"。

道中寒食二首　　　　　陈简斋

飞絮春犹冷,离家食更寒。能供几岁月,不办了悲欢。刺史蒲萄酒,先生苜蓿盘。一官违壮节,百虑集征鞍。

斗粟淹吾驾,浮云笑此生。有诗酬岁月,无梦到功名。客里逢归雁,愁边有乱莺。杨花不解事,更作倚风轻。

简斋诗即老杜诗也。予平生持所见:以老杜为祖,老杜同时诸人皆可伯仲。宋以后山谷一也,后山二也,简斋为三,吕居仁为四,曾茶山为五。其他与茶山伯仲亦有之,此诗之正派也。馀皆傍支别流,得斯文之一体者也。孙真人《千金方》三十六卷,每一卷藏一仙方。予所选唐、宋诗"节序"五言律凡五十首,藏仙方于其中不知几也。卷卷有之,在人自求。

清　明　　　　　陆放翁

气候三一作"江"。吴异,清明乃尔寒。老增丘墓感,贫苦道途难。燕子家家入,梨花树树残。一春回首尽,怀抱若为宽。

三、四凄怆,第七句最好,景联亦平熟。

三月三日梨园亭侍宴　　　　　沈佺期

九门驰道出,三巳禊堂开。画鹢中川动,青龙上苑来。

野花飘御座,河柳拂天杯。日晚迎祥处,笙镛下帝台。

司马彪《续汉书·礼仪志》曰:"三月上巳,宫人并禊饮于东流水上。"沈约《宋书》曰:"魏以后但用三日,不复用'巳'也。"沈佺期、宋之问,唐律诗之祖。此诗虽无绝高处,平正整妥。

上巳日洛中寄王山人迥　　孟浩然

卜洛成周地,浮杯上巳筵。斗鸡寒食后,走马射堂前。垂柳金堤合,平沙翠幕连。不知王逸少,何处会群贤。

浩然作此诗时,其体未甚刻画,但细看亦自用工。第二句下"浮杯"字便着题;"平沙翠幕连"一句,初看似未见工,久之乃见,祓禊而游者甚盛也。尾句用逸少事,所寄之人适又姓王,切矣。

上　巳　　陆放翁

残年登八十,佳日遇重三。帘幕低垂燕,房栊起晚蚕。名花红满舫,美酝绿盈甔。春事还如昨,衰怀自不堪。

历选上巳五言律无佳者,《唐百家诗选》荆公所取《上巳》《清明》诗亦不甚妙,惟孟浩然一首尾句可喜。此放翁八十岁时诗,亦丰硕。

端午日赐衣　　杜工部

宫衣亦有名,端午被恩荣。细葛含风软,香罗叠雪轻。自天题处湿,当暑着来清。意内称长短,终身荷圣情。

第七句王洙注:"一云'恰称身长短。'"又注:"情,一作明。""自天""当暑"四字出《论语》,前辈亦以为诗家用古语之法。黄鹤注谓:"乾元元年戊戌在谏省,六月出为华州司功,是年四十七岁,是后不复至长安矣。"○端午五七言律诗,遍阅唐、宋集,无佳者。小邢五言云:"佩符从楚俗,角黍荐湘累。"尾句乃云:"异乡逢此日,寥落不胜悲。"无足取。高子勉《和王子予五日雨》诗亦牵强。他如翰苑端帖绝句诗,不胜其多。用铸镜、佩符事佳者自可考也。

七 夕　　　　　　杜审言

白露含明月,青霞断绛河。天街七襄转,阁一作关①。道二神过。袨服锵环佩,香筵拂绮罗。年年今夜尽,机杼别情多。

审言又有《七夕侍宴应制》诗,有云:"天迥兔欲落,河旷鹊停飞。那堪尽此夜,复往弄残机。"

七 夕　　　　　　梅圣俞

古来传织女,七夕渡明河。巧意世争乞,神光谁见过?隔年期已拙,旧俗验方讹。五色金盘果,蜘蛛浪作窠。

谓牛、女一年而一会,已且自拙,何能以巧应人之乞哉?虽戏言而有味。"神光谁见过",亦佳。织女之渡,谁实尝见之耶?

---

① 按:"阁",原作"关"。无"一作关"三字。据康熙五十二年本、纪昀《刊误》本校补。

九日登梓州城　　　　杜工部

伊昔黄花酒,如今白发翁。追欢筋力异,望远岁时同。弟妹悲歌里,朝廷醉眼中。兵戈与关塞,此日意无穷。

老杜此诗悲不可言,唐人无能及之者。岑参四句云:"强欲登高去,无人送酒来。遥怜故园菊,应傍战场开。"有老杜之风。

云安九日郑十八携酒陪诸公宴

寒花开已尽,菊蕊独盈枝。旧摘人频异,清香酒暂随。地偏初衣夹,山拥更登危。万国皆戎马,酣歌泪欲垂。

九　日 三首取二

旧日重阳日,传杯不放杯。即今蓬鬓改,但愧菊花开。北阙心长恋,西江首独回。茱萸赐朝士,难得一枝来。

旧与苏司业,兼随郑广文。采花香泛泛,坐客醉纷纷。野树歌还倚,秋砧醒却闻。欢娱两冥漠,西北有孤云。

老杜《九日》五言律凡九首,今取其四。如:"缀席茱萸好,浮舟菡萏衰。季秋时欲半,九日意兼悲。"如:"坐开桑落酒,来把菊花枝。"如:"旧采黄花剩,新梳白发微。"皆佳句。九日舍萸、菊不用,则何以成诗,《容斋随笔》言之详矣。予谓老杜《九日》三用茱萸:"明年此会知谁健,醉把茱萸子细看。"此为第一;"茱萸赐朝士,难得一枝来。"此为第二;"缀席茱萸好。"此为第三。王维有云:"遥知兄弟登高处,遍插茱萸少一人。"亦佳,用事同而用意异也。

奉和圣制重阳节上寿应制　　王右丞

　　四海方无事,三秋大有年。百生逢此日,万寿愿齐天。芍药和金鼎,茱萸插玳筵。玉堂开右个,天乐动宫悬。御柳疏秋景,城鸦拂曙烟。无穷菊花节,长奉《柏梁》篇。
　　"此生已觉都无事,今岁仍逢大有年。"东坡之句,乃出于此。"芍药"对"茱萸",亦犹"樱桃"对"枇杷"也。唐、宋诗人经了几番重九,好重九王右丞诸人占了,恶重九却分付与老杜,可叹也。应制诗本不甚选,取此以发一慨云。

九日怀舍弟　　唐子西

　　重阳陶令节,单阏贾生年。秋色苍梧外,衰颜紫菊前。登高知地尽,引满觉天旋。去岁京城雨,茱萸对惠连。
　　唐子西诗无往不工。此政和辛卯年谪居惠州时。用"单阏贾生"对"重阳陶令",工矣。"苍梧""紫菊",又工。"登高""引满""地尽""天旋"之联,又愈工。末句用"茱萸"事思弟,尤工也。

七　言 六十九首

小　至　　　　　　　　　　杜工部

天时人事日相催,冬至阳生春又来。刺绣五纹添弱线,吹葭六琯动浮灰。岸容待腊将舒柳,山意冲寒欲放梅。云物不殊乡国异,教儿且覆掌中杯。

冬　至

年年至日长为客,忽忽穷愁泥杀人。江上形容吾独老,天涯风俗自相亲。杖藜雪后临丹壑,鸣玉朝来散紫宸。心折此时无一寸,路迷何处见三秦①。

至日遣兴奉寄北省旧阁老两院故人二首

去岁兹辰捧御床,五更三点入鹓行。欲知趋走伤心地,正想氤氲满眼香。无路从容陪语笑,有时颠倒着衣裳。何人错忆②穷愁日?愁日一作"日日"。愁随一线长。

忆昨逍遥供奉班,去年今日侍龙颜。麒麟不动炉烟上,

---

① 许印芳:"见"一作"是"。
② 冯班:"忆"一作"认"。

孔雀徐开扇影还。玉几由来天北极，朱衣只在殿中间。孤城此日堪肠断，愁对寒云雪满山。

　　此二诗乾元元年戊戌作于华州为司功时。"去岁"，即至德二年丁酉为左拾遗时也。"五更三点入鹓行"，此句四六家用之不啻千百人矣。前二诗乃夔州诗，在大历元、二年间，此固未论。凡老杜七言律诗，无有能及之者。而冬至四诗，检唐、宋他集殆遍，亦无复有加于此矣。馀一篇见后，近"吴体"，注家谓广德二年。

至　后

　　冬至至后日初长，远在剑南思洛阳。青袍白马有何意，金谷铜驼非故乡。梅花欲开不自觉，棣萼一别永相望。愁极本凭诗遣兴，诗成吟咏转凄凉。

　　金谷者，石崇之所游。铜驼者，索靖之所哭。皆在洛阳，故第二句云："远在剑南思洛阳。"王洙巨源号博洽，妄注云："皆蜀中故事。"非也。"青袍"，公尝有矣。此云"青袍白马有何意"，亦叹夫身老不遇，为严武幕府也。是年老杜五十二，后乃服绯，则又有句云："扶病垂朱绂。"

冬　至　夜　　　　　　　　白乐天

　　老去襟怀常濩落，病来须鬓转苍浪。心灰不及炉中炭，鬓雪多于砌下霜。三峡南宾身最远，一年冬至夜偏长。今宵始觉房栊冷，坐索寒衣泥孟光。

　　"心灰""鬓霜"，引喻亦佳。"一年冬至夜偏长"，前未有人道也。

冬至夜作 天复二年随驾凤翔　　　韩致尧

中宵忽见动葭灰,料得南枝有早梅。四野便应枯草绿,九重先觉冻云开。阴冰莫向河源塞,阳气今从地底回。不道惨舒无定分,却忧蚊响又成雷。

是时朱全忠围岐甚急,李茂贞①有连和之意,偓之孤忠处此,殆知其必一反一覆,终无定在欤？此关时事,不但咏至节也。

长至日述怀兼寄十七兄　　　曾茶山

老来逾觉白驹忙,眼见重阳又一阳。心似死灰飞不起,枝如②寒日短中长。厌看宾客空投谒,强对妻孥略举觞。回首山阴酬劝地,应怜鸿雁不成行。

元注:"辛未年长至日在绍兴府侍兄宴会。"○予按:绍兴元年辛亥,十一年辛酉,二十一年辛未,此又在其后,未知何年？"重阳又一阳",已新异矣。用"死灰""寒日"事,穿入自家身上事来,尤为新也。"厌"字、"空"字、"强"字、"略"字皆诗眼。读茶山诗如冠冕佩玉,有司马立朝之意。用"江西"格,参老杜法,而未尝粗做大卖。陆放翁出其门,而其诗自在中唐、晚唐之间。不主"江西",间或用一、二格,富也、豪也、对偶也、哀感也,皆茶山之所无。而茶山要为独高,未可及也。

---

① 按:"贞"原讹作"真",据康熙五十二年本、纪昀《刊误》本校改。
② 按:"枝"原讹作"技",据元至元本校改。

腊　日　　　　　　　杜工部

腊日常年暖尚遥，今年腊日冻全消。侵凌雪[①]色还萱草，漏泄春光有柳条[②]。纵酒欲谋良夜醉，还家初散紫宸朝。口脂面药随恩泽，翠管银罂下九霄。

"漏泄春光"一句极工。唐朝皆有腊日宣赐，宋无之。惟阃帅戎司在外者，有夏药、腊药，以诏书赐之。此至德二年丁酉为左拾遗时诗，年四十六。

和　腊　前　　　　　　　梅圣俞

汉家戌日看看近，云景苍茫已岁昏。欲验方书治百药，预调飞走猎平原。土人熏肉经春美，宫女藏钩旧戏存。独把冻醪惊节物，草芽微动见庭萱。

腊日诗无可选者。除老杜诗外，仅得此。治药、调猎、熏肉、藏钩，能述腊中诸事，亦可观也。当是和晏元献公韵，下有呈晏元献腊药、腊酒、腊脯、腊笋诗云。

腊日二首　　　　　　　张宛丘

腊日开门雪满山，愁阴短景岁将阑。江梅飘落香元在，

---

① 冯班："凌"一作"陵"。
② 冯班："有"一作"到"。

汀雁飞鸣意已还。佳节再逢身且健，一樽相属鬓生斑。明光起草真荣事，寂寂衡门我且闲。

三、四殊佳。○三句即王元之"霜摧风败，芝兰之性终香"意以自警也。四句即薛道衡"人归落雁后"意；更以对面写法，蕴藉其词。

异乡怀旧人千里，胜日难忘酒一杯。不恨北风催短景，最怜残雪冷疏梅。江边寒色雁催尽，天上春光斗挹回。独我呼儿剩丸药，微功聊取助衰骸。

腊日难得好诗，此二首尽佳。

除夜寄微之　　　白乐天

鬓毛不觉白毵毵，一事无成百不堪。共惜盛时辞阙下，同嗟除夜在江南。家山泉石寻常忆，世路风波子细看。老校于君合先退，明年半百又加三。

此长庆三年癸卯岁除也。"明年半百又加三"，乐天五十三岁。系长庆四年甲辰，正在杭州。盖乐天生于壬子，实代宗大历六年也。长柳子厚一岁。

除　夜　　　陈简斋

城中爆竹已残更，朔吹翻江意未平。多事鬓毛随节换，尽情灯火向人明。比量旧岁聊堪喜，流转殊方又可惊。明日岳阳楼上去，岛烟湖雾看春生。

壬戌岁除作明朝六十岁矣　　曾茶山

禅榻萧然丈室空，薰销①火冷闭门中。光阴大似烛见跋，问学只如船逆风。一岁临分惊老大，五更相守笑儿童。休言四十明朝过，看取霜髯六十翁。

以诗推之，知曾文清公元丰七年甲子生，此乃绍兴十二年壬戌也。公年八十二，当是乾道元年乙酉卒。茶山清名满世，年且六十，犹曰"问学只如船逆风"，后生可不勉诸！

岁　尽

漏箭更筹日夜催，万牛不挽白驹回。梅花雪片岁除尽，萱草柳芽春鼎来。病里诗书元不读，贫中樽俎未尝开。年光似此真虚掷，请以丹心学死灰。

茶山诗学山谷，往往逼真。此又在壬戌后数十年。

元日过丹阳明日立春寄鲁元翰　　苏东坡

堆盘红缕细茵陈，巧与椒花两斗新。竹马异时宁信老，土牛明日莫辞春。西湖弄水犹应早，北寺观灯欲及辰。白发苍颜谁肯记，晓来频嚏为何人？

"西湖""北寺"，皆指杭州事。元翰在杭，故于元日作此诗寄之也。

---

① 许印芳："薰"一作"香"。

元　日　　　　　　　　　　陈简斋

五年元日只流离,楚俗今年事事非。后饮屠苏惊已老,长乘舴艋竟安归。携家作客真无策,学道刳心却自违。汀草岸花知节序,一身千恨独沾衣。

此绍兴元年辛亥元日也。

乙未元日　　　　　　　　　范石湖

浮生四十九俱非,楼上行藏与愿违。纵有百年今过半,别无三策但当归。定中久已安心竟,饱外何须食肉飞。若使一丘并一壑,还乡曲调尽依稀。

石湖靖康丙午生。乾道己丑年四十四,充泛使入燕。淳熙甲午、乙未帅桂林,时被命帅蜀,年五十。

丙午新正书怀 十首选五

瘦骨难胜遇节衣,日高催起趁晨炊。病怜榄栗随身惯,老觉屠苏到手迟。一饱但蕲庚癸诺,百年甘守甲辰雌。莫言此外都无事,柳眼梅梢正索诗。

石湖靖康元年丙午生。是年淳熙十三年丙午,年六十一。其为参政也,在淳熙五年戊戌。四月入,六月罢,仅两月耳。是年正月王淮为左丞相,周必大为枢密使,而前参政钱良臣皆丙午生,故石湖有"甲辰雎"之句,岂亦不能忘情乎?

　　煮茗烧香了岁时,静中光景笑中嬉。身闲一日似两日,春浅南枝如北枝。朝镜略无功业到,午窗惟有睡魔知。年来并束床头《易》,一任平章济叔痴。

　　穷巷闲门本阒然,强将爆竹聒阶前。人情旧雨非今雨,老境增年是减年。口不两匙休足谷,生能几屐莫言钱。扫除一室空诸有,庞老家人总解禅。○元注:"吴谚云:'一口不能插两匙。'"
　　石湖参大政,尝帅蜀,后又帅四明、金陵。乃云:"穷巷闲门,尝质金带于人。"诗云:"不是典来偿酒债,亦非将去换蓑衣。"乾、淳间无贪士大夫也。

　　俗情如絮已泥沾,因病偷闲意属厌。鹏鷃相安无可笑,熊鱼自古不容兼。灰藏榾柮多时暖,雪压蔓菁满意甜。温饱闭门吾事办,异时书判指如签。

　　窗明窗暗篆烟酣,珍重晨光与夕晖。东院斋钟披被坐,南城严鼓岸巾归。几人霜滑骑朝马,何处灯残织晓机?懒里若承三昧力,始知忙里事俱非。元注:"此篇叙早眠晏起之事。"
　　此诗十首,陆放翁皆次韵,然不在丙午年,在淳熙己酉礼部去国之后,亦不言新正意,度是追和。有云:"此身颠仆应无日,诸老雕零不计年。"又云:"百年过隙古所叹,众口铄金胡不归?"放翁宣和乙巳生,长石湖一岁。佳句尤多。

己亥元日　　　尤遂初

玉历均调岁启端,东风又逐斗杓还。萧条门巷经过少,老病腰支拜起难。白发但能欺槁项,青春不解驻朱颜。馀龄有几仍多幸,占得山林一味闲。

"幽栖地僻经过少,老病人扶再拜难。"少陵诗也。尤延之小改用作元日诗,却似稍切。

新年书感　　　陆放翁

早岁西游赋《子虚》,暮年负耒返乡闾。残躯未死敢忘国,病眼欲盲犹爱书。朋旧何劳记车笠,子孙幸不废菑畬。新年冷落如常日,白发萧萧闷自梳。

嘉定二年己巳放翁年八十六。此诗全未觉老耄,数日前自注谓:"大儿新年六十二,仲子六十,季子亦近六十。"亦可谓稀有矣。是年放翁卒。

丙辰元日　　　刘后村

免骑朝马趁南衙,五见空村换岁华。旋遣厨人挑荠菜,虚劳坐客颂椒花。不施郁垒钧编户,虽饮屠苏殿一家。二十宦游今七十,于身何损复何加?

宝祐四年丙辰,后村年七十。淳祐十一年辛亥冬,郑清之卒于相位。以大蓬直院去国,今五年。

戊午元日 二首取一

过去光阴箭离弦，河清易俟鬓难玄。再加孔子从心岁，三倍周郎破贼年。元注："赤壁之捷，瑜二十四岁。"耄齿阻陪鸠杖列，謇言曾献兽樽前。磻溪淇澳吾安敢，且学香山也自贤。

> 宝祐六年戊午，后村年七十二。第二首末句好："卧闻儿女夸翁健，诗句年光一样新。"是年四月，程讷斋罢相，丁大全继之，危乱始此。自郑清之殁，吴潜、谢方叔、董槐并为五相，并不能用后村。贾似道入，乃招致之，为尚书端明而归。景定四年癸亥正旦，予寓行在①所，闻刘朔斋与后村在朝论诗，后村年已七十七矣。今忽复二十年。

庚辰岁人日作 元注云："时闻黄河已复北流，老臣旧数论此，今斯言乃验。" 苏东坡

老去仍栖隔海村，梦中时见作诗孙。天涯已惯经人日，归路犹欣过鬼门。三策已应思贾谊②，孤忠终未赦虞翻。典衣剩买河源米，屈指新笤作上元。

不用长愁挂月村，槟榔生子竹生孙。新巢语燕还窥砚，旧雨来人不到门。春水芦根看鹤立，夕阳枫叶见鸦翻。此生念念随泡影，莫认家山作本元。

---

① 按："行"字原缺，据康熙五十二年本、纪昀《刊误》本校改。
② 查慎行："谊"当作"让"。《汉书·沟洫志》："哀帝时，贾让奏治河三策。"

前辈论诗文,谓子美夔州后诗,东坡岭外文,老笔愈胜少作,而中年亦未若晚年也。此诗元符三年东坡年六十五谪居儋耳所作。"人日""鬼门"之对固工,两篇首尾雄浑,不敢删落。存此则知选诗之意,不拘节序也。明年建中靖国元年辛巳七月,东坡北还,卒于常州云。○海南人日,燕已来巢,亦异事。

人日雪 元注:"己巳元旦至人日,雨雪间作。"

陆放翁

病卧江村不厌深,貂裘无奈晓寒侵。非贤那畏蛇年至,多难却愁人日阴。袅袅孤云生翠壁,霏霏急雪洒青林。一盂饭罢无馀事,坐看生台下冻禽。

放翁卒于是年之冬,年八十六,嘉定二年也。"蛇年人日",亦亚于东坡之"鬼门人日"与唐子西之"天时人日",三联皆佳。子西有诗云:"非贤幸脱龙蛇岁,上圣犹怜蚖虺臣。"放翁亦暗合。

奉和御制上元观灯

夏子乔

鱼龙曼衍六街呈,金锁通宵启玉京。冉冉游尘生辇道,迟迟春箭入歌声。宝坊月皦龙灯淡,紫馆风微鹤焰平。宴罢南端天欲晓,回瞻河汉尚盈盈。

此夏英公竦诗。形整而味浅,存之以见承平之盛。以端门为"南端",亦新。《韵语阳秋》以为典、丽、富、艳、则,可矣。

依韵恭和圣制上元观灯　　王禹玉

雪消华月满仙台,万烛当楼宝扇开。双凤云中扶辇下,六鳌海上驾峰来①。镐宫春酒沾周宴,汾水秋风陋汉材。一曲《升平》人尽乐,君王又进紫霞杯。元注:"唐有《圣代升平乐曲》。"

《韵语阳秋》:"元丰中王禹玉、蔡持正为左右相,持正叩禹玉上元应制用事,禹玉曰:'鳌山、凤辇外不可使。'章子厚为门侍,笑曰:'此谁不知?'后禹玉诗出,乃如此。""驾峰"一作"驾山","镐宫"一作"镐京",今从岐公《华阳集》,乃压卷第三诗也。此但为善用事,亦诗法当尔。宋之问②《晦日应制》有云:"镐饮周文乐,汾歌汉武材。"五、六全用之,又添出"秋风"二字,似不甚佳,"陋"字亦不甚好。未几神宗晏驾,禹玉殂,持正谪矣。读荆公、岐公二诗,曾不如梅圣俞三诗有味也。

上元从主人登尚书省东楼　　梅圣俞

闾阖前临万岁山,烛龙衔火夜珠还。高楼迥出星辰里,曲盖遥瞻紫翠间。轹辘车声碾明月,参差莲焰竞红颜。谁教言语如鹦鹉,便着金笼密锁关。

自　和

沉水香焚金博山,杜陵谁复与车还?马寻绮陌知何处,

---

① 冯班:"峰"一作"山"。
② 按:原讹作"沈佺期",据康熙五十二年本、纪昀《刊误》本校改。

人在珠帘第几间？法部乐声长满耳，上樽醇味易酡颜。更贫更贱皆能乐，十二重门不上关。

又　和

康庄咫尺有千山，欲问紫姑应已还。人似嫦娥来陌上，灯如明月在云间。车头小女双垂髻，帘里新妆一破颜。却下玉梯鸡已唱，谩言齐客解偷关。

此为省试考官锁院而作。想见嘉祐中太平之极，令人每遇佳句为击节也。三诗六联俱好。

钱塘上元夜祥符寺陪咨臣郎中丈燕席

曾南丰

月明如昼露华浓，锦帐名郎笑语同。金地夜寒消美酒，玉人春困倚东风。红云灯火浮沧海，碧水楼台浸远空。白发蹉跎欢意少，强颜犹入少年丛。

上　元

金鞍驰骋属儿曹，夜半喧阗意气豪。明月满街流水远，华灯入望众星高。风吹玉漏穿花急，人倚朱栏送目劳。自笑低心逐年少，只寻前事撚霜毛。

洪觉范妄诞，著其兄彭渊才之说，以为曾子固不能诗。学者不察，随声附和。今渊才之诗无传，而子固诗与文终不朽。两《上元》诗止是一意。"金地夜寒消美酒，玉人春困倚东风。"岂不能诗者乎？非精于诗者，不到此也。"人倚朱栏送目劳"，并上句看，乃见其妙：谓游冶属意者，不胜其注想，而恨夫夜之短也。大抵文名重，足以压诗名。犹张子野、贺方回以长短句尤有声，故世人或不知其诗。然二人诗，极天下之工也。子固诗一扫"昆体"，所谓饾饤刻画咸无之。平实清健，自为一家。后山未见山谷时，不惟文学南丰，诗亦学南丰。既见山谷，然后诗变而文不变耳。

上元夜过赴儋守召独坐有感　苏东坡

使君置酒莫相违，守舍何妨独掩扉。静看月窗盘蜥蜴，卧闻风幔落蚍蜮。灯花结尽吾犹梦，香篆消时汝欲归。搔首凄凉十年事，传柑归遗满朝衣。

此诗元符元年戊寅作，坡年六十三矣。在儋州亦半年馀，以去年绍圣丁丑六月渡海也。十年前事，当是元祐二年丁卯，以翰林学士侍宴端门，戊辰知贡举，皆在朝。至五十九岁时，绍圣元年甲戌，自中山谪惠州。乙亥年赋《上元》古诗有云："前年侍玉辇，端门万枝灯。"即元祐八年癸酉正月也。"去年中山府，老病亦宵兴。"即甲戌正月也。"今年江海上，云房寄山僧。"即乙亥正月也。人生能几何年？如上元一节物耳，出处去来，岁岁不同，当是时又焉知渡海而逢上元耶？坡甲戌之贬，至元符三年庚辰徽庙立，乃得北归。建中靖国元年辛巳卒于常州。学者睹此，则知身如浮云外物，如雌风，如雄风，皆不足计较也。

上元思京辇旧游三首　　　张宛丘

万雉春城逼绛宵，上元雕辇盛游遨。迟迟瑞月低黄伞，焯焯荣光上赭袍。云卷珠帘开彩雉，山盘玉阙枕仙鳌。长安一别将华发，溪竹山城夜寂寥。

九门灯火夜交光，罗绮风来扑面香。信马恣穿深巷柳，随人偷看隔帘妆。身拘旧宦安知乐，心逐流年暗减狂。留滞山城莫嗟叹，貂蝉从古属金张。

随计当年寄玉京，一时交结尽豪英。倒觥凌乱迷筹饮，醉帽欹斜并辔行。仕路飞腾输俊捷，山城憔悴感功名。佳晨强酌清樽酒，寒竹萧萧月正明。

此谪居黄州思京师上元。第二首三、四尤佳。

京师上元 二首取一　　　洪觉范

及时膏雨已阑珊[①]，黄道春泥晓未干。白面郎敲金镫过，红妆人揭绣帘看。管弦沸月喧和气，灯火烧空夺夜寒。咫尺凤楼开雉扇，玉皇仙仗紫云端。

觉范，江西筠州人，姓彭，两坐罪还俗，一为张天觉丞相黜海外。有《甘露灭诗集》。此诗三、四俗人盛传道之。僧徒为此语，无耻之流

---

① 按："珊"原讹作"删"，据康熙五十二年本、纪昀《刊误》本校改。

也,取之以博粲①耳。

上元宿岳麓寺

上元独宿寒岩寺,卧看篝灯映绛纱。夜久雪猿啼岳顶,梦回明月上梅花。十分春瘦缘何事?一掬乡心未到家。却忆少年闲乐处,软红香雾喷京华。

考韩子苍《觉范墓志》,熙宁四年辛亥生,崇宁三年甲申,山谷谪宜州,过长沙,觉范在湖西。作此诗时年三十四,前《京师上元》诗年二十馀耳。又尝伪作山谷赠己,其实非山谷诗也。"一掬乡心",胡元任诗话大讥之。然诗未尝不佳,故取之。政和元年辛卯得罪配朱崖,年四十一。五年乙未还,年四十五。建炎二年戊申卒,年五十八。

春社礼成借用寺簿释奠诗韵　罗端良

素餐深觉愧涟漪,后稷勾龙实吏师。平土至今犹有赖,配天自昔盖多仪。操豚底用勤巫祝,饷黍行看媚妇儿。海内和平颂声作,登歌还有《载芟》诗。

此罗鄂州在郡时祀社,用通判刘寺簿子澄韵赋此。子澄者,刘清之也。鄂州名愿,字端良,号存斋。弟郢州,名颂,字端彦,号狷庵。皆博学工文,而端良文尤高古,上逼《史》《汉》。朱文公、周益公皆敬畏之。所著《新安志》《尔雅翼》行于世。小集者,即子澄所刊社日诗。唐、宋鲜有可选,惟此篇韵险而理到。狷庵诗枣本所传,多于存斋,予于兵革后为人掠去云。

---

① 按:原作"备博",据康熙五十二年本、纪昀《刊误》本校改。

小寒食舟中作　　　　　　　杜工部

佳辰强饮食①犹寒,隐几萧条戴鹖冠。春水船如天上坐,老年花似雾中看。娟娟戏蝶过闲幔,片片轻鸥下急湍。云白山青万馀里,愁看直北是长安。

"强饮"一本作"强起","愁看"一本作"看云","是长安"一本作"至长安"。沈佺期《钓竿》篇云:"人如天上坐,鱼似镜中悬。"公加以斤斧,一变而妙矣。"小寒食",前一日也。黄本注谓:"大历五年潭州作。"是年庚戌,公年五十有九矣。是夏卒于衡之耒阳,吕汲公谓卒于岳阳,未知孰是?此子美老笔也。又有《清明》二长句,云大历四年作,恐即是此诗之后二日。前云:"绣羽冲花他自得,红颜骑竹我无缘。"后云:"秦城楼阁烟花里,汉主山河锦绣中。"皆壮丽悲慨,诗至老杜,万古之准则哉!

寒食成判官垂访　　　　　　徐鼎臣

常年寒食在京华,今岁清明在海涯。远巷蹋歌深夜月,隔墙吹管数枝花。鸳鸯得路音尘阔,鸿雁分飞道里赊。不是多情成二十,断无人解访贫家。

徐铉字鼎臣,仕李后主,为吏部尚书。归宋,仕至散骑常侍,世称徐骑省。在江东与韩熙载齐名,诗有白乐天之风。弟锴,俱工字学。"鸿雁分飞"之句,为弟设也。

---

① 许印芳:"饮"一作"饭",又作"起"。

依韵和李舍人旅中寒食感事　　梅圣俞

一百五日风雨急,斜飘细湿春郊衣。梨花半残意思少,客子渐老寻游非。戢戢车徒九门盛,寥寥烟火万家微。今朝甘自居穷巷,无限墙间得醉归。

圣俞诗不争格高,而在乎语熟意到,此乃"吴体"。第一句六字仄声,第二句五字平声,愈觉其健。"梨花""客子"一联,深劲有味。惟陈简斋妙得其法焉。

寒食赠游客　　张宛丘

阴阴画幕映雕栏,一缕微香宝篆残。寒食园林三月近,落花风雨五更寒。筝调宝柱弦初稳,酒满金壶饮未干。明日踏青郊外去,绿杨门巷系雕鞍。

平熟圆妥,视之似易。能作诗到此地,亦难也。

寒食只旬日间风雨不已　　曾茶山

年光胡不少留连,熟食清明又眼前。敢望深宫传蜡烛,可堪小市禁炊烟。满城风雨无杯酒,故国松楸欠纸钱。老病心情冷时节,只将书策替幽禅。

寒食清明二首取一　　　　刘后村

寂寂柴门村落里,也教插柳记年华。禁烟不到粤人国,上冢亦携庞老家。汉寝唐陵无麦饭,山蹊野径有梨花。一尊径借青苔卧,莫管城头奏暮笳。

后村诗欠变格,"麦饭""梨花"一联,殆近前辈句法。绍定五年壬辰诗。

海南人不作寒食而以上巳上冢余携一瓢酒寻诸生皆出矣独老符秀才在因与饮至醉符盖儋人之安贫守静者也元注:"秀才符林。"
　　　　　　　　　　　　　　　　　苏东坡

老鸦衔肉纸飞灰,万里家山安在哉?苍耳林中太白过,鹿门山下德公回。管宁投老终归去,王式当年本不来。记取南城上巳日,木棉花落刺桐开。

昌黎不谪潮州,后世岂知有赵德。东坡不落海南,后世岂知有符林。○《李太白集·寻城北范居士落苍耳道中》,坡用此以譬寻符林也。○司马德操诣庞德公,值其上冢。坡用此以譬所寻诸生皆已上冢不值也。○管宁避地辽东,后还中国。坡用此以譬己终当北归也。王式为博士,悔为江公所辱,曰:"我本不欲来。"坡用此以譬己元祐进用,亦本无富贵心也。○坡诗间架宏大,不可步骤,岂许用晦四句装景所可及欤!此诗首尾四句言景,中四句用事。又未若移易中间四句两用事,两言景为佳也。

上巳晚泊龟山作 元注："元祐辛未赋。" 贺方回

薄暮东风不满帆，迟迟未忍去淮南。故园犹在北山北，佳节可怜三月三。兰叶自供游女佩，芸编聊对故人谈。洛桥车骑相望客，曾为吴儿几许惭。

三、四好。贺公诗总论见"送饯类"中。

次韵王仲至西池会饮　　张宛丘

圣朝无复用舟师，戏遣艨艟插戟枝。沸浪有声黄帽动，春风无力彩旗垂。不胜杯杓宁辞醉，传语风光共此嬉。远比永和真继轨，临模茧纸看他时。

此元祐中西池上巳之会也，文潜诗为一时冠。三、四实佳句。秦少游有云："帘幕千家锦绣垂。"王仲至嘲谓又待入《小石调》，以秦诗近词故也。

上　巳　　赵昌父

朝来一雨快阴晴，东郊百鸟间关鸣。受风柳条不自惜，蘸水桃花可怜生。不见山阴兰亭集，况乃长安丽人行。东西南北俱为客，且送江头返照明。

老杜集此等诗谓之"吴体"。昌父乾道中诗，犹少作也。五、六天生此对，上巳诗无复加矣。

上 巳　　　　　　　　　刘后村

樱笋登盘节物新,一筇踏遍九州春。似曾山阴访修竹,不记水边观丽人。豪饮自怜非少日,俊游亦恐是前身。暮归尚有清狂态,乱插山花满角巾。

"山阴修竹""水边丽人"一联,亚于赵昌父。绍定五年壬辰诗。后村年四十六,闲居莆中,所以言"俊游亦恐是前身",皆思旧事也。

重 午　　　　　　　　　范石湖

熨斗熏笼分夏衣,翁身独比去年衰。已孤菖绿十分劝,却要艾黄千壮医。蜜粽冰团为谁好?丹符彩索聊自欺。小儿造物亦难料,药裹有时生网丝。

"菖绿""艾黄"之对新,后四句又用"吴体"。

和黄预七夕　　　　　　　陈后山

盈盈一水不斯须,经岁相过自作疏。坐待翔禽报佳会,径须飞雨洗香车。超腾水部陈篇上,收拾愚溪作赋馀。信有神仙足官府,我宁辛苦守残书。

七夕诗七言律无可选,仅此而已。何逊《七夕》诗:"仙车驻七襄,凤驾出天潢。月映九微火,风吹百和香。逢欢暂巧笑,还泪已啼妆。别离不得语,河汉渐汤汤。"后山以为陈篇,吾侪当会意也。

乞　巧　　　　　　　　李先之

处处香筵拂绮罗，为传神女渡天河。休嫌天上佳期少，已恨人间巧态多。龇舌自应工妩媚，方心谁更苦镌磨。元注："见孙樵、柳子厚《乞巧文》。"独收至拙为吾事，笑指双针一缕过。

李朴，字先之，章贡人。早从程伊川游，坐为陈莹中所荐，流落三十年。靖康初除给事中，不及拜。七夕无好律诗，以此备数。其人能践言，不愧此诗。

登　高　　　　　　　　杜工部

风急天高猿啸哀，渚清沙白鸟飞回。无边落木萧萧下，不尽长江滚滚来。万里悲秋常作客，百年多病独登台。艰难苦恨繁霜鬓，潦倒新停浊酒杯。

此诗已去成都分晓，旧以为在梓州作，恐亦未然，当考公病而止酒在何年也。长江滚滚，必临大江耳。

九日蓝田崔氏庄

老去悲秋强自宽，兴来今日尽君欢。羞将短发还吹帽，笑倩傍人为正冠。蓝水远从千涧落，玉山高并两峰寒。明年此会知谁健？醉把茱萸子细看。

杨诚斋大爱此诗。以予观之,诗必有顿挫起伏。又谓起句以"自"对"君",亦是对句。殊不知"强自"二字与"尽君"二字,正是着力下此,以为诗句之骨、之眼也,但低声抑之①读,五字却高声扬之②读,二字则见意矣。三、四融化落帽事甚新。末句"子细看茱萸",超绝千古。此老杜九日七言律四首,取两首入"变体"诗中。今列者二。○此诗在未入蜀以前。终篇不言兵革,又难定在禄山已反之后。注家说不可信。

九日和韩魏公　　　　　苏老泉

晚岁登门最不才,萧萧华发映金罍。不堪③丞相延东阁,闲伴诸儒老曲台。佳节已从愁里过,壮心偶傍醉中来。暮归冲雨寒无睡,自把新诗百遍开。

诗话谓韩魏公九日饮执政,老泉以布衣与坐。今味"闲傍诸儒老曲台"之句,即是修太常礼之时,非布衣也。盖英宗治平二年乙巳,韩公首倡,见《安阳集》。是日有雨,所和诗非席上所赋,其曰"暮归冲雨寒无睡"乃是饮归而和此诗耳。五、六要是佳句。朱文公《语录》颇不以为然,恐门人传录,未必的也。

次韵李节推九日登山　　　　　陈后山

平林广野骑台荒,山寺鸣钟报夕阳。人事自生今日意,寒花只作去年香。巾欹更觉霜侵鬓,语妙何妨石作肠。落

---

① 按:"抑"原作"扬",据康熙五十二年本、纪昀《刊误》本校改。
② 按:"扬"原作"抑",据康熙五十二年本、纪昀《刊误》本校改。
③ 冯班:"不"字与首句复,不可从,当作"那"。

木无边江不尽，此身此日更须忙。

重九诗自老杜之外，便当以杜牧之《齐山》诗为亚，已入"变体"诗中。陈简斋一首亦然。陈后山二首，诗律瘦劲，一字不轻易下，非深于诗者不知，亦当以亚老杜可也。

九日寄秦觏

疾风回雨水明霞，沙步丛祠欲暮鸦。九日清樽欺白发，十年为客负黄花。登高怀远心如在，向老逢辰意有加。淮海少年天下士，独能无地落乌纱。

"无地落乌纱"，极佳。孟嘉犹有一桓温客之，秦并无之也。

九日登戏马台 元注："壬戌彭城赋。"　　贺方回

当年节物此山川，倦客登临独惘然。戏马台荒年自久，射蛇公去事空传。黄华半老清霜后，白鸟孤飞落照前。不与兴亡城下水，稳浮渔艇入淮天。

"射蛇公"，用刘裕新洲伐荻事。以对戏马，良佳。

重九赏心亭登高　　范石湖

忆随书剑此徘徊，投老双旌重把杯。绿鬓风前无几在，黄花雨后不多开。丰年江陇青黄遍，落日淮山紫翠来。饮

罢此身犹是客,乡心却付晚潮回。

此淳熙八年辛丑,石湖自四明移帅金陵,年五十六。前此朱文公在南康苦旱,此独云年丰。明年重九,石湖犹在金陵,乃有"官忙""悯雨"之句,此乃富贵人重九也。

九日登天湖以菊花须插满头归分韵赋诗得归字　朱文公

去岁潇湘重九时,满城风雨客思归。故山此日还佳节,黄菊清樽更晚晖。短发无多休落帽,长风不断且吹衣。相看下视人寰小,只合从今老翠微。

此乾道四年戊子也。文公去年访南轩于长沙,故有此起句。予尝谓文公诗深得后山三昧,而世人不识。且如"故山此日还佳节,黄菊清樽更晚晖",上八字各自为对,一瘦对一肥,愈更觉好。盖法度如此,虚实互换,非信口、信手之比也。山谷、简斋皆有此格。此诗后四句尤意气阔远。时以去年冬除枢密院编修官,犹待阙于家。

归报德再用前韵

几枝藤竹醉相携,何处千峰顶上归。正好临风眺平楚,却须入谷避斜晖。酒边泉溜寒侵骨,坐上岚光翠染衣。踏月过桥惊易晚,林坰回首更依微。

"易晚"疑当作"已晚"。此即九日晚归诗也。诗思无一丝近尘土。

壬子九日　　　刘后村

平芜尽处即沧溟,身寄区中等一萍。种杞菊翁犹老健,插茱萸伴半凋零。元注:"群从十四人,存者七人。"去年敕设尘飞鞚,今日村酤草塞瓶。却笑痴人妄分别,何曾未必胜刘伶。

淳祐十二年,壬子。去年辛亥,后村在朝为秘书监,直玉堂。九月十日宣锁,有六绝句,其冬郑丞相清之卒,去国。恰近一年家居之乐,亦何至"村酤草塞瓶"乎?周益公四六有云:"朝趋凤阙,绾五组之光华;夕侣渔舟,披一蓑之蓝缕。"文人之言,例过实也。尾句犹不能忘情于荣进者。

卷之十七　晴雨类

雨而晴，晴而雨，《洪范》所谓"时若恒若，而天地之丰凶异焉"。诗人有喜、有感，斯可以观。

五　言 九十五首

发营逢雨应诏　　　　　　虞世南

豫游欣胜地，皇泽乃先天。油云阴御道，膏雨润公田。陇麦沾逾翠，山花湿更燃。稼穑良所重，方复悦丰年。

唐之盛，瀛洲十八学士于诗文皆馀事也。世南集不可见，《初学记》中得此诗。

奉和春日途中喜雨　　　　　　魏知古

皇游向洛城，时雨应天行。丽日登岩送，阴云出野迎。濯枝林杏发，润叶渚蒲生。丝入纶言喜，花依锦字明。微臣忝东观，载笔仁西成。

此乃和武后诗。五韵律诗多有之。第七句巧。

瀛奎律髓

途中遇晴　　　孟浩然

已失五陵道，犹逢蜀坂泥。天开斜景遍，山出晚云低。
馀湿犹沾草，残流尚入溪。今宵有明月，乡思远凄凄。

三、四壮浪，五、六细润，形容雨晴妙甚。

雨 四 首　　　杜工部

微雨不滑道，断云疏复行。紫崖奔处黑，白鸟去边明。
秋日新沾影，寒江旧落声。柴扉临野碓，半湿捣香粳。

江雨旧无时，天晴忽散丝。暮秋沾物冷，今日过云迟。
上马回休出，看鸥坐不辞。高轩当滟滪，润色静书帷。

物色岁将晏，天隅人未归。朔风鸣淅淅，寒雨下霏霏。
多病久加饭，衰容新授衣。时危觉雕丧，故旧短书稀。

楚雨石苔滋，京华消息迟。山寒青兕叫，江晚白鸥饥。
神女花钿落，鲛人织杼悲。繁忧不自整，终日洒如丝。

老杜晴雨诗取二十首，似乎太多，然他人无此等气魄。学者但观老杜、圣俞、后山、简斋四家赋雨甚弘大，其工密、其高爽为如何，即知入处矣。

晨　雨

小雨晨光内,初来叶上闻。雾交才洒地,风逆旋随云。暂起柴荆色,轻沾鸟兽群。麝香山一半,亭午未全分。

喜　雨

南国旱无雨,今朝江出云。人空才漠漠,洒迥已纷纷。巢燕高飞尽,林花润色分。晚来声不绝,应得夜深闻。

对　雨

莽莽天涯雨,江边独立时。不愁巴道路,恐湿汉旌旗。雪岭防秋急,绳桥战胜迟。西戎甥舅礼,未敢背恩私。

村　雨

雨声传两夜,寒事飒高秋。挈带看朱绂,开箱睹黑裘。世情只益睡,盗贼敢忘忧。松菊新沾洗,茅斋慰远游。

梅　雨

南京犀浦道,四月熟黄梅。湛湛长江去,冥冥细雨来。

茅茨疏易湿,云雾密难开。竟日蛟龙喜,盘涡与岸回。

朝　雨

凉气晓萧萧,江云乱眼飘。风鸳藏近渚,雨燕集深条。黄绮终辞汉,巢由不事尧。草堂樽酒在,幸得遇清朝。

夜　雨

小雨夜复密,回风吹早秋。野凉侵闭户,江满带维舟。通籍恨多病,为郎忝薄游。天寒出巫峡,醉别仲宣楼。

更　题

只应踏初雪,骑马发荆州。直怕巫山雨,真伤白帝秋。群公苍玉佩,天子翠云裘。同舍晨趋侍,胡为淹此留?

春夜喜雨

好雨知时节,当春乃发生。随风潜入夜,润物细无声。野径云俱黑,江船火独明。晓看红湿处,花重锦官城。

"红湿"二字,或谓惟海棠可当。此诗绝唱。

对雨书怀走邀许主簿

东岳云峰起,溶溶满太虚。震雷翻幕燕,骤雨落河鱼。座对贤人酒,门听长者车。相邀愧泥泞,骑马到阶除。

乘雨入行军六弟宅

曙角凌云罢,春城带雨长。水花分堑弱,巢燕得泥忙。令弟雄军佐,凡才污省郎。萍飘忽流涕,衰飒近中堂。

<small>诗全言景物,易,"令弟""凡才"一联却难。他人为之则陈腐,大手笔为之则高古。</small>

雨　晴

雨晴①山不改,晴罢峡如新。天路休殊俗,秋江思杀人。有猿挥泪尽,无犬附书频。故国愁眉外,长歌欲损神。

晴 二 首

久雨巫山暗,新晴锦绣文。碧知湖外草,红见海东云。竟日莺相和,摩霄鹤数群。野花干更落,风处急纷纷。

---

① 冯班:"晴"一作"时"。

草碧指言湖外,云红指言海东,其善于张大如此。

啼乌争引子,鸣鹤不归林。下食遭泥去,高飞恨久阴。雨声冲塞尽,日气射江深。回首周南客,驱驰魏阙心。

晚　晴

村晚惊风度,庭幽过雨沾。夕阳薰细草,江色映疏帘。书乱谁能帙,杯干自可添①。时闻有馀论,未怪老夫潜。

晚　晴

返照斜初散,浮云薄未归。江虹明远饮,峡雨落馀飞。凫鹤终高去,熊罴觉自肥。秋风一作"分"。客尚在,竹露夕微微。

夏日对雨　　　　裴晋公

登楼逃盛暑,万象正埃尘。对面雷嗔树,当阶雨趁人。檐疏蛛网重,地湿燕泥新。吟罢清风起,荷香满四邻。

裴晋公度,累朝元老,于功名之际盛矣,而诗人出其门尤盛。自为之诗,尤不可及。"灰心缘忍事,霜鬓为论兵。"与刘梦得诸人联句见之。

---

① 冯班:"自可"一作"可自"。

凡联句,晋公诗皆奇绝。此篇见《文苑英华》。句句清切。"嗔"字、"趁"字尤见夏雨之快。

春　雨　　　　　　　　刘　复

细雨度深闺,莺愁欲懒啼。如烟飞漠漠,似露湿萋萋。草色行看靡,花枝暮欲低。晓听①钟鼓动,早送锦障泥。

令狐楚为翰林学士时,选进唐御览诗凡三十家。刘复四首,所选大抵工丽。一名《选进集》,一名《元和御览》。卢纶《墓碑》云"三百一十篇",今传者二百八十九篇云。

赋暮雨送李胄—作"渭"　　　韦苏州

楚江微雨里,建业暮钟时。漠漠帆来重,冥冥鸟去迟。海门深不见,浦树远含滋。相送情无限,沾襟比散丝。

三、四绝妙,天下诵之。

寺居秋日对雨有怀　　　　喻　凫

翛翛复霙霙,黄叶此时飞。隐几客吟断,邻房僧话稀。鸽寒栖树定,萤湿在窗微。即事潇湘渚,渔翁披草衣。

五、六见雨意而工。

---

① 按:"晓"字原作墨钉,据康熙五十二年本、纪昀《刊误》本校补。

裴端公使院赋得隔帘见春雨 包 何

细雨未成霖，垂帘但觉阴。惟看上砌湿，不遣入帘深。度隙沾编简，因风润绮琴。须移户外屦，檐溜夜相侵。

前四句尽好，后四句巧。

梅 雨 柳子厚

梅实迎时雨，苍茫值晚春。愁深楚猿夜，梦断越鸡晨。海雾连南极，江云暗北津。素衣今尽化，非为洛阳尘。谓衣生醭也。

"醭"，匹卜切。老杜在蜀曰："南京犀浦道，四月熟黄梅。"子厚在永州曰："梅实迎时雨，苍茫入晚春。"今江、浙间以五月芒种节后逢壬为入梅，夏至后逢庚为出梅，定有大雨。惟北土无之。或谓蜀亦无梅雨。杜以为四月，柳以为三月，岂梅熟有先后之异乎？

郴州祈雨 韩昌黎

乞雨女郎魂，炮羞洁且繁。庙开鼯鼠叫，神降越巫言。旱气期销荡，阴官想骏奔。行看五马入，萧飒已随轩。

雨中寄张博士籍侯主簿喜

放朝还不报，半路蹋泥归。雨惯曾无节，雷频自失威。

见墙生菌遍,忧麦作蛾飞。岁晚偏萧索,谁当救晋饥?

  昌黎大手笔。仅有此晴雨诗二首。前诗三、四高古,后诗三、四有议论。雷失威尤奇。

同裴少府安居寺对雨   皇甫冉

  共结寻真会,还当对食①初。炉烟云气合,林叶雨声馀。潦暑销珍簟,浮凉入绮疏。归心从念远,怀此复何如!

  五、六工。

微 雨   吴 融

  天清织未遍,风急舞难成。粉重低飞蝶,黄浓不语莺。乍随春霭乱,还放夕阳明。惆怅池塘远,荷珠点点轻。

  此乃一幅微雨画也。

雨   张 蠙

  半夜西亭雨,离人独启关。桑麻荒旧国,雷电照前山。细滴高槐底,繁声叠漏间。唯应孤镜里,明日长愁颜。

  三、四壮丽,尾句有味。见《英华》集。又有刘湾《对雨愁闷》诗云:"积雨细纷纷,饥寒命不分。揽衣愁见肘,窥镜觅纵文。""见肘""纵文"甚巧而粗,故不取。用周亚夫纵理事也。

---

① 冯班:"对"一作"退"。

依韵和子聪夜雨　　　　梅圣俞

窗灯光更迥，宿雾晦层檐。寒气微生席，轻风欲度帘。湿萤依草没，暗溜想池添。况值相如渴，无嫌鲁酒甜。

新秋雨夜西斋文会

夜色际阴霾，灯青谢客斋。梧桐生静思，络纬动秋怀。小酌宁辞醉，清言不厌谐。谁怜何水部，吟苦怨空阶。

此皆圣俞西京诗。妙年细密，初学者不可不知。

依韵和签判都官昭亭谢雨回广教见怀

赛雨何从事，高情苦爱山。谢公联句后，元注："谢公有《昭亭赛雨与何从事联句》诗。"惠远过溪间。笑处岩相答，归时酒在颜。端忧守穷巷，无力共跻攀。

"笑处""归时"一联，淡而有味。

春夜闻雨

风味正不寝，骤来寒气增。檐斜滴野箨，窗缺摆春灯。孺子睡中语，行人归未能。前溪波暗长，定已没滩棱。

三、四工,馀皆有味。

夏 雨

林梅初弄熟,密雨闭重关。润裛衣巾上,凉生竹树间。水声通远涧,云色暝前山。野鸟寂无语,公庭尽昼闲。

五、六佳。

新霁望岐笠山 元注:"谢紫微坐中赋。"

北望直百里,峨峨千仞青。断虹迎日尽,飞雨带龙腥。阴壑烟云畜,阳崖草木灵。登临终不厌,时许到兹亭。

三、四佳。此从谢师厚在邓州诗。宝元二年己卯授汝州襄城县,未赴,年三十七岁。其年九月赴官,师厚寻卒,欧阳公经过,"留鲫鱼待之"之时也。

观 水 并序

庚辰秋七月,汝水暴至溢岸,亲率县徒以土塞郭门。居者知其势危,皆结庵于木末。徬徨愁叹,故作此诗。

秋水漫长堤,郊原上下迷。孤城闭版筑,高树见巢栖。耳厌蛙声极,沤生雨点齐。渚间牛不辨,谁为扫阴霓?

康定元年庚辰,公年三十八,知襄城县。又有诗,题云:"城中坏庐舍千馀。"

和 小 雨

蛟龙噀白雾,天外细蒙蒙。沾土曾无迹,昏林似有风。
卷旗妨酒舍,湿翅下洲鸿。稍见斜阳透,西云一半红。

当是和晏相国。

舟中值雨裴刁二君见过

江上潒凄凄,天形接野低。岸痕生旧水,马迹踏春泥。
风急侵衣重,山昏卷幔迷。谁惊二客论,不愧巨源妻。

此将赴雩上盐税,在京口作此。时圣俞先内谢氏无恙,殆在舟中闻二公语后,乃再娶刁氏。

次韵和景彝元夕雨晴

春云收暮城,九陌洒然清。星出紫霄下,月从沧海明。
车音还似昼,鼓响已知晴。静闭衡门卧,无心学后生。

"车音""鼓响"之联妙甚。

感春之际以病止酒水丘有简云时雨乍晴物景鲜丽疑未是止酒时因成短章奉答

东风固无迹,何处见春归?土逐草心拆,雨兼花片飞。虽怜柔甲长,只恐艳条稀。君但惜晴景,休言止酒非。

韩子华约游园上马后雨作遂归

谁约玩春物,狂风云骤开。摆丛多落叶,蔽路足昏埃。逆上燕迎雨,将生鹅怕雷。嵇康今转懒,骑马半途回。

三、四言大风,五、六言雨、言雷,皆工而新。

集英殿赐百官宴以雨放

春来无点雨,三月始闻雷。晓殿鸣檐急,群公罢食回。燕迎风翅健,马踏雾泥开。晚觉微阳透,飞光上绿槐。

雨则罢宴,足考故事。

雨中二首　　　　　张宛丘

手种阶前树,今朝亦有花。春阴寒食节,陋巷逐臣家。欲酌消愁酒,先浇破睡茶。游人归踏雨,里巷晚喧哗。

肥仙诗自然,杨诚斋之评不虚也。

节物即自好,客心何落然。早寒清野市,夜雨暗江天。破屋疏茅滴,空厨湿苇烟。政须一杯酒,相与度流年。

第四句"夜雨暗江天",待别本检补。

和应之细雨

朝烟和雨细,病眼暗难分。有润物皆泽,无声人不闻。绿连平野稼,翠杂乱山氛。晚霁复何有,飘飘神女云。

"有润""无声"之句,亚于老杜。

寄无斁　　　　陈后山

敬问晁夫子,宫池几许深?已应飞鸟下,复作卧龙吟。待我中痾愈,同君把臂临。泥涂无去马,夏木有来禽。

晁无斁为曹州教官,后山妇翁郭概为州守①,多唱和。后山五言律为雨而作者选七首。自老杜后,始有后山,律诗往往精于山谷也。山谷弘大,而古诗尤高。后山严密,而律诗尤高。

暑　雨

密雨吹不断,贫居常闭门。东溟容有限,西极更能存。束湿炊悬釜,翻床补坏垣。倒身无着处,呵手不成温。

---

① 按:"守"字原缺,据康熙五十二年本、纪昀《刊误》本校补。

夜 雨

十月天犹雨,三更月失明。溟蒙才洒润,点滴不成声。辟户风烟入,投林鸟雀轻。强怀终易感,倏起别离情。

和寇十一同游城南阻雨还登寺山

雨阻游南步,泥留逐北情。稍看飞雾断,复作远山横。野阔膏新泽,楼明纳晚晴。归宜有佳思,纱帽压香英。

"膏"字、"纳"字,诗眼极矣。

和寇十一雨后登楼

秀岭归云里,华谯夕照中。登临终一作"初"。不数,吟啸近多同。麦秀知春力,人和验岁丰。预为逃暑约,一快楚台春。一作"风"。

次韵夜雨

暗雨来何急,寒房客自醒。骤看灯闪闪,拟对竹青青。声到江干失,风回叶上听。更长那得晓,欹侧想仪刑。

和黄预久雨

甲子仍逢夏,连朝雨脚垂。黑云玄甲驻,铁骑冷官驰。映日还蒙雾,悬麻却散丝。颓墙通犬豕,破柱出蛟螭。野润风光秀,凉生枕簟宜。拨云开日月,嘿水见虹霓。贫可留须捷,恩当记庡庝。苍头行冒雨,赤脚出冲泥。诗好声生吻,书工手着胝。衰年得佳句,怀抱顿能移。

"庡庝"一句,言雨中妇以门牡为炊。攻苦食淡,异时不可忘也。扬雄《方言》:"南楚凡人贫衣被丑弊,谓之'须捷',或曰'搂裂'。"此引用,言雨中解衣以供薪米之费也。

骤　雨　　　　　　　　　唐子西

黑云惊小市,白雨沸秋江。声入家家树,凉传处处窗。乱流鸣决决,叠鼓闹庞庞。蘋末清风起,斜阳觑海邦。

江　涨

秋来雨似浇,雨罢水如潮。市改依高岸,津喧救断桥。云阴哭鸠妇,池溢走鱼苗。天意良难测,前时旱欲焦。

工不可言,"市改""津喧"之联尤精选。

雨　　　　　陈简斋

萧萧十日雨,稳送祝融归。燕子今年别,梧桐昨梦非。一凉恩到骨,四壁事多违。衮衮繁华地,西风吹客衣。

简斋五言律为雨而作者,选十九首。诗律精妙,上迫老杜,仰高钻坚。世之斯文自命者,皆当在下风。后山之后,有此一人耳。

连雨书事

九月逢连雨,萧萧稳送秋。龙公无乃倦,客子不胜愁。云气昏城壁,钟声咽寺楼。年年授衣节,牢落向他州。

风伯方安卧,云师亦少饕。气连河汉润,声到竹松高。老雁犹贪去,寒蝉遂不号。相悲更相失,满眼楚人骚。

寒入新笃价,连天两眼愁。生涯赤藤杖,契分黑貂裘。乌鹊无言暮,蓬蒿满意秋。同时不同味,世事极悠悠。

白菊生新紫,黄芜失旧青。俱含岁晚怅,并入夜深听。梦寐连萧瑟,更筹乱晦冥。云移过吴越,应为洗馀醒。

当是宣和庚子时。

试院书怀

细读平安字,愁边失岁华。疏疏一帘雨,淡淡满枝花。投老诗成癖,经春梦到家。茫然十年事,倚杖数栖鸦。

_{虽止一句说雨,然雨与花作一串,以入"雨类"。《渔隐丛话》盛称此联。}

雨

沙岸残春雨,茅檐古镇官。一时花带泪,万里客凭栏。日晚蔷薇重,楼高燕子寒。惜无陶谢手,尽力破忧端。

春 雨

花尽春犹冷,羁心只自惊。孤莺啼永昼,细雨湿高城。扰扰成何事,悠悠送此生。蛛丝闪夕霁,随处有诗情。

雨

忽忽忘年老,悠悠负日长。小诗妨学道,微雨好烧香。檐鹊移时立,庭梧满意凉。此身南复北,仿佛是他乡。

岸帻

岸帻立清晓,山头生薄阴。乱云交翠壁,细雨湿青林。时改客心动,鸟啼春意深。穷乡百不理,时得一闲吟。

雨

云起谷全暗,雨晴山复明。青春望中色,白涧晚来声。远树鸟群集,高原人独耕。老夫逃世日,坚坐听阴晴。

雨

霏霏三日雨,霭霭一园青。雾泽含元气,风花过洞庭。地偏寒浩荡,春半客竛竮。多少人间事,天涯醉又醒。

细雨

避寇烦三老,那知是胜游。平湖受细雨,远岸送轻舟。天地悲深阻,山川慰久留。参差发邻舫,未觉壮心休。

晚晴野望

洞庭微雨后,凉气入纶巾。水底归云乱,芦藂返照新。

遥汀横薄暮,独鸟度长津。兵甲无归日,江湖送老身。悠悠只倚杖,悄悄自伤神。天意苍茫里,村醪亦醉人。

所圈句法,诗家高处。

道 中

雨势收还急,溪流直又斜。迢迢傍山路,漠漠满村花。破水双鸥影,掀泥百草芽。川原有高下,随处着人家。

晚 步

畎亩意不适,出门聊散忧。雨馀山欲近,春半水争流。众籁夕还作,孤怀行转幽。溪西篁竹乱,微径杂归牛。

雨

云物淡清晓,无风溪树闲。柴门对急雨,壮观满空山。春发苍茫内,鸟鸣篁竹间。儿童笑老子,衣湿不知还。

雨 思

小阁当乔木,清溪抱竹林。寒声日暮起,客思雨中深。

行李妨幽事,阑干试独临。终然游子意,非复昔人心。

雨　中

北客霜侵鬓,南州雨送年。未闻兵革定,从使岁时迁。
古泽生春霭,高空落暮鸢。山川含万古,郁郁在樽前。

雨后至江上有怀诸子　　　吕居仁

落日满寒雨,长江收夕霏。定知聊复尔,敢望不相违。
野鸟晴相唤,残云晚自飞。殷勤两山口,好为放朝晖。

仲夏细雨　　　曾茶山

霢霂无人见,芭蕉报客闻。润能添砚滴,细欲乱炉薰。
竹树惊秋半,衾裯惬夜分。何当一倾倒,趁取未归云。

三、四已工。第六句"惬"字当屡锻改,乃得此字。

悯　雨

梅子黄初遍,秧针绿未抽。若无三日雨,那复一年秋。
薄晚看天意,今宵破客愁。不眠听竹树,还有好音不?

郡中吟怀玉山应真请雨未沾足

悯雨连三月，为霖抵万金。小垂开士手，足慰老农心。果欲千仓积，犹须一尺深。病夫浑不寝，危坐听佳音。

"千仓""一尺"对偶工。此乃熟读杜诗，用其句，换一二字，声响便不同也。

苦 雨

尽道迎梅雨，能无一日晴。窗昏愁细字，檐暗乱疏更。未怪蛙争席，真忧水冒城。何由收积潦，箫鼓赛西成。

二首取一。前联细密有味。

晚 雨

萧瑟度横塘，霏微映缭墙。压低尘不动，洒急土生香。声入楸梧碎，清分枕簟凉。回头忽陈迹，檐角挂斜阳。

三、四新，尾句有变态。

夕 雨

屐履行莎径，移床卧草亭。风声杂溪濑，雨气挟龙腥。

烨烨空中电，昏昏云罅星。徂年又如许，吾鬓得长青？

秋雨排闷十韵[①]

今夏久无雨，从秋却少晴。空蒙迷远望，萧瑟送寒声。衣润香偏着，书蒸蠹欲生。坏檐闻瓦堕，涨水见堤平。沟溢池鱼出，天低塞雁征。萤飞明暗庑，蛙闹杂疏更。药酿时须焙，舟闲任自横。未忧荒楚菊，直恐败吴秔。夜永灯相守，愁深酒细倾。浮云会消散，鼓笛赛西成。

圈点语，皆工。

雨 二 首

秋冬久不雨，气浊喜云生。麦陇崇朝润，茅檐彻夜声。初来断幽径，渐密杂疏更。赖有墙阴荠，离离已可烹。

薄晚初沾洒，清晨更惨凄。鱼寒抛饵去，鸦湿就檐栖。幽涧溅溅溜，长堤浅浅泥。一杯持自贺，吾事在锄犁。

雨 夜

一雨遂通夕，安眠失百忧。窗扉淡欲晓，枕簟冷生秋。

---

① 按：此题及以下二题，当为陆放翁诗。

画烛争棋道,金樽数酒筹。依然锦城梦,忘却在南州。

起句健,后四句又豪放。

雨多极凉冷　　　　　韩仲止

焉知三伏雨,已作九秋风。木叶凉应脱,禾苗润必丰。地偏山吐月,桥断水浮空。鸡犬邻家外,鱼虾小市中。

自然而古峭。

晚雨可爱

灯火凉秋夜,空山雨到檐。吹声初甚少,落势近频添。篱菊丛丛润,畦蔬种种沾。沉思仍静听,香鼎伴书签。

三、四奇雅。

闻雨凉意可掬

秋声连夜起,秋意雨来时。睡觉风生屋,凉须水到池。交游稀自好,出入懒方宜。只被章泉误,书题又寄诗。

五、六说雨中闲人,情味好。惜知此者鲜矣。

连　雨　　　　　赵昌父

夜窗连晓枕,城郭与山林。旱苦七八月,雨欣三日霖。

殊胜建武谷,更念栎阳金。斗食端何直,胡为久滞淫?

此用《孟子》、左氏二语为三、四句。似不齐整,亦有道理。五、六用事不俗。

雨望偶题

漠漠青山雨,霏霏白露烟。诗才来远近,画幅极中边。流落虽天外,登临赖目前。浮生才几日,此地欲三年。

三、四妙,五、六慷慨,尾句太迫后山。然诗格高峭,不妨相犯。

雨中不出呈斯远兼示成甫

湖外频年客,江东迩日归。欲知年事迫,看取鬓毛非。寄意虽梅柳,关心在蕨薇。今予倒芒屦,须子叩柴扉。

此等诗,老杜、后山之苗裔欤?

七　言四十首

江雨有怀郑典设　　　杜工部

春雨暗暗塞峡中,早晚来自楚王宫。乱波纷披已打岸,弱云狼籍不禁风。宠光蕙叶与多碧,点注桃花舒小红。谷口子真正忆汝,岸高瀼滑限西东。

雨 不 绝

鸣雨既过渐细微①,映空摇扬如丝飞。阶前短草泥不乱,院里长条风乍稀。舞石旋应将乳子,行云莫自湿仙衣。眼边江舸何匆遽②?未得③安流逆浪归。

《湘川记》:"零陵有石燕,雨过飞如燕子。"

崔评事弟许相迎不到应虑老夫见
泥雨怯出必愆佳期走笔戏简

江阁邀宾许马迎,午时起坐自天明。浮云不负青春色,细雨何辜白帝城。身过花间沾湿好,醉于马上往来轻。虚疑皓首冲泥怯,实少银鞍傍险行。

唯醉人乘马,轻捷无苦辛颠顿之态。虽戏皆真实语。

即 事

暮春三月巫峡长,晶晶行云浮日光。雷声忽送千峰雨,

---

① 冯班:"渐细"一作"细雨"。
② 冯班:"遽"一作"促"。
③ 冯班:"得"一作"待"。

花气浑如百和香。黄莺过水翻回去,燕子衔泥湿不妨。飞阁卷帘图画里,虚无只少对潇湘。

三、四必先得之句。其体又自不同。亦是一法。

苦雨闷闷对酒偶吟　　　白乐天

凄凄久雨暗铜驼,袅袅凉风起漕河。自夏及秋晴日少,从朝至暮闷时多。鹭临池立窥鱼笱,隼傍林飞拂雀罗。赖有杯中神圣物,百忧无奈十分何。

乐天诗多近人情,三、四是也。

秋夕闲居对雨赠别卢七侍御坦　　　窦　牟

燕燕辞巢蝉蜕枝,穷居积雨坏藩篱。夜长檐溜寒无寐,日晏厨烟湿未炊。悟主一言那可学,《从军》五首[①]竟徒为。故人骢马朝天去,洛下秋声恐要知。

五窦《连珠集》,严陵郡斋有之。刘后村《诗话》云:"未见。"士大夫藏,未必皆是也。

赋得秋雨　　　晏元献

点滴行云覆苑墙,飘萧微影度回塘。秦声未觉朱弦润,

---

① 按:"首"原作"伯"。　纪昀:"五首",《唐诗鼓吹》作"五百"。"从军五首"用王仲宣事。"五百"别无出处,应从此本。

楚梦先知蕸叶凉。野水有波增淡碧,霜林无韵湿疏黄。萤稀燕寂高窗暮,正是西风玉漏长。

此亦"昆体"。盖当时相尚如此。

有美堂暴雨　　　　　　苏东坡

游人脚底一声雷,满坐顽云拨不开。天外黑风吹海立①,浙东飞雨过江来。十分潋滟金樽凸,千杖敲铿羯鼓催。唤起谪仙泉洒面,倒倾鲛室泻琼瑰。

老杜《朝献太清宫赋》:"九天之云下垂,四海之水皆立。"本是奇语。摘"海立"二字用之,自东坡始。此联壮哉!

和魏道辅雨中见示　　　　王平甫

移病憛憛久雨中,鸣驺时听六街龙。忽吟佳客诗消暑,远胜前人檄愈风。海运我殊惭斥鷃,陆沉君合伴翔鸿。更酬珠玉思谈笑,裹饭何须厌屡空。

三、四诗话所称。

雨　意

柱础沾濡雨意成,翩翩鸟雀隔帘鸣。侵寻爽气来欹枕,

---
① 冯班:"如"一作"摘"。

想像沧波去濯缨。已识古今无得丧,直须彼我不将迎。觍然一笑呼归骑,聊更飞毫戏友生。

"觍",丑理、丑忍二切。"觍然",笑貌。

雨馀

雨馀宫阙映秋旻,漠漠槐花水上新。夜有蜈蟟催节物,朝无沆瀣助精神。形如槁木聊依世,名若浮烟底徇人。莫笑长吟销短景,故园回首隔参辰。

"蜈蟟",蝉也。下,力么切。

得雨

青天赤日水如汤,车马飞尘百尺长。望岁人人忧旱魃,舞雩旦旦待商羊。清衷爱物回天鉴,膏泽乘时助岁穰。自有股肱歌盛德,刍荛谁敢僭揄扬?

平甫诗,多豪健富丽。然此三首,前二首颇悲感;后一首前联佳,尾句未称。

次韵张昌言给事喜雨　　黄山谷

三雨全清六合尘,诗翁喜雨句凌云。垤漂战蚁馀追北,柱系乖龙有裂文。减去鲜肥忧主食,遍宗河岳起炉熏。圣功惠我丰年食,未有涓埃可报君。

"文"字韵难押,想费思索得之。

自巴陵略平江临湘入通城无日不雨至黄龙谒清禅师继而晚晴

　　山行十日雨沾衣,幕阜峰前对落晖。野水自添田水满,晴鸠更唤雨鸠归。灵源大士人天眼,双塔老师诸佛机。白发苍头重到此,问君还是昔人非?

　　元题下云:"解后禅客戴道纯叹雨,作长句呈道纯、灵源大士。"即黄龙清禅师也。其师曰晦堂心禅师飞,心禅师藏骨之所曰双塔;皆山谷平生禅友也。梅圣俞诗云:"高田水入低田流。"此云:"野水自添田水满。"尤妙。或问刘梦得一诗用两"高"字,东坡一诗用两"耳"字,皆以义不同。今此乃用两"雨"字何也? 老杜"江阁邀宾许马迎",又云"醉于马上往来轻",此亦有例。张文潜诗多重叠用字,朱文公《语录》道破,亦不以为病。然后学却合点检,必老成而后用此例可也。

次韵何子温祈晴　　　　陈后山

　　九虎当关信不传,烧香才上已回天。驱除雾雨还朝日,畜缩涛波复二川。夺日光华开秀句,堆场藁秸验丰年。从今更上《中和颂》,少费将军九万笺。

　　何琬,字子温,处州人。苏、黄深交。何丞相执中、何淡参政,皆其后也。王右军为会稽内史,谢公乞笺纸,库中九万悉与之。

悯　雨　　　　　　　唐子西

老楚能令畏垒丰，此身翻累越人穷。至今无奈曾孙稼，几度虚占少女风。兹事会须星有好，他时曾厌雨其蒙。山中赖是莱粮足，不向诸侯托寓公。

《庄子·庚桑楚第二十三》："老聃之后有庚桑楚者，北居畏垒之山。居三年，畏垒大壤。"注本又作"穰"。《广雅》云："丰也。"子西时谪惠州，谓庚桑楚居畏垒之山，能令丰穰。惠州人以我之故，而至于不雨以穷耶？善用事。"曾孙稼""少女风""星有好""雨其蒙"，又用四事。如此加以斡旋为句，而委曲妥帖，不止工而已也。尾句尤高妙。"畏"音猥，"垒"音磊。

夜　雨　　　　　　　陈简斋

经岁柴门百事乖，此身真合卧苍苔。蝉声未足秋风起，木叶俱鸣夜雨来。棋局可观浮世理，灯花应为好诗开。独无宋玉悲秋念，但喜新凉入酒杯。

雨　晴

天缺西南江面清，纤云不动小滩横。墙头语鹊衣犹湿，楼外残雷气未平。尽取微凉供稳睡，急搜奇句报新晴。今宵绝胜①无人共，卧看星河尽意明。

① 许印芳：一作"胜绝"。

雨中对酒庭下海棠经雨不谢

巴陵二月客添衣,草草杯觞恨醉迟。燕子不禁连夜雨,海棠犹待老夫诗。天翻地覆伤春色,齿豁头童祝圣时。白竹篱前湖水阔,茫茫身世两堪悲。

立春雨

衡山县下春日雨,远映青山丝样斜。容易江边欺客袂,分明沙际湿年华。竹林路隔生新水,古渡船空集乱鸦。未暇独忧巾一角,西溪当有续开花。

观雨

山客龙钟不解耕,开轩危坐看阴晴。前江后岭通云气,万壑千林送雨声。梅压竹枝低复举,风吹山角晦还明。不嫌屋漏无干处,正要群龙洗甲兵。

观江涨

涨江临眺足销忧,倚杖江边地欲浮。叠浪并翻孤日去,两津横卷半天流。鼋鼍杂怒争新穴,鸥鹭惊飞失故洲。可为一官妨快意,眼中唯觉欠扁舟。

> 江非雨不涨,故附于此。

雨后至城外　　　　　　　吕居仁

日日思归未就归,只今行露已沾衣。江村过雨蓬麻乱,野水连天鹳鹤飞。尘务却嫌经意少,故人新更得书稀。鹿门纵隐犹多事,苦向人前说是非。

苦　雨

雨添东涧连西涧,云断前山起后山。野水到门人去尽,昏烟迷树鸟飞还。江天日月浑无色,客路风埃只强颜。舞石至今随燕乳,裁诗不复哭龙铿。

柳州开元寺夏雨

风雨翛翛似晚秋,鸦归门掩伴僧幽。云深不见千岩秀,水涨初闻万壑流。钟唤梦回空怅望,人传书至竟沉浮。面如田字非吾相,莫羡班超封列侯。

> "万壑流",刊本误作"留",予为改定。"人传书至竟沉浮"句,绝佳。末句乃是避地岭外,闻将相骤贵者,亦老杜"秦蜀、湖湘"之意也。居仁在"江西派"中,最为流动而不滞者,故其诗多活。

乙卯岁江南大旱七月六日临川得雨奉呈仲高侍御　　曾茶山

缥缈炉烟上帝阍,朝来一洗旱如焚。垄头无复成龟兆,水面初看起縠纹。政使夏畦炊白玉,未妨秋稼刈黄云。使君悯雨心犹在,化得邦人不茹荤。

元注:"时屡禁屠宰。"乙卯,绍兴五年也,茶山五十二岁。甲子生。

自七月二十五日大雨三日秋苗以苏喜雨有作

一夕骄阳转作霖,梦回凉冷润衣襟。不愁屋漏床床湿,且喜溪流岸岸深。千里稻花应秀色,五更桐叶最知音。无田似我犹欣舞,何况田家望岁心。

三、四已佳。五、六又下得"应"字、"最"字,有精神。

次韵德翁苦雨　　尤延之

十年江国水如淫,怕见三秋雨作霖。可念田家妨卒岁,须烦风伯荡层阴。禾头昨夜忧生耳,木德何时却守心。兀坐书窗诗作祟,寒虫鸣咽伴愁吟。

苦雨谁不能和?"禾头生耳",本是俗语,忽用"木德守心"为对,则奇之又奇,前无古人矣。《天文录》曰:"岁星留心,天下大丰,谷贱。"《天文总论》曰:"岁星经心,帝必延年。"陶隐居曰:"岁星守心,天下吉善。"甘德曰:

"岁星守心,天下大丰。"《孝经·援神契》曰:"岁星守心,年谷丰。"传曰:"心三星,天王之正位:中星为明堂天子位,前星为太子,后星为庶子。岁星者,东方星,属春木,于五常为仁,主福,主大司农,司主五谷,所在之宿主其国寿昌富乐。心为天子之位,而木德守之,天下之福,不止岁丰而已。"尤遂初押韵用事,神妙如此,敬叹敬叹。

临安春雨初霁　　　　　　　　　陆放翁

世味年来薄似纱,谁令骑马客京华？小楼一夜听春雨,深巷明朝卖杏花。矮纸斜行闲作草,晴窗细乳戏分茶。素衣莫—作"又"。起风尘叹,犹及清明可到家。

据《剑南集》编在严州朝辞时所作,翁年六十二岁。刘后村《诗话》乃谓妙年行都所赋,思陵赏音,恐误,当考。

秋　雨

剡曲高秋一草亭,雨来迫我醉初醒。豪吞平野宜闲望,呕打虚窗入静听。沙上湿云号断雁,篱根衰草缀孤萤。老人懒复亲灯火,卧看炉香掩素屏。

秋雨北榭作

秋风吹雨到江渍,小阁疏帘晚色分。津吏报增三尺水,山僧归入万重云。飘零露井无桐叶,断续烟汀有雁群。了却文书早寻睡,檐声偏爱枕间闻。

> 此严陵郡圃也。三、四极工而活。

春 雨

倚栏正尔爱斜阳,细雨霏霏度野塘。本为柳枝留浅色,却教梅蕊洗幽香。小沾蝶粉初何惜,暂湿莺身亦未妨。造化无心能遍物,凭谁闲与问东皇?

> 于梅、柳、蝶、莺四物形容雨意,亦细润。

雨

家近蓬莱白玉京,草堂登望不胜清。初惊野色昏昏至,已见波纹细细生。残醉顿消迎乱点,微吟渐—作"苦"。觉入寒声。只愁今夕虚檐滴,又对青灯梦不成。

> 工而润,亦如小雨云。

久 雨

梅天一日几阴晴,对酒无聊醉不成。巧历莫能知雨点,孤桐那解泻溪声。林深鸟雀来无数,草茂锄耰去即生。明日云开天万里,御风吾欲到青城。

> 三、四奇崛。

小雨初霁

归来偶似老渊明,消渴谁怜病长卿?小雨染成芳草色,好风吹断画檐声。剪灯院落晨犹冷,卖酒楼台晚放晴。莫道此翁游兴懒,兰亭萧寺已关情。

雨中闻伯恭至湖上　　　韩南涧

莫嫌鞭马踏春泥,茶鼎诗囊偶共携。山色雨深看更好,湖光烟接望还迷。连天花絮飞将尽,夹道蒲荷长欲齐。官事得闲须洗眼,蓬壶只在帝城西。

韩南涧名无咎,字元吉,即吕成公伯恭,其婿也。

记建安大水

孤城雨脚暮云平,不觉鱼龙自满庭。托命已甘同木偶,置身端亦似羸瓶。浮家却羡鸥夷子,弄月常忧太白星。当日乘槎便仙去,故人应在曲江灵。

元注:"绍兴甲子寓建安,夏大水,举家荡覆,骑危仅脱,作此自唁。癸巳将命过高邮,遇杜受言犹子铿,录以见示。受言时提举茶事,慕人拯予者也。"诗中四句用事俱胜。

晚　晴　　　　　　　　　赵章泉

残风落日蝉乱鸣，细履小园欣晚晴。投林倦鸟分暝色，满地落叶无秋声。卫尉一钱曾不直，阮郎几屐毕平生。三十六中第一策，脱却世故甘佣耕。

　　聱牙细润，"吴体"也。读至尾句①，乃与山谷逼真。此章泉学诗妙言②也。

二月十日喜雨呈李纯教授去非尉曹

沧浪一夜起鸣雷，雨阵因之续续来。所病农家成久旱，未论花事有新开。书生狂妄常忧国，圣代飘零岂弃才？儒馆尉曹俱国士，好为诗赋咏康哉。

　　三、四奇瘦，五、六古典。此公诗惟有骨，全无肉。

雨后呈斯远

已是霜凝更雨湿，春其渐起但无痕。莫嗟草色有垂死，定有梅花当返魂。小驻要须穷日日，细寻无惜遍村村。揩摩病眼从兹始，并待君诗洗睡昏。

　　章泉爱用虚字拗斡，不专以为眼也。如"春其渐起但无痕"，所用"其"字是矣，此句甚妙。"草色垂死""梅花返魂"，小民之幸，君子之福，深可隽味。"日日""村村"一联亦不苟，劲瘦枯淡。

---

① 冯班："读"字上脱"自首"二字。
② 李光垣："言"字误，或是"旨"字。

卷之十八　茶类

茶之兴味,自唐陆羽始。今天下无贵贱,不可一饷不啜茶。且其榷与盐、酒并为国利,而士大夫尤嗜其品之高者。卢仝一歌至饮七碗,以奇语豪思发茶之神工妙用。然"首阅月团三百片",则必不精;达官送一处士茶,虽佳,亦不至如是之多。啜茶者,皆是也,知茶之味者亦鲜矣。

五　言十三首

送　陆　羽　　　　　皇甫曾

千峰待逋客,香茗复丛生。采摘知深处,烟霞羡独行。幽期山寺远,野饭石泉清。寂寂燃灯夜,相思磬一声。

茶之盛行,自陆羽始,止是碾硙茶耳,其妙处在于别水味。卢仝所谓"首阅月团三百片",恐团茶不应如是之多,多则必不精也。今则江茶最富,为末茶;湖南、西川、江东、浙西为芽茶、青茶、乌茶;惟建宁甲天下,为饼茶;广西修江亦有片茶,双井、蒙顶、顾渚、鏊源,一时不可卒数。南人一日之间不可无数杯,北人和揉酥酪杂物,蜀人又特入白土,皆古之所无有也。羽死,号为茶神,故取此一首为茶诗之冠。

故人寄茶　　　　　曹　邺

剑外九华英，缄题下玉京。开时微月上，碾处乱泉声。半夜招僧至，孤吟对月烹。碧沉霞脚碎，香泛乳花轻。六府睡神去，数朝诗思清。月馀不敢费，留伴肘书行。

"睡神""诗思"之联，极切于茶。

煎　茶　　　　　丁晋公

开缄试雨前，须汲远山泉。自绕风炉立，谁听石碾眠。细微缘入麝，猛沸恰如蝉。罗细烹还好，铛新味更全。花随僧箸破，云逐客瓯圆。痛惜藏书箧，坚留待雪天。睡醒思满啜，吟困忆重煎。只此消尘虑，何须作酒仙。

坚留佳茗以待雪天，此一句无人曾道。尾句却说不须饮酒，乃常例也。

阁门水　元注："朝堂。嘉祐元年九月九日宿斋，欧阳永叔、张叔之、孙之翰会赋。"　　梅圣俞

宫井固非一，独传甘与清。酿成光禄酒，调作太官羹。上舍银瓶贮，斋庐玉茗烹。相如方病渴，空听辘轳声。

此山谷诗所谓"阁门水不落第二，竟陵谷帘定误书"者也。专宜煎茶，故附之"茶类"中。

吴正仲遗新茶

十片建溪春,乾云碾作尘。天王初受贡,楚客已烹新。漏泄关山吏,悲哀草土臣。捧之何敢啜,聊跪北堂亲。

三、四即卢仝"至尊之馀合王公,何事便到山人家"也。此诗圣俞五十二居母忧时作,所以用"悲哀草土臣""聊跪北堂亲",乃奠酹之意也。

颖公遗碧霄峰茗

到山春已晚,何更有新茶。峰顶应多雨,天寒始发芽。采时林犭静,烹处石泉嘉。持作衣囊秘,分来五柳家。

中四句精工不可言。

建溪新茗

南国溪阴暖,先春发茗芽。采从青竹笼,蒸自白云家。粟粒烹瓯起,龙文御饼加。过兹安得此,一作"比"。顾渚不须夸。

矞云龙小饼,先朝以为近臣之异赐。建茶为天下第一,广西修江胯茶次之。南渡后,宫禁嫔御日所饮用,即此品。胯茶修四寸,博三寸许。人亦罕有,芽茶则多品矣。

茶　磨

楚匠斫山骨,折檀为转脐。乾坤人力内,日月蚁行迷。

吐雪夸春茗，堆云忆旧溪。北归惟此急，药臼不须赍。

　　仕宦而携茶磨，其石不轻，亦一癖也。宁不携药臼而携此物，可谓嗜茶之至者。

建茶呈使君学士　　　　　　　李虚己

石乳标奇品，琼英碾细文。试将梁苑雪，煎动建溪云。清味通宵在，馀香隔坐闻。遥思摘山日，龙焙未春分。

　　八句佳，三、四"昆体"也。凡"昆体"，必于一物之上，入故事、人名、年代，及金、玉、锦、绣等以实之。

谢人送壑源绝品云九重所赐也　　曾茶山

三伏汗如雨，终朝沾我裳。谁分金掌露？来作玉溪凉。别甑软炊饭，小炉深炷香。曲生何等物，不与汝同乡。元注："别甑炊香饭，供养于此人。禅家语也。"

　　诗格清峭。

迪侄屡饷新茶①

吾家今小阮，有使附书频。唤起南柯梦，持来北焙春。顾予多下驷，况复似陈人。不是能分少，其谁遣食新？

---

① 陆贻典：集本作"造侄二首"。

敕厨羞煮饼,扫地供炉芬。汤鼎聊从事,茶瓯遂策勋。兴来吾不浅,送似汝良勤。欲作柯山点,元注:"俗所谓卫点也。"当令①阿造分。元注:"造侄妙于击拂。"

述侄饷日铸茶

宝胯自不乏,山芽安可无?子能来日铸,吾得具风炉。夏木啭黄鸟,僧窗行白驹。谈多唤坐睡,此味政时须。

茶山诗,观其格已高人一头地。观其用字着语句,殆锻炼不一时也。"日铸"以对"风炉","汤鼎"以对"茶瓯","南柯"以对"北焙","分少"以对"食新",此本老杜"赏应歌杕杜",喜收京军捷可用也,忽着下一句曰"归及荐樱桃",本非切对而化为佳对,后之诗人皆祖之。

七　言八首

夜闻贾常州崔湖州茶山境会想羡欢宴因寄此诗　　白乐天

遥闻境会茶山夜,珠翠歌钟俱绕身。盘下中分两州界,灯前合作一家春。青娥递舞应争妙,紫笋齐尝各斗新。自

---

① 陆贻典:集本"令"作"今"。

叹花时北窗下,蒲萄①酒对病眠人。

> 元注:"时马坠损腰,正饮蒲萄酒。"此可备故事。

和伯恭自造新茶　　余襄公

郡庭无讼即仙家,野圃栽成紫笋茶。疏雨半晴回暖气,轻雷初过得新芽。烘襥精谨松斋静,采撷萦迂涧路斜。江水对煎萍仿佛,越瓯新试雪交加。一枪试焙春尤早,三碗搜肠句更嘉②。多借彩笺贻雅唱,想资诗笔思无涯。

依韵和杜相公谢蔡君谟寄茶　　梅圣俞

天子岁尝龙焙茶,茶官催摘雨前芽。团香已入中都府,斗品争传太傅家。小石冷泉留早味,紫泥新品泛春华。吴中内史才多少,从此莼羹不足夸。

> 因茶而薄莼羹,是亦至论。陆机以"莼羹"对晋武帝"羊酪",是时未尚茶耳。然张华《博物志》已有"真茶令人不寐"之说。

次韵曹辅寄壑源试焙新芽　　苏东坡

仙山灵草湿行云,洗遍香肌粉未匀。明月来投玉川子,

---

① 冯班:"萄"一作"黄"。淇：白集"萄"作"黄"。
② 纪昀:"嘉"字确是"佳"字,所改断无嘉句之说也。

清风吹破武陵春。要知玉雪心肠好,不是膏油首面新。戏作小诗君勿笑,从来佳茗似佳人。

此谓壑源新芽,自如玉雪,不似饼茶、团茶,外若膏油之沃也,故云"佳茗似佳人"。

汲江煎茶

活火仍须活水烹,自临钓石汲深清。大瓢贮月归春瓮,小杓分江入夜瓶。雪乳已翻煎处脚,松风忽作泻时声。枯肠未易禁三碗,卧数荒城长短更。

杨诚斋大赏此诗,谓"自临钓石取深清",深也,清也,近石也;又非常石,乃钓石;不令仆取,而自取之也。一句含数意。三、四尤奇。

吴傅朋送惠山泉两瓶并所书石刻　曾茶山

锡谷寒泉双玉瓶,故人捐惠意非轻。疾风骤雨汤声作,淡月疏星茗事成。新岁纲头须击拂①,旧时水递费经营。银钩虿尾增奇丽,并得晴窗两眼明。

逮子得龙团胜雪茶两胯
以归予其直万钱云

移人尤物众谈夸,持以趋庭意可嘉。鲑菜自无三九种,

---

① 按:"击"原作"系",据康熙五十二年本、纪昀《刊误》本校改。

龙团空取十千茶。烹尝便恐成灾怪,把玩那能定等差。赖有前贤小团例,一囊深贮只传家。

茶山嗜茶。茶诗无一篇不清峭,有奇骨。

李相公饷建溪新茗奉寄

一书说尽故人情,闽岭春风入户庭。碾处曾看眉上白,_{元注:"茶家云碾茶须碾着眉上白,乃为佳。"}分时为见眼中青。饭羹正昼成空洞,枕簟通宵失杳冥。无奈笔端尘俗在,更呼活水发铜瓶。

茶以碾而白为上品。"摘处佳人指甲黄,碾时童子眉毛绿",未极茶之妙也。此第三句得之矣。

卷之十九　酒类

诗与酒常并言,未有诗人而不爱酒者也。虽不能饮者,其诗中亦未尝无酒焉。"身入醉乡无畔岸,心与欢伯为友朋",山谷奇语,以非律不与兹选;亦律之变格,宜附书诸此。

五　言 十九首

独　酌　　　　　　　　　杜工部

步屦深林晚,开樽独酌迟。仰蜂黏落絮,行蚁上枯梨。薄劣惭真隐,幽偏得自怡。本无轩冕意,不是傲当时。

此以"独酌"为题,其实皆幽栖自怡之事。"仰蜂""行蚁",盖独酌时所见如此。凡为诗,只两句摸景精工,为一篇之眼,馀放淡净为佳。

独酌成诗

灯花何太喜,酒绿正相亲。醉里从为客,诗成觉有神。兵戈犹在眼,儒术岂谋身?苦被微官缚,低头愧野人。

"灯花何太喜",问也。"酒绿正相亲",答也。"醉里""诗成"一联,天出奇语。一独酌间,其妙如此。

军中醉饮寄沈刘叟 元注："或作沈八、刘叟。"①

酒渴爱江清,馀甘②漱晚汀。软莎欹坐稳,冷石醉眠醒。野膳随行帐,华音发从伶。数杯君不见,都已遣沉冥。

> 黄本注杜诗无此篇。山谷尝用"酒渴爱江清"为韵赋诗,任渊注亦云杜诗,而白本杜诗亦有此篇。或以为畅当诗,然顿挫翕忽,不可以律缚,恐畅当未办此也。第二句"甘"亦作"酣"。

何处难忘酒　　　　　　　白乐天

何处难忘酒？天涯话旧情。青云俱不达,白发递相惊。二十年前别,三千里外行。此时无一盏,何以叙平生？

何处难忘酒？霜庭老病翁。暗声啼蟋蟀,干叶落梧桐。鬓为愁先白,颜因醉暂红。此时无一盏,何计奈秋风？

何处难忘酒？青门送别多。敛襟收涕泪,蹴马听笙歌。烟树灞陵岸,风尘长乐坡。此时无一盏,争奈去留何？

何处难忘酒？逐臣归故园。赦书逢驿骑,贺客出都门。半面瘴烟色,满衫乡泪痕。此时无一盏,何处可招魂？

---

① 许印芳：当作畅当诗。
② 冯班、纪昀："甘"一作"酣"。

七首内，三首以士人及第、少年春夜、军功建旄而饮，今删之。何则？得志之人能不汩于酒，则人品高矣。所取四首，以逆旅穷交、老境寒病、都门送别、逐臣遇赦而饮。此则不能忘情于酒者，人情之常也。"鬓为愁先白"一联，后山略换数字，便锻铁成金，此又学者所当知也。

不如来饮酒

莫作商人去，凄惶君未谙。雪霜行塞北，风水宿江南。藏镪百千万，沉舟十二三。不如来饮酒，仰面醉酣酣。

莫事长征去，辛勤难具论。何曾画麟阁，只是老辕门。虮虱衣中物，刀铩面上痕。不如来饮酒，合眼醉昏昏。

莫上青云去，青云足爱憎。自贤夸智慧，相纠斗功能。鱼烂缘吞饵，蛾焦为扑灯。不如来饮酒，任性醉腾腾。

莫入红尘去，令人心力劳。相争两蜗角，所得一牛毛。且灭心中火，休磨笑里刀。不如来饮酒，稳卧醉陶陶。

_{不如来饮酒七首，删去三首。深山也、农夫也、学仙也，不可招之使还。商人、征夫、云路、尘劳，此当以酒招耳。人言白诗平易，"相争两蜗角，所得一牛毛"，岂不奇崛？胸中所见高，则下笔自高，此又在乎涵养、省悟之有得，不得专求之文字间也。}

把酒思闲事

把酒思闲事，春愁谁最深？乞钱羁客面，落第举人心。

月下低眉立,灯前抱膝吟。凭君劝一醉,胜与万黄金。

把酒思闲事,春娇何处多?试鞍新白马,弄镜小青娥。掌上初教舞,花头欲按歌。凭君劝一醉,劝了又如何?

乐天所赋必近人情。前一诗言羁穷之人不可无酒也,后一诗言得志之人,酒后有所不能自己也。一以怜,一以戒也。

晚春酒醒寻梦得

料合同惆怅,花残酒亦残。醉心忘老易,醒眼别春难。独出虽慵懒,相逢定喜欢。还携小蛮去,试觅老刘看。

此以"小蛮"为酒榼名,又非舞腰之小蛮也。

腊 酒 韦氏《月录》云:"腊月造,四月成。"

梅圣俞

汲井辘轳鸣,寒泉碧瓮盛。欲为三伏美,方俟十旬清。漫忆黄公舍,徒闻韦氏名。熟时梅杏小,独饮效渊明。

此和晏元献腊中诸诗。腊酒四月而成,今人未有得其法。

答高判官和唐店夜饮

露宿勤王客,相从月下来。黄流何日涨?绿酒暂时开。

风定灯光烂，天高斗柄回。醉言多脱略，吾党不须猜。

五、六流丽壮健。末句之意，又高于渊明矣。

村 醪

雨湿破荆篱，风摇树亚旗。小槽声下急，挈榼问沽迟。摘果野棠①熟，望人船火②随。灯前相对饮，还似昔过时。

五、六不甚紧要而有味。

答 田 生　　　　陈后山

酒亦有何好？人今未肯忘。苟无愁可解，何必醉为乡。剩欲论奇字，终能讳秘方。直饶肌骨秀，正要画眉长。

此戒田生过饮。尾句恐其不自修饰，则天资之美，亦不可恃也。

醉 中 作　　　　陆放翁

宦游三十载，举步亦看人。爱酒官长骂，近花丞相嗔。湖山今入手，风月始关身。少吐胸中气，从教白发新。

三、四天生对偶。

---

① 按："野"原讹作"夜"，据康熙五十二年本、纪昀《刊误》本校改。
② 按："火"原讹作"犬"，据康熙五十二年本、纪昀《刊误》本校改。

七言十六首

尝酒听歌招客 　　　　白乐天

一瓮香醪新插笍,双鬟小妓薄能讴。管弦渐好新教得,罗绮虽贫免外求。世上贪忙不觉苦,人间除醉却须愁。不知此事君知否?君若知时从我游。

旷达之言。

长斋月满携酒先与梦得对酌醉中同赴令公之宴戏赠梦得

斋宫前日满三旬,酒榼今朝一拂尘。乘兴还同访戴客,解酲仍对姓刘人。病心汤沃寒灰活,老面花生朽木春。若怕平原怪先醉,知君未惯吐车茵。

第四句善恢谐。五、六足见饮酒之喜,快于心,见于面。

桥亭卯饮

卯时偶饮斋时卧,林下高桥桥上亭。松影过窗眠始觉,竹风吹面醉初醒。就荷叶上包鱼鲊,当石渠中洗酒瓶。生计悠悠身兀兀,甘从妻唤作刘伶。

五、六新异。

太守徐君猷通守孟亨之皆不饮酒诗以戏之云[①]　　苏东坡

孟嘉嗜酒桓温笑,徐邈狂言孟德疑。公独未知其趣耳,臣今时复一中之。风流自有高人识,通介宁随薄俗移。二子有灵应拊掌,吾孙还有独醒时。

全用孟、徐二人饮酒事。以其泉下有灵,却笑厥孙不饮,善滑稽者。

章质夫送酒六壶书至而酒不达戏作小诗问之

白衣送酒舞渊明,急扫风轩洗破觥。岂意青州六从事,化为乌有一先生。空烦左手持新蟹,漫绕东篱嗅落英。南海使君今北海,定分百榼饷春耕。

"青州""乌有"之联,既切题。"左手""东篱"一联,下"空烦""漫绕"四字,见得酒不至也。善戏如此。

醉　中　　陈简斋

醉中今古兴亡事,诗里江湖摇落时。两手尚堪杯酒用,

[①] 许印芳:"云"字衍。

寸心唯是鬓毛知。稽山拥郭东西去,禹穴生云朝暮奇。万里南征无赋笔,茫茫远望不胜悲。

此以"醉中"为题耳。三、四绝妙,馀意感慨深矣。

对　酒

陈留春色撩诗思,一日搜肠一百回。燕子初归风不定,桃花欲动雨频来。人间多待须微禄,梦里相逢记此杯。白竹扉前容醉舞,烟波一作"村"①。渺渺欠高台。

简斋诗,响得自是别。

郡中禁私酿严甚戏作　　　　曾茶山

结交欢伯无他肠,小槽窃比顾建康。此身忽堕禁酒国,何路得到无功乡。官酤快甚夏酌水,斋酿悭于冬饮汤。客来且复置是事,北焙荐碗春风香。元注:"时建上送新茗。"

此"吴体"。三、四绝佳。

避寇迁居郭内风雨凄然郑顾道饷酒

烟雨昏昏一月梅,全家避寇寄城隈。欲寻碧落侍郎去,遽沐青州从事来。令我妻孥争洗盏,想公伯仲正传杯。安

---

① 许印芳:"村"字非是。

能郁郁久居此,且傍茶山松径回。

"碧落""青州"之句,本于东坡。

家酿红酒美甚戏作

曲生奇丽乃如许,酒母秾华当若何。向人自作醉时面,遣我宁不苍颜酡。得非琥珀所成就,更有丹砂相荡磨。可怜老杜不对汝,但爱引颈舟前鹅。

此诗三、四不甚入律。然终篇发明红酒之妙,前此未有。当时时玩味之。乃老杜"吴体"、山谷诗法也。

秋夜独酌　　　　黄师宪

溪山态足身无事,天地功深岁有秋。投老相从管城子,平生得意醉乡侯。卷帘清坐月排闼,横笛人家风满楼。可是离人更遗物,何缘身世两无求。

黄公度字师宪,兴化军莆田人。绍兴八年谅暗,大魁。思陵在御,丁未至壬午三十六年,首甲科十有一人,梁克家丞相,陈诚之枢使,三尚书曰汪应辰、刘章、王佐,五从官曰李易、张九成、赵达、张孝祥、王十朋,独师宪以忤秦桧得正字。即被论与祠,后倅肇庆。绍兴二十五年桧死,始得召为考功员外郎而卒,年不逮五十。洪景庐序其《知稼集》,有句曰:"雨意欲晴山鸟乐,寒声初到井梧知。"景庐谓大历十才子不能窥藩。又有句曰:"还乡且尽田家乐,举世谁非市道交。""醉乡归去疑无路,诗笔拈来似有神。"是可以言诗矣。

小饮梅花下作　　　　　　陆放翁

脱巾莫叹发成丝,六十年间万首诗。予自十七、八学诗,今六十年,得万篇。排日醉过梅落后,通宵吟到雪残时。偶容后死宁非幸,自乞归耕已恨迟。青史满前闲即读,几人为我作蓍龟。

第二句举世无对。

六日云重有雪意独酌

遍游薮泽一渔舠,历尽风霜只缊袍。天为念贫偏与健,人因见懒误称高。地连海潏涛声近,云冒山椒雪意豪。偶得芳樽须痛饮,凉州那得直蒲萄。

三、四善斡旋,有味。

小圃独酌

少年裘马竞豪华,岂料今为老圃家。数点霏微社公雨,两丛闲淡女郎花。诗成枕上常难记,酒满街头却易赊。自笑迩来能用短,只将独醉作生涯。

对　酒

老子不堪尘世劳,且当痛饮读《离骚》。此身幸已免虎口,有手但能持蟹螯。牛角挂书何足问,虎头食肉亦非豪。天寒欲与人同醉,安得长江化浊醪。

醉中自赠

富贵犹宜早退休,一生龃龉更何求。赋形未至欠壬甲,语命宁须憎斗牛。栗里收身贫亦乐,平陵埋骨死无忧。狂歌醉舞真当勉,剩折梅花插满头。

放翁此五诗皆新异。

卷之二十　梅花类

虚谷曰：梅见于《书》《诗》《周礼》《礼记》《大戴礼》《左氏传》《管子》《淮南子》《山海经》《尔雅》《本草》，取其实而已。曰"尔惟盐梅"；曰"摽有梅"；曰"笾人八梅藨为干梅"；_{疏者谓}："梅皆有干湿。"曰"兽用梅"；曰"五月煮梅，为豆实"；曰"水火醯醢盐梅，以亨鱼肉"；曰"五沃之土，其梅其杏"；曰"一梅不足为百人酸"；曰"云山之上，其实干腊"，郭璞注："腊为干梅。"曰"梅柟似杏实酢"；曰"梅实明目，益气不饥"，未以其花为贵也。惟《诗》"山有嘉卉，侯栗侯梅"，《大戴礼·夏小正》"正月，梅、杏、杝、桃始华"，一言卉，一言华。《说苑》："越使诸发执一枝梅遗〔梁王〕，梁臣韩子，顾左右曰：'恶有一枝梅乃遗列国之君乎？'"由是考之，则梅以花贵自战国始。《西京杂记》："汉初修上林苑，群臣各献名果，有朱梅、紫花梅、同心梅、紫蒂梅。"则梅种之多。特以花书，又自西汉始。汉武帝元封三年，作柏梁台，语群臣有能为七言者，乃得上座。太官令曰："枇杷橘栗桃李梅。"梁简文帝引此事为《梅花赋》而曰："七言表柏梁之咏。"则知汉武帝时始有七言诗及梅也，亦恐不专主花。《荆州记》曰："陆凯与范晔相善，自江南寄梅一枝，诣长安与晔，并赠诗曰：'折梅逢驿使，寄与陇头人。江南无所有，聊赠一枝春。'"诗家以为晋人，非宋文时范晔。姑从其说。则梅花见于五言诗，自晋时始也。大概梅花诗五、七言至梁、陈而大盛。梁简文帝

《雪里不见梅花》诗有云:"绝讶梅花晚,争来雪里窥。定须还剪彩,学作两三枝。"梁元帝诗有云:"梅含今春树,还临先日池。人怀前岁忆,花发故年枝。"鲍泉诗有云:"可怜阶下梅,飘荡逐风回。度帘拂罗幌,萦窗落梳台。"阴铿诗有云:"春近寒虽薄,梅舒雪尚飘。从风还共落,照日不俱消。"庾肩吾诗有云:"窗梅朝始发,庭雪晚初消。道远终难寄,馨香徒自饶。"庾信诗有云:"当年腊月半,已觉梅花阑。不信今春晚,俱来雪里看。早知觅不见,真悔着衣单。"此虽非全篇,皆可脍炙。其全篇清雅者,如何逊云:"兔园标物序,惊时最是梅。御霜当路发,映雪凝寒开。枝横却月观,花绕凌风台。朝洒长门泣,夕驻临邛杯。应知早飘落,故逐上春来。"其七言流丽者,如江总有云:"腊月正月早惊春,众花未发梅花新。""梅花芬芳临玉台,朝攀晚折还复开。""满酌金卮催玉柱,落梅树下宜歌舞。"又有一句全联可观者:"钗临曲池影,扇拂玉堂梅",梁元帝也;"砌石披新锦,梁花画早梅",阴铿也;"草短犹通屐,梅香渐着人",徐君倩也;"绿条初变柳,紫蒂欲舒梅",隋炀帝也。沿唐及宋,则梅花诗殆不止千首,而一联一句之佳者无数矣。今摘其尤异者,尾于所赋着题诗之后。而雪也、月也、晴也、雨也,亦着题诗,又尾于后。红梅、腊梅诗,亦附乎此。格物在致知,玩物则丧志,在学者择之。

五言六十一首

和王司马折梅寄京邑兄弟　　张子寿

离别念同嬉，芳荣欲共持。独攀南国树，遥寄北风时。
林惜迎春早，花愁去日迟。还闻折梅处，更有《棣华》诗。

明皇宰相张九龄《曲江集》二十卷，赋一卷，诗五卷。此诗在第二卷。蜀本"芳荣"作"方荣"，"惜"字不可认，以近本所刊芮挺章《国秀集》正之。《国秀》"还闻"作"仍闻"。此诗在少陵、太白之前，陈子昂、杜审言、沈、宋之后。曲江公身为一代正人，而诗亦字字清切云。芮挺章选唐天宝三年以前诸公，凡九十人，诗二百三十首，以李峤为第一，次宋之问、杜审言、沈佺期，又次张说、徐安贞、张敬忠、贺知章、王翰、董思恭、杜岩、崔涤、沈宇、刘希夷，而九龄为第十五人云。时犹未数少陵同时诸公也。

庭　梅　咏

芳意何能早，孤荣亦自危。更怜花蒂弱，不受岁寒移。
朝雪那相妒，阴风已屡吹。馨香虽尚尔，飘荡复谁知。

此见《曲江集》第五卷。详味诗思，盖为李林甫所陷。先罢相，又坐举周子谅为御史，贬荆州长史，此荆州诗也。先有《戏题春意》云："一作江南守，江林三四春。"在《玉泉寺》《古冢》诗后，然则诗岂无为而徒作者哉？以置少陵之前可也。子寿未相之前，尝为洪州都督，徙桂州，兼岭南按察选补使。所至诗必佳，洪州诗有云："有趣逢樵客，忘怀狎野禽。"《巡属县》云："途中却郡掾，林下招村民。"妙甚。

江　梅　　　　　　　　　杜工部

梅蕊腊前破,梅花年后多。绝知春意早①,最奈客愁何。雪树元同色②,江风亦自波。故园不可见,巫岫郁嵯峨。

起句十字,已尽梅花次第。

春雪间早梅　　　　　　韩昌黎

梅将雪共春,彩艳不相因。逐吹能争密,排枝巧妒新。谁令香满座,独使净无尘。芳意饶呈瑞,寒光助照人。玲珑开已遍,点缀坐来频。那是俱疑似,须知两逼真。荧煌初乱眼,浩荡忽迷神。未许琼花比,从将玉树亲。先期迎献岁,更伴占兹辰。愿得长辉映,轻微敢自珍。

汗血千里马,必能折旋蚁封。昌黎,大才也。文与六经相表里,《史》《汉》并肩而驱者。其为大篇诗,险韵长句,一笔百千字,而所赋一小着题诗,如雪,如笋,如牡丹、樱桃、榴花、蒲萄,一句一字不轻下。此题必当时有同赋者。春雪早梅,中着一"间"字。只"彩艳不相因"一句五字已佳矣。"彩"言雪,"艳"言梅。本不相资,而成此美句,是非相为得之意。"芳意饶呈瑞",以言梅之芳,又饶以雪之祥瑞。"寒光助照人",以言雪之光,足助乎梅之映照。错综用工,亦云密矣。

学者作诗,谓不思而得,喝咄叫怒即可成章,吾不信也。

---

① 冯班:"早"一作"好"。
② 冯班:"元"一作"能"。

惟"更伴占兹辰"一句,恐有误。束大才于小诗之间,惟五言律为最难。昌黎此诗,赋至十韵,较元微之《春雪映早梅》多四韵,题既甚难,非少放春容不可也。

柳子厚有《早梅》诗,古体仄韵:"早梅发高树,迥映楚天碧。朔吹飘夜香,繁霜滋晓日。欲为万里赠,杳杳山水隔。寒英坐销落,何用慰远客。"单赋早梅,不为律,易锻炼也。譬如《雪》诗:"千山鸟飞绝,万径人踪灭。孤舟蓑笠翁,独钓寒江雪。"为古体则可,极天下之奇;为律体则不可矣。昌黎"将策试""听窗知"六字,为荆公引用,亦是费若干思索,律体尤难,古体差易故也。

江 梅 郑谷

江梅且缓飞,前辈有歌词。莫惜黄金缕,难忘白雪枝。吟看归不得,醉嗅立如痴。和雨和烟折,含情寄所思。

五、六亦深造梅趣。

赋得春雪映早梅 元微之

飞舞先春雪,因依上番梅。一枝方渐秀,六出已同开。积素光逾密,真花节暗催。抟风飘不散,见晛忽偏摧。郢曲琴空奏,羌音笛自哀。今朝两成咏,翻挟昔人才。

一句赋雪,一句赋梅,本不为难。起句"上番梅",不走了"早"字。三、四巧。"见晛忽偏摧",此一句佳。谓日出则雪先消,梅如故也。

梅 杜牧之

轻盈照溪水,掩敛下瑶台。妒雪聊相比,欺春不逐来。偶同佳客见,似为冻醪开。若在秦楼畔,堪为弄玉媒。

牧之诗才高,此小诗若不介意,五、六却淡靓有味。

山路见梅感而作 钱起

莫言山路僻,还被好风催。行客凄凉过,村篱冷落开。晚溪寒水照,晴日数蜂来。重忆江南酒,何因把一杯。

刊本误以"蜂"为"峰",必是"蜂"字无疑。梅发虽则尚寒,然晴日既暖,必有蜂采香,但不多耳,予每亲见之。

十一月中旬至扶风见梅花 李义山

匝路亭亭艳,非时袅袅香。素娥唯与月,青女不饶霜。赠远虚盈手,伤离适断肠。为谁成早秀,不待作年芳。

义山之诗,入宋流为"昆体"。此谓梅花最宜月,不畏霜耳。添用"素娥""青女"四字,则谓月若私之而独怜,霜若挫之而莫屈者。亦奇。末句又似有所指云。

早梅 朱庆馀

天然根性异,万物尽难陪。自古承春早,严冬斗雪开。

艳寒宜雨露,香冷隔尘埃。堪把依松竹,良图一处栽。

　　张洎序项斯诗,谓"元和中,张水部律格不涉旧体。惟朱庆馀一人,亲授其旨。沿而下,则有任藩、陈标、章孝标、司空图等及门。项斯,于宝历、开成之际,尤为水部所赏。"然则韩门诸人,诗派分异,此张籍之派也。姚合、李洞、方干而下,贾岛之派也。庆馀此诗,亦有气脉、有字眼,不可忽。荆公乃仅选其《蔷薇》一篇。

早玩雪①梅有怀亲属　　　　　韩致尧

　　北陆候才变,南枝花已开。无人同怅望,把酒独徘徊。冻白雪为伴,寒香风是媒。何因逢越使,肠断谪仙才。

　　全篇有味,五、六洒落。

早　梅　　　　　　　　　　　僧齐己

　　万木冻欲折,孤根暖独回。前村深雪里,昨夜一枝开。风递幽香去②,禽窥素艳来。明年犹应③律,先发映春台④。

　　寻常只将前四句作绝读,其实二十字绝妙。五、六亦幽致。王荆公选《唐百家诗》,梅花仅有五首,五言律仅有韩致尧一首,五言绝句一首。王适云:"忽见寒梅树,开花汉水滨。不知春色早,疑是弄珠人。"亦佳句也。七言绝句二首,戎昱云:"一树寒梅白玉条,迥临村落傍溪桥。

---

① 冯班:一本作"雪玩"。
② 许印芳:"去"一作"出"。
③ 许印芳:"犹"一作"如"。
④ 许印芳:"映"一作"望"。

应缘近水花先发,疑是经春雪未消。"刘言史云:"竹与梅花相并枝,梅花正发竹枝垂。风吹总向竹枝上,真一作"直"。似王家雪下时。"崔鲁七言律一首,见此卷后。今以予所选五言律增广之。杨诚斋喜唐人崔道融十字云:"香中别有韵,清极不知寒。"未见全篇。以荆公之精于诗,梅花五言律无,七言律亦无之,止有五言绝句五首,有云:"墙角数株梅,凌寒独自开。遥知不是雪,时有暗香来。"李雁湖注引《古乐府》"庭前一树梅,寒多未觉开。只言花是雪,不悟有香来。"谓介甫略转换耳,或偶同也。予考杨诚斋所言,则谓"只言花似雪,不悟有香来",为苏子卿作。虽未必然,而"花是雪"与"花似雪",一字之间,大有径庭。知花之似雪,而云不悟香来,则拙矣;不知其为花,而视以为雪,所以香来而不知悟也。荆公诗似更高妙。然则尽唐二百九十年,仅选得梅花五言律十二首,其诚难题也哉。

马上见梅花初发　　　　宋莒公

瞥见江南树,繁英照苑墙。无双春外色,第一腊前香。云叶遥惊目,琼枝昔断肠。莫吹羌坞笛,容易损孤芳。

三、四极工,"春外"之"外","腊前"之"前",似乎闲而非闲字也,乃最紧最切最实之字。"云叶""琼枝",乃"昆体"常例。

梅　花　　　　王禹玉

冷香疑到骨,琼艳几堪餐。半醉临风折,清吟拂晓观。赠春无限意,和雪不胜寒。桃李有惭色,枯枝试并栏。

其香"到骨",其艳"堪餐"。起句十字已不苟。中二联皆清爽,不可以"至宝丹"忽之也。

马处厚席上探得早梅　　晁君成

岭梅何处早，雪里看芳菲。北陆寒犹在，南枝春已归。晓妆初见妒，残角未成飞。引我江头梦，清香忆满衣。

晁无咎乃翁端友诗，不减唐人。

红　梅　　梅圣俞

家住寒溪曲，梅先杂暖春。学妆如小女，聚笑发丹唇。野杏堪同舍？山樱莫与邻。休吹江上笛，留伴庾园人。

"野杏堪同舍"，此"堪"字乃是不堪也。善诗者多如此用虚字。《西清诗话》："红梅昔独盛于姑苏，晏元献始移植西园第中。贵游赂园吏，得一枝分接，都下始有二本。元献尝赋诗曰：'若更迟开三二月，北人应作杏花看。'客曰：'公诗固佳，待北俗何浅也？'元献笑曰：'顾伧父安得不然？'王君玉时以诗寄元献云：'馆娃宫北旧精神，粉瘦琼寒露蕊新。园吏无端偷折去，凤城从此有双身。'王荆公小绝云：'春半花才发，多应不奈寒。北人初未识，浑作杏花看。'"胡元任《丛话》以为介甫诗与元献暗合，然介甫句意为工。

梅　花

似畏群芳妒，先春发故林。曾无莺蝶恋，空被雪霜侵。

不道东风远,应悲上苑深。南枝已零落,羌笛寄馀音。

依韵答僧圆觉早梅

江南自寒苦,花不与时同。清向三冬足,香传一国中。云湖藏旧市,雪树认新丰。未有亏冰素,随妆入汉宫。

九月见梅花

江南风土暖,九月见梅花。远客思边草,孤根暗碛沙。何曾逢寄驿,空自听吹笳。今日樽前胜,其如秋鬓华。

圣俞诗不见着力之迹,而风韵自然不同。

偶折梅数枝置案上盎中芬然遂开　张宛丘

偶别霜林陋,来蒙玉案登。清香侵砚水,寒影伴书灯。见我粲初笑,赠人慵未能。将何伴高洁,清晓诵《黄庭》。

"见我粲初笑,赠人慵未能。"更有味。以诵《黄庭》为梅伴,则两俱高洁矣。

感梅忆王立之　　　晁叔用

王子已仙去,梅花空自新。江山馀此物,海岱失斯人。

宾客他乡老,园林几度春。城南载酒地,生死一沾巾。

晁叔用名冲之,自号具茨,有集。入"江西派"。晁氏自文元公迥至补之无咎五世,世有文人。无咎之父端友,字君成,诗逼唐人,有《新城集》。无咎有《济北集》。从弟说之字以道,号景迂,有《景迂集》①。以道亲弟咏之字之道,有《崇福集》。补之、咏之,《四朝国史》已入《文艺传》。叔用此诗盖学陈后山也。其兄无斁载之见知于后山,因是亦知叔用。叔用有子曰公武,著《读书志》者,可谓盛矣。王立之名直方,居汴南。父棫,字才元,高赀。元祐中延致名士唱和,为苏、黄作顿有亭。吕居仁亦以其诗入派。此诗才学后山,便有老杜遗风。

梅

素月清溪上,临风不自胜。影寒垂积雪,枝薄带春冰。香近行犹远,人来折未曾。江山正萧瑟,玉色照松藤。

此诗未及前篇。按集:俞汝砺因公武请为作序,诸弟有二十弟贲之饰道,二十二弟允之息道,二十三弟豫之虞道,二十八弟夬之决道。而叔用初字用道,与说之皆从"道"字联表也。以道为四兄,之道为十二兄,又有三十三弟颂之。

梅

南雪看未稳,北风吹已残。才堪十年梦,不称一生酸。日月方回首,风霜与凭栏。迟明出谢客,顿觉帽围宽。

---

① 按:"景迂"二字原缺,据康熙五十二年本、纪昀《刊误》本校补。

居仁小绝《蜡梅》诗云:"学得汉宫妆,偷传半额黄。不将供俗鼻,愈更觉清香。"《早梅》云:"独自不争春,都无一点尘。忍将冰雪面,所至媚游人。"凡赋梅,盛称其美,不若以自况而自超于物外可也。

岭　梅　　　　　　　　　　曾茶山

蛮烟无处洗,梅蕊不胜清。顾我已头白,见渠犹眼明。折来知韵胜,落去得愁生。坐入江南梦,园林雪正晴。

此茶山将诣桂林时诗,有二绝连此诗后,云"桂林梅花盛开有怀信守程伯禹",故知之。

高邮无梅求之于扬帅邓直阁

送腊腊垂尽,迎春春欲回。如何万家县,不见一枝梅?有客幽寻去,无人远寄来。扬州何逊在,政用小诗催。

邓帅寄梅并山堂酒

甓社湖边路,诗筒得报回。旧时云液酒,元注:"扬州上尊名也。"新岁雨肥梅。不是园官送,真成驿使来。鬓毛都白尽,更着此花催。

此晚年使淮南诗。但观其句律,何乃瘦健铿锵至此!虽平正中有奇古也。

次韵张守梅诗　　　　　　刘屏山

破雪梅初动,南枝更北枝。傍墙应折尽,背日较开迟。晓角惊残梦,春愁占两眉。狂夫将落蕊,故入画楼吹。

> 梅诗难赋,不必句句新,得如此圆熟亦可也。

观梅花开尽不及吟赏感叹
　　成诗聊贻同好二首　　朱文公

忆昔身无事,寻梅只怕迟。沉吟窥老树,取次折横枝。绝艳惊衰鬓,馀芳入小诗。今年何草草?政尔负幽期。

棐几冰壶在,梅梢雪蕊空。不堪《三弄》咽,谁与一樽同?鼻观残香里,心期昨梦中。那知北枝北,犹有未开丛。

> 文公诗似陈后山,劲瘦清绝,而世人不识。此两诗皆八句一串,又何必晚唐家前领联后景联堆塞景物,求工于一字二字而实则无味耶?

宋丈示及红梅蜡梅借韵两诗
　　复和呈以发一笑

闻说寒梅尽,寻芳去已迟。冷香无宿蕊,秾艳有繁枝。正复非同调,何妨续旧诗。广平偏斌媚,铁石误心期。元注:"宋丈前篇乃用施朱粉事。"

风雪催残腊,南枝一夜空。谁知荒草里,却有暗香同。质莹轻黄外,芳胜浅绛中。不遭岑寂侣,何以媚孤丛?

此二诗,前属红梅,后属蜡梅。

清江道中见梅

今日清江路,寒梅第一枝。不愁风袅袅,正奈雪垂垂。暖热惟须酒,平章却要诗。他年千里梦,谁与寄相思?

朱文公乾道三年丁亥访南轩归,十二月江西诗也。书坊刊《全芳备祖》①,节去首尾,以中四句为庾信诗,误甚。

与弟侄饮梅花下分得香字　　张南轩

日夕色愈正,春和天与香。提携一樽酒,问讯满园芳。嗣岁诗多思,怀人心甚长。更须多秉烛,玉立胜红妆。

前辈巨公,有不可专以诗人目之者。至于难题,高致下笔便自不同,以胸中天趣胜也。此诗前二句有力,而又有味。中四句平淡。末二句用东坡《海棠》诗"高烧银烛照红妆",不必说破,只说秉烛以照玉立者,其胜艳丽多矣。

王长沙约饮县圃梅花下分韵得梅字

平生佳绝处,心事付江梅。县圃经年见,芳樽薄暮开。

---

① 按:"祖"字原缺,据康熙五十二年本、纪昀《刊误》本校补。

朗吟空激烈，烧烛且徘徊。未逐征书去，穷冬尚一来。

王长沙名师愈，婺州人。早登杨龟山之门，后与朱、张、吕三先生交，仕至中奉大夫直焕章阁，乾、淳名卿也。其为长沙宰，先一年尝招南轩赏梅，南轩分得"林"字。此第二年再会，故云"县圃经年见"。师愈生㵦，从吕东莱及朱文公游，仕至朝奉郎。㵦生柏，号鲁斋，著《可言集》，亦载南轩"林"字韵及此诗，其祖古诗亦附焉。

蜡　梅　　　　　　　　　杨诚斋

栗玉圆雕蕾，金钿细着行。来从真蜡国，自号小黄香。夕吹撩寒馥，晨曦透暖光。南枝本同姓，唤我作他杨。

范石湖《梅谱》谓蜡本非梅类，以其与梅同时，香又相近，色酷似蜜脾，故名蜡梅。凡三种，檀香梅为上，磬口梅次之。花小香淡，以子种出，不经接者为下。又谓最难题咏，乃诚然也。山谷、后山、简斋三巨公，但为五言小绝句。而东坡倡，后山和，亦有七言长篇。简斋又有"智琼额黄且勿夸"之句，大率不过言黄、言香而已。高子勉一绝云："少镕烛泪装应似，多爇龙涎嗅不如。只恐春风有机事，夜来开破几丸书。"此为至佳，而律诗全篇，则亦罕见云。

梅　　　　　　　　　　　尤延之

不奈雪埋照，可堪风漏香。天寒无疹粟，日暮有严妆。桃李真肥婢，松筠共老苍。合教居第一，独自占年芳。

二首取一。"桃李真肥婢"已是佳句，却用"老苍"为对，似乎借苍头之"苍"以对"婢"也。全篇俱有味。

和渭叟梅花

不避风霜苦,自甘丘壑潜。未禁沾额角,信好插梳尖。春意已张本,寒威今解严。殷勤留客意,尚许隔墙觇。

梅 花

冷艳天然白,寒香分外清。稍惊春色早,又唤客愁生。待索巡檐笑,嫌闻出塞声。园林多少树,见尔眼偏明。

此八句诗,却如浑脱铸成。本只是烂熟说话,而无手段者,自不能撮虚空也。

蜡 梅

破腊惊春意,凌寒试晓妆。应嫌脂粉白,故染曲尘黄。缀树蜂悬室,排筝雁着行。团酥与凝蜡,难学是生香。

五、六亦能写蜡梅形状。尾句虽说破香,只得亦可谓善赋矣。

道上人房老梅　　　　翁续古

孤高不受埃,老怪昔谁栽。仙魄乘槎去,龙身带雪来。数枝寒照水,一点净沾苔。头白狂诗客,花时屡往回。

此所谓"永嘉四灵"之一也。翁卷字续古,一字灵舒,诗曰《西岩集》。徐玑字文渊,一字致中,号灵渊,诗曰《泉山集》。徐照字道晖,号灵晖,诗曰《山民集》。赵师秀字紫芝,号灵秀,诗曰《天乐堂集》。乾、淳以来,尤、杨、范、陆为四大诗家,自是始降而为"江湖"之诗。叶水心适以文为一时宗,自不工诗。而"永嘉四灵"从其说,改学晚唐,诗宗贾岛、姚合。凡岛、合同时渐染者,皆阴捋取摘用,骤名于时,而学之者不能有所加,日益下矣。名曰厌傍"江西"篱落,而盛唐一步不能少进。天下皆知"四灵"之为晚唐,而巨公亦或学之。赵昌父、韩仲止、赵蹈中、赵南塘兄弟,此四人不为晚唐,而诗未尝不佳。刘潜夫初亦学"四灵",后乃少变,务为放翁体,用近人事,组织太巧,亦伤太冗。同时有赵庚仲白,亦可出入"四灵"小器。此近人诗之源流本末如此。

严先辈诗送红梅次韵　　　赵昌父

尽道梅花白,能红又一奇。浑疑丹换骨,不是酒侵肌。看此敷腴色,思侬少壮时。盛年虽不再,犹拟岁寒知。

分界铺爱直驿张安道因杉制名而驿之前有老梅一株不知安道何为舍彼而取此也

杉自谁人种?梅从何代栽?腹空雷有击,根古土无培。要是百年物,曾经几客来。直哉虽见录,清矣可遗材。

忆 梅

纵乏幽人宅,犹馀大树祠。带山仍带水,宜饮亦宜诗。勿待全开后,当乘半放时。昏昏郭阴雾,皎皎上朝曦。

赵章泉日作梅课。尽乾道、淳熙诗,得此五言律三首妙。绝句六言,极多佳者。

梅 花　　　　刘后村

造化生尤物,居然冠众芳。东家傅粉面,西域返魂香。真可婿芍药,未妨妃海棠。平生恨欧九,极口说姚黄。元注:"孟郊诗:'芍药真堪婿。'"

《潜夫后集》此诗乃宝祐四年丙辰作,年七十矣。诗太富艳,以梅为丈夫,而芍药、海棠以为妻、妾,亦不过一巧耳,乏自得趣味也。盖梅诗不贵流丽。后村诗,细味之极俗,亦颇冗。

梅 花　　　　张泽民

朔风吹石裂,寒谷自春生。根老香全古,花疏格转清。园林千树秃,篱落一枝横。佩芷兼怀玉,悠然见此兄。

苔封鹤膝枝,流水绕疏篱。一白雪相似,独清春不知。风流无俗韵,恬淡出天姿。霜月娟娟夜,吾今见所思。

半枯顽铁石，特地数花生。迥立风尘表，长含水月清。屋头寒岭瘦，门外小溪横。万里今为客，相看如弟兄。

疏疏竹外枝，短短水边篱。南雪若相避，东风殊不知。兰茎皆弱植，桃杏总凡姿。坐叹逋仙远，清宵费梦思。

不带吟诗癖，缘何太瘦生？肌肤姑射白，风骨伯夷清。格外宫妆别，天然画轴横。涪翁太多可，唤作水仙兄。

苍虬百岁枝，残雪数家篱。点俗那能染，孤芳只自知。肯回桃李面，要是雪霜姿。不见紫芝久，悠悠使我思。

不与百花竞，春风蓦地生。故将天下白，独向雪中清。我辈诗仍要，谁家笛自横？岁寒堪共老，鬌叟十年兄。

何处出斜枝，茅檐自竹篱。首回春一盼，最与月相知。严冷冰霜面，清癯山泽姿。几番将鹤去，倚树说相思。

有月色逾淡，无风香自生。霜崖和树瘦，冰壑养花清。政尔疏还冷，忽然斜又横。千林成独韵，难弟又难兄。

雪后半横枝，溪边一带篱。春从穷腊透，香报老夫知。淡月弄疏影，嫩寒含令姿。天涯值西子，牢落慰吾思。

殷勤天女供,那复一尘生。质淡全身白,香寒到骨清。常留雪中看,遮莫鬓边横。万古月宫桂,犹吾异姓兄。

古藓护疏枝,幽花发短篱。唯宜霜月照,莫遣雪风知。数点玲珑玉,三生洒落姿。自从窗外见,风味至今思。

玉肌元不粟,未怕夜寒生。雪里孤花发,山中一段清。几回和月看,独立到参横。不傍人篱落,谁呼石作兄?

春脚到寒枝,诗情满雪篱。每留孤鹤伴,不遣一蜂知。风漏腊前信,月描尘外姿。忆从归阆苑,终岁只君思。

万壑寒皆冱,孤根暖自生。不随千卉艳,独负一身清。水际寒香迥,窗间夜影横。舆台桃李辈,谁弟又谁兄?

突出一清枝,孤村雪拥篱。韵无凡眼识,香有自心知。不是神仙骨,何缘冰玉姿?看看金鼎实,此味几人思?

实斋张公道洽,字泽民,卫州开化人。端平二年乙未进士,真西山所取也。老矣,始为池州签判。平生梅花诗三百馀首,此池州和同官韵五言十六首也。或喜其"一白雪相似,独清春不知"。殊不知篇篇有味,虽不过古人已言之意,然纵说、横说,信口、信手,皆脱洒清楚。他人学诗三五十年,未易及也。前是尝为广州司理,里中新贵马天骥为帅,刘朔斋震孙为仓使。天骥怒其作《越王台》诗若讥己者,朔斋将举改官,夺以他畀,泽民不屑也。予后至池阳为仓幕,白使长拉留之,为足举员,改辟襄阳府推官,赴任所,再改。一夕醉卧客舍,明早弗兴,视之,卒,年六十四,今又十六年矣。其诗格为"江湖",不务太高,而圆熟混沦。与人色笑和易,而远俗子如仇。今亦无复斯人。此二韵和二十首,删其四。馀七言律百馀韵,亦选十馀首也。

早 梅 李和父

草木尽凋残,孤标独奈寒。瘦成唐杜甫,高抵汉袁安。雪里开春国,花中立将坛。年年笑红紫,翻作背时看。

雪林李聱,字和父。近年始卒于雪上,年近八十。有《漱石吟》行于世。晚节更进。此篇惟演"汉""唐"二字为剩,五、六佳。

七 言 一百四十八首

和裴迪发蜀州[①]东亭送客逢早梅相忆见寄 杜工部

东阁官梅动诗兴,还如何逊在扬州。此时对雪遥相忆,送客逢春可自由。幸不折来伤岁暮,若为看去乱乡愁。江边一树垂垂发,朝夕催人自白头。

老杜诗,自入蜀后又别,至夔州又别,后至湖南又别。此诗脱去体贴,于不甚对偶之中,寓无穷婉曲之意,惟陈后山得其法。老杜诗凡有

---

① 许印芳:"发"一作"登"。

梅字者皆可喜。"巡檐索共梅花笑,冷蕊疏枝半不禁。""索""笑"二字遂为千古诗人张本。"岸容待腊将舒柳,山意冲寒欲放梅","未将梅蕊惊愁眼,要取椒花媚远天","梅花欲开不自觉,棣萼一别永相望","绣衣屡许移家酝,皂盖能忘折野梅",此七言律之及梅者。"市桥官柳细,江路野梅香","雪岸丛梅发,春泥百草生","雪篱梅可折,风榭柳微舒","绿垂风折笋,红绽雨肥梅","梅花万里外,雪片一冬深","秋风楚竹冷,夜雪巩梅香","去年梅柳意,还欲揽春心","何当看花蕊,欲发照江梅",此五言律之及梅者,皆响人牙颊。且不特老杜,凡唐人、宋人诗中有梅字者,即便清雅标致,但全篇专赋,则为至难题,而强摭者实为可憾云。

岸　梅　　　　　　　　　　　崔鲁

含情含态①一枝枝,斜压渔家短短篱。惹袖尚怜香半日,向人如诉雨多时。初开偏称雕梁画,未落先愁玉笛吹。行客见来无去意,解帆烟浦为题诗。

　　五、六善用事。"雕梁画早梅",阴铿诗。乐府有《落梅曲》。"黄鹤楼中吹玉笛,江城五月落梅花",李白诗。

梅　花　　　　　　　　　　　韩致尧

梅花不肯傍春光,自向深冬着艳阳。龙笛远吹胡地月,燕钗初试汉宫妆。风虽强暴翻添思,雪欲侵凌更助香。应笑暂时桃李树,盗天和气作年芳。

---

① 冯班:"态"一作"怨"。

五、六善评梅心事者,并起句岂自喻耶!

酬崔八早梅有赠兼示之作　　　李义山

知访寒梅过野塘,久留金勒为回肠。谢郎衣袖初翻锦①,荀令炉薰②更换香。何处拂胸资蝶粉,几时涂额藉蜂黄。维摩一室虽多病,亦要天花作道场。

"蝶粉"以言梅花之片,"蜂黄"以言梅花之须,似乎借梅以咏妇人之胸、之额矣。起句平淡,却好。

梅花寄所亲　　　李建勋

一气才新物未知,每惭青律与先吹。雪霜迷素犹嫌早,桃杏虽红且后时。云鬟自粘飘处粉,玉鞭谁指出墙枝?老夫多病无风味,只向樽前咏旧诗。

第六句"玉鞭谁指出墙枝"有风味。建勋别有一诗,次联云:"北客见皆惊节气,郡寮痴欲望杯盘。"不佳。

忆杭州梅花因叙旧游寄萧协律　　　白乐天

二年闲闷在馀杭,曾为梅花醉几场。伍相庙前繁似雪,

---

① 冯班:"锦"一作"雪"。
② 冯班:一作"薰炉"。

孤山园里丽如妆。蹋随游骑心长惜,折赠佳人手亦香。赏自初开直至落,欢因小饮便成狂。薛刘相次埋新陇,沈谢双飞出故乡。歌伴酒徒零散尽,惟残头白老萧郎。元注:"薛、刘二客,沈、谢二妓,皆是当时歌酒之侣也。"

"赏自初开直至落"一句最佳。

胡中丞早梅　　　　　方玄英

不独闲花不共时,一株寒艳尚参差。凌晨未喷含霜朵,应候先开亚水枝。芬郁合将兰并茂,凝明应与雪相期①。谢公咏赏愁飘落,可得更拈长笛吹?

"凝明"二字似生而实佳。首句亦有味,不独与闲花异,虽独开亦不忙也。

梅　花　　　　　林和靖

吟怀长恨负芳时,为见梅花辄入诗。雪后园林才半树,水边篱落忽横枝。人怜红艳多应俗,天与清香似有私。堪笑胡雏亦风味,解将声调角中吹。

和靖梅花七言律凡八首,前辈以为孤山八梅。胡澹庵尝两和之,成十六首。山谷谓"水边篱落忽横枝",此一联胜"疏影""暗香"一联。欧公疑未然,盖山谷专论格,欧公专取意味精神耳。

---

① 冯班:"期"一作"欺"。

山园小梅

众芳摇落独暄妍,占尽风情向小园。疏影横斜水清浅,暗香浮动月黄昏。霜禽欲下先偷眼,粉蝶如知合断魂。幸有微吟可相狎,不须檀板共金樽。

剪绡零碎点酥干,向背稀稠画亦难。日薄纵甘春至晚,霜深应怯夜来寒。澄鲜只共邻僧惜,冷落犹嫌俗客看。忆着江南旧行路,酒旗斜拂堕吟鞍。

"疏影""暗香"之联,初以欧阳文忠公极赏之,天下无异辞。王晋卿尝谓此两句杏与桃、李皆可用也,苏东坡云:"可则可,但恐杏、桃、李不敢承当耳。"予谓彼杏、桃、李者,影能疏乎?香能暗乎?繁秾之花,又与"月黄昏""水清浅"有何交涉?且"横斜""浮动"四字,牢不可移。

山园小梅

数年闲作园林主,未有新诗到小梅。摘索又开三两朵,团栾空绕百千回。荒邻独映山初尽,晚景相禁雪欲来。寄语清香少愁结,为君吟罢一衔杯。

三、四眼前所可道,亦有味。

梅　花

几回山脚又江头,绕着瑶芳看不休。一味清新无我爱,十分孤静与伊愁。任教月老须微见,却为春寒得少留。终共公言数来者,海棠端的免包羞。

小园烟景正凄迷,阵阵寒香压麝脐。池水倒窥疏影动,屋檐斜入一枝低。画工空向闲时看,诗客休征故事题。惭愧黄鹂与蝴蝶,只知春色在桃蹊。

"屋檐斜入一枝低",王直方以为可与欧、黄二公所喜之联相伯仲,胡元任《渔隐丛话》犹不然直方之说。"终共公言数来者",此一句当考。

梅　花

宿霭相黏冻雪残,一枝深映竹丛寒。不辞日日旁边立,长愿年年末上看。蕊讶粉绡裁太碎,蒂疑红蜡缀初干。香笞独酌聊为寿,从此群芳兴亦阑。

孤根何事此一作"在"。柴荆,村色仍将腊候并。横隔片烟争向静,半黏残雪不胜清。等闲题咏谁为愧,子细相看似有情。搔首寿阳千载后,可堪青草杂芳英。

"半黏残雪不胜清",亦佳句也。李雁湖注荆公《梅花》诗谓"粉绡""红蜡"之联为魏野诗,恐不然也。

梅　花　　　　　　　晁君成

皎皎仙姿脉脉情,绛罗纤萼裹瑶英。色侔姑射无双白,香比醑醿一倍清。腊后春前芳信密,水边林下晓妆明。故应不属东君管,冷艳孤芳取次成。

晁无咎乃翁诗,远逼唐人,近胜宋人。东坡所作《新城集叙》,论已见于前也。

依韵和叔治晚见梅花　　梅圣俞

楚人住处将为援,越使传时合有诗。常是腊前混雪色,却惊春半见琼姿。笛吹远曲还多怨,风送清香似可期。我欲细看持在手,谁能为折向南枝?

梅　花

江南腊月前溪上,照水野梅多少株。艳薄自将同鹄羽,粉寒曾不逐蜂须。桃根有妹犹含冻,杏树为邻尚带枯。楚客且休吹玉笛,清香飘尽更应无。

梅　花

已先群卉得春色,不与杏花为比红。薄薄远香来涧谷,疏疏寒影近房栊。全枝恶折憎邻女,短笛横吹怨楚童。坠萼谁将呵在鬓,蕊残金粟上眉虫。

和 梅 花

特特不甘春着力,年年能占腊前芳。水边攀折此中女,马上嗅寻何处郎?山舍更清裁作援,凤楼偏巧学成妆。团枝密叶都如雪,野雀飞来翅合香。

圣俞此四诗犹少作。前一诗见第十卷,湖州后作。后三诗见第十二卷。所点皆有味之句。或谓老杜"负盐出井此溪女,打鼓发船何郡郎",下六字可全用乎?曰:用之而切于题,亦何不可?

次韵道隐①忆太平州宅早梅　　王半山

大梁春费宝刀催,不似湖阴有早梅。今日盘中看剪彩,当时花下就传杯。纷纷自向江城落,杳杳难随驿使来。知忆旧游还想见,一作"在"。西南枝上月徘徊。李雁湖元注:"次道隐宋敏求韵也,参知政事绶之子,尝知太平州。"

此诗无格律,平正而已。能言汴京忆当涂梅之意,在他人为之必费力。

次韵徐仲元咏梅

溪杏山桃欲占新,亭梅放蕊尚娇春。额黄映日明飞燕,肌粉含风冷太真。玉笛凄凉吹易彻,冰纨生涩画难亲。争

---

① 按:南宋龙舒本荆公诗,作"次道"。

妍喜有君诗在，老我翛然敢效颦。

旧挽青条冉冉新，花迟亦度柳前春。肌冰绰约如姑射，肤雪参差是太真。摇落会应伤岁晚，攀翻剩欲寄情亲。终无驿使传消息，寂寞谁知笑与颦？

或问：半山此诗方之和靖，高下如何？予谓荆公不过斗钉工致而已，君复之韵，不可及也。和靖飘然欲仙，半山规行矩步。如用太真事，凡两联，诚无一字苟率，然不如"摇落""攀翻"之联有滋味。

与微之同赋梅花得香字三首

汉宫娇额半涂黄，粉色凌寒透薄妆。好借月魂来映烛①，恐随春梦去飞扬。风亭把盏酬孤艳，雪径回舆认暗香。不为调羹贪结子，直须留取占年芳。

李雁湖注："此句亦兆公相业也。"予谓不然。世称王沂公绝句云："雪中未问和羹事，且向百花头上开。"以为宰相状元之兆俱见于此矣，盖亦偶然也。但荆公命意自佳。

结子非贪鼎鼐尝，偶先红杏占年芳。从教腊雪埋藏得，却怕春风漏泄香。不御铅华知国色，只裁云缕想仙装。少陵为尔牵诗兴，可是无心赋海棠。

少陵在西川，不赋海棠诗。初自薛能拈出，此语事见薛能、郑谷诗集。郑谷《海棠》诗云："浣花溪上堪惆怅，子美无心为发扬。"今半山却

---

① 按："烛"原作"独"，据康熙五十二年本、纪昀《刊误》本校改。

引而归于梅,奇矣。"东阁官梅动诗兴",老杜本以称裴迪,今指为老杜亦可也。诗话或云:"子美母名海棠,故集中无海棠诗。"或云:"'晓看红湿处,花重锦官城',非海棠不能当也。"惟陆放翁六言诗云:"广平作《梅花赋》,子美无海棠诗。政自一时偶尔,俗人平地生疑。"此说得之。

浅浅池塘短短墙,年年为尔惜流芳。向人自有无言意,倾国天教抵死香。须袅黄金危欲堕,蒂团红蜡巧能妆。婵娟一种如冰雪,依倚春风笑野棠。

《遁斋闲览》云:"凡咏梅多咏白,而荆公独云'须袅黄金''蒂团红蜡',不惟造语巧丽,可谓能道人不到处矣。"予谓亦褒许太过。"蒂疑红蜡缀初干",林和靖已尝道来。此篇惟"向人自有无言意"一句为近自然。要之,自况殊觉急迫,无和靖水边林下自得之味也。

黄 梅 花①

庾岭开时媚雪霜,梁园春色占中央。未容莺过毛无颣,已觉蜂归蜡有香。弄月似浮金屑水,飘风如舞曲尘场。何人剩着栽培力,太液池边想菊裳。

熙宁五年壬子馆中作。是时但题曰《黄梅花》,未有"蜡梅"之号。至元祐苏、黄在朝,始定名曰"蜡梅",盖王才元园中花也。直方之父作顿有亭时,则蜡梅诗开山祖,似当以平甫诗为首也。欧阳公、梅圣俞、南丰、东坡、山谷、后山盛称王平甫诗,读其集,佳者良多,视其兄介甫颇豪富,高于元、白多矣。比张文潜则风味不及,比苏子美则骨骼不及,殆不

---

① 纪昀:观后评,则此乃平甫诗,刻本下误遗其名。无名氏(乙):以下三首,别本作"王平甫",看注良是。

下坡门秦、晁也。《灯花》诗云："夜光迷蝶梦，朝烬拂蛾眉。"《春夏》云："过墙红杏留窗隙，着壁青苔上履綦。"如"春从鹈鴂声中尽，人向酴醾影里闲""三神山闭苍龙阙，九道江涵白鹭洲""老悟天机思抱瓮，静谙人事戒垂堂""三伏尘埃火云外，八滩风月石楼中"，皆壬子年诗。其文曰《校理集》，六十卷。而诗占二十九卷，壬子、癸丑两年诗乃占十四卷，似乎太多，未经删择也。东坡谓"异时长怪谪仙人，舌有风雷笔有神"，称许如此。平甫所可取者，不以兄介甫行新法、用小人为然，宜诸公尤多之也。

忆 梅 花

禁街人语绝喧哗，庭下沉吟斗柄斜。万里云容含霰雪，一阳泉脉动萌芽。顿忘人世蓬心累，已任天年葆鬓加。早晚翩然青雀舫，满江春色看梅花。

梅 花

醉笔题诗紫界墙，梅花零落扑衣裳。天香又杂杯中渌，春色还惊鬓上苍。涉世何妨为白璧，流年未抵熟黄粱。一吟起我平生志，今古冥冥出处忘。

二诗俱豪。

雪 中 梅　　　　　　郑毅夫

腊雪欺寒飘玉尘，早梅斗巧雪中春。更无俗艳能相杂，惟有清香可辨真。姑射仙人冰作体，秦家公主粉为身。素娥已自称佳丽，更作广寒宫里人。

郑獬字毅夫，安陆人。皇祐五年进士第一。有《郧溪集》行世。其诗壮丽。此篇三、四最佳。梅在雪中，故别无可杂者，"杂"字好。"惟有清香可辨真"，尤见雪不藏香之意。"公主粉为身"，虽引妇人为譬，却正而不邪，雅而不淫也。

岐亭道上见梅花戏赠季常

元注："陈慥，字季常。" 苏东坡

蕙死兰枯菊亦摧，返魂香入陇头梅。数枝残绿风吹尽，一点芳心雀啅开。野店初尝竹叶酒，江云欲落豆秸灰。行当更向钗头见，病起乌云正作堆。

"一点芳心雀啅开"，此句最佳。坡，天人也。作诗不拘法度，而自有生意。雀之为物，尝冻啅。梅开本无情，于梅下此语，乃若不胜情者。尾句盖谓季常侍儿病起新妆，行当于钗头见此花，欲其出以侑樽也。"豆秸灰"出《文酒清话》王勉《雪》诗："上天烧下豆秸灰，乌李从教作白梅。"亦俚语，世传以为戏者。东坡作诗，初学刘梦得，颇涉讥刺。第以荆公新法，天下不便，故勇于排之，而又不能忘情于诗。间有所斥，非敢怨君。元丰中李定、何正臣、舒亶弹劾之，下狱，欲置之死。至于今，此三人姓名，士君子望而恶之。亶有《和石尉早梅》二首曰："霜林尽处碧溪傍，小露檀心媚夕阳。天下三春无正色，人间一味有真香。相思谁向风前寄？更晚那辞雪后芳。朝夕催人头欲白，故园正在水云乡。"又："依然想见故山傍，半倚垣阴半向阳。短笛楼头三弄夜，前村雪里一枝香。可能明月来同色，不待东风已自芳。幸免杜郎伤岁暮，莫辞吟对钓渔乡。"此两诗亦颇可观,但以少陵为杜郎,则称谓不当。亶眼不识东坡,而谓其能识梅花耶?兼亦格卑句巧,似乎凑合而成。惟东坡诗语意天然自出,高妙悬绝不同。其人品不堪与东坡作奴,故附其诗于坡诗之下,不以入正选云。

红　梅三首取一

怕愁贪睡独开迟,自恐冰容不入时。故作小红桃杏色,尚馀孤瘦雪霜姿。寒心未肯随春态,酒晕无端上玉肌。诗老不知梅格在,更看绿叶与青枝。

石曼卿《红梅》诗:"认桃无绿叶,辨杏有青枝。"坡尝谓此两语村学堂中体也。范石湖著《梅谱》,因"诗老"二字误以为圣俞诗,非矣。第二首尾句云:"不应便杂天桃杏,半点微酸已着枝。"第三首前联云:"丹鼎夺胎那是宝,玉人颊颊更多姿。"俱佳。坡梅诗古句佳者有"江头千树春欲暗,竹外一枝斜更好",及惠州村字韵三首绝奇,如《次韵杨公济》二十绝:"冰盘未荐含酸子,雪岭先看耐冻枝。应笑春风木芍药,丰肌弱骨要人医。""洗尽铅华见雪肌,要将真色斗生枝。檀心已作龙涎吐,玉颊何劳獭髓医。"又如"明日酒醒应满地,空令饥鹤啄莓苔。凭仗幽人收艾纳,国香和雨入苍苔",前"医"字韵二首尤妙,后"苔"字韵亦苦思为之矣。

梅花寄汝阴苏太守　　　参寥子

湖山摇落岁方悲,又见梅花破玉蕤。一树轻明侵晓岸,数枝清瘦炯疏篱。良辰易失空回首,习气难忘尚有诗。所向皆公旧题墨,肯辜鱼鸟却来期。

东坡元祐六年辛未三月去杭,入朝为翰长侍读。道潜师在西湖智果。八月坡为贾易等所弹,出为龙学颍州,此诗乃其年冬所寄也,盖犹有望于坡之复来。绍圣元年甲戌,坡南行而师亦下平江狱,屈其服,编管邕州,谓之何哉?

次韵赏梅　　　　　黄山谷

要知宋玉在邻墙,笑立春晴照粉光。淡薄自能知我意,幽闲元不为人芳。微风拂掠生春思,小雨廉纤洗暗妆。只恐浓葩委泥土,谁今解合返魂香?

外集有此诗。恐少作,然一字不苟。

和和叟梅花　　　　　陈后山

百卉前头第一芳,低临粉水浸寒光。卷帘初认云犹冻,逆鼻浑疑雪亦香。鼎实自期终有待,天真不假更匀妆。江南望断无来使,且伴诗翁入醉乡。元注:"汉房陵有粉水。"

此诗见《后山外集》。任渊所不注者,恐非后山作,以五、六太露。不然,则是少作,尝自删去者也。

梅　花　　　　　张宛丘

北风万木正苍苍,独占新春第一芳。调鼎自期终有实,论花天下更无香。月娥服驭无非素,玉女精神不尚妆。洛岸苦寒相见晚,晓来魂梦到江乡。

宛丘诗大率自然。"调鼎自期终有实",此句亦不能兆文潜为相。故前评谓王沂公、王荆公诗兆,皆偶然耳。"论花天下更无香",此句乃士大夫当以自任者。

次韵李秬梅花　　　晁无咎

寒岩幽雾不曾开,残雪犹封宿草荄。一蕚故应先腊破,百花浑未觉春来。惭非上苑青房比,误作唐昌碎月猜。常恨清溪照疏影,横斜还许落金杯。"碎月"一作"玉蕊"。

苏门诸公以鲁直、少游、无咎、文潜为四学士,并陈无己、李方叔文集传世,号六君子。文名下无虚士,读其诗则知之。三、四佳。五、六似近"昆体",以用事故也。尾句婉而妙,谓清溪照影,虽若可恨,然移此影落富贵家酒杯中,亦似未肯也。

和补之梅花　　　廖明略

蕙兰芳草久睽离,偶泄春光此一枝。自许轻盈羞粉白,何人闲丽得邻窥。寒欺薄酒魂消夜,月入重帘梦破时。幸有暗香襟袖暖,江南归信不应迟。

廖正一字明略,安陆人。元祐中召试馆职。见知东坡,自号竹林居士。有《白云集》。名亚四学士。

普明寺见梅　　　　　　　杨诚斋

城中忙失探梅期,初见僧窗一两枝。犹喜相看那恨晚,故应更好半开时。今冬不雪何关事,作伴孤芳却欠伊。月落空山正幽独,慰存无酒且新诗。

梅花下小饮

今年春在腊前回,怪底空山见早梅。数点有情吹面过,一花无赖背人开。为携竹叶浇琼树,旋折冰葩浸玉杯。近节雨晴谁料得,明朝无兴也重来。

二诗见《江湖集》,犹少作也。诚斋诗晚乃一变。《江湖》《荆溪》二集,犹步步绳墨。

怀古堂前小梅渐开

梅边春意未全回,淡月微风暗里催。近水数株殊小在,一梢双朵忽齐开。生愁落去轻轻折,不怕清寒得得来。肠断故园千树雪,大江西去①乱云堆。

随意行穿翠筱林,暗香撩我独关心。遥看小朵不胜好,

---

① 按:"去"原作"处",据康熙五十二年本、纪昀《刊误》本校改。

走近寒梢无处寻。未吐谁知肤底雪,半开犹护蕊头金。老来懒去浑无绪,奈此南枝索苦吟。

绝艳元非着粉团,真香亦不在须端。何曾天上冰玉质,却怕人间霜雪寒。枝似去年仍转瘦,花于来岁定谁看?老夫官满梅应熟,齿软犹禁半点酸。

拣得疏花折得回,银瓶冰水养教开。忽然灯下数枝影,唤作窗前一树梅。岁律又残还见此,我头自白不须催。相看姑置人间事,嚼玉餐香咽一杯。

此见《荆溪集》。知常州时作。梅诗难矣,瘦健清洒如此,亦不易得。

克信弟坐上赋梅花二首

对酒初惊发半华,折梅还觉兴殊佳。如何屋角西南月,只隔一作"照"。稍头一两花。自是向来香寂寞,不须更道影横斜。北枝别有春无价,和靖何曾觅得些。

月波成露露成霜,借与南枝作淡妆。寒入玉衣灯下薄,春撩雪骨酒边香。却于老树半枯处,忽见一梢如许长。道是疏花不解语,伴人醒醉替人狂。

此见《西归集》。在知常州之后。

立春后一日和张功父园梅未开韵

前夕三更月落时,东风已动万花知。江梅端合先交割,春色如何未探支?只欠梁溪冰柱句,追怀和靖暗香诗。张家剩有葱根指,不把琼酥滴一枝。

此见《朝天集》。梁溪谓尤延之,时同朝。张功父名镃,《南湖集》俟检。末句甚佳。

至日后十日雪中观梅

小树梅花彻夜开,侵晨雪片趁花回。即非雪片催梅发,却是梅花唤雪来。琪树横枝吹脑子,玉妃乘月上瑶台。世间除却梅梢雪,便是冰霜也带埃。

此《退休集》诗。最为老笔。千变万化,横说直说。学者未至乎此,不可便以为率。

梅　花　　　　陆放翁

家是江南友是兰,水边月底怯新寒。画图省识惊春早,玉笛孤吹怨夜残。冷淡合教闲处着,清癯难遣俗人看。相逢剩作樽前恨,索笑情怀老渐阑。

放翁诗至万篇。七言律梅花诗三十馀首,今选取中半,凡十五首。总评于后。

十一月八夜灯下对梅独酌累日劳甚颇自慰也

奔走人间无已时,夜窗喜对出尘姿。移灯看影怜渠瘦,掩户留香笑我痴。冷艳照杯欺曲糵,孤标逼砚结冰澌。本来难入繁华社,莫向春风怨不知。

十二月初一日得梅一枝绝奇戏作长句今年于是四赋此花矣

高标已压万花群,尚恐骄春习气存。月兔捣霜供换骨,湘娥鼓瑟为招魂。孤城小驿初飞雪,断角残钟半掩门。尽意端相终有恨,夜寒皱玉倩谁温?

荀秀才送蜡梅十枝奇甚为赋此诗

与梅同谱又同时,我为评香似更奇。痛饮便拚千日醉,清狂顿减十年衰。色疑初割蜂脾蜜,影欲平欺鹤膝枝。插向宝壶犹未称,合将金屋贮幽姿。

樊江观梅 樊江,越中地名。

莫笑山翁老据鞍,探梅今夕到江干。半滩流水浸残月,一夜清霜催晓寒。倚醉更教重秉烛,怕愁元自怯凭栏。谁知携客芳华日,曾费缠头锦百端。

梅花四首

老厌纷纷渐鲜欢,爱花聊复客江干。月中欲与人争瘦,雪后休凭笛诉寒。野艇幽寻惊岁晚,纱巾乱插醉更阑。犹怜心事凄凉甚,结子青青亦带酸。

月地云阶暗断肠,知心谁解赏孤芳?相逢只怪影亦好,归去始知身染香。渡口耐寒窥净绿,桥边凝怨立昏黄。与卿俱是江南客,剩欲樽前说故乡。

玄冥行令肃冰霜,墙角疏梅特地芳。屑玉定烦修月户,堆金难买破天荒。了知一气环无尽,坐笑千林冻欲僵。力量世间难得似,挽回岁律放春阳。

折得名花伴此翁,诗情却在醉魂中。高标不合尘凡有,尤物真穷造化功。雾雨更知仙骨别,铅丹那悟色尘空。前身姑射疑君是,问道端须顺下风。

涟漪亭赏梅

判为梅花倒玉卮,故山幽梦忆疏篱。写真妙绝横窗影,彻骨清寒蘸水枝。苦节雪中逢汉使,高标泽畔见湘累。诗情怯为花拈出,万斛尘襟我自知。

射的山观梅

射的山前雨垫巾,篱边初见一枝新。照溪尽洗骄春意,倚竹真成绝代人。餐玉元知非火食,化衣应笑走京尘。即今画史无名手,试把清诗当写真。

凌厉冰霜节愈坚,人间乃有此癯仙。坐收国士无双价,独出东皇太一前。此去幽寻应尽日,向来别恨动经年。花中竟是谁流辈,欲许芳兰恐未然。

园中赏梅

阅尽千葩万卉春,此花风味独清真。江边晓雪愁欲语,马上夕阳香趁人。熨眼①红苞初报信,回头青子又生仁。羁游偏觉年华速,徙倚阑干一怆神。

行遍茫茫禹画州,寻梅到处得闲游。春前春后百回醉,江北江南千里愁。未爱繁枝压纱帽,最怜乱点糁貂裘。一寒可贺君知否? 又得幽香数日留。

---

① 按:"熨"原作"慰",据康熙五十二年本、纪昀《刊误》本校改。

梅

若耶溪头春意悭,梅花独秀愁空山。逢时决非桃李辈,得道自保冰雪颜。仙去要令天下惜,折来聊伴放翁闲。人中商略谁堪比?千载夷齐伯仲间。

和靖八梅未出,犹为易题。"疏影""暗香",一经此老之后,人难措手矣。近世诸人为梅诗,一切蹈袭,殊无佳语。甚者搜奇抉隐,组织千百,去梅愈远。

放翁七言律三十馀首,其在蜀中所赋尤多,似若寓意于所爱者。咏梅当以神仙、隐逸、古贤士君子比之,不然则以自况。若专以指妇人,过矣。此所选十五首,又似苦肉多于骨,与同时尤、杨、范体格不同云。

红 梅 毛泽民

何处曾临阿母池,浑将绛雪点寒枝。东墙羞颊逢谁笑,南国酡颜强自持。几过风霜仍好色,半呼桃杏听群儿。青春独养和羹味,不为黄蜂饱蜜脾。

毛滂,字泽民。为杭州法曹,任满已去。抵富阳,有《惜分飞》词,为东坡所赏。追还,久之,以此知名。后乃出京、卞之门。词佳于诗。《东堂集》亦惟此红梅花诗为最。所至庖馔奢侈,有王武子之风味。其事见郑景望集中。

和草堂吕君玉梅花 崔德符

绰约冰肌绝可怜,雪中飞燕自媥妍。迎春不负千金诺,占上常赢一着先。斜倚野桥愁脉脉,独窥冰水净涓涓。着人自有奇香在,不是偷将与少年。

崔鶠字德符,雍丘人,徙阳翟住。坐元符上书言邪人章惇,下废三十年。政和中为绩溪宰,后召殿院不就。靖康初右正言,请斩蔡京者。有《婆娑集》。此诗善用事。末句谓着人奇香,非偷与韩寿之比。其不苟如此,他诗可觇。

江　梅　　　　　　　　田元邈

千林含冻郁苍苍,只有江梅独自芳。暗吐幽香穿别院,半欹斜影入寒塘。冰肤宛是姑仙女,粉面端疑骑省郎。若是蜜奴曾拂掠,肯收红艳贮蜂房?

田亘字元邈,阳翟人。与陈叔易、崔德符善,建炎以察官召,卒。尝有《飞鸢》诗诋相国寺前资察僧出:"延延晴空作鹘盘,仰空谁不羡高闲?岂知尽日劳心眼,只在尘寰腐鼠间。"其为人可知也。梅诗三首,前二首云:"趁暖不随千卉折,凌寒先伴六花开。""临溪照影为谁好?映竹无人空自怜。"皆工。惟用索笑事乃云"巡檐一笑屑琼瑰",韵与事不叶,次亦可略。惟此尾句谓蜜蜂若知此花,又岂肯收他花为用?亦足以讽夫人之不察者。"姑仙女""骑省郎"尚可议也。

窗外梅花　　　　　　　　卢赞元

已消残雪豆秸灰,斜压疏篱一半开。虽我故园无分看,问渠春色几时来?冷香渐欲薰诗梦,落蕊犹能韵砌台。定复水边多屐齿,试令长鬣视苍苔。

<small>三衢卢襄字赞元。诗见曾慥《百家选》。句律尽健。南渡前侍从。</small>

和田南仲梅

寿阳妆额太矜持,不待宫貂赐口脂。惜妙风姿令雪妒,定真消息有春知。试看呵手攀条处,何似成阴着子时。莫遣王孙《三弄》绝,早寻疏影对江湄。

<small>起句、尾句类"昆体"。</small>

同曾户部吴县尉张秀才北山僧房寻梅令客对棋　　徐师川

处处已收南亩稻,闲闲还看北山梅。累觞聊尔酡颜在,对局怡然笑口开。扫径似知佳客至,杖藜惟可数君来。移松种树鄱阳老,章甫风帆岁一回。

<small>第六句可人。</small>

庭中梅花正开用旧韵贻端伯

羌笛何劳塞北吹,江南何处不寒梅。千林寂寂无人看,独树亭亭对客开。偏为咨嗟惟尔念,是谁移种待君来?纵留一曲安能唱,恰似朝歌墨子回。

师川诗律疏阔。其说甚傲,其诗颇拙。只雪诗二首可取。此以予爱梅,故及之。惟第四句可人耳。

和和靖八梅_{用汝南故事,禁用体物字。} 胡澹庵

感时溅泪几时干,顾影伶俜独立难。自恐迹孤无与对,谁怜族冷不胜寒。未应一世供愁断,长愿三更秉烛看。雨过花边行更好,犹嫌子美借银鞍。

风亭小立梦初残,步步凌空对广寒。照眼双明清可掬,闲情一味淡相看。晓萦瑞雾黏初润,晴映高云薄未干。三嗅临风思无限,蕊宫遥夜酒初阑。

暗里寻香自不迷,照空焉用夜燃脐。欲危疏朵风吹老,太瘦长条雨飐低。孤艳几时同把盏,野香犹记助看题。唐人未识高标在,浪自纷纷说李蹊。

瘦吟幽玩有馀妍,更向高人独乐园。无垢未应经露沐,不缁宁信受尘昏。春风自识明妃面,夜雨能清吏部魂。插向胆瓶看更好,凛如明水荐雷樽。

当年曾见凤城头,入骨贪看兴未休。小摘欲论千种恨,微吟还唤一番愁。每嫌俗物_{一作"客"}。薰心醉,长愿清馨满世留。秋李倚风梨带雨,比方应合面骍羞。

缟裙练帨照钗荆,霜竹寒松秀色并。八咏格高凌太白,千林地迥切西清。着枝有味知深意,欹屋无言似薄情。日暮水边空怅望,浑如湘浦见皇英。

一年佳处早梅时,勾引风情巧钓诗。未分霜凌禁瘦朵,渐看春入奈愁枝。晚尤奇特怜无伴,夜更分明不可私。冷落便须凭酒暖,从今邹律未消吹。

纷纷红紫勿相猜,自古骚人酷嗜梅。皂盖折花怜老杜,黄梅时雨忆方回。一生耐冻天怜惜,满世趋炎我独来。桃李争春身老大,急须吟醉莫停杯。

和靖八梅,非一日而成,有思亦且有力。澹庵和之,欲一举而成,则不容不竭思而加力。此中大有佳语。又和八篇,用东坡《雪》诗声、色、气、味、富、贵、势、力赋之,以多不取。

返 魂 梅　　　　　　曾茶山

径菊庭兰日夜摧,禅房未合有江梅。香今政作依稀似,花乃能令顷刻开。笑说巫阳真浪下,寄声驿使未须来。为君浮动黄昏月,挽取林逋句法回。

此非梅花也。乃制香者,合诸香,令气味如梅花,号之曰返魂梅。予选诗无"烧香类"。盖香癖诗人有之,而律诗少也。茶山此诗可谓善游戏矣,不惟切于题,而亦句律森然耸峭。

诸人见和再次韵

蜡炬高花半欲摧,班班小雨学黄梅。有时燕寝香中坐,如梦前村雪里开。披拂故令携袖满,横斜便欲映窗来。重帘幽户深深闭,亦恐风飘不得回。

此只是烧香似梅花香,诗中四句善形容。"前村雪里""横斜映窗"等语,挽而归之于所闻之香,既雅洁,又标致。

瓶 中 梅

小窗冰水青琉璃,梅花横斜三四枝。若非风日不到处,何得①色香如许时。神情萧散林下气,玉雪清映闺中姿。陶泓毛颖果安用,疏影写出无声诗。

此诗"吴体"也,可谓神情萧散。

雪后梅花盛开折置灯下

满城桃李望东君,破腊江梅未上春。窗几数枝逾静好,园林一雪倍清新。已无妙语形容汝,不用幽香触拨人。迨此暇时当举酒,明朝风雨恐伤神。

"静好"二字佳,"园林一雪倍清新"尤为佳句。

---

① 许印芳:"何"一作"那"。

喻子才提举招昌源观梅倦不克往苏仁仲有诗次韵

问公何许看花回?剩说郊坰十里梅。树杂古今他处少,枝分南北一齐开。昌源已办行厨去,离渚犹须使节来。况复兰亭公所茸,清流九曲要传杯。

元注:"离渚梅花亦盛。昌源、离渚,皆越上地名。"

奉和姚仲美腊梅　　　　赵乂若

阳和都未见芳菲,初喜寒苞发故枝。绝色夐无朱粉态,真香宁许燕莺知。凝愁金谷登楼日,敛黛温泉赐浴时。写作新声传玉笛,谁人持向月中吹?

"夐无朱粉态",不朱不粉,可见其为黄梅。此句佳,馀亦只赋得梅花耳。赵昉字乂若。其先本杭人,徙郑州及汴。毕渐榜甲科,靖康初左正言。过江寓信州玉山,章泉之曾祖也。

正月七日初见梅花　　　　方元修

雪净冰融溪作鳞,梅花经眼日当人。北枝风力顾不早,东阁诗情聊一新。烟并博山薰莫乱,色同衰鬓插宜亲。一年好处得全尽,红绽雨肥犹弄春。

桐庐处士玄英先生之后。元修少有诗名。政和初审察监大观库,后通判浚州。弟元若靖康右史秘少，元矩亦典郡。诗三、四亦佳。尝同吕居仁、赵才仲入大名幕。

梅　花　　　　　　　　潘子贱

天与孤高花独新，世间草木信非伦。影涵水月不受采，气傲冰霜何待春。冷淡自能驱俗客，风骚端合付幽人。往来百匝阶除里，顿使心无一点尘。

气律峥嵘岁入新，寒梅芳信冠群伦。直能平地凌大雪，可是回根迎小春。九畹蕙兰真上客，千山桃李尽庸人。即今携酒江郊去，弄蕊攀条一拂尘。

中书舍人潘子贱名良贵，一字义荣，金华人，号默成居士。宣和初博士，建炎初司谏，绍兴初都司左史。屡以忤时相去。为西掖，叱向子恭奏事无益不切，坐去；又恶秦桧，遂不起。朱文公序其集。時字德久，其兄子也。

探梅呈汪信民　　　　　　吕居仁

缟带银杯欲着尘，小园幽树已含春。风流王谢佳公子，臭味曹刘入幕宾。细朵定无尘土涴，暗香犹带雪霜新。剩摩枵腹搜奇句，去恼城南得定人。

拈出细朵无涴处，亦新。末句活动。

谢滕一作"亭"尉送梅

破帷冷落不禁风,疾病深藏称懒慵。忽有梅花来陋巷,喜闻春信出初冬。未须趁雪争先睹,尚恐冲寒不满容。会约君家好兄弟,他年樽酒更相从。

三、四亦活。

江 梅

江梅消息未真传,微露芳心几杖前。不信冰霜能作恶,要令桃李便争先。斜枝似带千峰雪,冷艳偷回二月天。准拟从君出城去,竹舆仍胜百花鞯。

寻梅则竹舆可矣,寻春则可百花鞯也。此语极新。居仁诗专主乎活。曾茶山与之同年,生于元丰七年甲子,过江时各年未五十。居仁先有诗名,茶山倡和求印可,而居仁教以诗法,故茶山以传陆放翁,其说曰:"最忌参死句。"今人看居仁诗,多不领会。盖专以工求,则不得其门而入也。以活求,则此梅诗亦可参矣。

和周楚望红梅用韵　　方子通

清香皓质世称奇,试作轻红更自宜。紫府与丹来换骨,春风吹酒上凝脂。直教腊雪无藏处,只恐朝云有去时。溪上野桃何足种,秦人应独未相知。

范石湖《梅谱》称此"换骨""凝脂"之联。曾季貍裘甫著《艇斋诗话》,以为徐师川十三岁时诗,见知东坡。盖妄也。庆元中陈刚刊板,已著为方子通。子通名惟深,有《莆田小集》行于世。他诗亦佳。裘甫诗话多诋师川,恐非作家。子通,王荆公同时人。"半出岸沙枫欲死,系舟时有去年痕。"乃子通诗也。荆公爱之,书于座右,乃误刊入荆公集。曾慥诗选不收此诗,谓为姑苏人,其实莆田人也。

次韵张守梅诗　　　　　刘屏山

草棘萧萧野岸限,暗香消息已传梅。雪欺篱落遥难认,暖入枝条并欲开。愁向天涯今度见,老随春色暗中来。似闻诗社多何逊,盍试招魂共一杯?

五、六"天涯""春色"有思致。

次韵刘秀野前村梅　　　　朱文公

玉立寒烟寂寞滨,仙姿潇洒净无尘。千林摇落今如许,一树横斜绝可人。真与雪霜娱晚景,任从桃李殿残春。绿阴青子明年事,众口矜嗟鼎味新。

次韵刘秀野早梅

可爱红芳爱素芳,多情珍重老刘郎。疏英的砾尊中影,微月黄昏句里香。胸次自怜真玉雪,人间何处有冰霜。巡檐说尽心期事,肯醉佳人锦瑟傍。

此皆寄意于梅,犹孔子所言"岁寒然后知松柏之后雕"也。无上文,无下文,只此十个字,足见士君子之为人也。

次韵秀野雪后书事

惆怅江头几树梅,杖藜行绕去还来。前时雪压无寻处,昨夜月明依旧开。折寄遥怜人似玉,相思应恨劫成灰。沉吟落日寒鸦起,却望柴荆独自回。

诗有兴、有比、有赋。如风、雅、颂,古体与今固殊,而称人之美即颂也。实书其事曰赋。要说得形状出,微寓其辞,则比兴皆托于斯。如此诗首尾四句,实书其事也。中两联赋则微寓其辞,言寻梅、见梅、寄梅,有比、有兴,而味无穷矣。

不见梅再用来字韵

旧岁将除新岁来,梅花长是雪毡堆。如何此日三州路,不见寒葩一树开。野水风烟迷惨淡,故园霜月想徘徊。夜窗却恐劳幽梦,速把新诗取次裁。

文公以乾道三年丁亥八月如长沙访南轩,十一月同游衡岳,十二月公归建阳道中抵新喻西境,赋诗曰:"北岭苍茫雨欲来,南山腾路翠成堆。稚松绕麓千旗卷,野水涵空一鉴开。客路情怀无悰愡,今晨游眺且徘徊。自然触目成佳句,云锦无劳更剪裁。"故《不见梅》诗有此篇韵。

"三州路",谓潭、衡、袁也。

叔通老友探梅得句垂示且有领客携壶之约

迎霜破雪是寒梅,何事今年独晚开?应为花神无意管,故烦我辈着诗催。繁英未怕随清角,疏影谁怜蘸绿杯。珍重南邻诸酒伴,又寻江路探香—作"春"。来。

夫仁亦在乎熟之而已矣。此诗当以熟观。

和宇文正甫探梅　　　　　张南轩

天与孤清迥莫邻,只应空谷伴幽人。千林扫迹愁无奈,一点横梢眼便亲。顾影莫惊身易老,哦诗尚觉句能新。几多生意冰霜里,说与夭桃自在春。

此诗潇然出尘,其惓惓于当世之君子至矣。得见此人焉,不得而疏之也。

红　梅　　　　　韩无咎

不随群艳竞年芳,独自施朱对雪霜。越女谩夸天下白,寿阳还作醉时妆。半依修竹馀真态,错认夭桃有暗香。月底瑶台清梦到,《霓裳》新换舞衣长。

韩尚书南涧,本"桐木派",有甲、乙集。淳熙七年庚子诗。当是时,巨儒文士,甚盛称无咎与茶山。先是俱寓信州。茶山之甥吕成公即无咎之婿。无咎诗亦与尤、杨、范、陆相伯仲。有子曰琥,字仲止,号涧泉,尤有高节,诗与赵昌父并立于信上。此诗五、六甚佳。

去年多雪苦寒梅花遂晚元夕犹未盛开

范石湖

隔年寒力冻芳尘,勒住东风寂寞滨。只管苦吟三尺雪,那知迟把一枝春。灯烘画阁香犹冷,汤暖铜瓶玉尚皴。花定有情堪索笑,自怜无术唤真真。

此诗淳熙十二年乙巳作。

再题瓶中梅

园林摇落冻芳尘,南北枝间玉蕊皴。风袂挽香虽淡薄,月窗横影已精神。雪霜春事年年晚,今古诗情日日新。铁石如公犹索句,真成嚼蜡对横陈。

淳熙十四年丁未作。

次韵尹朋梅花 二首取一

尤延之

江北江南天未春,阳和先已到孤根。斜枝冷落溪头路,瘦影扶疏竹外村。水部未妨时遣兴,玉妃谁复与招魂。天寒好伴罗浮醉,明月清风许重论。

梅　花

　　竹外篱边一树斜,可怜芳意自萌芽。也知春到先舒蕊,又被寒欺不放花。索笑几回惊岁晚,相思一夜绕天涯。直须待得垂垂发,踏月相携过酒家。

　　冷蕊疏枝半不禁,眼看芳信日骎骎。雪霜不管朝天面,风月能知匪石心。望远可无南北使,客愁空费短长吟。年年准拟花排恨,不道看花恨更深。
　　尤遂初诗,初看似弱,久看却自圆熟,无一斧一斤痕迹也。

落　梅

　　清溪西畔小桥东,落月纷纷水映红。五夜客愁花片里,一年春事角声中。歌残《玉树》人何在?舞破《山香》曲未终。却忆孤山醉归路,马蹄香雪衬东风。
　　第二句未有别本可考。遂初诗,其孙新安半刺藻尝刊行,而焚于兵。予得其家所抄副本,颇有讹缺云。

入春半月未有梅花

　　枯树扶疏水满池,攀翻未见玉团枝。应羞无雪教谁伴,未肯先春独探支。几度杖藜贪看早，一年芳信恨开迟。留连东阁空愁绝，只误何郎作好诗。

德翁有诗再用前韵三首

文章仙伯记仇池，每想横斜竹外枝。未放柔柯攒玉雪，稍看红蒂染燕支。别来望远凭谁寄，老去寻春只恐迟。把酒问花花解语，定应催促要新诗。

立马黄昏绕曲池，几回踏雪问南枝。不应春到花犹未，定恐寒侵力不支。陇上已惊传信晚，樽前只想弄妆迟。临风不语空归去，独立无憀自咏诗。

尝记寻芳到习池，攀条频认去年枝。晓穿曲径千林去，晚度危桥一木支。不避春寒来得得，只缘人望故迟迟。无钱可办罗浮醉，报答春光只有诗。

首唱以入春半月梅花未开为题，八句极委曲有味。却不料"支"字难和，有所酬答，又成三首。遂初诗不见其有着气力处，而平淡中自有扬幹。三"支"字皆压倒。

次韵渭叟蜡梅_{二首取一}

快泻鹅黄若下春，要将香色斗清珍。蜡丸暗拆东君信，栀貌宁欺我辈人。光价未输何逊早，诗篇重见豫章新。浑金璞玉争多少,要与江梅作近亲。

"蜡丸""栀貌"亦新。前首末句云:"强学瞿昙金作面,只应恁怪老禅亲。"皆能言其色也。

梅　花　　　　　　　　赵昌父

平生欠汝哦诗债,岁岁年年须要还。未至腊时须访问,已过春月尚跻攀。直从开后至落后,不问山间与水间。却笑渊明赋《归去》,庭柯目眄自怡颜。

全树婆娑多匪奢,数枝纤瘦少尤佳。春风上苑吾何忝,落日孤村汝自嗟。定论要为尘外物,细看那是世间花。不然山谷能诗老,曷与山矾定等差。

世之作者无穷,尤、杨、范、陆之后,又有一赵昌父。"直从开后至落后",即乐天"赏自初开直至落"。第二首五、六绝妙。梅诗甚多,特选此耳。

探　梅　　　　　　　　韩仲止

检点山前梅蕊痕,花虽未放已销魂。纵饶老干摧幽谷,也胜繁华倚市门。冷落不成欺岁晚,阳和且可待春温。清香一喷红梢满,却月凌风未易论。

此涧泉绍熙三年壬子诗。涧泉生于绍兴三十年己卯,是年才三十四岁,而作诗已如此。三、四固以自谓:虽如此,胜如彼矣。第六句犹未忘世情。嘉定初,即休官不仕。嘉定十七年甲申,理宗即位之月卒,年六十四。其大节有可取,则自许之意不必如诗所云可也。诗四十余卷,约五千篇。涧泉讳琥,字仲止,南涧无咎之子,予尝为作传。

梅　花

今年全未作梅诗,与向花前浪品题。不分雪霜摧折尽,尚须天日照临之。静看冷蕊无人会,闲绕孤根只自知。犹有幽禽解鸣语,为予酬酢殆移时。

肯同桃李强搀春,自占空山野水滨。老气却因高树得,清姿不待数花新。本来淡薄难从俗,纵入纷华亦绝尘。最爱夜深霜重处,冷风吹起月精神。

此涧泉绍兴末年诗。朱文公入讲筵,侂胄未甚盛之时,仲止其言已如此高了。第二首三、四愈吟愈有味,谓高树老气,亦无待于数花,不亦妙乎?凡前辈自许,只许退,不许进。王沂公《梅》诗,偶尔做着状元宰相,乃谓诗必以荣进为兆,乃俗论也。

春山看红梅

年年常得醉君家,今日红梅正着花。点缀初非桃有艳,横斜宁与李争华。依然竹外并林下,况复山巅与水涯。步绕孤根香更在,高怀无惜共流霞。

此仲止开禧中诗。三、四殊佳。馀尚有梅诗数十首,今但选八首于此。

涧上蜡梅香甚

照眼花枝是蜡梅,香传小树为谁开?弄阴欲雪山长暝,破晓终风水漫洄。鸟语春声喧复静,鸿飞寒影去还来。数间败屋浮桥外,何苦无吟不举杯?

中四句引四物,若不切于梅者,而句句有委折萦纡无尽之意。所谓"蜡梅香甚",在其中矣。嘉定八年乙亥诗也。

梅 下

虽得霜浓春自浓,野梅无处不为容。半依古渡迷芳草,独占荒山对古松。绰约花房宜戏蝶,崔嵬枝干若游龙。角巾一幅支筇久,不觉烟中有寺钟。

欧公诗:"春风疑不到天涯,二月山城未见花。"此诗起句十四字似之。三、四尤佳,尾句愈佳。丙子年诗。

涧东临风饮梅花尚未全放一树独佳

残雪余寒二月来,涧东犹是欲开梅。夕阳影淡初寻句,流水声清更把杯。取友唤邻相领略,破荒择胜独徘徊。谁能折向南枝醉,一阵寒香扑麝煤。

五、六惟陈后山到此地。仲止笔力古淡,亦能之。丙子年诗。

探 梅

　　探梅山路一杯亭，日淡风微远霭生。莫问古来寻古话，只知春近爱春情。几枝冷蕊吟方见，一点疏花画不成。我挟两儿同二友，老来酒外更何营。

　　瘦淡之中自秾粹。嘉定庚辰诗。仲止卒于十七年甲申八月，有大节。此四诗皆老笔也。

寄 寻 梅　　　　　戴石屏

　　寄声说与寻梅者，不在山边即水涯。又恐好枝为雪压，或生幽处被云遮。蜂黄涂额半含蕊，鹤膝翘空疏带花。此是寻梅端的处，折来须付与诗家。

　　轻快可喜。石屏戴复古，字式之，天台人。早年不甚读书，中年以诗游诸公间，颇有声。寿至八十馀。以诗为生涯而成家。盖"江湖"游士，多以星命相卜，挟中朝尺书，奔走闽台郡县糊口耳。庆元、嘉定以来，乃有诗人为谒客者，龙洲刘过改之之徒不一人，石屏亦其一也。相率成风，至不务举子业，干求一二要路之书为介，谓之"阃匜"，副以诗篇，动获数千缗，以至万缗。如壶山宋谦父自逊，一谒贾似道，获楮币二十万缗以造华居是也。钱塘、湖山，此曹什伯为群，阮梅峰秀实、林可山洪、孙花翁季蕃、高菊硼九万，往往雌黄士大夫，口吻可畏，至于望门倒屣。石屏为人则否，每于广座中，口不谈世事，缙绅多之。然其诗苦于轻俗，高处颇亦清健，不至如高九万之纯乎俗。如刘江村澜，最晚辈。本天台道士，能诗，还俗，磨莹工密，自谓晚唐。予及识其人，今亦归九泉，而处士诗名遂绝响矣。故因取石屏此诗，而详记之于此。

梅

孤标粲粲压群葩,独占春风管岁华。几树参差江上路,数枝妆点野人家。冰池照影何须月,雪岸闻香不见花。绝似人间隐君子,自从幽处作生涯。

皆前人已曾道之句,而律熟句轻,颇亦自然,亦不可弃也。

《石屏小集》诗百馀首,赵懒庵汝谠字蹈中所选也。蹈中诗,至中年不为律体,独喜为"《选》体"。有三谢、韦、柳之风,其所取石屏诗,殆亦庶矣。蹈中兄曰南塘汝谈,字履常,诗文俱高,尤精四六跋语,颇亦不满于石屏之诗,一言以蔽之,曰轻俗而已,盖根本浅也。

今《续集》有《咏梅投所知》,中四句云:"独开残腊与时背,奄胜众芳其格高。欲启月宫休种桂,如何仙苑只栽桃。"所谓"其格高"者,殊为衰飒。"欲启""如何"一联,尤觉俳陋。非深于诗者不能察也。

同时稍后,有许棐梅屋者,有《蜡梅江梅同瓶》诗曰:"苗裔元从庾岭分,两般标致一般春。淡妆西子呈娇态,黄面瞿昙现小身。不羡腰金横玉贵,来寻嚼蜡饮冰人。只愁花谢香狼藉,桃李如何接后尘?"第二句不胜其俗,三句愈觉其俗。此"江湖"诗所以难选云。

客有致横驿苔梅者绝奇古刘良叔 以诗借观次韵奉纳　　方巨山

雪侵横驿苔枝古,莫作江南一样看。酝酿春情何逊老,崚嶒诗骨孟郊寒。也知馀子十分俗,雅有书生半点酸。政恐刘郎识桃耳,相逢冷淡亦良难。

五 用 韵

水曹为骨逋为髓,风雪灞桥谁共看?千里梦回归路远,一枝春占暮江寒。飞飞雨片犹堪醉,点点晴香已带酸。双玉瓶干情正洽,与君落笔不辞难。

<small>秋崖诗二十卷。七言律梅花诗十馀首,独选此二首,又五中之二也。此在维扬制幕时,年壮气锐,句律高峭,而诗始佳。"莫作江南一样看",盖秋崖江东人,亦所以自标也。二和有云:"藓树卧龙鳞甲老,霜桥立马骨毛寒。"亦壮健。四和有云:"笑堪索否便堪醉,盟可寻欤不可寒。"比之杨诚斋诗,变之又变。古未有此法,学者不可以为准也。</small>

落 梅　　　　　刘潜夫

一片能教一断肠,可堪平砌更堆墙。飘如迁客来过岭,坠似骚人去赴湘。乱点莓苔多莫数,偶粘衣袖久犹香。东风谬掌花权柄,却忌孤高不主张。

昨夜尖风几阵寒,心知尤物久留难。枝疏似被金刀剪,片细疑经玉杵残。痛叱山童持帚去,苟留野客坐苔看。月中徙倚凭空树,也胜吴儿赏牡丹。

<small>潜夫淳熙十四年丁未生,二十五为靖安尉,嘉定中从李珏[①]江淮制幕,监南岳庙以归。诗集始此。初有《南岳五稿》。此二诗嘉定十三</small>

[①] 按:"珏"原讹作"大"。据《宋史翼》卷二十九校改。

年庚辰作,年三十四,时正奉祠家居。后从辟巡广西,帅蜀①,知建阳县。当宝庆初,史弥远废立之际,钱塘书肆陈起宗之能诗,凡"江湖"诗人皆与之善。宗之刊《江湖集》以售,《南岳稿》与焉。宗之赋诗有云:"秋雨梧桐皇子府,春风杨柳相公桥。"哀济邸而诮弥远,本改刘屏山句也。敖臞庵器之为太学生时,以诗痛赵忠定丞相之死,韩侂胄下吏逮捕,亡命。韩败,乃始登第,致仕而老矣。或嫁"秋雨""春风"之句为器之所作,言者并潜夫《梅》诗论列,劈《江湖集》板,二人皆坐罪。初弥远议下大理逮治,郑丞相清之在琐闼,白弥远中辍,而宗之坐流配。于是诏禁士大夫作诗,如孙花翁惟信季蕃之徒,寓在所,改业为长短句。绍定癸巳,弥远死,诗禁解,潜夫为《病后访梅》九绝句云:"梦得因桃却左迁,长源为柳忤当权。幸然不识桃并柳,却被梅花累十年。"又云:"一言半句致魁台,前有沂公后简斋。自是君诗无警策,梅花穷杀几人来。"又云:"春信分明到草庐,呼儿沽酒买溪鱼。从前弄月嘲风罪,即日金鸡已赦除。"时潜夫废闲恰十年矣。其诗格本卑,晚而渐进。如此诗"迁客""骚人","金刀""玉杵"二联,皆费妆点,气骨甚弱。如《忆真州梅园》诗,《次韵方孚若瀑上种梅》"窗""庞"之韵至于十首,今无可选。后集梅绝句至百首,谓之百梅。如方乌山澄孙诸人,各和至百首。颇不无赘,而亦有奇者。惟此可备梅花大公案也。

赵礼部和予梅诗十绝送林录参韵杂之万如诗中殆不可辨别课一诗以谢 刘后村

更无一点涴铅华,状出冰枝糁玉葩。十绝顿令侬北面,

---

① 按:"帅蜀"疑是"帅舶"之讹。《后村先生刘公行状》(见《后村先生大全集》卷一九四)未言刘克庄担负过"帅蜀"之任,但说他庚子嘉熙四年(公元一二四〇年)被擢为广东提举后不久升转运使,"更摄帅舶",即兼任提举市舶使。可能是方回征引史料时有误。

万如元住子东家。自羞贫女钗边朵,难傍宫人额上花。纵使北风如铁劲,未妨雪月照槎牙。

　　礼部当是赵时焕,寓居泉州。林录参当是林观。后四句有所讽。"自羞贫女钗边朵",言诗之淡者。"难傍宫人额上花",言诗之艳者。"北风""雪月"二句,以喻夫临患难而不可夺也。然后村诗未为全淡,盖出处之际,亦似未然。万如居士李缜,字伯玉,李云龛之子。朱文公作墓志,称其有文十卷,梅百咏。寓泉州。后村初为石塘,林同、林合赋梅花百绝,未知有万如诗。后见之,乃谓万如诗如汉宫洞箫,梨园羯鼓,用事精切,下字清新,音节流丽,有二宋、王仲至、晏叔原之风。惜其太脂粉,视陈简斋便自邈然。后村又自谓所赋如樵歌牧唱,妍词巧思,不及李远甚,即此诗五、六意也。然以予观之,梅花诗清瘦潇洒,近年莫如尤延之,虽杨诚斋、陆放翁亦颇浮肥矣。后村之言良是,其诗未臻乎奥地也。

梅花二十首　　　　　张泽民

　　和靖风流百世长,吟魂依旧化幽芳。已枯半树风烟古,才放一花天地香。不肯面随春冷暖,只将影共月行藏。悬知骨法清如许,传得仙人服玉方。

　　数花疏疏静处芳,便成佳景不荒凉。暖田穷谷春常早,影落寒溪水也香。自倚风流高格调,唯消质素淡衣裳。满天霜月花边宿,无复庄周蝶梦狂。

　　泠泠涧水石桥傍,春正浓时风味长。清介终持孤竹操,繁华不梦百花场。描来月地前生瘦,吹落风檐到死香。结习已空无染着,每来花下辄成狂。

冻花无多树更孤,一溪霜月照清癯。终身只友竹君子,雅志绝羞松大夫。白玉都抷雕作蕊,黄金不惜撚为须。亦知世有春风伴,问万花中着得无?

孤芳嫌杀浑群芳,雪满山坳月满塘。韵士不随今世态,仙姝犹作古时妆。雪羞洁白常回避,春忌清高不主张。地僻何妨绝供给,饥来只用咽寒香。
"不主张"之句,仍是本刘后村。

政尔寒阴惨淡时,忽逢孤艳映疏篱。金紫气味无人识,玉雪襟怀只自知。竹屋纸窗清不俗,茶瓯禅榻两相宜。花边不敢高声语,羌管凄凉更忍吹。

千林冻损积阴凝,一点春从底处生。玉色独钟天地正,铁心不受雪霜惊。孤芳若与东君背,数树能令南纪明。醉后惟愁踏花影,青鞋不敢近花行。

数株如玉照寒塘,无日无风自在香。谷冷难教春管领,山深自共雪商量。已成到骨诗家瘦,不卖入时宫样妆。乱插繁花花下醉,只应我似放翁狂。
陆放翁诗:"我死诸君思此狂。"今句本此。

行尽荒林一径苔,竹稍深处数枝开。绝知南雪羞相并,欲嫁东风耻自媒。无主野桥随月管,有根寒谷也春回。醉馀不睡庭前地,只恐忽吹花落来。

天然标格阆风乡,薄薄铅华淡淡妆。月地向谁孤弄影,雪天蓦地忽闻香。征鞍处处频回首,羌管声声欲断肠。天上玉妃新谪堕,游蜂不敢近花傍。

才有梅花便自奇,清香分付入新诗。闲持杯酒临风处,独倚栏干待月时。试向①园林千万树,何如篱落两三枝。霜天角里空哀怨,丘壑风流总不知。

才有梅花便自清,孤山两句一条冰。问渠紫陌花间客,得似清溪树下僧。雅淡久无兰作伴,孤高惟有竹为朋。雪天枝上三更月,人在瑶台第几层?

天寒花信未能灵,伫立通宵户不扃。小萼欲争天下白,数条独向雪中青。肯教旅雁寻常见,未许游蜂取次经。一片唯愁污尘土,寒苔和月扫中庭。

才有梅花便不尘,和霜和月为精神。风流晋宋之间客,清旷羲皇以上人。年后腊前无尽意,水边林下自然春。万花锦绣东风闹,难浼翛翛玉雪身。

---

① 纪昀:"向"字疑是"问"字,不然不通。

才有梅花便不村,其人如玉立黄昏。些些蕊里藏风韵,个个枝头带月魂。常挹清香来燕坐,可教落片点空樽。到腰深雪庭前白,心事寒松拟共论。

才有梅花便不同,一年清致雪霜中。疏疏篱落娟娟月,寂寂轩窗淡淡风。生长元从琼玉圃,安排合在水晶宫。何须更探春消息,自有幽香梦里通。

天下无花白到梅,风前和我不尘埃。崚嶒鹤骨霜中立,偃蹇龙身雪里来。未许琼花为行辈,定教玉蕊作舆台。夜深立尽扶疏影,一路清溪踏月回。

几年冷树雪封骨,一夜东风春透怀。花里清含仙韵度,人中癯似我形骸。三点两点淡尤好,十枝五枝疏更佳。野意终多官意少,玉堂茅舍任安排。

爱疏爱淡爱枯枝,已爱梅花更爱奇。江路一年春好处,石桥半夜月明时。蹇驴积雪深须去,破帽严霜打不知。世上非无好颜色,诗人所赏是风姿。

癖爱梅花不可医,开教探早落教迟。欲知无限春风意,尽在相将暮雪时。竹屿烟深寻得巧,茅檐月淡立成痴。梦骖鸾鹤相寻去,题遍江南寺寺诗。

实斋张道洽,字泽民。开禧元年乙丑生,今而犹存,则七十九矣。年六十四卒于钱塘。七言律《梅花》诗六十首,今选其二十首。夫诗莫贵于格高。不以格高为贵，而专尚风韵，则必以熟为贵。熟也者，非腐烂陈故之熟，取之左右逢其源是也。

此二十首《梅》诗，他人有竭气尽力而不能为之者，公谈笑而道之，如天生成自然有此对偶、自然有此声调者。至清洁而无埃，至和平而不怨，放翁、后村亦当敛衽也。

又和予《七月见梅花》诗二十首，亦七言律，而韵太险，有二联云："前生蓍葡林中梦，到死旃檀国里香。早缘服玉肌能白，不为熏衣骨亦香。"只是泛言梅花，亦清爽有思致云。

见梅杂兴　　　　　陆太初

人间谁是识梅真？弃实求花后世心。何似只如三代日，分甘投老万山深。寄来陆凯浑多事，说到林逋亦费吟。耿耿知音唯月在，无言相看古犹今。

余友太府寺丞陆太初，讳梦发，同里人，长予五岁。德祐元年乙亥以公事殁于上海，年五十四。平生苦吟好高，《梅兴》三十首，今选此一首。五、六本前辈遗论。夫草木之花，《三百五篇》已或取之，至楚《骚》而特盛。后世以花咏梅，亦比兴之不容已者也，似未可贬，特陈腐袭蹈则可鄙耳。必将如三代之时，取梅于其实不于其花，则吾太初又何必见之诗？又有一联云："生禀东南温厚气，才当西北苦寒时。"盖自况也，但太露。